读酷

智慧成就人生

鬼不语 之 仙墩鬼泣

天下霸唱

◎作品

CNS 湖南人民出版社

目录 CONTENTS

第一章　鬼市耳录

01

过去，老北京人所说的"鬼市子"，也叫鬼市儿，或说晓市，按方位分为几处，四更前后全是摸着黑来摆地摊的，东西大多来路不正，见不得光，那会儿每到夜里，东市上常有身份不明行迹可疑之辈，在楼前楼后到处转悠，人鬼难辨，胆小的都不敢往前凑合。

提到鬼市，我先说一个叫瞎老义的人。当年在南门外住了很多抬杠为生的穷汉子，不是指说话抬杠，以前死了人装进棺材出殡，要用杠子把棺材抬到坟地下葬，这是给死人抬杠子，给活人抬杠是指抬轿子，民间叫顺了口，管杠夫们住的地方叫杠房胡同，地名沿用至今。瞎老义家就住在杠房胡同，解放前他以盗墓扒坟为生，拿行话说正经是个倒斗的，他也不是真瞎，上岁数之后眼神儿不行了，看东西看不清楚，经常闹出笑话，老街旧邻们根据这个特点，称他为"瞎老义"。

此人眼神儿不好到什么程度呢？据说大白天在街上走，看见地上有捆东西，瞎老义高兴坏了，心说："谁的皮货掉了？"趁着周围没人，想抱起来拿回家去，怎知刚一伸手，只听汪汪两声，一条大黄狗从地上跑了。

还有一次，瞎老义买了两个烧饼，刚出炉的芝麻烧饼，一定要趁热吃才好，天冷刮大风，他站到墙根底下避着风吃，没看见跟前的墙上贴了份布告，布告都盖着大印，早先大印是方的，后来改成了圆形印章，那年月认字儿的人少，有个外地人凑过来看布告，这个人从没见过圆的印章，以为瞎老义也在看，就问他那个圆的是什么，瞎老义说："圆的是烧饼啊，想吃自己买去。"外地人一听这都哪跟哪，指着布告说："不是烧饼，问你这上边是什么？"瞎老义说："上边的这是芝麻。"俩人所问非所答，越说越拧，差点儿没打起来。

这些事不一定全是真的，或许有人故意编排，但传来传去，城里城外都知道有这么一位瞎老义，还听说他走在半路上，看见地上掉了个大头钉，在太阳底下闪闪发光，瞎老义以为是珍珠，捡起来一按扎破了手，他也怪自己眼神儿不好，悻悻地说："呸，是个臭虫，这都掐出血来了。"

言而总之，瞎老义的眼神儿确实不怎么样，瞧见大风刮得鸡毛满天飞，他能看成是麻雀，虽然没有完全瞎掉，倒斗这碗饭却没法吃了，此后常年在鬼市摆摊做买卖，他那买卖做的和别人不同，地上摆几包取灯儿，取灯儿就是火柴，老言古语叫取灯儿，念出来要念成起灯儿，在鬼市上换取灯儿叫换软鼓，取灯儿有明的意思，明字同冥，是告诉别人专收老坟里掏出来的东西，他自己在旁边一坐，对来来往往的人不闻不问，不认识的一概不搭理。

听瞎老义自己说，他那双眼坏得很离奇，在他还做倒斗这行当的时候，有一年去外省掏坟，打当地老乡口中得知，他们那个山上有怪事，每当月明的夜晚，山上会亮起一团白光，不知是个什么东西，在山脚下仰望，如同有两轮明月。

瞎老义听完，以为是山中古坟埋宝，打听明白路找过去，傍晚时分走到山下，忽然阴云密布，雷声隆隆，他怕遇上大雨，不敢再往前走了，看路旁有座鹿鸣古寺，有心夜宿于此，但是寺庙荒废多年，前后没有一个僧人，他也是不信邪，点上油灯进了佛殿，见佛像后有空屋一间，两扇门板残破不堪，推开就关不上了，他找些稻草铺地，一个人坐在屋里，吃几块干粮充饥，不意风声渐紧，天昏地黑，还没下雨，只有雷声闷响不绝。

正想合衣而卧睡上一会儿，却听得佛殿外声响不对，瞎老义担心遇上盗匪，赶紧从屋里出来，躲到佛像后边偷看，此刻殿门推开，从外进来一个女子，身穿蓝布衣衫，瞎老义顿时吃了一惊，因为他常年盗墓掘坟，眼力不凡，看出这女子身上带着股阴气，好像刚从坟里爬出来，只见女子匆匆进了佛殿，在佛像前跪拜不止，同时有雷火如金蛇绕殿，瞎老义吓得魂飞胆裂，不知这个女人是什么来路，竟要在鹿鸣古寺的佛殿中躲避天雷？

那女子也发觉佛像后有人，猛然一抬头，脸上六只眼，瞎老义瞅见不好，低着头只顾逃，刚把殿门拽开，那女子从后头追到了，突然一道炸雷从殿门中打进来，当场击在那女子头顶，瞎老义也跟着昏死在地，双眼在那时候让雷火灼伤，瞎倒没瞎，看东西却越来越模糊。转天有山民路过古寺救起瞎老义，再看佛殿中让雷劈死了一个大蜘蛛，肚子里全是绿松石一样的苍石，似玉非玉，入夜后能放光，皎如明月，始知老乡们看见山上放光是这个东西作怪，蜘蛛精千年道行一朝丧。

02

瞎老义是否真有这段遭遇，我无从知晓，反正我是不大相信，听说瞎老义还救过我的命，我属蛇，按传统说法是属小龙，在我三四岁的时候，父亲下夜班回家，骑着自行车经过一条土路，骑着骑着就感觉自行车"咯噔"颠了一下，好像压到了什么东西，停下车看，发现刚才骑车经过的地方，轧死了一条蛇。当时并没多想，骑上车刚要走，却有个小孩拦住去路，小孩指着父亲说："你轧死我不要紧，我让你们家里属蛇的人给我偿命。"说完便不见了。此后我在家发高烧说胡话，怎么治也不见起色。街坊四邻都说这是撞邪了，瞎老义曾是我祖父的结拜兄弟，我们两家关系不一般，我父亲知道瞎老义懂这些迷信的门道，就把下夜班骑车轧死一条蛇的事，一五一十跟他说了，让他帮忙想想办法。瞎老义说："这准是蛇仙上门索命，必须给孩子改名换姓，到农村躲七七四十九天，白天走，经过路口还要在地上撒雄黄，这么的才能躲过这场灾。"家里人按瞎老义的话，把我带到乡下住了一段时间，之前起的大名小名全换掉再也不用，好歹算是把这条小命保住了。

关于父亲骑车轧死蛇这件事，我也只是听瞎老义说过，记得小时候家家户户都不富裕，在那个年代，大部分东西是凭票供应，胡同里的邻居们逢年过节才舍得炖肉吃，可瞎老义每个月都要吃一两回烤羊肉，吃法跟别人不一样，在他屋里有个铁炙子，下面的炉子里烧松塔松柴，炉前放一条长凳，吃烤羊肉的时候不坐着，一只脚踩到凳子上，左手托着一个碗，碗里是用"醋、酱油、姜末儿、料酒、卤虾油、葱丝、香菜叶"混成的蘸料，右手拿一双长杆儿似的竹筷子，夹起切成片的嫩羊肉，先蘸佐料，再把腌透的羊肉放到铁炙子上翻烤，烤熟的鲜嫩羊肉就着糖蒜和热牛舌饼吃，瞎老义说这是关外旗人才有的吃法，早年间，他到关外深山老林中找过金脉，所以他也习惯这种粗犷吃法，由于他眼神不好，孤老头子一个，身边没个近人，因此从我会拿筷子开始，一直是我帮他烤羊肉，顺便跟着解馋，瞎老义哪次也是管我的够，他在吃烤肉的时候总要喝上二两，边喝边给我说他当年怎么怎么找风水龙脉，又是如何如何盗墓取宝，比如蜘蛛过水是什么坟，惊蛇入草是什么墓，全是些陈芝麻烂谷子的旧话，却是也不乏出天入地之奇，他说的有意思，我很喜欢听，后来等我长大了才知道，每次瞎老义要吃烤羊肉，准是他又收到从老坟里掏出来的东西了。

别看瞎老义住的胡同低矮简陋，那地方的能人真是不少，还有位做泥瓦活儿的韩师傅会拳法，不是在北京比较有名的形意太极八卦，只是穷乡僻壤中默默无闻的野拳，在韩师傅的老家，乡下种地的人都练这种拳，我也跟韩师傅学过两年，瞎老义告诉我："别跟老韩练那个，会了拳脚容易惹事。"

我不信，结果真捅了大娄子，那年初冬，我路过荒凉的地坛公园后墙，遇见疯子带了几个小流氓，拦着俩女孩不让走，据说疯子的爹娘是高干，这小子在"文革"武斗时受过刺激，脑子不大正常，仗着有医院开的证明，号称拿刀捅死人不用偿命，他心黑手狠，平时总有伙猫三狗四的浑小子跟着他，在街上无法无天，没有他们不敢做的事，这次拦住两个姑娘要扒裤子，其中一个女孩是我以前的同学，我过去拦挡，疯子二话不说，掏出刀子对着我就捅，我下手也是没轻没重，抄起锁自行车的钢丝锁，给疯子脑袋上来了两下，疯子哼都没哼一声就趴在地上不动了，脑袋上流血流得像坏掉的自来水管子，旁边那些小流氓吓呆了，纷纷叫着打死人了，一哄而散。

我心知惹下大祸了，跑去瞎老义家想躲两天，那低矮的小平房即使在白天也很昏暗，我推门进去，看他盖着被子躺在床上，被子底下竟露出毛茸茸一条大尾巴，分不出是狼还是狐狸，我当时吓坏了，赶紧往屋外跑。

03

我跑到门口跌了一跤，撞在水缸上，额角留下一道疤，出来看见瞎老义从胡同外往里走，原来瞎老义腰腿不好，惧寒怕风，冬天要铺狼皮褥子，屋里那是条狼皮褥子，瞎老义问我："慌里慌张的又捅什么娄子了？"

我把在地坛后边打疯子的事说了一遍，可能出人命了。

瞎老义听完也是吃惊，说道："人命官司非同小可，何况人家爹娘是当官的，你要是落到他们手里，那还不是公羊绑在板凳上，要刮毛要割蛋，全都随人家的便了。"

我说："随他们怎么便，脑袋掉了碗大个疤，再过十八年，我不还是我吗？"

瞎老义说："不能意气用事，快收拾东西，先到内蒙躲些日子，你爹那边回头我告诉他。"

我当时真以为出人命了，听了瞎老义的话，连夜乘火车逃往东北的深山老林，瞎老义有个师兄人称"土地爷"，在内蒙古兴安岭木营子林场当把头，他跟瞎老义是过命的交情，瞎老义的狼皮褥子也是他送的，一见了我就拉着我问长问短不让走了，不久，家里发来电报让我回去，说是没事了，疯子没死，只是脑袋上开了两个窟窿，后来那俩女孩报了案，公安局发现疯子的证明系伪造，其爹娘为革命干部也是他自己胡编的，可我在外面野鸟似的习惯了，想跟土地爷在山里挖金子，等发了财再回去。

土地爷的祖上姓索，清朝时做过王爷，后因获罪，被朝廷流放充军至此，以挖金采参打鱼狩猎为生，他有个孙女叫"索妮儿"，我跟着这祖孙两个，在山里打兔子套狐狸，沿着黑龙江到处寻找金脉，不过因土地爷上了岁数，身子大不如前，度过了万物沉眠的漫长寒冬，又经过短暂的春夏两季，不知不觉，已是初秋，眼看没什么收获，土地爷先回兴安岭木营子了，我和索妮儿则将之前在山里打来的狐狸皮貂皮，带到江边的集市上贩卖，从春天开江到大雪封山，江边有三次大集，这是当年的最后一次，这地方自古荒寂，人烟稀少，解放之前过来赶集的人，以林场木帮、江湖术士、散兵游勇、叫花乞丐为主，也有渔猎放牧为生的少数民族，人们自发形成集市，为的是交易在大山里挖来的金子、人参，获得的鹿茸、皮毛等物，这一传统一直保留到今天。

等把狐狸皮卖给一个蒙古族牧民，索妮儿对我说："跟我们在山里转了这老些天，可苦了你了，今天想吃点啥好的。"

我看集市上颇有几家像样的馆子，门前都挂着灯笼似的幌子，东北这边讲究"下馆子吃饭看幌儿"，饭馆门面顶多有个字号，不写价格也不写里头做什么饭菜，这些全在幌子上看，比如从颜色上分，黄的是素斋馆，蓝的是清真馆，门头挂一个幌儿是一般的小吃店，幌儿上是圆的表示有蒸笼，装饰有花的是指能蒸馒头、包子、花卷，下面垂穗儿的是说饭馆里有面条，两个幌儿档次就比较高了，能办酒席，四个幌儿算是顶级，到头了，敢挂四个幌儿的馆子，必能做南北大菜满汉全席，价格也高，另外从来没有挂三个幌儿的馆子，因为仨幌儿和撒谎同音，饭馆忌讳欺客，绝不敢这么挂幌子，我虽然听瞎老义说过这些门道，但是没下过这样的馆子，也不知道吃什么好，就让索妮儿做主。

索妮儿把我带进一家饭馆，馆子里做的是铁锅炖大鱼，鱼是黑龙江中的淡水鱼王鳇鱼，饭馆里的做法虽糙，却架不住鱼肉鲜美，我这辈子头一次吃这么好的鱼，忍不住想喝两口，又要了半斤山果酒。正吃着饭，馆子里又进来两个人，也坐下吃铁锅炖鳇鱼，边吃边向饭馆掌柜的打听，问老沟怎么走。饭馆掌柜的一脸诧异："老沟？上那地方干啥？挖死人去？"

04

饭馆掌柜认识索妮儿，他对那两个人说："老沟……多少年没人提过了，要不你们问问这姑娘，她爷爷在解放前进老沟挖过金，除了土地爷，从没听说有谁能从老沟活着回来。"

这两人立刻过来套近乎，跟我们打听老沟的事，还说如果索妮儿能当向导，带路进老沟，他们愿意付一大笔钱。

内蒙古海拉尔河诺敏河、流域有一大片荒古的湿地沼泽，西北是大山，东边是原始森林，往南是草原，方圆几百里没有人烟，两条大河迂回曲折，分叉横生，由于地势低洼，水流淤滞形成了沼泽，生长了无数年的水草盘根错节，在这一片片的草甸之间，是深不见底的漆黑淤泥，人在荒草甸子上行走，必须脚踏草丛根部，一步不慎陷进泥潭，如若无人相救，会愈陷愈深，乃至被泥沼灭顶吞没，自古以来人兽绝迹，据说沼泽深处有条岩沟，沟里有古洞，老年间有许多人铤而走险，听信了谣言，冒死去沟中找金脉，几乎都是有去无回，即使命大没陷进沼泽，下到洞里也得让土鬼吃掉，在寻金人的口中传出个地名，管那地方叫老金沟，也称老沟，提起来谈虎色变，无人敢去。

索妮儿听这两人想去老沟，瞅着却不像挖金人，况且金脉只是谣传，问道："你俩是干啥的？要去老沟干啥？"

那两人为首的一个四十来岁不到五十，是个二老道，道士大抵有两种，一种常年住在道观里，身上穿道袍，练气求真，是比较常见的道士，这种道士多半属于全真教，还有一种穿着和普通老百姓一样，很少穿道袍，可以娶妻生子，但也有路符，捉鬼除妖画符念咒算卦看风水什么迷信的勾当都做，他们属于正一教，按东北民间的习惯，将这样的道人叫做"二老道"。

二老道开始不肯说实话，自称有祖师托梦，让他去老沟对付一具僵尸，那僵尸年深岁久已成气候，再不除掉恐会为祸不小，后来让索妮儿问得紧了，找没人的地方才说实话，其实他祖传那套画符驱鬼的江湖伎俩，如今唬不住人了，凭着会看些风水，改了行挖坟盗墓，他听说老沟下的山洞里有壁画，认准了那地方有古墓，他想押一宝做趟大活儿，跟他来的那个人叫张巨娃，原本是草原上的孤儿，爹妈在北大荒闹狼灾时不幸遇难，只留下他一个人，后来被兵团收养，他生下来便有十斤重，粗眉大眼，因此小名唤作"巨娃"，跟着收养他的人家改姓为张，二十岁出头，身大力不亏，比常人高出一头半，是个实心眼儿，让二老道收了当徒弟，俩人想找位向导，带路穿过沼泽草甸地去老沟盗墓取宝，在这山高皇帝远的地方，靠山吃山，靠水吃水，挖金掏坟套猎都是半公开的勾当，虽然好说不好听，可当着本地人的面，却不用隐瞒不说。

二老道伸出一根指头，对我和索妮儿说："老兄弟，大姑娘，老道我实话都给你俩摞了，绝不亏你们，把我带到老沟，事成之后给你这个数，咱来个痛快的，一句话，行是不行？"

索妮儿向来有主见，听二老道愿意出一个大数，想了想应允下来，她说眼下刚过完暴雨山洪肆虐的季节，进入那片吃人不吐骨头的大沼泽是九死一生，事前一定要做万全准备，让二老道和张巨娃去置办干粮和艾草，阴历七月十六在诺敏河第三个河套碰头。

索妮儿待那俩人走后，又叮嘱我说，此事千万别让土地爷知道，金脉越来越难找，她想多挣些钱，往后不让土地爷进山挖金了。我说："别的事我倒不担心，不过我看二老道是个棒槌，无非是掏过几座老坟的臭贼，他那两下子找得到古墓才怪，老沟那地方野兽都难进去，能有哪朝哪代的古墓？我也从没听说老沟里有古墓，只知道有吃人的土鬼。"

05

老沟里有土鬼吃人，是挖金人口中传了很多年的传言，天知道真假，进老沟往返至少要六天，我们将面临最大的凶险，首先是变幻莫测的自然气候，阴雨时期穿越这片沼泽草甸，在不明情况的人看来等于自寻死路，其实别的季节也各有艰难，冬季容易迷路还会遇上狼群，春秋两季沼泽半冻半化，看不出哪里可以通过。

阴历十六，我和索妮儿带了条单筒猎枪，在河套里见到那两个人，他们也已准备妥当，张巨娃身后的大背包上还绑着口铁锅。

二老道见面就问："没带几条猎狗？撞见野兽咋整？"

索妮儿说："这季节草甸子里没有野兽只有野鸟和蛇，带猎枪防身足够，对了，你们咋还背着口铁锅？不嫌沉啊？"

二老道说："这一走进去，接连好几天不见人迹，草甸子里又阴冷潮湿，我寻思咱不得煮点热乎饭吃吗，就让我这老徒弟背了口铁锅，没事儿，他不嫌沉，半大小子，正是出力长力的时候。"

我说："道长，你徒弟是不嫌沉，问题咱们是要进草甸湿地，他又高又壮本身就重，还背这么多东西，你想让他陷进泥淖子？咱把丑话说到头里，他这么大的个子，陷进沼泽我们可拽不动他。"

二老道说："哎呀老兄弟，你这话说的老在理了，我都没想到，看来铁锅是不能带了，咱四个人身上的分量越轻越好。"

索妮儿说："烧水有个行军饭盒就行，除了必备的东西，尽量多装艾草。"

我们知道索妮儿最熟悉荒原和森林里的情况，她说带什么自有她的道理，该扔的扔，该装的装，收拾好了，一行四个人往南走进了不见边际的荒草甸子，此地主要植被是耐寒的乌拉苔草，草丛茂密处形成草甸，一片连一片的草甸下是淤泥积水，泥泞不堪，浅处没膝，深处没人头顶。这里秋天来得早，初秋时节，有的草已经开始发黄，放眼四望，恍如置身于一片黄绿色的草海，远处看不见山脉，看不见森林，没有道路，只有茫茫无际的死水荒草，遍地是散发着腐臭的沼泽泥潭，跨过一个接一个的草甸，每一步都要先用木棍探路前行，稍有不慎陷到泥里，便有灭顶之灾。

湿地草甸上晴空迷雾变幻不定，一天之内，天气变上七八回是常有的事，有时起了大雾，白茫茫的东西南北都分不清，有时烈日当空，酷热难当，晒得人没处躲没处藏，突然又是黑云压顶，下起各种各样的雨，有时雷电交加，暴雨混着冰雹铺天盖地落下来，也有雨雾蒙蒙，或是紧一时慢一时的冷风阵雨，一下雨河道就涨水，湿地变成了一片泽国，在泥沼中最忌讳蹚着水走，那就得在稍微高一些的地方忍着，等雨住水退再动身，这么风一阵雨一阵，冷一阵热一阵，饥一顿饱一顿，深一脚浅一脚，说不尽这许多艰苦。

二老道为了求财，并不将行路之苦放在意下，他在途中指天讲地，不断给我们三个人吹嘘他当年盗墓取宝的经历，并许给张巨娃："等这趟大活儿做成了，准给你盖房置地娶媳妇。"张巨娃感恩戴德，看二老道走不动了，便背着师傅走，在泥地中一步一陷，饶是他粗壮健硕，也累得气喘如牛。

如此走了一天，眼看红日偏西，草甸子上的气温凉爽下来，风也住了，荒野中好一派辽阔气象，二老道说如果一直这样，在草甸子上走几天也不是什么难事，话没落地，草地中冒出一团团涌动不定的黑雾，张巨娃骇异无比："道长，这是咋回事？"二老道惊道："哎呀我的妈呀，妖气遮天了！"

<h1 style="text-align:center">06</h1>

东北人说话形容年纪小多用老字，显得亲近，往往管排行最小的人叫老疙瘩，二老道指我就说老兄弟，提到张巨娃就是老徒弟，他看草甸子里有几团黑雾冲天而起，忙说："老徒弟，快拿为师的斩妖除魔剑来！"

张巨娃愣道："没见过，那是啥？"

二老道气得嚎叫，数落道："你个山炮玩意儿，上炕认识老婆，下炕认识鞋，竟连你师傅我的斩妖剑也不认识，不就是顶门的那根桃木棍子吗……"

索妮儿说："别扯那些没用的了，这是草地里的叮死牛，快拿艾草燃烟熏它们。"

我初见那成团涌动的黑雾，似乎有形有质，发出"嗡隆嗡隆"的怪响，也不免吃了一惊，听索妮儿说是"叮死牛"，才明白是成群结队的草蠓。我在兴安岭和黑龙江边见过草蠓，却没见过同时出现这么多，东北话讲草蠓也叫小咬或墨蚊，犹如一架架装备精良凶悍无比的战斗机，铺天盖地冲下来能把一头活生生的大牯牛吸成牛肉干，白天日晒雨淋，看不见草蠓，傍晚时分倾巢而出，草蠓会传播荒原流脑，让它们咬上一口就有可能要命。我急忙按照索妮儿事先的吩咐，拿出四个桦木皮卷筒，给每人分了一个，塞进去艾草点燃，木皮卷筒中冒出一缕青烟，汹涌而来的草蠓，让这烟一熏纷纷趋避，从傍晚到第二天天亮，如果不是刮风下雨，就要不停地用艾草燃烟，烟雾一断，那成群成群的草蠓便飞来扑人。

张巨娃恍然大悟："草蠓子啊，道长你咋说是妖气？"

二老道强词夺理："这东西吃人呐，怕是荒原里的死鬼冤魂所变，妖气太重了，为师那口斩妖除魔剑没在，要在手里，只要比划那么两下，草蠓子全散，根本不用烧烟。"

张巨娃心服口服："还是道长水平高啊。"

二老道大言不惭："那是飞机上挂暖壶——水平相当的高了。"

穿过草蠓出没的地带，夜幕已经降临，黑夜笼罩下的草海，气温骤降，夜里看不清路，无法在草甸中行进，只好扎下帐篷，燃起营火取暖，我们在附近的水中叉了两条鱼，下雨时河道涨水，有不少鱼误入荒草间的水洼，就此困在里面出不去了，其中甚至有哲罗鲑或黑鲟之类半米多长的大鱼，抓这种鱼不非吹灰之力，索妮儿在途中随手摘了不少野辣椒和酸死草，用木棍插着鱼在营火上翻烤，烤到鱼肉发白，把肉撕成一条条，蘸着野辣椒和酸死草的汁液吃，风味原始质朴，是种无法形容的美味。

二老道喝了几口烧刀子，东拉西扯又开始说那些没边没际的大话。

我说："道长，听说你们正一教的道人，不穿道袍，却也得过真传的道术，比如喝下一口法水，喷出来是一道水箭，那些没得过真传冒充的道人绝不会这种喷法，喷出来那水都是散的，是有这么一说吗？"

二老道说："哎呀我老兄弟，你不愧是大地方来的人，见识就是不同，你看这你都知道，说的没错，瞧我给你喷一道法水，上眼了……"说着话他吞了口烧刀子，随即喷出来，还掐指念了声"疾"，倒也有模有样，可恨那口酒喷得不争气，比得过天女散花了。

我们三个人赶紧躲闪，所幸没让二老道喷上一脸口水。

二老道有些尴尬，抹了抹嘴说道："你看这是咋整的，可能太久不练了，主要是如今没人信那套玩意儿了，在哪也用不上，老话怎么说的——会施天上无穷计，难解眼下肚中饥，有理不是？要不然老道我也不至于走挖坟盗墓这条路。"

我对二老道说："道长你又没去过老沟，怎么就认定那里有古墓？"

一轮皓月从地平线升起，在云海中半隐半现，草甸子半空的圆月大得出奇，好似伸手就能摸到，这片荒原上的夜空宛如幻梦，跟二老道接下来所说的话一样让人难以置信。

第二章　吃入壁画

01

二老道说老沟里有古墓，葬着一具契丹女尸，此事关里关外各朝各代的盗墓贼听都没听过，仅有关外正一教的二老道们清楚。千年以前，契丹辽国受唐宋两朝影响很深，陵寝墓穴也讲究个风水龙脉，相传辽世宗之女葬古是位萨满神女，死后埋在老沟，墓室和甬道内绘有精美绝伦的壁画，据说还用了活人殉葬。那时候这片荒草甸子还没这么难走，是片沃野千里的大草原，契丹皇室通常选取簸箕形洼地做墓穴，以为前有壁后有倚的洼地是风水宝地，老沟中的古墓地脉，正是二老道祖师爷亲自点的穴，事后险些让辽北大王灭了口，一辈一辈传到今天，所以二老道才能对老沟里的契丹古墓了如指掌。

近几年，二老道穷得快吃不上饭了，想起祖师爷传下的几处龙脉老坟所在，不禁起了贪念，他接连掏了几处老坟，挣了些钱，可是不多，这次盯上了老沟里的契丹古墓，深知墓中陪葬的宝物绝不会少，得手之后，下半辈子也不用发愁了。

老沟里的古墓虽然少有人知，但自清末以来，外边都谣传老沟有金脉，很多要钱不要命的人听信谣言进沟挖金，结果金脉没找到，送命的人却为数不少。据大难不死的幸存者所言，沟里是有些年代很古老的壁画，壁画中有吃人的东西，进到沟底洞穴的人，全让壁画妖怪给吃了，也有说那是洞中土鬼作祟，反正是种种传言，说什么的都有。

二老道也不知这些可怕的传说是不是与契丹古墓有关，不过这年头撑死胆大的，饿死胆小的，既然敢掘坟挖墓就别信邪，过于迷信鬼怪之说的人，没法吃倒斗这碗饭。

古墓壁画吃人的传说，我和索妮儿是第一次听到，当年能穿过草甸子走进老沟的人并不多，大部分人都死在半道了，要么是陷进淤泥，让沼泽吞没，要么是喂了成群出没的草蟆，我们想不明白，也感到非常好奇，壁画只是画在墓墙上的图案，怎么可能吃人呢？

二老道同样是道听途说，也不明究竟，他说："兴许是人们看壁画年代古老，岁久为怪，或是那壁画中描绘的情形十分吓人，传到民间就说壁画是吃人的妖怪，哪能当真呢？你们要想听妖画作怪的故事，道爷可给你们说一个，宋朝那时候，黄河边上有只老狐狸，成精了道行不浅，时常变成女子模样在城中走动，城中一位画匠看这女子长得貌美，遂以丹青妙笔绘成美人图，画得简直都活了，后来这狐狸精混进了皇宫大内，媚惑君王，不成想酒后现了原形，露出了狐狸尾巴，让御林军统领撞见，挥刀斩于五朝门，妖狐死后一缕阴魂未散，躲在那张美人图中，后来美人图落在民间，愚民们误以为那是仙画，半夜掌灯之后焚香膜拜，画中美人就能走下来，有一个财主信以为真，出大价钱从当铺里收了去，他把仙画供在自家后宅，想来个夜会仙女，从这起财主家里人一个接一个被画中妖狐的鬼魂害死，恰好我们老祖师爷打街上过，一瞧那宅子中的妖气弥漫，遮得人睁不开眼了，当即仗剑找上门去，用三昧真火焚毁妖画，救了一方百姓。"

我觉得二老道所言全是信口开河，可东北民间流传最多的就是这类鬼狐故事，因为人们在深山老林中见多了狐狸的狡猾诡变，没法不相信，索妮儿和张巨娃眼都听直了，又怕又愿意听，听完还在脑子里想。

当晚在草甸子上过夜，我也觉得身边好像多出个人，浑身上下都不自在，也不知道是不是想得太多了，接连做了几个噩梦，恍惚觉得多出来的那个人在周围来回走，整夜都没睡安稳，我本以为是错觉，但天亮时看清楚了，身边草丛里真有这么一位，只不过不是活的。

02

解放前听信谣传，冒死进老沟寻金的人为数不少，可许多人不知厉害，走到半路就让草蠓吸成了干尸，干尸仅剩一层皮包着枯骨，全身都是黑孔，死状非常恐怖，这些干尸倒在荒草中，年复一年地经受风吹雨淋，有些至今还能看见，成了通往老沟的路标，昨天夜里黑灯瞎火的宿营，走得太累，听二老道神侃完了，我钻进帐篷倒头便睡，天亮睁开眼才猛然发现身边躺着这么一位，那份惊喜可想而知，接下来的一天什么也不想吃了。

第二天和第三天，天气时好时坏，或是烈日暴晒，或是瓢泼大雨，哪种也够人受的，有些地方绕不过去，不得不趟水而行，那就必须打上绑腿，防备蚂蟥，这样不停地在大草甸子中跋涉，绕过一片片的沼泽泥潭，白的云、黄的草，一望无际，好像永远走不到尽头，走到第四天上午，阴云满天，风吹草低，地平线南面出现两道黑线，有如两条大黑鱼在黄绿色草海中浮出的脊背。

索妮儿说："那是荒草甸子中的炕沿子山，下面有道岩裂就叫老沟，说深也不算深。"

二老道看罢多时，喜道："炕沿子山两头高中间低，形势如同二鬼把门，跟祖师爷传下的话一模一样，不会错，准是这地方，不过望山跑死马，看这个远近，至少是下午才能走到，时候也不早了，不如先吃了晌饭再赶路。"

当下在荒草中找块平整地面坐下，四个人歇歇脚，啃两块干面饼子就猫爪菜，猫爪菜是草地里的野菜，长得像猫爪，进草甸子带不了那么多干粮，路上看见能吃的野菜就要挖出来用于充饥，二老道说好了到地方给一半钱，出去再给另一半，他把钱给了索妮儿，又说："我跟我老徒弟到沟里盗墓，人手不够，你俩要是能帮把手，那棺材里的东西可以一人挑一件，想要啥你俩自己随便挑。"

索妮儿摇头道："原以为老沟里什么也没有，才答应给你带路，可半路听道长你那么一说，才知道这地方真有古墓，现在我后老悔了，回头让我爷知道了非数落死我不可，我爷那老脸一拉长了，够十五个人看半拉月的。"

二老道说："只要咱们不说出去，哪会有人知道？你看你们来都来了，咋还后悔了呢？"他又问我："老兄弟，你咋想？到手的钱你俩没胆子拿？"

我控制不住自己的好奇心，想跟二老道进去看一眼古墓里的壁画，之前听他说的意思，那座辽代古墓规模不小，这种机会太难得了，我虽然听瞎老义说过，倒斗这碗饭不能吃，盗墓取宝挡不住一个贪字，贪心一起，义气不存，贼胆也会越来越大，拿命换钱的勾当是切大腿喂肚子，早晚让自己把自己吃了，不过畏首畏尾不敢去，岂不让二老道和他徒弟以为我胆小？人家把话说到这个份上了，我输不起这面子，跟索妮儿到一旁商量了几句，最后答应同二老道进沟。

二老道说："我老兄弟不愧是大地方人，老有见识了，别的我不敢保你，今天你就等着开眼吧。咱这些天在荒草甸子里喝西北风啃猫爪子菜太苦了，完事回去我带你们整好的吃，松子仁扒熊掌、松茸红烧犴鼻子、鳇鱼唇炖鹿筋，啥好咱整啥，可劲儿造，行不？"

张巨娃听得口水都流下来了："道长，那还说啥呀，你说咋整就咋整吧。"

二老道说："妥了，这次是老道我掌局，你们可都得听我的，一会儿歇够了脚，咱先进沟瞧瞧，然后再合计下一步咋整。"

此时乌云压顶，一只失群的孤雁在阴霾的天空掠过，荒草甸子上随即刮起了狂风，凛冽的风里夹着冷雨，气候急转直下变为恶劣，我们吃了几块干粮，接着往老沟走，走到炕沿山上，只见山脊低矮，称不上山，至多是个石坡，山里有条东西走向的狭长沟壑，上窄下阔，下面有十几米深，寒气逼人，雨水顺着岩层裂痕渗到了地下，二老道打着手电筒，带头从斜坡下到老沟底部，发现岩壁上有不少条形痕迹，头大尾窄，像是生有四足的鲵，传说老沟中有吃人的壁画，可能是指这些痕迹，其年代要比契丹古墓早出很多。

张巨娃瞪着两个大眼珠子看得出奇："咋瞅这也不是会吃人的东西啊！"说着话，他伸出手要触摸石壁上的痕迹。

我按下张巨娃伸出去的手："换我是你我就不碰它，常言道无风不起浪，我想老沟里壁画吃人的传言，不会是凭空而来。"

03

二老道对张巨娃说："我老兄弟说得没错，想吃咱这碗饭，可得加小心。"

张巨娃说："那行，哥，道长，我全听你俩的。"

索妮儿也是好奇，问我："你说沟底下画的是啥？"

我说："可能是蛇或者龙的图案，也许是化石，年代太古老，已经看不清了。"

龙蛇之类的图腾崇拜在内蒙各地并不少见，有草原的地方拜狼，有森林的地方拜熊，有洞的地方拜蛇，不过老沟这些痕迹浑然天成，也有可能不是人为。

这些岩画比埋葬契丹女尸的古墓要早得多，当年寻金者在老沟遇险，传言说此地有吃人的壁画，指的应当是沟中岩画，与我们要找的契丹古墓无关。我们小心翼翼地在沟中走出一段，既无人踪也无兽迹，沟底潮湿阴冷，散发着一股腥腐的臭气。

二老道拿出罗盘找方位，带路在沟中东一头西一头地乱走。炕沿山南边是片簸箕形洼地，中间低，两端翘，北端高出南端。古墓墓室的位置在洼地下方，墓道入口在炕沿山老沟里。沟底乱石崩塌，即使看出墓道在哪，凭我们几个人也挖不动。二老道那套装神骗鬼的伎俩虽不顶用，但堪舆认穴的本事却实实在在，他见老沟里的岩层坚厚无法撼动，爬出沟来到炕沿山上，手捧罗盘，左看右看，东比西比，一步一步量到山坡下头，指着沟外一条淤泥野草覆盖的岩缝说："瞅准了，打这挖下去就是墓道。"

张巨娃听得吩咐，从背囊里掏出短铲锹镐，分给我和索妮儿，在二老道的指点下，挖出岩缝中的淤泥荒草，淤积的烂泥虽然容易挖，但岩裂狭窄，手脚施展不开，又要刨防水沟，直到夜半更深，泥洞终于见了底，再往下是层抹着红膏泥的条形大砖，使用红胶泥勾缝抹平，我们三个抠出几块沉重的条砖，已累得呼哧呼哧喘着粗气，只见泥洞下方露出一个钻得过人的窟窿。

我看出二老道是避开沟中的墓门，直接从墓道顶部掏洞下去，由于常年受泥水侵蚀，条形砖砌成的墓道外壁早已松动，也不免佩服他这双贼眼准得出奇。

二老道强忍着贪心，他说墓道封闭的年头太久，里头阴气重，一时半会儿没法下去，况且天也晚了，大伙累得够呛，先歇一宿再动手，墓道里还有内门，明天有得忙活。

这一夜风雨不住，张巨娃对我们说："你们信不信，盗墓时风雨交加，是古墓里的死鬼在哭。"

索妮胆子不小，可对这些迷信的说法她是真信，听张巨娃这么一说脸都白了。

我对索妮儿说："根本没那么回事儿，死鬼埋在古墓里与荒烟衰草作伴，冷清寂寞了这么多年，好不容易有人来看它，高兴还来不及，怎么可能哭呢？"

二老道说："还是我老兄弟胆大不信邪，老道我早看你不是一般人，比我这夯货徒弟有出息多了。依我看，孤魂野鬼再可怕，也不如穷神可怕，老道我是穷怕了，等咱这个活儿做成了，足够下半辈子吃香的喝辣的，你们只要这么一想，那就什么胆子也有了。"

我们喝冷水啃干粮，听二老道说完话，连眼皮子也睁不开了，这一天实在累得狠了，四个人轮流守着通进墓道的泥洞，以防积水灌进去，忍饥受冻挨到天亮。

转过上午，二老道点起一盏防风防水的马灯，他让我和张巨娃先进去探路，二老道嘱咐说："老兄弟你可得记住了，灯灭人就灭。"

04

二老道告诉我，这契丹古墓的形势，是在簸箕形洼地下方有巨大的土丘，上方覆盖着草甸，墓室挖在土丘里，第一道墓门位于老沟，为了使风水形势不至中断，用砖石胶泥将墓室和墓门之间的墓道连接贯通，墓门内侧有封门石，墓室岩壁同样坚厚无比，绝难凿穿，盗此契丹古墓，最便捷的途径就是从墓道顶部挖进去，可墓道里不通风，让人呼吸困难，如果马灯无缘无故突然熄灭，即是说明里面还有阴气，要赶快掉头往外逃，夜长梦多，迟则有变，探明墓道，然后打开墓门进里头取宝，拿完东西立刻走人。

我们扎上绑腿，放绳子钻下盗洞，阴冷的墓道中地势逼仄，两个人并肩走都显得挤，而且土质十分疏松，碰到墙皮就连土带泥一片一片地往下掉，随时都有可能垮塌下来埋住墓道，条形砖砌成的墓道两壁抹着层白灰面儿，下方绘有壁画，但这段墓道损毁严重，泥水润，仅有一些凌乱的线条可见，墓道中还有一些殉葬的人骨，也许是兽骨，烂得认不出了。

张巨娃人高马大，胆子却不大，跟在我身后问道："哥呀，你以前进过古墓没有？"

我说："以前只在乡下钻过坟窟窿，还曾跟人打赌，到荒坟里睡过一夜，可都是些早被掏空的老坟，里头除了几只东爬西钻的蜘蛛以外，就什么也没有了，这样的辽墓我也是第一次见，你给二老道当徒弟，没跟他进过古墓？"

张巨娃说："这半年多虽然跟道长掏过几座坟，但也没进过这种么大的古墓，光是墓道就这老深，里头能有些啥？"

我心想："你这是明知故问，古墓里除了粽子还能有什么？"之前听二老道说，辽墓里埋着一个契丹女尸，生前不仅是辽国的皇族显贵，姿容艳丽举世无双，又是萨满神巫，身份不比寻常。

张巨娃想象不出："哎呀，那得美貌成啥样？"

我问他："你想想，你这辈子见过的女人当中，谁长得最标致？"

张巨娃说："索妮儿，条顺盘亮，看着就招人稀罕，我没见过比她模样更好的了。"

我说："索妮儿长得是好，要在前清她也算是格格了，跟这契丹女尸还真有一比，可她是在山里长大的猎人，脾气比老爷们儿还窜，气质上只怕不如契丹神女。"

张巨娃说："反正契丹女尸也死了，死人跟活人没法比。"

我说："没准死而不朽，揭开棺椁仍是栩栩如生……"

张巨娃说："那岂不变成僵尸了？哥呀，你可别说了，我胆小。"

我说："对了，咱这话哪说哪了，你可别当着索妮儿的面再提，要不然她饶不了我。"

张巨娃说："打是疼骂是爱，她稀罕你才数落你，我们这儿的老娘们儿都这样。"

我们俩胡扯了几句，胆子壮多了，走到墓道尽头，提煤油灯照过去，是道双扇木门，每扇门上有三排鎏金的铜钉，中间挂着布满锈蚀的大锁，炕沿山下埋压的第一道墓门，是座石板门，墓道里一般都用巨石堵着，没有牛马别想拽得动封门石，而第二道墓门只是木质裹着铜皮，又兼受潮腐朽，根本挡不住人。

　　张巨娃将墓门上鎏金的铜疙瘩一一撬下，又抡镐凿穿了墓门，里面却积满了沙土，挖开沙子又是积碳，属于古墓里的防潮层，好在不厚，沙土层后面是内门。

　　我和张巨娃全身又是土又是汗，想到即将见到地宫，都不免紧张起来，正待撬动内门，索妮儿突然从墓道后边进来了，我说："你怎么来了？不怕契丹女尸吗？"

　　索妮儿说："看你俩下来半天没动静，担心你整出啥事，咋还没完呢？"

　　我说："快了，还有一层内门，抠开这道门，里头就是地宫……"

　　说话的时候，张巨娃已用力撬开了那扇门板，地宫不过是在土丘里掏出的洞穴，抠开墓门的一瞬间，只觉一阵让人窒息的黑风从古墓里吹出，我刚跟张巨娃说了半天契丹女尸的样子，好奇心驱使之下，不由自主地拎起马灯往里头照，想看一眼古墓里有什么东西，忽见漆黑的墓穴里扑出一只狰狞无比的恶兽，竟是全身白毛，金目獠牙。

05

　　马灯让墓穴中涌出的阴气，冲得忽明忽暗，同时有只从没见过的恶兽，白毛金睛，张着血口扑将出来，我们三人几乎是魂飞魄散，头上毛发直立，挤在狭窄的墓道里无从退避，眼睁睁看那恶兽迎面扑到，我惶急之际抢起手中的山镐，狠狠挥过去，谁知抢了一空，山镐重重砸在地砖上，发出"当啷"一声巨响，劲儿使得太猛，虎口都被震裂了，而那恶兽扑到我们身上有如一阵阴风，呛得人不能呼吸，再看眼前什么也没有了。

　　我们惊疑不定，又感到喘不过气，急忙从原路退出去，张巨娃把在内门前见到的骇人情形，给他师傅二老道说了一遍，这是三个人亲眼所见，绝不会看错，再进去非让守墓的恶兽吃了不可。

二老道是吃倒斗这碗饭的老贼，经验何其丰富，他一听张巨娃的描述，就知道那不是什么守陵的恶兽，这座古墓千百年来不曾通风，绘在墓墙上的壁画色彩鲜艳，和刚绘上去的没有两样，打开墓门的一瞬间，墓里的阴气出来，壁画上的色彩会随空气挥发一部分，人眼看到的鬼怪，是古墓壁画随阴气挥发掉的色彩，老年间的人迷信，认为那是撞上了鬼影，让这阵阴风触到，轻则受场惊吓，重则被吓掉魂魄，也等于要了人命，其实这是古墓保存完好的证明。

我想起瞎老义也说过这种事，二老道应该不是胡说，张巨娃却说什么都不敢再进古墓了。

二老道说："这个没出息的夯货，整天啥都不干，只想坐等着天上掉馅饼，也不寻思寻思你家祖坟上长没长那根蒿草？胆小不得将军做，怕死不是大丈夫，你还想不想挣钱盖房娶媳妇过好日子了？"二老道深知张巨娃的念头，如此忽悠一通，又把张巨娃的心思说活了。

张巨娃发财心切，听完二老道的话，硬着头皮收拾斧子马灯，等会儿要进古墓取宝。

二老道转回头，对我说："老兄弟，我这老徒弟不顶用，这山炮玩意儿，做事吭哧瘪肚废老劲了，还是得指望你帮我一把，你知不知道，自古以来有释道儒三教，儒教平常，佛教清苦，唯有道教学成长生不死，变化无端，最为洒落，走到啥地方都让人高看一眼，道门里的长生不死虽不好学，但我师傅以前的道人们也能靠算卦看风水混口饭吃，撑不死，却也饿不着，可传到老道我这代，偏赶上全国解放破迷信除四旧，多少代祖师传下来的饭碗，到我这没法养家糊口了，又不会别般营生，不掘坟盗墓还能干什么去？老道我当年抽过大烟，身子坏了，受不住古墓里的阴气，所以等会儿要由你带着我这徒弟进古墓，你还得多照应他一些。"

我心说："你个贼老道可真会使唤人，自己不进古墓，把这些担惊受怕的脏活儿累活儿，全推给我和张巨娃了。"可我这个人是吃软不吃硬，那会儿又是年轻气盛，明知为难也不愿推脱，当时听了二老道的安排，让张巨娃背了一条空蛇皮口袋，又带上手套、绳索、手电筒、马灯和斧头。

此刻日已过午，估计古墓里能有点活气儿了，我和张巨娃戴上口罩正准备下去，索妮儿带了杆土制猎枪，也要跟着我们一同进入古墓，她一是担心我出事，二来也是好奇，越怕越想看，说到底还是胆子大，带着猎枪吓唬不了死人，也足够给活人壮胆。

我本不想让索妮儿下去，要说古墓里有墓主阴魂我也不怎么信，但伏火暗弩流沙落石未必没有，通风的时间不长，没准会把人闷住，墓道也是说塌就塌，可索妮儿执意要跟来，我只好让她待在我身后不许往前去。

这次下墓道之前，二老道给了我一炷香，叮嘱我们手脚越快越好，香灭之前必须出来。我问他为什么，他只说耽搁时间久了怕有变故。

张巨娃拎着马灯斧头在前，我和索妮儿拿了手电筒在后，三个人攀着绳索下至墓道，按原路摸到墓门前，辽墓地宫是挖在土丘里的洞穴，有前中后三间墓室，前室很窄，到墓门仅有五步距离，迎面墙上是近似猛虎的兽形壁画，张牙舞爪的巨兽盯着地宫入口，是个镇墓辟邪的东西，大部分色彩已在墓门打开时消退，颜色暗淡，却仍能看出狰狞凶恶之状，古墓深处的壁画颜色褪得并不严重，让手电筒的光束一照，漆黑墓室中浮现出的壁画依旧鲜艳夺目，分别描绘着人物鸟兽宫殿山川，还有群臣歌舞饮宴的场面，技法高超，极具唐画风采，置身其中，仿佛走进了一座千年画宫。

06

地宫前室面积不大，却比墓道宽阔得多，土洞四壁砌着墓砖，一进去马灯就变暗了，手电筒也照不远，晦气仍是极重，还有股难闻的土腥气，我们怕被闷住，不敢走得太快。

迎头是恶兽把门的壁画，两侧和头顶绘着仙鹤祥云的图案，前室中四个墓俑两两相对，呈半跪姿态，看起来都是侍卫模样，个个浓眉大眼，长发披肩，身穿圆领团花长袍，足蹬长靴，腰间束带，手中持有长锤，团花长锤靴子上全贴着金箔。

我看张巨娃想刮下金箔带走，对他说："二老道交代过，取后室的五件宝物就足够了，辽墓里的陪葬品太多，你要是连金箔都刮，三天三夜也完不了活儿。"

张巨娃俩眼都不够看了，点头答应："嗯呐，我听你的，哥呀，你说这些瓦爷手里怎么不拿狼牙棒，却握着这像锤又不是锤的东西，能好使吗？"

我说："你知道什么，瓦爷手持的不是铜锤，这叫金瓜，御驾之前不准见刃儿见刺儿，因此近侍只用金瓜，皇上看谁不痛快，便喝令侍卫拉出去在殿前金瓜击顶，那就是把罪人按到地上，轮起这长锤砸脑袋，跟砸个西瓜似的。"

张巨娃说："还是我哥行啊，连这都知道。"

索妮儿说："我好像听我爷说过，这叫骨朵……"

事实上索妮儿说的没错，辽墓武士手里拿的是骨朵，很久以前是契丹人的兵器，也属卫护仪仗之器，并非金瓜击顶用的金瓜，那会儿我也不知道是什么物件，信口开河罢了，我告诉索妮儿骨朵和金瓜没什么不一样，只是关内关外叫法不同。

说话进了中室，天圆地方穹庐顶的洞穴墓室，土洞面积有四间民房大小，壁高三四米，手电筒照不到尽头，两边分别有一间耳室，墙角也有砖头砌成的石柱，上涂红彩打底，又用黑白颜色勾勒出花卉图案，四周和头顶都是整幅的壁画，色彩鲜艳，形象传神。

穹窿形墓顶上，用深蓝颜色绘出深沉的天空，白色星辰点缀其间，东南有赤黄色的日轮，里面栖息着三足金乌，西南一轮明月，玉兔桂树都在这月宫里，星空幽远，日升月沉，让人顿感兔走乌飞，深觉时光如电，人生瞬息，我抬头仰望古墓顶部已逾千年的壁画，看得心中砰砰直跳，索妮儿和张巨娃也是目瞪口呆。

我心说："这契丹小娘们儿真会享受，死后还要看着如此精美的壁画。"这么想着，又把手电筒照向墙壁，溜边往前走了两步，发现古墓中的壁画排列有序，描绘着墓主人生前的情形，有在宫殿中的饮宴歌舞，有祭神拜天的行巫仪式，也有在山林中骑马射猎的场面，侍卫们身着甲胄，森严肃立，奴仆们卑躬屈膝传酒送肉，更有侍从手牵披挂整齐的骏马，执礼甚恭，好像在随时等候墓主人出行，侧面的耳室里，堆满了晶莹剔透的玛瑙盅水晶碗、白瓷青瓷碗盘、金壶银罐，马鞍马镫上镶金嵌玉，别看积了一层淤土，但拂去积尘，那黄的金、白的银、红的玛瑙，兀自灿然夺目，不是一般老坟里的土鸡瓦狗可比，虽然时隔千年，可一看这些壁画和陪葬品，就能立刻想象到墓主人生前锦衣玉食，过着奴仆成群一呼百诺的奢华生活。

张巨娃道："跟这位墓主人一比，我真是白活了，凭什么人家能过这种日子？"

我说："你师傅有句话说得不错，命不好谁也别怪，要怪就怪咱家祖坟上没长那根蒿草。"

索妮儿说："全是生不带来死不带去的东西，要这么多顶啥用？莽古生前有这么多奴仆侍卫骏马金珠，还不是年纪不大就死了？"

我问她："你怎知契丹女尸年纪不大就死了？"

索妮儿说："这有什么可奇怪的，萨满神女莽古，死的时候只有二十几岁，要说埋在哪里没人清楚，提起莽古却有不少萨满教的老人知道，传说莽古生前能通鬼神，明见千里以外，而且貌美倾国，举世罕有。"

我说："契丹女尸生前长得再如何好看，咱们也见不到活的了，可惜那年头没有照相机，留不下影像，不过……辽墓壁画注重写实，壁画中应该是古人真容。"

我想在古墓壁画中一睹大辽公主萨满神女的真容，但前室和中室这么多壁画，其中竟没有墓主的形象存在，可我知道，沉睡千年的契丹女尸并不在后室，她就在这个阴森的墓室中，始终注视着我们三个人的一举一动。

07

我告诉张巨娃和索妮儿，已经离契丹女尸很近了，墓主就在这里。

张巨娃问道："哥呀，墓主为啥不在后室？"

我说："你白给二老道当徒弟了，后室大多用来放墓志石碑，墓主人当然在当中的正室。"

索妮儿听我说契丹女尸就在这里，不禁怕上心来，埋怨我为什么不早说，辽国萨满神女的传说在东北流传甚广，如今的萨满教只剩下跳大神儿了，据说古时候却真有神通法术，可她听那些老年间的传说听得耳朵都起茧子了，害怕归害怕，又忍不住想看契丹女尸的样子。

越往古墓深处走，马灯越暗，呼吸也愈发困难，站在墙边，手电筒照不到墓室尽头，我往前走了两步，也觉得手心出汗心跳加速，举起手电筒往前照，隐约看墓室尽头的墙壁下，是一座石台尸床，约有半人多高，雕刻成龙首鱼身的形状，是个摩羯鱼形床，只有尸床没有棺椁，女尸侧卧在尸床上，契丹葬俗和关内有别，古代萨满讲究通灵之说，下葬忌用棺椁，这一点我听二老道提过，当即走近两步，上前看个清楚，索妮儿躲在我和张巨娃身后，也睁大了眼去看，我们都揪着个心，在手电筒的光亮下，仔细端详面前的一切。

摩羯怪鱼形状的尸床下部，也绘有人物图案，那是两女一男，无不形神兼备，画中两名侍女身穿青色官装，一持白鹦鹉立扇，一持金盆，旁边还有一个老者，一身萨满长袍装束，头戴无沿乌纱，面容削瘦，鹰鼻深目，连鬓络腮的胡须，两手握在胸前躬身而立，相貌严肃，让人望而生畏，在尸床画像前倒着三具干尸，也是两女一男，服饰和壁画上的人物一模一样，尸身上布满了黑斑。

这三个死尸想必是殉葬的人，墓床彩绘中有这三人生前的样貌，属于墓主贴身的近侍，活人灌服水银殉葬，死后身上才有这种发黑的水银斑，尸身年久不朽。

再看侧卧于摩羯尸床上的墓主人，契丹女尸脸罩黄金面具，两根辫子盘于脑后，发辫上勒有金箍，头下是伏虎兽形枕，腰束宝带，系如意扣，金网葬衣覆盖下，还套着十一层敛袍，身下锦被绣着活灵活现的大孔雀，女尸戴着手套，脚踩金花云靴，手腕上有一对龙首金镯，宝石耳坠，金印戒指，腰佩琥珀柄玉刀，胸前挂着的一大串琥珀璎珞，是数百颗琥珀加上龙盘珍珠浮雕饰件，通体用银丝穿成，怀中抱着个用玛瑙装饰的黄金盒子。黄金面具可能是依契丹女尸生前容貌五官轮廓，使用金片打造而成，却终究不是一张活人的脸，面具上冰冷的容颜凝固了千年，让手电筒光束一照，黄金熠熠生辉，但在这阴森的古墓中既看不出美艳绝伦，也看不出安详端庄，反倒显得分外诡异。

我心想难怪将古墓里的死尸比作"粽子"，从里到外裹了这么多层，原有的身形容貌哪还看得出来？

张巨娃呆望着契丹女尸半晌，对我说："哥呀，瞅着老吓人了，我说啥来着，这女尸不可能有我姐长得好。"

索妮儿没听明白，她问张巨娃："你刚说什么？"

张巨娃说："姐呀，我哥说你长得和契丹女尸差不多，我说不可能，女尸咋能有你好看……"

索妮儿一听急了，揪住我的耳朵说："你怎么拿我跟死人比？"

我疼得倒吸一口冷气，忙把索妮儿的手掰开，对她说："别信张巨娃胡言乱语，他准是把做梦的事当真了。"说完瞪了张巨娃一眼，又说："黄金覆面之下才是契丹女尸的真容，你们敢不敢看？"

索妮儿说："要不……别看了，死人的脸……能有啥好看？"

我说二老道交代过，这座辽墓里的陪葬品多不可数，不过真正的无价之宝，全在契丹女尸身上，别的不用动，只取女尸怀中所抱的玛瑙金盒、胸前佩戴的大串琥珀璎珞、脸上罩着的黄金覆面，这三样东西都了不得，尤其是黄金覆面，錾着细密精美的龙凤纹饰，更有契丹女尸生前的容貌轮廓，没有第二件东西比得过它。

索妮儿说："二老道说得好听，为什么他自己不进古墓，从契丹女尸脸上摘这黄金覆面？"

张巨娃说："我师傅他是真不敢来，他一进来准得死。"

08

我问张巨娃："这是怎么句话？贼老道一进契丹古墓就会没命？"

张巨娃告诉我和索妮儿，二老道的祖师当年给这座辽墓看过风水，还指点了墓穴格局，但也立下过重誓，他和他的后人敢来盗挖此墓，必定死于非命。

我说你也是二老道的徒弟，你师傅怕死你就不怕？

张巨娃怔住了，惊道："哎呀我哥，我真没想到还有这骨节！"

我问他："二老道都教过你什么？"

张巨娃说："那可多了，道长从头教过我，盗墓起源于黄河流域，在民间发展到后来，融入了东北二人转的技术特点，一般都是俩人干活……"

我一听就明白了，二老道那个损贼，根本没把张巨娃当徒弟，这种话也只有张巨娃才会相信。

张巨娃没开过眼，见到裹在契丹女尸身上的金珠宝玉，不由得起了贪心，怕字抛在了九霄云外，让我帮他照着亮，这就要动手取宝，他跪地给女尸磕了个头，说道："小老妹儿，你死后留这老多好东西也没啥用，匀给我们几件，也是阴功不小，我这多有得罪了。"

张巨娃念叨了几句给自己壮胆的话，伸手想去取女尸身上的宝物，碍于尸床前隔着三具干尸，他身量虽高，胳膊长腿长，却也够不到那么远，只好先把干尸拽到旁边，灌进水银的死人外皮枯干，但格外沉重，张巨娃拖得十分吃力。

索妮儿提着马灯和猎枪，跟在我身后，我把二老道给的那烛香插到墓砖缝隙里，撑起蛇皮口袋，举着手电筒给张巨娃照亮，此刻古墓里通风的时间已久，手电筒和马灯照明范围扩大了些许，能看见女尸身后的墓墙上，同样绘有壁画，内容十分怪诞，让人难以理解。

契丹女尸身后的壁画中，上方是天狼夺月，占据了整幅壁画的一多半，圆月变成了黑色，而且大得兀突，让人毛骨悚然，好像多看一眼就会被它吸进去，左上角有一条形态凶残贪婪的巨狼，在古代中原地区的迷信观念中，将月蚀当做天狗吃月，辽国则认为是天狼夺月，两者并无太大分别，指的都是一回事，壁画下半部分却是一座大山，山腹墓穴中有彩绘木椁，椁身有锁链缠绕，木棺周围侍立几十个金俑，围着这座山，躺有许多面无表情的人，男女老少均有，不知是死是活，这一切，都在无比之大的黑月之下。

张巨娃只顾着摸金取宝，我和索妮儿的目光却让这壁画吸引，辽墓里的壁画多以写实为主，唯有这幅壁画的内容怪诞诡异，又绘在契丹女尸身后，显得非常重要。

我凝视良久，想不出这壁画是什么意思，委实让人难以理解。

索妮儿自言自语道："这壁画多像契丹女尸做的一个梦……"

我闻听此言，不由自主地一愣，觉得索妮儿这话说到点子上了，契丹女尸罩着黄金覆面侧卧在摩羯鱼床上，配以身后的壁画，正如同展现着墓主人生前的梦境，让人感到契丹女尸并没有死，只是在阴冷的墓穴中沉睡不醒，若说是梦，这个梦可也够离奇了。

我对索妮儿说："没准真让你说对了，古代人迷信，以为梦能通灵，且是左右吉凶的征兆，契丹女尸生前是皇室贵族，又身具萨满神女这重身份，生前做了这样一个让她念念不忘的梦，这个梦有可能很重要，以至于在她死之前，还不忘吩咐族人把梦境画在古墓中。"

索妮儿望着壁画中的黑月不寒而栗："这一定是个无解的噩梦……"

张巨娃说道："哥呀，你俩别瞅那壁画了，死人做过的梦，跟咱有啥相干，帮我一把行不？"

我回过神来，只见张巨娃正伸着两手，哆哆嗦嗦地托起契丹女尸的头部，想要摘下挂在女尸脖颈上的琥珀璎珞，可他两手抱着契丹女尸的头，没法再摘那一大串琥珀璎珞。

我对张巨娃说："契丹女尸是萨满神女辽国公主，你个穷光棍是什么出身，也敢抱她？"

张巨娃颤声道："哎呀我哥，你可别吓唬我了，我这都快吓尿裤了，亏得我这趟出门带了两条裤子。"

我看张巨娃真是怕得狠了，只好不再看古墓里的壁画，先把手电筒关掉，别在腰后的皮带上，让索妮儿将马灯往前提一些，然后从女尸脖颈上摘下琥珀璎珞，感觉份量沉甸甸的，顺手放进蛇皮口袋里，心说："便宜二老道那损贼了。"

张巨娃轻手轻脚地将女尸头部重新放在兽形石枕上，明知这是个死人，可一看那黄金覆面上诡异的反光，就觉得稍有惊动，契丹女尸会突然坐起来，所以大气也不敢出上一口。

取掉琥珀璎珞之后，接下来要摘女尸脸上的黄金覆面，我想象不出黄金面具下有怎样一张脸，死去千年之久的契丹女尸，是和墓室三个殉葬的侍从一样，灌注水银变成了满脸黑斑的干尸？还是依然保持着生前的容貌？

09

索妮儿以往听多了萨满神女的传说，一看我们要摘黄金面具，吓得捂住眼不敢看女尸的脸。

张巨娃说："姐呀，你在后头可不能闭眼啊，万一你那猎枪搂走了火，一枪招呼到我和我哥身上，那我俩死得也太屈了。"

我告诉索妮儿不用怕，契丹女尸的脸，不会比墓室里三具殉葬干尸的脸更吓人了，按理说黄金覆面下应该仅是一具枯骨，莽古有倾国之貌，一定极爱惜自己的容颜，灌水银是能保持尸身不朽，可干尸和活人的样子相差太多，以往也只有殉葬的奴仆才用水银防腐，这古墓里又没有棺椁，契丹女尸已经死去千年，保存再好也只是一堆骸骨了，身上穿金罩玉裹了十几层敛袍，又以黄金面具罩脸，撑在尸床上显得还有人形轮廓，敛袍和覆面里头除了几根枯骨可能什么都没有了。

索妮儿却认为萨满神女莽古不是常人，至少看这契丹女尸的头发，仍是那么浓密乌黑，只是没了活人才有的光泽。

事到临头，张巨娃也没胆子取下女尸的黄金面具，他先伸手撸下几样金饰和琥珀柄银刀，递给我放进蛇皮口袋里，又将契丹女尸抱住金盒的手挪开，捧下那个嵌着玛瑙的金盒，这金盒有一尺多长。

我揭开看了一眼，盒子分为三层，头一层只装着几块刻有古符的兽骨。

索妮儿说："我知道，这是莽古的嘎啦哈。"

我听说在东北地区，姑娘们喜欢一种兽骨制成的玩物叫"嘎拉哈"，传到关内叫"羊拐"，关外是用猪膝盖骨制成，关内则以羊膝盖骨来做，但都不是这样的东西。这几块兽骨年代古老，表面光润如玉，又刻着犬形符文，各面有赤黑青白几种颜色，也许是萨满老教预测吉凶用的东西，金盒其余两层，分别装着玉璧和大如龙眼的明珠，我不知那玉璧价值几何，只看那珠子让马灯照得泛出异光，只怕灭掉马灯，凭着珠光也可以数清契丹女尸的头发，实在是非同小可，我想起瞎老义说过倒斗最忌讳贪心，凡事不能做绝，琥珀璎珞玉刀金匣皆是身外之物，取之无妨，至于黄金覆面和女尸头下的伏虎玉枕不拿也罢。

我正想叫张巨娃收手，忽听索妮儿说："我瞅古墓里的壁画好像跟刚才不一样了！"

我掩上金盒放进蛇皮口袋，抬眼看向契丹女尸身后的壁画，盯得久了会觉得要被那轮黑月吸进去，可要说壁画在不知不觉间有变化，这我倒看不出来，反正那壁画中间只是黑乎乎的一大片。

这时地上插的那炷香也快烧到头了，我本以为这炷香可以烧一个时辰，没成想至多只能烧二十几分钟，我对张巨娃说："差不多了，你要是不敢拿契丹女尸脸上的黄金面具，咱们就赶紧从古墓里出去了，这可不是久留之地。"

张巨娃初时提心吊胆，等他接连从契丹女尸身上撸下几件金饰，一看没出什么事，贼胆更壮，拿一件是拿，拿两件是拿，全拿了也是拿，当取不取，过后莫悔，想来想去，他还是要摘契丹女尸头上的黄金覆面。黄金覆面后头有玉搭扣，张巨娃用手揽住契丹女尸的头，解开缠在发髻中的玉扣，粗手笨脚忙得满头是汗，解了好几次才解开，此刻地上那炷香早也烧尽了。

我不明白二老道为何非让我们在香灭前离开古墓，但这让我有一种很不好的预感，扯着张巨娃说："别拿黄金覆面了，快走！"

张巨娃还舍不得撒手，那黄金面具已经被他揭掉了。我和索妮儿站在张巨娃身后，仅有一盏马灯照明，看不到契丹女尸的脸，也不知张巨娃看见了什么，黑暗中只听他叫了声："哎呀我的哥呀，吓死我了！"惊呼声中，他如触蛇蝎般闪到一旁。

晃动不定的马灯光影下，我和索妮儿看到了契丹女尸的面容，这个被人们说成有倾国之色的萨满神女，在黄金面具下却只有一张枯树皮似的脸，深陷的两眼和嘴部像三个黑窟窿，如同壁画上的黑月一样可怖。

契丹女尸也许在生前受到那个噩梦的纠缠，死得格外痛苦，难怪把张巨娃吓得不轻，我看在眼里，也感到头发根子直竖，口中对张巨娃说："让你别摘女尸脸上的面具你非要摘，把自己吓着了不是？"可侧过头一看，刚才躲到一旁的张巨娃却不在那，他如果逃出墓室，我不会听不到脚步声，活生生的人怎么会在一瞬间突然消失？

索妮儿骇然道："人呢？撩了？"

东北话说"撩了"，是说跑了的意思，我觉得张巨娃不可能撩得那么快，不知怎样作答，只好摸出手电筒照过去找人，猛然发现张巨娃让古墓里的壁画吃了。

第三章　千年噩梦

01

　　张巨娃揭开契丹女尸的黄金覆面，让脸如槁木的萨满神女吓破了胆，他闪身躲到墓室边上，随后这个人就突然不见了，直到我掏出手电筒照向墙壁，才看见张巨娃的上半截身子陷在壁画中，剩下两条腿还在用力踢蹬，好像是壁画中的人在动，抓住张巨娃往壁画里拽，这一连串的变故，全部发生在极短的时间之内，我根本来不及想到底发生了什么事情，心中骇异之状，更是难以言说。

　　我眼睁睁看着壁画里的人在动，可这辽代古墓在挖开之前，埋在地下长达千年，这么久没通过风，墓室中不该有活的东西存在，除非是古墓中的壁画兴妖作祟，那又怎么可能？

　　心中悚栗之际，手电筒也拿不稳了，光束晃动中只见张巨娃在壁画中越陷越深，我和索妮儿均想救人要紧，顾不上怕，抛下手中的猎枪、马灯和蛇皮口袋，分别抱住张巨娃的一条腿，拼命向外拉扯。

我们咬紧牙关使出全力，总算把张巨娃的半截身子从壁画中拽出，就看这人满身是血，脸上的皮都没了，面目已不可辨，说不上是死是活，看样子凶多吉少。要说半个人陷进墙壁里，那墓墙上有个窟窿才是，然而墙上的壁画仍是鲜艳完整，只是隆起了一大块，手电筒的光束照过去，能照到那壁画中的一个宫女，在恍惚的光影下，那宫女的脸正从壁画中凸起。

我和索妮儿大吃一惊，这是壁画里的人要出来了？我们胆子再大，也不敢停下来看个究竟了，急忙拖着死狗般的张巨娃往后退开，惊慌之余，忘了身后有三具殉葬的干尸，我一脚绊上，身不由己地向后仰倒，头部重重撞到一块硬物，眼前一阵发黑。

我这一跌，正摔在摩羯鱼床上，头下撞到的硬物是兽形石枕，几乎与侧卧了千年的契丹女尸脸对着脸。我心说这好不晦气，急于起身，却连跟手指也不能动，恰似被噩梦魇住了，意识陷进了女尸身后的壁画，也忘了身在辽国古墓中，恍惚间到了那棺椁近前，看那些黄金俑就在身边，我心想这可发财了，我和土地爷索妮儿在山里找上半辈子金脉，怕也是比不过这个金俑，刚想伸手去摸，缠在棺椁上的锁链蓦然断裂，金丝楠木椁开启，露出其中的玉棺，一个披散头发的人推开玉棺从里面匍匐而出，那人血口过腮，四肢僵硬，长发覆面，全身血污，拖出一条肚肠，半截还在棺椁中，转眼到了我面前，我骇异无比，喉咙便似塞住了发不出声，想逃又挪不开腿，只好闭上眼等死。

忽然间，有人把我从尸床上拽起，我猛地睁开眼，大口喘着粗气，身上的冷汗都出透了，再看是索妮将我拽了起身，契丹女尸身后的壁画并没有什么变化，好像刚才的感受，只是头部撞到兽形石枕之后，意识在那一瞬间让梦魇住了。萨满神女莽古生前做了一个让她到死也忘不掉的噩梦，一千年后，我在这阴森的古墓地宫里，也做了一个同样的梦，虽然短暂，但那恐怖无比的情形，已足够让我记一辈子。我不知道自己为何会重复前人做过的梦，我当时想不明白到底发生了什么，寻思多半是契丹女尸厉鬼作祟，我们在古墓里撞上邪了，更想不到萨满神女的千年噩梦会一直缠着我不放。

02

当时我被索妮儿一拽，登时从梦魇中惊醒，胳膊腿好似灌满了黑醋，酸痛沉重，脑袋也撞得不轻，仍在发懵，手电筒晃动不定的光束下，看到张巨娃仍四仰八叉地躺着，生死不明，墓室侧面壁画中有个宫女的轮廓凸起，好像是那片墙皮在动。

我对索妮儿说："我不要紧，咱们快逃！"话音未落，头顶上忽然落下一片灰土，抬头一看，只见高处有几个近似麻袋般的物事在动，看不清到底是什么，但是古墓中色彩鲜艳的壁画，全绘在它们身上，不知何故，此时竟活转过来，自壁画中挣脱而出，留下一个个窟窿。炕沿山老沟下的契丹古墓封土完好，在我们挖开墓道前就没通过风，上千年的壁画中有鬼怪不成？

这么一怔之下，已有一片墙皮般的物事掉落在我们身前，这东西身子扁平，软若无骨，头大而尾窄，形似琵琶，我手中只有电筒，捏着空拳难以应对，便抓起张巨娃扔在地上的山镐，狠狠地横扫过去，却似击中了一条破麻袋，那东西身上带着墙皮，忽然一口咬住了镐头，我心中骇异至极，急忙用力回夺。

这时索妮儿端起猎枪，对准那破麻袋般的物事搂下了扳机，猎枪轰击的声响，在墓穴深处听来震耳欲聋，那东西被猎枪掀翻在地，我感觉手中一松，抢回了山镐，看那镐头上沾满了腐臭的脓水，山镐受其腐蚀，镐头化掉了一半，木柄早已连接不住。我倒吸一口冷气，躲在古墓壁画里千年不死的是何方神怪，竟能吐出强酸般的王水？

索妮儿惊道："你看……好像是琵琶蛇！"

我想起听土地爷说过此事。相传老年间，东北原始森林和荒原大泽中有琵琶蛇，与其说像琵琶，那东西更像大得出奇的蛤蟆秧子，死后在地下化为枯芝般的干尸，据说此物为世代同体，后身依附在前身的尸体里，遇阳气而活，出生的过程近似爬虫冬眠，感受到天气转暖而复苏，契丹鲜卑等民族视其为神蛇，因为已经绝迹很久了，所以没人能说清这东西究竟是不是蛇，这个名字只是山中猎人故老相传的称呼，也有人说它是蝘蜓。

此刻听索妮儿这么一说，我意识到契丹古墓里的东西可能是琵琶蛇，说不定是契丹人将琵琶蛇的干尸钉在墓墙中，抹以白灰面绘上壁画，地下墓穴阴冷，不动封土也就罢了，若有有盗墓贼闯进地宫，点起火烛加上盗墓贼呼吸的热度，足能使壁画里的琵琶蛇活转过来，把惊扰契丹女尸长眠的盗墓贼一个个吃掉。二老道让我们在一炷香的时间内离开，显然早知契丹古墓中有神蛇，却担心我们不敢进来盗墓取宝，故意隐瞒不说。

炕沿子山老沟里的痕迹，大概也是琵琶蛇所留，当年老沟里有土鬼吃人的传闻由此而来，我暗骂那贼老道真是个挨千刀的，眼下却是尽快脱身要紧。古墓壁画中的琵琶蛇纷纷爬出，这东西身子前端像张开的破麻袋，比它大得多的东西也能一口吞下，索妮儿手中是条老掉牙的猎枪，我只握着半截镐把，绝难与之对敌，好在多数琵琶蛇刚从壁画中爬出，行动尚不灵活，我们还有机会逃走。

张巨娃先前一头撞在壁画上，让墙中的琵琶蛇张口吞下半截，又被我和索妮儿拽出来，上半身血肉模糊，我们想逃的时候，听他哼了一声，可见还有口活气儿，我不忍把他扔在古墓里被琵琶蛇生吞活吃，当即和索妮儿倒拖了张巨娃的大腿往外跑，那条装着冥器珍宝的蛇皮口袋可来不及捡了。

我一脚踢翻放在地上的马灯，灯油流出来，呼地一下冒起一片火，倒拖着张巨娃，借机逃进墓道，此时埋在壁画里的琵琶蛇相继挣脱。契丹古墓位于炕沿山下的一片簸箕形洼地中，上面覆盖着淤泥水草，下面是个土丘，墓室挖在土丘里，四壁砌砖搭柱支撑，那些琵琶蛇爬出壁画，在墙上留下不少大大小小的窟窿，土丘外的泥水立时涌入古墓，古墓之下也是深不可测的泥沼，半没在淤泥中的土丘中，突然灌进大量泥沙，立时向泥沼深处沉去。

我和索妮儿相顾失色，想不到今天竟要陪着古墓中的契丹女尸，陷入大泽深处，只怕再过一个千年，也难有复见天日的机会。

03

土丘中的古墓涌进泥水，沉向大泽深处，最初下沉之势尚缓，我们求生心切，拖着半死不活的张巨娃拼命往外逃，手里能扔的东西全扔了，狂奔至墓道洞口。

二老道等得心焦，进了墓道正往里面张望，他见我们只拖着血肉模糊的张巨娃，那蛇皮口袋却不在，就明白出什么事了，按捺不住贪心，给手心里一口唾沫，抄起火把想往墓道里走。他可能不知古墓中的变故，以为什么东西都怕火，带上火把逐开怪蛇，随手抓上两件珍宝再出来，总不能身入宝山空手而回，这贪念一起，早把他祖师爷当年立过的誓忘了，却又看出情形不对，站在原地犹豫不决。

我和索妮儿带着张巨娃逃到此处，累得喘成了一团，惊魂未定，话也说不出了，还没顾得上告诉二老道，后半截墓道突然垮塌下来，整个让淤泥埋住了，二老道站得位置靠里，在那伸着脑袋往里看，发觉墓道塌陷为时已晚，我眼睁着他让泥石埋住，拿倒斗的行话说是"土了点儿了"。

我和索妮儿用力将张巨娃托上盗洞，转头看见二老道被活埋，心中均是一寒，可我们立足的地方，已经快让淤泥没过了膝盖，只得爬出墓道，耳听西风鸣咽，眼见黄草连天，白云当空，之前那些惊心动魄的事情好像从没发生过，只有沼泽里咕咚咕咚的冒着泡，那是古墓沉入泥沼深处的动静，没多会儿也不见了，山下仅剩半段被淤泥塞满的墓道。

经过这些事，我深知瞎老义所言不虚，盗墓取宝起了贪念准要人命。那二老道也算有些手段的盗墓贼了，只因一念之差万劫不复，我们也险些送掉性命。张巨娃脸上的皮肉掉没了，昏昏沉沉人事不省，幸得索妮儿找来一些菩萨草，给张巨娃裹好伤灌下药汤，吊住一口气得以不死，我和索妮儿架着他一步步往外走，走到半路上，朔风夹雪直扑人面，不到片刻，已是漫天皆白，自古道"胡地六月便飞雪"，这话是一点不错，我们没有御寒之物，只得加紧赶路，在天气变得恶劣之前，终于走出了这片吃人不吐骨头的草海，把张巨娃送到诺敏河的一个屯子里将养。我将二老道给的钱和在墓门上抠下的鎏金铜疙瘩，全留给了张巨娃，又找地方给二老道烧了些纸钱，超度这老贼一场。

回到林场之后，索妮儿不敢跟她爷爷隐瞒，进老沟盗墓这件事让土地爷知道了，老头吹胡子瞪眼地数落索妮儿，还轮着棒子要打她，我只好把事情揽在自己头上，但是我也怕土地爷的倔脾气，借故先回家一趟，想等老头子气儿消了再说。返程火车从一个林场附近的小站出发，告别前来送行的索妮儿，我一个人坐在车厢里若有所失，闷极了无聊，翻看手头的一册旧书打发时间，那是二老道祖师传下的阴阳宝笈，内容不止山形水势阴坟阳宅，也有入地寻龙算命解梦之类，二老道被活埋在炕沿山古墓，可他这本祖传阴阳宝笈还放在外面，我在他背包中找火柴时翻了出来，我想带回去给瞎老义，之前未及细观，坐在火车里才有机会翻阅，我先看了看那些所谓的风水形势，这跟瞎老义说的并无太大出入，只不过多了图解，看起来更容易领悟，等翻至道家解梦的部分，我立刻想到了老沟古墓中的壁画。

我在火车上反复看了几遍道家解梦的秘诀，可是壁画中萨满神女莽古在一千年前做过的那个噩梦，根本无解，这次听信二老道的鬼话，去炕沿子山老沟盗墓，实在是倒霉透顶，事后想起来，也要怪自己草率鲁莽，但是敢做就要敢当，没什么可抱怨的，又以为事情已经过去了，怎知这千年的噩梦才刚刚开了个头，更加不可思议的事情还在后面。

第四章　通天黄泉

01

记忆中那一年的北京，闷热少雨，尘土却很大，黄乎乎的天，灰蒙蒙的地，很少见得到晴空。据传明朝末年，李闯王进北京，出了一句民谚："天洒黄，动刀兵；地蒙尘，走人狼。"人狼者，意指人中之狼，凶徒也，如今虽说海内平定，没有战事，可酷暑时节出现反常的沙尘天气，也不像什么好征兆。

我在从火车站回家的路上，看见这灰黄的天地，已然生出不好的预感，心里说不出的怕，又不知在怕什么。到家一看，瞎老义已经不在了，是前一天走的，我没能见上他最后一面，往常瞎老义的身子骨就不好，眼神儿也不大行，却有很多常人不及之处，比如谁带来一枚翠玉扳指，瞎老义先拿鼻子闻一闻，再用手摸一摸，顶多伸出舌头舔一下，便能说出扳指的年头，也说得出是坟里埋的，还是家里传的，几乎没错过，要没这两下子，怎么敢在鬼市上换取灯儿打软鼓？当年，在古董行里提起瞎老义的字号，没有人敢不服。他这辈子存下不少珍宝，可惜大多毁于"文革"，仅是吃烤肉用的铁炙子和狼皮褥幸免于难，还有一路墓道石的买卖，在瞎老义临走前有过交代，他将这些东西全留给我了。

瞎老义虽然去世了，但是人死留名，他的字号仍在，大伙看瞎老义的面子，以为我也有两下子，应该是瞎老义的高徒，隔三差五就有人拿东西请我掌眼，怎样也推脱不开，好在我以往听瞎老义说得多了，真东西也见过不少，躲不开便连蒙带唬地应付应付，倒不至于砸了瞎老义的字号。有时我也卷儿包取灯儿，一个人到鬼市蹲着，想撞大运收几件行货。

那些年瞎老义主要做"墓道石"的生意，河北赤城周边有个叫独石口的地方，顾名思义，当地有一块上古时期留下的独石，巨石孤兀，平地凸起，高两丈多，绕着走一圈大约是百余步，长年累月饱受日晒雨淋，依旧岿然不动，巨石上生有古榆四株，枝繁叶茂，大可蔽牛，关于独石从何而来，古往今来传说甚多，至今没个定论，当地以出石活儿著称，包括墓道里的"墓砖、柱杆、翁仲"等等，在独石口应有尽有，有真的，也有仿的。

这一路生意较为冷僻，讲究可也不少，尤其是带鸟兽纹饰的墓道石，无不有说头，比如"螭首是望远之意；身似鹞鹰的鱼能喷云雨，可以用来镇火；狻猊有延续香火的含义；单角牛是獬豸，能够分辨忠奸善恶"，相信这些风俗的主顾，大多是乡下的村官和土财主，90年代初，这股风气又在农村死灰复燃，他们为老祖宗修坟不怕花钱，给自家祖坟用几百年前的墓道石，也是很体面的事。墓道石的种类极多，譬如带阴刻或浮雕的旧坟砖、墓道里的柱杆、镇墓辟邪的翁仲、石俑石马，这些都叫"墓道石"，主顾们各取所需，钱多之人用真的，钱少之人用仿的。这类石活儿大部分出自河北赤城一带，瞎老义在七八年前开始，专做这路买卖，他死后还欠着不少主顾的墓道石，那些人也来找我，我拆东墙补西墙，每天打点这些主顾，更要经常到乡下取石活儿，忙得脱不开身，一想到这是瞎老义给我留下的买卖，怎么困难也不能扔下不做，且对付一天是一天，只好先写封信告诉索妮儿，告诉她今年先不回了，等明年开春再到东北去找金脉。

此后我陆续跑了几趟冀北独石口，慢慢摸索出一些门道，只要同当地老乡混熟了，什么事都好商量。自古以来，冀北山民好客成俗，在他们那地方，客人进门喝茶吃饭一概用特号大碗招呼，你去到那也得懂规矩，一是喝茶不能喝得碗底朝天，二是上桌吃饭，不能吃到一半放下筷子，否则会视为瞧不起主人，吃饱之后要把两根筷子平放在碗口上，听说天冷的时候，你到村子里还要跟主人全家睡同一处大炕，决不可避嫌推脱，临别之际，板栗大枣柿子等土产，定让你能带走多少带走多少，此地整村整村出石匠，仿古的石活儿做得很地道，更有从山上扒出的坟砖墓石，这一忙活起来，再没有多余的心思了。那阵子我是一天接一天地混日子，但有时连着做噩梦，闭上眼就见到棺材里的死人拖着肠子爬出来，我认为可能是自己想得太多了，却也不免惴惴不安，直到我在豫西深山中，遇到一位早已躺在棺材里的奇人。

02

常言说得好——"发财遇贵人，倒霉遇勾头"，我去豫西也因有个勾头，经常来杠房胡同找我的人当中，有一位是我的远房亲戚，人送绰号"大烟碟儿"。要按辈分算，我该叫他表叔，实际上比我大不了多少，人家是萝卜不大，长在辈儿上了，我也不知道这辈分是怎么论从哪论，反正是远房亲戚，一表三千里，太远了，八竿子打不着的关系，我觉得很吃亏，只肯称呼他的绰号"大烟碟儿"，因为他烟瘾大，整日里烟不离口，街面上的人全这么叫他。他这个人穷讲究，心大胆小，经常惹事，却不敢担当，也不知他们家祖坟上的哪根蒿草长歪了，运气向来不好，他十几岁那年，突然想了解女人的秘密，控制不住冲动去扒女厕所墙头，里头什么样还没看到，却让路过的居委会发现了，被两个街道大妈揪送派出所，还没等民警问，自己就哭着把从小到大犯的各种错误全交代了，包括他多两年前去野炕嫖过一次。那年头判得重，他多被发去了大西北劳改，大烟碟儿是先蹲拘留后退学，从那开始一直在社会上混，到如今高不成低不就，整天到处晃悠，一贯不务正业，凭着能说会道，在鬼市上倒腾些假东西，看别人挣钱格外眼红，也去农村找老乡收购古董，收回来再想办法找买主儿，他总跟我说只要赶上时运收着真东西，好比平地捡块狗头金，能一口吃个大胖子。可如今那些在农村种地的老乡们，也开始学得不忠厚了，提前到城里买几件假货摆在自家炕头，等到有收古董的贩子们进村到他家里来，便谎称是在地里刨出来的，他没少在这方面吃亏上当，让那些老农坑怕了，太偏远的地方他一个人不敢去，何况又没有足够的眼力，去了也是白去。

那年夏天始终不下雨，到处都是蒸笼般的热，这么热的天气，大烟碟儿却非要找我吃烤肉，在瞎老义去世之后，我没再用铁炙子烤过肉。因为没收到像样的东西，可拗不过大烟碟儿，当天仍是在那间破屋里，用松塔松枝点上火烤肉吃，还喝了几两白酒，天热满头是汗。我想到他是有事要找我说，正寻思他会从哪说起，只听大烟碟儿仰天长叹道："唉……你哥哥我是多么要强的一个人，当初是那么有理想有抱负，可争不过命啊，命不行，再怎么要强全算白饶，当年只不过扒了一次女厕所墙头，什么都没看着呢，就给抓进了派出所，前途从此毁了，还把我们家老头子搭了进去，你说十五六岁的半大小子，谁没做过些几件出格的举动？怎么偏让我这么倒霉？"

我说："你进了派出所还没等人家审你，自己先主动交代了，那能怪得着谁？"

大烟碟儿又叹道："吃亏就吃亏在那时候小，不懂事，以为公安把人逮进局子，二话不说，先拿铁砂枪顶住屁股轰一枪，什么好汉能架得住这么一下？你哥哥我一想，士可杀不可辱啊，趁早自己坦白了，好歹保住屁股，管他从宽还是从严呢，所以全撂了，哪想到铁砂枪打屁眼儿全是谣言，唉……这个这个……"

我说："碟儿哥，咱们不提那些丢人现眼的事了，你近来买卖做得怎么样？"

大烟碟儿这次来找我，正是想说此事，打算让我跟他合伙到乡下找几件真东西，这次把家底儿全带上了，在近处找不到像样的东西，想发财就得豁出去担些风险，到这种偏远地区碰碰运气，运气好的话，一趟能顶十趟。他对我说："咱俩既是亲戚又是兄弟，你哥哥我长这么大没求过别人，你不帮谁，也得帮我一次。"说到去什么地方，大烟碟儿早有主意，递过一张纸让我看。

我看那纸上有字，接过来念道："毛主席赛过我亲爷爷……"我很是不解，问道："什么意思？要带我去参观主席纪念堂？"

大烟碟儿听着也不对劲儿，仔细一看发现我把纸拿反了，那是他顺手从一张旧报纸上扯下来的书页，他翻过来让我看另一面，纸上七扭八歪地画着地形图，当中有座大山，他说那是豫西伏牛山通天岭，以前曾有人在通天岭黄泉沟的村民手中，收到一只玉杯，通体玉质的酒杯，杯上还带金扣，古代只有皇帝或诸侯王祭神时才能用这种金扣玉杯，通天岭可能有古墓，解放前村民们耕地时，曾挖出过石俑玉璧，听说深山里还有飞僵。

03

通天岭近乎与世隔绝，古时候不仅有野人山鬼出没，相传还有飞僵，不过那都是解放前盗墓贼和古董贩子口中的传说，几百年以来谁也没见过，鬼市儿上流传着很多类似的小道消息，大部分不能当真，大烟碟儿却上了心，根据别人的讲述，画下了这张简易地图，让我无论如何让跟他走一趟，其实他这张图完全没有参考价值。

如果是做挖坟盗宝的勾当，我并不想跟他折进去，只去通天岭下的山村走一趟收几件东西倒没什么。我听说河南跟山西交界的伏牛山，是太行秦岭余脉相连的皱褶区，山势不是一般的大，通天岭就在这片大山之中。自古以来，豫西匪患严重，专出"趟将"，豫西乡言土语将土匪称为"趟将"，清朝末年到民国期间战乱不断，加上连年旱灾，正是遍地出土匪的年头，那时候豫西的趟将不下十万之众，以东陵盗宝闻名的军阀头子孙殿英，当初也是在豫西做趟将起的家，在过去的迷信传说中，上有九重天为玄天，下有九重泉为黄泉，仅听黄泉沟这名字也是凶险，跟通天岭正好相反，一个高一个深，可见山势落差之大。虽说今时不同往日，豫西的趟将在解放后被全部剿灭，早已没有匪患了，但是通天岭深山闭塞，罕有人迹，难保不会遇上意外，让大烟碟儿一个人去我也不放心，又激起了猎奇之心，答应跟他走一趟。

我们寻思计划时常赶不上变化，途中走一步看一步，之前没必要做太多准备，于是转天就凭着一条几十年前的传说，出发前往豫西那片大山，通天岭山势雄伟，北接太行，西连秦岭，群峰如塑，那是多大的山脉，上哪去找一条不起眼的山沟？

没想到地图册上还真有这么个通天岭黄泉沟，位置虽在大山里，却有险路可通，哪怕是深山老林，只要通了路，有村舍人家，你就不必担心遇上野兽。我们取道进山，途中搭了辆过路的运输小货车，开小货车跑运输的司机是个退伍兵，和我们一样同是里城中人，姓皮，一身的腱子肉，我听有路过的司机认识他，都管他叫"厚脸皮"，大概是他的外号。厚脸皮司机打包票说可以把我们捎到通天岭，下车走几里山路便是黄泉沟，但到地方要收车钱。大烟碟儿嘴皮子都磨破了，他是一分钱不肯少要，又告诉我们那地方山陡路险，要经过很多悬崖，山路不平整，非常难走。大烟碟儿无法可想，只得同意按说定的价格付钱，搭了这厚脸皮司机的车。

厚脸皮司机说："钱不白花，哥儿俩找没人的地方偷着乐去吧，我带你们走乌鼠洞，那是条近路，天黑之前准到。"他驾驶汽车往大山深处前进，我们看见沿途因风化剥蚀，形成了山顶平整边缘陡峭的崮形地貌，这些方形的山丘或大或小，都和坟头相似。

听说古代通天岭有种很奇怪的动物出没，这种动物"人面长唇，黑身有毛，反踵，见人笑亦笑"，这是形容它的脸像人脸，嘴唇奇长，满身的黑毛，和人一样会笑，看这描述近似野人或人熊，但早已经灭绝了，因为两千年前伏牛山通天岭的气候温暖潮湿，到处覆盖着森林，到后来水土流失，连山猫土狗也不多见了，仅剩下荒山野岭，途中除了山就是山，还都是形同坟崮的秃山，群山连绵起伏，有如一座座巨大的坟丘，一直延展到天的尽头。

第五章　乌鼠奇遇

01

一路上看不尽的荒山秃岭，让人昏昏欲睡，厚脸皮司机在驾驶室中一个人占了一半，还把我们带在路上吃的火腿肠全吃了，香烟也抽了两包，我和大烟碟儿懒得搭理他，挤在座位上闭目假寐。

厚脸皮司机却是位好管闲事的主儿，总想没话找话，他用胳膊肘顶了我一下，问道："通天岭黄泉沟那地方这么偏僻，电都不通，你们俩去那干什么？"

我说："巧了，我们正是想在山里架线杆子通电，先到那边的村子看看情况。"

厚脸皮司机不信："瞎话张嘴就来，要给这片大山通上电，你们得插多少电线杆子？"

大烟碟儿借着话头打听情况："兄弟你常在这山里开车，对通天岭熟不熟？"

厚脸皮司机道："说不上多熟，但多少了解一点儿，我说你们俩只付车钱，要想打听别的情况，是不是能再给点咨询费，我也不容易，意思意思行不行？"

我听他又要钱，气不打一处来，说道："改革开放才几年，你这个开车的二皮脸就掉钱眼儿里了？实话告诉你吧，我们出门向来是一分钱不带，你明抢也没用。"

厚脸皮司机仗着自己膀大腰圆，并不把我们两个人放在眼里，没好气儿地说："不带钱就敢出门？我也明告诉你，有钱坐车，没钱趁早下车玩勺子去。"

我说："我还真没见过敢这么跟我说话的，要不咱俩下车练一趟，信不信我把你脑袋掰下来？"

厚脸皮司机也放狠话说："瞅你这小样儿，敢下车我就让你后悔从娘胎里生出来。"

大烟碟儿劝解道："有话好说，有话好说，文明礼貌总归是要讲的，在此前提下咱得好好说说这个道理，你开车这一路上吃了我们二十来根火腿肠，还抽了两包烟，这可都是我们拿钱买的东西，到地方结算车钱，是不是也能少收一点？"

厚脸皮司机说："小气劲儿的，不就几根火腿肠子吗？好意思提钱？"

我说："几根火腿肠子也是我们的民脂民膏啊，你横不能忍心白吃白喝？"

厚脸皮司机强词夺理："讨厌，没听说过钢铁是怎样饿坏的吗？你们二位大爷似的坐车上不动，我不得开车吗？这山路要多难走有多难走，再不让垫几根火腿肠子，不给抽几根烟提神，等车翻到山沟里去你们俩可别哭！"

我没见过如此可恨之人，有心还要跟这二皮脸分说，大烟碟儿把我拦住，他不想多生事端，给厚脸皮司机递上支香烟说："你别见怪，我这兄弟就这脾气，说话太蹿，其实人不坏，咱都是出门在外不容易，搭了你的车怎么可能不给钱呢，雷锋同志也得吃饭不是。"

厚脸皮司机道："讨厌，雷锋同志的吃喝穿戴人家部队全包，何况他又没爹没娘更没有老婆孩子，一个人吃饱了全家不饿，我是上有老下有小啊，跟他比得了吗？看在咱都是劳动人民的份上，我也不是为难你们，意思到了就行了，全凭自觉自愿，我只是不明白，通天岭黄泉沟那么偏僻的地方，有什么可打听的？"

大烟碟儿道："我们无非是听这地名好奇而已，老话儿说人死下黄泉，黄泉沟为何要用这么晦气的地名？是个埋死人的地方不成？"

厚脸皮司机笑道："怎么还来个人死下黄泉？我跟你说，大山里头缺水，通天岭下的土沟中有水是有水，可都跟黄泥汤子一样浑浊，这不就叫黄泉沟了。"

我和大烟碟儿对望一眼，原来之前全想错了，竟是这么个黄泉，再问厚脸皮司机那沟中的情况，他便开始前言不搭后语地胡说了。后来我们才知道，他算上这次，总共在这条路上跑过两次，而且从来没去过黄泉岭，但是见钱眼开，也不管自己认识与否，只带我们奔着大至的方向开，路上他又只顾吹牛，大话不够他说的。进山后车开得越来越慢，眼看群山的轮廓被暮色吞没，四周很快黑了下来，行驶在崎岖不平的山路上，前不着村后不着店，沿途看不到任何过往车辆，想找人问路也找不到，荒山深处一片沉寂，开着开着，发觉后面有辆车开了过来，听声音就跟在我们这辆车的后方。

大烟碟儿道："好了，可以跟后车司机打听一下路，说不定遇上好心人，还能带咱们一段。"

厚脸皮司机却死活不肯停车，脸色也不对，他让我和大烟碟儿看后视镜，我们这辆车后头黑茫茫的，根本没有别的车在后面跟着。

天黑之后，我们这辆车在漆黑的大山里往前开，听后头有别的车跟上来，可只听见声音，看不见车灯，不管我们的车是快是慢，后方始终有行车的声音传来，停下来等一会儿，后边却没动静了，继续往前行驶，尾随在后的声音又跟着出现，只闻其声不见其形，听得人身上直起鸡皮疙瘩。

02

大烟碟儿头发根子都竖起来了，心里犯起嘀咕，问厚脸皮司机道："这条路上是不是有鬼？"

我告诉他用不着疑神疑鬼，我是不信这份邪，孤魂野鬼还会开车？

厚脸皮司机低声道："这可不好说，没准是以前哪辆车翻下悬崖，车辆残骸一直没找到，如今多半是死于车祸的亡魂跟上咱们了，你要是不信，我停车让你下去看看？"

大烟碟儿脸都白了，对我说："可别下车，胜利你胆大归大，我这当哥哥的却不能让你故意去找那不自在。"

我心中也是吃惊，可一眼瞥见那厚脸皮司机脸上神色古怪，立时明白了，车辆正行驶的这条路，两边一定都是高山，但是天黑看不见，我们这辆车开过去，声音让大山挡住，形成了回声，常在山路开车的人都遇到过这种事，如同有东西跟在后面，实际上是前车在山中驶过的回声，厚脸皮司机肯定也知道，他装神弄鬼是成心吓唬我们。

厚脸皮司机见我识破了，笑道："你小子可以啊，还算有些胆量，这下你们俩都不困了吧？"

我心说："去你大爷的，要不是我不认识路，非把你拎下去揍一顿不可，今天我先忍你口气，往后才让你认得我。"

厚脸皮司机整个一个二百五，他自己开车在山里找不到路，还怕我们犯困没人跟他说话，想出这么个鬼主意吓唬人，我和大烟碟儿遇上他这号人，也是无可奈何，肚肠子都快悔青了，只盼尽快到通天岭找个村子住下。

小货车借助前灯照明，在起伏不平的山路上不断行进，路况越来越差，车子颠簸转为剧烈，看路标正在经过"乌鼠洞"，我不时提醒厚脸皮司机瞪大了两只眼盯着路。转过一个弯道的时候，我看见大灯照到前边路上有个人，穿着一身白衣服，赶紧叫厚脸皮司机注意，厚脸皮司机猛地一脚急刹车踩到了底，可那个人出来的很突然，刹住车之前已经碰到了，车头斜冲向路旁山壁上，快撞上才停住。

我们在车里被突如其来的惯性带动，身不由己的往前扑去，大烟碟儿坐中间正好撞在挡杆上，凭我的感受，这一下足能把他的肋骨撞断几根，说不好会要了命。我顾不上自己身上也疼，急忙扶他起来，问他怎么样？要不要紧？大烟碟儿疼得半天喘不过气来，勉强说道："要紧……能不要紧吗……肉体啊这是……"

我心里纳闷儿，肋骨断了可说不出话，能说话就是没受重伤，撞得这么狠怎么会没事，伸手一摸才明白，挡杆撞到了大烟碟儿绑在身上那沓钞票，那是他带着收东西用的钱，看来钱能救命，这话一点不错。

厚脸皮司机也给撞懵了，等他缓过劲儿来，慌里慌张地跳下车去，山道和车轮子底下都找遍了，什么也没有，这才松了口气。

大烟碟儿说："分明看到路上有个人，怎么一转眼就不见了，车后连血迹都没有，这次真是撞上鬼了！"

厚脸皮司机往地上啐了一口，说道："撞上鬼总比撞上人强，撞鬼要命，撞人要钱，这年头挣钱太难，要我的钱还不如要我的命！"

大烟碟儿说："黑天半夜撞上什么也是麻烦，总之没事就好，别多说了，咱们快走。"

厚脸皮司机抱怨道："要不是捎你们俩去通天岭，也不至于深更半夜在这大山里绕路，搭时间赔油钱不说，火腿肠还不管够，让你说这叫什么事儿？要是我自己开车，这会儿早到招待所住下了，洗完热水澡喝着热茶吃着热腾腾的面条……"

我说："你还有完没完？你要再这么说话，他侄儿能忍，他叔也不能忍了。"

大烟碟儿道："不是侄儿能忍叔不能忍，是可忍孰不可忍。"

我说："谁能忍？咱给他车钱让他带错了路，一路上还得挨他数落，谁他妈能忍我也不能忍。"

厚脸皮司机嚣张地说："有本事别坐我的车，赶紧下去玩勺子去，我可提前告诉你们，半道下车也得给钱，少一分钱你试试……"他一边说一边发动车子，前边头灯亮起往后倒车，刚倒出两三米，一抬头，发现车头上方伸下来两只穿着白布鞋的小脚。

03

自从路上搭了这辆车，遇上个不靠谱的厚脸皮司机开始，注定了迟早要出事，黑天半夜的大山里，车头前打秋千似的伸下一双小脚，可把我们给吓住了，在车里坐着，不约而同地感到身上一阵发冷。

厚脸皮司机急忙倒车，车头往后一退，看见那人的上半身了，白衣白裤一张大白脸，脸蛋上还涂着红腮，却是个纸糊的假人，可能是山村里办丧事出殡用的纸人，不知怎么掉落在路上。深夜里把车子开到跟前，将它撞到了车顶上，我们下车低着头找了半天，什么也没看到，一倒车这纸人又从上边落下来，才明白是虚惊一场，可是反应不过来了，忘了这条路一边是山壁，另一边是个陡坡，厚脸皮司机倒车倒得太狠，在我们三个人的惊呼声中直接翻下了陡坡。

路旁是斜坡陡峭，掉下去不免车毁人亡，那一瞬间什么也来不及想，本以为要把性命交待在这了，亏得山坡上有许多枯树荆藤，阻挡了车子坠落的势头，最后落进一个土窟窿。这地方叫乌鼠洞，名字很怪，之前听厚脸皮说："因山中水土流失，有很多下陷的土洞，从高处往下看，一个个大小不一的黑窟窿，都像鼠洞一般，故此叫做乌鼠洞。"

山坡底下的土窟窿，是个口大底宽的窄洞，深倒没有多深，车辆坠落下来，压垮了洞口边缘的土层，我们连人带车掉进土洞，侥幸没有摔成肉饼，那辆车基本算是报废了。我们仨脸上胳膊上划破了口子，又是土又是血，五脏六腑好似翻了个个，相继从车中爬出来，在微弱的星光下，晕头晕脑地看着摔变形的货车后部，好半天说不出话，厚脸皮司机两眼发直，一屁股坐在地上，等他脑子转过来，又要把事儿推到我们头上。

我说："车是你开的，路是你带的，车钱你一个子儿没少要，如今翻了车掉进山沟，我们没找你赔钱，你倒想反讹我们？"

厚脸皮司机找不到借口，只好说："二位，好歹发扬点人道主义精神，不争多少，给几块是几块。"

大烟碟儿为难地说："我们身上真没钱，顶多出于人道主义精神同情你一下。"

我说："发扬人道主义也分跟谁啊，他算哪根毛儿？"

厚脸皮司机说："你小子又想跟我乍翅儿是不是？告诉你我可练过，别让我挨上你，挨上那就没轻的……"说着话伸胳膊蹬腿要动手。

我撸胳膊挽袖子说："你这套拳打南山养老院脚踢北海托儿所的把式，我正要领教领教……"

大烟碟儿忙道："有话好商量，有话好商量，哥儿俩全看我面子行不行？"

厚脸皮司机说："有什么好商量的？全是你们害的，我连车都没了，往后拿什么养家糊口？我也不打算活了，今天非跟你们俩拼命不可！"

我说："想玩命是不是？是玩文的是玩武的，玩荤的还是玩素的，你划条道儿，我全接着！"

大烟碟儿拦挡不住，我跟厚脸皮说话往一块凑，刚要动手，云霭遮住了最后一丝星光，土洞子里头立时黑得脸对脸也看不见人了，大烟碟儿嘴里叫着别动手，从背包里摸出手电筒来照亮，此刻光束在土洞中一照，才看清这是个坟窟窿，车子掉进来，撞裂了一口朽木棺材。

我顾不上再跟厚脸皮争执，瞪大了眼看看周遭的情形，应该是解放前的老坟。那个土洞是盗洞，不是什么有钱人的坟，坟土浅，棺材也是很普通的柏木，虫吃鼠啃雨水浸泡，棺板朽烂发白，手电筒照进破棺，里面只有一具枯骨，就这么个山中老坟，也让盗墓贼掏过，厚脸皮觉得坟窟窿晦气，正想踩着棺材爬出洞去，突然从上头跳下一只外形似猫但比猫大很多的动物，样子很凶，两目如电，做出恫吓的姿势，好像不肯让人接近那口棺材。

04

那只外形似猫的动物，比猫大比狗小，可能是貉子一类的东西，貉子也叫土狗，偶尔会在荒山里撞见，往往一看见人它就先逃了，此刻却一反常态，像是威胁我们不要走近棺材，我心想："这口棺材早让盗墓贼掏过了，里头没留下什么，难道是土狗要啃死人枯骨？"

厚脸皮挥手赶了几次，见赶不走，解下腰里系的武装带，一手拎着裤子，一手抡起武装带的铜头砸过去，他出手又快又狠，两下就把那土貉打跑了，看得大烟碟儿瞠目结舌，厚脸皮得意地说："别怕，我废你们俩这样的，空手都有富余，用不上裤腰带。"

我怒从心头起，对大烟碟儿说道："你别拦着我，我今儿个就摘了这个二皮脸的腰子……"

大烟碟儿忙道："别动手别动手，争来斗去还不是为了钱吗？我看这棺材里没准有值钱的东西，要不那只土貉怎么不让咱们走近。"

厚脸皮听说有值钱的东西，半信半疑，推开那块生着蛆的破棺材盖子，让大烟碟儿拿手电筒往里头照，我也走过去想看个究竟，只见棺中枯骨烂得不成形了，别说压棺的铜钱，布条也没剩下一丝半缕，全让盗墓贼掏走了，但棺中有个黑色的瓦罐，积着很厚一层灰土，厚脸皮迫不及待地揭开看，可那瓦罐里只是些半化成水的粮食渣子，气味有如醍醐，他看后一脸的失望。

我和大烟碟儿却识得这东西非同小可，按着陕西河南等地的民风，坟墓棺材里必放一个瓦罐，罐中装有五谷，这意思是让先人保佑子孙后代五谷丰登，另外粮食本身也是一种陪葬品，金玉再多不能当饭吃，诸侯王大墓和皇陵的陪葬品中照样有稻谷粳米，只是很少被人重视。那些谷物埋到坟墓里年深岁久，在很特殊的条件下，会使罐子里的粮食发酵变成美酒，死尸腐烂散发出的尸气，以及坟穴里的阴气，种种因素缺一不可，盗墓者揭开棺材中的罐子，如果闻不到腐臭，反而有种罕有的异香，民间说白话，称之为"顶棺酒"。

由于顶棺酒极其少见，可遇不可求，因此价同黄金，帝王将相的古墓里有陪葬的金玉宝器，挖开一个能发横财，一般百姓没有那些值钱的陪葬品，但在清代以前的老坟，大多能挖出装粮食的罐子，只是每个坟穴里的具体情况各不相同，并不是哪座坟都能出顶棺酒。当年专有一路盗墓贼，挖坟掘墓不找金玉明器，当然碰上了也会顺手拿走，他们主要是找坟墓里的顶棺酒，我们出车祸掉进这个坟洞，居然无意中发现了顶棺酒，看成色不是绝品也是上品，之前赶走的那只土貉，恐怕正是被顶棺酒醍醐般的气味吸引而来。

大烟碟儿拿出随身带的行军水壶，边把顶棺酒倒进去，边对厚脸皮说："我们眼下真是没钱，但是这东西带回去能换钱，兄弟你出力帮忙带路，等东西出手挣了钱，不管是多是少，有你一份。"

厚脸皮司机是一门心思，只要能挣钱的勾当，他什么都敢做，这次轮到大烟碟儿拿话把他唬住了，厚脸皮说："我早看你们哥儿俩不是一般人了，要不然怎么会认得顶棺酒，莫非是吃盗墓挖坟这碗饭的不成？听说你们这行当能来大钱啊，往后你算我一个行不行，我赴汤蹈火上刀山下油锅万死不辞啊……"

大烟碟儿说："我们只是到乡下收古董的贩子，掘坟挖墓的活儿可不敢做，不过也缺人手，兄弟你要信得过我就跟我们一块干，哥哥早晚让你把这辆车的钱加倍挣回来，坟窟窿里不是讲话之所，咱先出去，别的事慢慢商量。"

厚脸皮说："老大，今后你看我的了，咱事儿上见，只要管吃管喝能挣钱，你一句话，我当圣旨接着。"

山里的夜晚寒气很重，坟窟窿中更是阴冷，不能久留，我先打着手电筒爬出去，发现置身在山坡下的一大片坟地当中，新坟老坟都有，难怪路上会有纸人。有些坟头前还有给死人上供的点心果子，引得一些山猫野狗来吃，我们谁也不想在此守到天亮，便在漆黑的山沟里摸索前行，壮着胆子往外走，耳听风声凄厉，有如鬼哭。

深一脚浅一脚走到东方渐亮，才走出这条狭窄的土沟，眼前豁然开朗，云海间一峰突起，屹然耸立，石崮云绕，气势磅礴，看样子这座大山正是通天岭，它横看是岭，侧看是峰，又往前行，望见岭下云雾中好似有个黑乎乎的大洞，我们无不骇异，通天岭下怎么有如此之大的洞窟，更让人难以想象的是这个洞穴轮廓浑圆，不似天成。

云雾遮挡看不清楚，再走一程，相距半里地远，看出不是洞窟，而是岭下迷雾中凸起一个圆盘形的庞然大物，那是天上掉下的飞碟，还是地下冒出的蘑菇？

第六章　天外飞仙

01

翻山越岭走出土沟，猛然看见这么个可惊可骇之物，我几乎不敢相信自己的眼睛了，那两个人也是一脸迷惑。我们且惊且行，再往近处走，看得更加清楚，岭下是一个直径百米，高约十几米的环形村落，外头是环形夯土墙，围成圈的房屋分为内中外三层，每圈房高也是三层，顶层铺黑瓦，当中是凹进去的圆形天井，壁垒森严，看起来简直像个巨大的碉堡。

大烟碟儿和厚脸皮看得目瞪口呆，房屋怎么会造成这样，也太奇怪了，他们俩人一个说是飞碟，一个说是蘑菇。

我告诉他们："听闻古时有驻军的屯堡，也有村子为了抵御盗匪劫掠，同宗同族聚居而成的村堡，把房屋造得和堡垒大宅相似，豫西民风彪悍，解放前出过无数趟将，所以深山里有碉楼形的村落不足为奇。"

大烟碟儿道："原来如此，看这村堡的样子，至少有四五百年了，里头能没好东西？大难不死必有后福，咱们弟兄的时运一来，挡也挡不住。"他不忘嘱咐厚脸皮司机，让他嘴上多个把门的，不该说的别多嘴，否则传扬出去，连村里的植物人都知道我们想干什么了，老乡们还不得趁机哄抬物价？

说着话，走到村堡门洞跟前了，这村堡相当于住着几百户人家的大屋，但山脊上的田亩皆已荒芜，杂草灌木丛生，村堡外围只有一个城门般的石拱门洞，墙皮全掉光了，露着里头的石壁，贴着古旧残破的门神画像，看起来十分诡异。

有两个村民带着条大黑狗在门口坐着，其中一个刀条脸的老头正在抽旱烟，看见我们走过来显得很吃惊，他起身问道："你们是从哪来？通天岭下只有一条险径可通，你们来的方向可没有路。"

我上前说道："老乡，我们从乌鼠洞经过，半路上车翻进了土沟，好在命大没死，转了半夜才走出来，现在是又累又饿，能不能借我们个地方歇一下？"

老头说："可真是命大，赶紧进屋坐下，等我做晌饭给你们吃。"说完，他招呼另一个村民，那是个憨头憨脑的傻胖子，俩人引着我们往里走。

圆环形村堡规模奇大，走进来比在外面看更加宏伟，内部是悬山顶抬梁，高有三层，每一层的房屋也有三圈，一层连一层，一圈套一圈。

刀条脸老头把我们领进西面一间屋子，他说由于缺水，村堡已经很多年没人住了，只剩下他和傻子守着祖先庙，是为了不让祖庙香火断掉，老头再三叮嘱我们："如果没有村里人领路，你们千万不要乱走，咱这老祖先传下的八卦阵，三重三层房屋一律按八卦排列分布，八八六十四卦，卦中有卦，卦中套卦，每六房为一卦，两卦当中有隔火墙，一卦失火，不会殃及全楼，关闭了回廊中的卦门，各卦自成一体，开启卦门，各卦还可以互通，一旦有土匪闯进来，村民合上卦门，土匪就成了瓮中之鳖，外边的人进来，肯定会迷路，困死在里头也不出奇，看我唠叨这么多，是真怕你们出事……"

说到这，刀条脸老头点上油灯，等我们在屋里坐下了，他让傻子在旁边陪着我们，自去灶前生火烧水，那个叫傻子的村民憨里憨气，蹲在屋角掰手指头，对我们三人视而不见。

我看傻子没注意我们，抬眼四处打量，房屋造得很坚固，石桌石凳石床，墙上贴的神画颜色都快掉没了，相框里还摆着几幅泛黄的黑白照片，背景全在村堡之中，都是许多人的合照，想必是当年住在这里的村民，其中一张照片，引起了我们的注意。

02

我和大烟碟儿盯着那张旧照片，相面似的看了半天，照片中的几个人有老有少，是在村堡某间大屋里拍的合照，人倒没什么，屋中的摆设可不一般。

大烟碟儿指着那张照片正中一位老者端坐的椅子，对我使了个眼色。

我心领神会地点了点头，说道："要是没看错的话，很可能是几百年前的盘龙沉香椅。"

大烟碟儿低声对我和厚脸皮说："没错，盘龙沉香椅啊，我倒腾这么多年玩意儿，也只是听别人说过，今天才头一次见着，要不是昨天半夜翻车掉进山沟，咱们哪找得到这个地方？什么叫因祸得福，这就叫因祸得福。"

厚脸皮说："那老头能舍得让给咱们？咱给他来个明抢明夺？"

大烟碟儿说："可不能做没王法的事儿，强取强夺那是趟将所为，只要老头愿意卖，咱拿现钱收他的，钞票我全用铁丝串在肋骨条上了。"

厚脸皮司机说："缺德不缺德，你不说出来没带钱吗？我这么实在一人，你真好意思唬我？"

大烟碟儿说："虽有也不多，家底儿全在这了，本钱无利可不敢轻动，咱这是买卖，懂吗？"

厚脸皮点头道："明白，不见兔子不撒鹰。"

我听走廊里有脚步声传来，提醒那俩人别多说了，这些话让村民听了去可是不妙。

不一会儿，刀条脸老头端来几碗面分给我们，他和傻子也坐下一同吃饭，这算是响饭了。

大烟碟儿给刀条脸老头递烟，想起还带着两瓶二锅头，也拿出来请老头喝，借机打听情况。

刀条脸老头爱唠叨，他的话本来就不少，等到半瓶二锅头下肚，话更多了，他说："几百年前，通天岭豺狗多，豺狗习性凶残狡诈，经常在半夜下山，咬死村中人畜，防不胜防，加上土匪流寇到处劫掠，先祖们为求自保，便将村子造成堡垒聚居，一防豺狗，二挡贼寇。相传当年造这村堡，从内而外全是按九宫八卦布置，通道卦门遍布各方，有的在明，有的在暗，后来由于水土流失严重，没法子再耕地种田了，况且这大山里交通闭塞，缺水没电，村民陆续搬到山外居住，只留下我和这个傻小子看守祖庙香火，大部分房屋和通道封闭多年，外来的人不识路径，晚上起夜时很容易走错路，万一困在什么地方出不去，麻烦可是不小，所以你们留下过夜不要紧，切记寸步别离开这个傻子，别看傻子人傻，心却不傻，村堡里的各处通道卦门他比我还熟。"

我们三个人连声称是，白天走进来尚且觉得阴森可怕，半夜更不敢在这巨宅般的村堡中乱走。

大烟碟儿问道："老大爷贵姓？怎么称呼？"

刀条脸老头说："我们这个村堡里的人同宗同族，都姓周。"

大烟碟儿说："噢，是周老，咱这村叫个什么？周家村？"

周老头说："不是周家村，有个好名，通天岭飞仙村。"

厚脸皮不知怎么回事儿，我和大烟碟儿一听村名都愣住了。以前只听过老盗墓贼口口相传，说通天岭有飞僵，什么叫飞僵？在旧时的迷信传说中，停放在义庄中的死尸，多半是客死异乡之辈，如果义庄荒废了，停尸的棺材一直无人理会，死者难以入土为安，年头一多很容易发生尸变，死尸毛发指甲越长越长，等棺材中的僵尸有了道行，可以昼伏夜出，白天躲在棺材里不动，月明之夜飞出去害人，这些谣言无根无据，纯属吓唬人的迷信传说，但听说很多年以前，通天岭上真有人见过飞僵。

我想所谓的"飞僵"，无非是深山中的大鸟。清朝那会儿，陕西还有一种大鸟，两翼大如门板，常从天上飞下来攫取牛羊，人若独行，也不免被其所害，村民们一见这大鸟在空中盘旋，便立即鸣锣放铳把它逐走，到后来已经绝迹了。通天岭高耸入云，巨峰陡峭直立，绝壁蜿蜒迂回，在这一带的深谷绝壑之中，必定栖息着不少幽禽怪鸟，可能几百年前有人看过山里的大鸟，以讹传讹说成是飞僵。

可听周老头说此地是"飞仙村"，这里头肯定有些讲头，好像比飞僵的传说更勾人腮帮子，我们想听个究竟，大烟碟儿又给周老头点了支烟，请教道："您给说说，为何叫做飞仙村？"

03

周老头没少喝，话匣子打开就收不住了，他用力吸了口烟，呛得直咳，断断续续地说道："这话从哪说起呢，嗯……还得从这我们这个村堡的来历说起，明朝末年，有位将军叫周遇吉，曾做到总兵官，是我们这个村堡的老祖先，他统领窟子军……"

厚脸皮听不懂，插言问道："总兵官是多大的官？窟子军又是哪路队伍？我怎么没听说过？"

我说："你没听过的多了，不要多嘴多舌，先听老人家讲。"

厚脸皮说："别装模作样的，我看你也不知道。"

我说："我怎么不知道？窟子军起源于北宋，是专门打洞挖地道的军队。"

厚脸皮不信："蒙吧你就，死人都让你蒙活了。"

周老头有些意外地看了看我："没错，正是挖洞凿山的官军，如今懂这些事的人可不多呀。"

大烟碟儿对周老头说："别听他们打岔，您接着讲，周总兵统领窟子军，后来怎么样了？"

周老头说："周遇吉总兵有阴阳端公之称，通晓五行八卦，能观风云气候，麾下有三千窟子军，最善于凿筑城池，苦于朝中奸臣当道，他报国无门，只好辞官挂印，带领部下和家人到山中避世隐居，他将归隐之地选了通天岭……"

听到这，我们以为周老头会说，选在此地，是因为通天岭的风水形势好，可周老头却说："老祖先把村堡按八卦布局造在通天岭，不仅是为了防御土匪和野兽，还有别的原因，据说阴阳端公周遇吉将军造村堡前，附近有山民到通天岭打猎，忽然黑云压顶，霎时间地动山摇，山腹裂开一道口子，有个人从山口飞出，大山随即闭合，又听到一声炸雷，打猎的山民们抬头观看，只见半空那人让绝壁间的藤萝缠住了挣脱不开，山民们都吓坏了，人怎么能在天上飞呢？一连过了几天，远远看到那个被藤萝缠住的人一动不动，估计是死了，这才有几个胆大的猎户前去看个究竟，你们猜看见什么了？"

我们听周老头所言，匪夷所思到了极点，众所周知，只有仙人才能在天上飞，那叫肉身飞升，可这世上有仙人吗？想不出打猎的山民们在山上看见了什么，难道真有一个被藤萝缠死的飞仙？

周老头说："打猎的山民们中有胆大之辈攀上峭壁，看到深涧枯藤中缠着一个怪物，那东西像人又像猿，尖嘴猴腮，身上有毛，肋下长着肉翼，困在藤萝间死了多时，死尸已经腐烂发臭，让野鸟啄食得血肉模糊。山民们有说这是肉身飞升的仙人，也有说是雷公，担心留下死尸会招来灾祸，便在山中引火焚烧，恶臭传到了几里之外，到底是飞仙还是雷公，亦或是别的东西，终究没有人说得清楚。那时阴阳端公周总兵恰好路经此山，看出通天岭妖气很重，说这山里有土龙，因此带家人和部下避居于此，并把村子造成八卦堡，压住了通天岭的山口，这地方本来叫做端公八卦堡，土人根据老年间的传说，也习惯称为通天岭飞仙村。"

周老头贪杯，说了一会儿话，已然喝得不省人事，怎么叫也叫不应了，我把他架到隔壁屋睡觉。在山里转了一夜，我自己也困得不行，回来跟那两个人分别躺在石床上迷糊了一觉，梦里全是周老头说过的话。

飞仙村是统领窟子军的明朝总兵所造，村堡中的人皆是阴阳端公周遇吉之后，大明遗风犹存，我也曾听瞎老义提到过周遇吉的名头，是位通晓阴阳风水八卦阵法的宗师。难怪一个普普通通貌不惊人的乡下老头，会有如此谈吐，虽然听周老头说数百年前，山上曾有仙人被枯藤缠死，与通天岭飞僵出没的传说十分相似，但是我梦中也不会相信这种事，恍惚中突然听到大烟碟儿声嘶力竭地叫道："快起，出事了！"

04

我被叫喊声惊醒，立刻坐起身，揉眼看是怎么回事。

厚脸皮也醒了，咋咋呼呼地问道："怎么了老大，出什么事了？"他同时把腰里的武装带拽到手里，这种帆布腰带很结实，前端是个很重的铜扣，打人时轮到脑袋上就是个头破血流，出门带着防身不显山不露水，还特别实用。

定睛一看，只见大烟碟儿正从傻子手里抢夺行军水壶，原来他一时大意，睡觉时忘了傻子还在屋里。傻子也许是渴了，抓起大烟碟儿身边的水壶，拧开盖子就喝，水壶里的顶棺酒，全让傻子喝进了肚儿。我和厚脸皮赶紧上前帮忙，好不容易从傻子手里抢下行军水壶，一看半滴也没剩下。厚脸皮差点没疯了，非逼着傻子吐出来。傻子喝上头了，迷迷瞪瞪倒在地上，怎么摇晃也不动。

大烟碟儿悔得肠子都青了，傻胖子太可恶了，哥儿仨的宏图大业刚起步，就被这厮扼杀在摇篮之中了，如果周老头不认账，那是一点办法也没有。

我看大烟碟儿急得直曦牙花子，对他说："别着急了，那就不该是咱的财，好在天无绝人之路，飞仙村是明代窟子军首领避世隐居的所在，村堡中一定有不少传世的古物，我看那盘龙沉香椅就不得了，等明天跟周老头好好商量商量，让他便宜点把那椅子让了，多半不是问题。"

厚脸皮说："对，反正不能空着手回去，我妹还等着钱治病呢。"他从衣兜里拿出一张尺寸不大的小照片给我们看，那是他妹妹的照片，兄妹俩相依为命，这姑娘从小身体不好，厚脸皮半道从部队出来自己跑车，到处划拉钱也是为了给他妹妹治病。

我接过照片看了看，那姑娘是个瘦骨伶仃的柴禾妞儿，五官长得却像厚脸皮，我心想："是我错怪这二皮脸了，他见了钱比见了亲爹都亲，是因为他真有用钱的地方。"

厚脸皮问我们："怎么样，我这亲妹子长得俊不俊？"

我实在没法儿接他这句话，不细看，你都看不出照片里是个女的，只好说道："怎么说呢……要是看背影儿……好像还不错……"

厚脸皮把照片从我手里抢回来，说道："一看你就是个小流氓，提前告诉你别打歪念头，敢对我妹心怀不轨，信不信我掐死你？"

我刚对厚脸皮的为人稍有改观，一听他又这么说话，不由得火撞顶梁门，骂道："操你二皮脸的亲大爷，你现在赶紧掐死我，掐不死我回去就找人把你妹先奸后杀再奸再杀。"

厚脸皮说："你可别怪我手黑，今儿个我就替天行道为民除害……"

大烟碟儿说："我的亲兄弟们，你们俩怎么这么没心没肺？咱出来是为了挣钱，还是为了耍嘴皮子练把式？先听我说正事儿，等这傻子和周老头醒了，让他们领咱去看照片里的盘龙沉香椅，黑白照片上毕竟看不真楚，我还是得见着真东西才放心。"

我们在屋里低声商量，天黑之后傻子先醒了，隔壁周老头还在睡梦之中，估计转天早上才能醒酒。

大烟碟儿问傻子："老弟，醒了？"

傻子说："老弟，醒了？"

大烟碟儿摘下墙上的照片，指着那把盘龙沉香椅说："这个东西在哪屋？"

傻子说："这个东西在哪屋？"

大烟碟儿说："我不知道，我问你在哪屋？"

傻子说："我不知道，我问你在哪屋？"

大烟碟儿说："你成心气我是不是？"

傻子说："你成心气我是不是？"

我们三人面面相觑，此时才明白傻子只会学人说话，你说一句他学一句。

厚脸皮对傻子说："老龙恼怒闹老农，老农恼怒闹老龙，农怒龙恼农更怒，龙怒农恼龙怕农。"

傻子按厚脸皮的原话说了一遍，一个字也没走样。

厚脸皮目瞪口呆，转头对我和大烟碟儿说："这傻子厉害啊，我对付不了他，你们谁还会更难的？"

大烟碟儿说："你可愁死我了，你跟傻子比绕口令有什么用？比得出钱来吗？重要的是让他带路，飞仙村里的道路卦门布置胜似迷宫，不识路径寸步难行。"

我想起听周老头说过，傻子对村堡中的道路了如指掌，傻子能认识路，说明他人傻心不傻，既然说话说不明白，那就别说话，我拿着照片同傻子打手势，指着照片让傻子带我们去。

傻子学着我的样子打手势，用手指向那张照片，指完"嚯"地站起来，转身便往屋外走。

大烟碟儿忙说："快快，跟着傻子走，他要带咱们去看盘龙沉香椅了。"

我来不及准备，随手摘下墙上相框里的照片，抓起手电筒，厚脸皮拎起桌上的煤油灯照着路，三个人跟在傻子身后，在回廊中穿过一重重尘封多年的卦门，一路往村堡深处走，当时怎么也想不到，傻子会把我们带去什么地方。

05

傻子在头前带路，径往在堡垒般的飞仙村深处走。这座村堡出于防御目的建造，按八卦阵法排列，整体犹如三圈三重的碉楼，各圈房屋之间是回廊，没有任何一条直通到底的路，要在三圈回廊中反复绕行，傻子显然对各处很熟，不用灯火照明，想也不想地推开一道道卦门，在漆黑阴森的回廊中走得飞快。

我们没料到村堡中的道路如此复杂，在我们看来，各处房屋通道一模一样，村堡里几乎全是空屋，墙上贴着斑驳脱落的年画福字，由于无人居住，常年不通风，灰土蛛网遍布，充满了刺鼻的霉味。

各处房屋门的前出檐和木制梁柱上，无不雕刻有精致古朴的图案，比如"八骏、松竹、葡萄"等等，葡萄是寓意蔓长多子，也有"芙蓉、桂花、万年青"，以求万年富贵，还有石壁浮雕如"八仙祝寿、白猿献桃"一类的民间传说。

我们担心迷路，不敢停步多看，跟着傻子七拐八绕，走到了村堡正中的祖庙，三重碉楼当中围着这么一座大屋，石门上雕着四个狮子，口吐云气，这叫"四时吐云"，周围浮雕着九鹿图案，暗指"九路畅通"，掩壁上是"龟背翰锦"，那是种六边形骨架组成的几何图案，形似龟背纹路，因此叫龟背纹，龟乃长寿之物，祖庙外壁上的石砖雕刻龟背纹，也是取长久之意，内行人能看出这些门道。

傻子推开雕刻四狮九鹿的石门，祖庙里的石台上供着一尊泥像，那是顶盔贯甲腰悬宝剑的一位将军，神态端庄肃穆，身后横匾上有"忠义参天"四个字，使人一见之下，顿生敬畏之感，像前是铜香案一座，铁鹤一双，点着几支牛油巨烛，傻子进屋磕头烧香，我们看出这尊泥像是飞仙村第一代主人阴阳端公周遇吉。窑子军擅于打洞挖地道，起源于北宋，明朝末年周遇吉避乱隐退，从那往后再也没有窑子军了，周遇吉此人精通五行八卦风水形势，又是挖地道的窨子军首领，也算是从土里刨食儿，跟我们吃古董这碗饭的多少有些香火之情，我们到村堡中又是想求取一两件古物，见了阴阳端公不能失礼，当即也在泥像前拜了两拜。

飞仙村祖庙里灯烛通明，大烟碟儿四处一看不对，没有那把盘龙沉香椅，祖庙也不是照片中的背景，他问傻子："傻兄弟，这是照片里的屋子吗？"

傻子也冲他说："傻兄弟，这是照片里的屋子吗？"

大烟碟儿想起没法跟傻子说话，这傻子油盐不进，说了也是白说，他拿过那张照片，当着傻子的面，用力指了指照片中的蟠龙沉香椅。

傻子也伸手指了指照片，然后指向铜香案下密密麻麻的牌位，那意思好像是说："没错，就是这个地方。"

我们看了一眼铜香案下的牌位，又看照片，终于明白傻子的意思了，傻子准是以为我们要找照片里坐在椅子上的老者，而那老者亡故已久，灵位入了祖庙。

大烟碟儿无可奈何地说："咱跟傻子说不明白，明天等周老头醒了再说吧。"他看看四周，还舍不得走，又说："这祖庙里的铜案铁鹤也不得了，瞧瞧这个黑，拿行话说这叫传世黑啊，虽然祖庙里的东西周老头未必舍得出让，不过咱来都来了，我看先别急着回去，开开眼长些见识也是好的。"

我看罢铜案铁鹤，抬头见祖庙顶西壁最高处，绘着一尊活灵活现的金甲神明，虽然常年受香火熏燎，又有若干处脱落，却仍可看出神明形貌狰狞，怒目圆睁，虬髯连鬓，毛根出肉，浑身筋凸，手持长戟巡天，气势逼人，凶神呼之欲出，悬在高处俯视着祖庙。

按说这间大屋是村堡中的祖庙，是用于供奉先祖牌位，顶壁上却绘有如此凶神，实属违背常理。我之前听周老头说了通天岭飞仙村的由来，知道祖庙中的凶神是镇伏妖邪之意，但是绘在屋顶上，这倒出乎我意料之外，难道通天岭的山口就在祖庙里？

大烟碟儿带有先入为主的成见，越看越觉得通天岭这地方不一般，他告诉我这山里八成有古墓，汉代诸侯王墓，多半是斩山为廓，而且有汉墓的山，山名大多与灵兽有关，龟山、蛇山、狮子山都有汉墓，伏牛山通天岭能没有吗？

可能是明朝末年通天岭地震，打猎的山民们目睹有飞僵在山口中出没，周遇吉率领窟子军造此村堡，是为了镇住深山古墓中的邪气，怎么想也是这么回事。

大烟碟儿心里发痒，说道："可惜不知道通天岭汉墓的入口……"

我低头看了一眼，通天岭汉墓的墓门，也许正在我们脚下踩着。

06

我估计通天岭下有个地洞，可以直入山腹，这村堡的位置正在地洞上方，看祖庙地面有刻着阴阳鱼图案的两块石板，飞仙村中的房屋，以八卦方位分布，三重三层的房屋当中围着祖庙，祖庙地上是两眼古井，这两眼井暗指阴阳，对照屋顶的持戟天神可以推断，井底一定通到山腹。

飞仙村造成这样，主要用于防御，如果内部没有水源，再怎么壁垒森严也难以长期固守，水井正在祖庙大屋下方，重要性不言而喻。如果我想得没错，以阴阳端公周遇吉相形度势的本领，他的村堡不止能抵御土匪豺狼，也挡住了通天岭的山口，可以说是占尽形势一举两得。

至于大烟碟儿认为山里有汉墓，我觉得他是想当然了，斩山为廓的古墓，墓主身份不会在诸侯王以下，通天岭是座石崮形大山，险峰耸峙，云奇雾幻，看着都让人眼晕，不举倾国之力，绝难在山中开凿墓穴。要说通天岭中有汉代诸侯王墓，你得先断出墓主人是谁，掰着手指头一个一个的数，两千年来，似乎没有哪位王侯葬于此山，所以说飞仙村下的地洞里有东西是没错，却不见得有汉代诸侯王墓。

厚脸皮问道："怎么着老大，咱这是要进通天岭汉墓取宝？遇上飞僵怎么对付？"

大烟碟不以为然："哪有什么能飞的僵尸，你没听周老头说吗，明朝末年这里发生过地震，当时地动山摇，鸟兽奔逃，有个全身尸臭的东西，趁山崩地裂逃出通天岭，却遭雷击，又在深涧中被枯藤缠住，尸身都让野鸟啄烂了，当地的山民迷信无知，以为那是飞仙或飞僵，其实不管它是什么，早在当年就没了，到如今还有什么好怕？"

厚脸皮道："我可不是害怕，我本来都快对生活失去信心了，都不相信世上还有天上掉馅饼的好事了，但自从遇到你们哥儿俩，路过乌鼠洞掉进坟窟窿里都能捡到宝，我就知道该我发财了，既然敢跟你们混，当然是抱定了一条道走到黑的决心，只要能挣大钱，我他妈的罗锅趴铁轨，死了也值了。"

大烟碟儿虽然也贪，但是让他盗墓挖坟，还真没那个胆子，况且没有准备，空着两手怎么干活儿？他只是随口一说，见厚脸皮当真了，忙道："凭咱这三两个人，一两条枪，可干不了这么大的活儿，眼下还是先收了周老头的沉香椅，等回去之后，再从长计议。"

我说："你们俩怎么还商量上了，就好像飞仙村下边真通着汉墓似的，有没有古墓可还两说着。"

大烟碟儿道："那倒也是，可我就纳着个闷……"

我们俩说话这么会儿功夫，厚脸皮打手势问傻子："祖庙地面的石板下是什么所在？"

傻子比划了几下，看那意思好像告诉厚脸皮："下边是打水的地方。"

厚脸皮不信："光有井……没别的？"他见从傻子那问不出什么，就抓住固定在石板上的铁环往上提，用尽了全力，才缓缓将厚重的石板挪到一旁，露出一个深不见底的大洞。祖庙的地面有两块活动石板，像两眼井，实则通着一处，洞口边缘还有半捆朽烂的井绳，确实是口古井，但是看起来已有上百年没人打过水了，他探着身子往下看。

我说："二皮脸你怎么把石板揭开了？这要是他们村祖庙里的风水井，不怕周老头跟你玩命？"

厚脸皮到："瞧你那点起子，一口井有什么怕看？我说你们俩也过来瞧瞧，这下边好像什么都没有。"

我和大烟碟儿嘴上说不能随便动人家祖庙中的古井，心里却是好奇，过去拿手电筒往下照，见井里又宽又深，阴森森的看不到底。

厚脸皮道："你们不是说这下面有古墓吗？在哪呢？"

大烟碟儿说："有古墓也是在村旁的大山里，井底多半有暗道通着山口。"

厚脸皮瞪大了眼向下张望："这里头黑咕隆咚的，谁看得见暗道在哪？"

我说："你胆大不含糊，下去看看不就知道了……"

话尤未落，厚脸皮忽然大头朝下扑进了古井，我和大烟碟儿见状无不愕然，心说："他还真敢挺身而出？"

刚这么一愣神儿，只听大烟碟儿"哎呦"一声，也翻身掉落古井，我发觉情况不对，一扭头，看见傻子正冲我过来，刚才那俩人全是让他从后边踹下去的。事出突然，毫无防备，等我明白过来也躲不开了，傻子身材胖大，像堵墙似的压过来，他也不用伸腿，拿肚皮一顶我就站不住了，顿觉两耳生风，身在虚空不住往下坠，掉下去很深还没到底。

07

在那一瞬间，我心中闪过一个念头："坏了，傻子准把我们当成了进村搜皇粮的鬼子，要不就是动了人家祖庙里的风水井，傻子不饶，才在身后下此黑手，飞仙村下的古井怎么这么深，也不知底下还有没有水，要是掉在枯井里……"

这念头还没转完，我已扑通一下落到水里，身子由高处下坠，冲力不小，掉进水里一个劲儿往下沉，我接连喝了两口水，急忙闭住气浮出水面，所幸是百忙之中，手电筒还握着没丢，睁眼一看井底都是石壁，比我先掉下古井的那两个人，厚脸皮会水，大烟碟儿却是旱鸭子，喝了半肚子水，呛得半死，我和厚脸皮架着他，拨水移到井壁边缘，扒住一条裂隙才喘得口气。

厚脸皮气急败坏，指着头顶破口大骂，又说些没边没际的言语恫吓，可高处漆黑一片，完全看不到井口的光亮，想是傻子已经把祖庙中的石板推拢了。

飞仙村古井不下数十米深，宽也有十几米，水质有如黄汤，阴冷透骨，我们身上从头到脚全湿透了，我和厚脸皮还可以勉强支撑，大烟碟儿虽然没被呛死，却也冻得嘴唇发紫，全身发抖，嘴里说不出话，上下牙关咯咯作响，我揪着他的衣领，才不至于让他沉到水下。

我对厚脸皮说："你省些力气别骂了，祖庙下的古井太深，村堡内又是层层壁垒卦门森严，我看在下头放几斤炸药点了，声音也传不上去，况且正是那傻胖子下的黑手，你还指望他再把咱们仨救上去？"

厚脸皮啐道："啊呸，我不骂他，我还夸他不成？你别让我上去，上去就让周老头和这傻子知道我的厉害，我倒想真看看这俩人经得住我几拳几脚！"

我说："狠话都不够你说的了，你要真那么厉害，也不至于让傻子一脚端下来，没那两下子就别冒充大头儿钉。"

厚脸皮说："算我嫩了，看走眼了，我真没瞧出这傻子肚里揣着那么大的坏，再说你不是也没瞧出来吗？"

我说："咱俩不提这个，得先想个法子出去，井水太冷，我腿肚子都快抽筋了。"

厚脸皮道："谁说不是，我也快不行了，再过会儿咱这三个人的小命全得扔在这，你说你们俩穷光棍死了也就死了，我妹可还在家……等着我呢，咱能忍心……能忍心让妹妹找哥泪花流的人间悲剧发生吗？有什么……什么……什么办法赶紧想……想……想想啊。"

我听厚脸皮说着说着就哆嗦上了，我也是手脚麻木，冷得难以支撑，那手电筒浸过水，不知是不是要短路了，明一阵灭一阵，可能随时会坏掉，我急于找出路，不便再多说了，但见井壁溜光，到处长着湿苔，别说是我们这仨人，换成猴子也爬不上去。之前听周老头说飞仙村下是个山口，古井下备不住有条暗道，我告诉自己别慌，定下神细看周围地形，发现一侧的井壁下有天然裂口，大部分淹在水下，手电筒照见岩壁上青苔斑驳，我心知飞仙村下的这眼古井，当年水面要比如今高得多，后因水土流失，水面逐步下移，才显出这道岩裂。

我们只求赶紧离开冰冷的井水，见有出路，直如见了救命稻草，扯着大烟碟儿泅渡进去，岩裂下面极宽，水面上的间隙却仅能容拳，前行五六米，进了一个洞穴。此时手电筒不亮了，我们眼前什么也看不到了，摸着黑爬上岩石，三人身上都冷得打颤，脱下衣服裤子拧掉水，这湿衣服一时半会儿也没法穿。大烟碟儿好不容易缓过劲儿来，光着腚蹲在地上到处摸烟，想要抽根"压惊烟"，可纸烟早就泡烂了，只从衣服口袋里摸出一个响簧打火机，我让他抖去水，按了两下还能打出火，怎知刚打出些许亮光，忽然有个人吹了口气，呼地一下就把火苗吹灭了，我们皆是一惊，齐声问道："谁？"

08

厚脸皮说道："是我是我，别叫这么大声，咱都光着腚，能不能别给亮儿了，怪让人害臊的。"

我说："别跟着添乱，要是连你这种二皮脸都臊了，我和碟儿哥的脸还他妈能往哪搁？"

大烟碟儿说："一丝不挂是不雅，很影响咱仨的正面形象，好在都是爷们儿，这也没外人，有什么不能看的？"他说完话，再次按着了打火机，我们眼前总算有了些许亮光，大烟碟儿一看他那沓子钞票让水浸得稀烂，急得直抖落着手，连声叫苦："可要了我的命了，艰苦奋斗二十年，一朝回到解放前……"

我说："要不是二皮脸把人家祖庙中的风水井揭开，傻子也不至于在咱身后下黑手。"

厚脸皮说："我可是比谁都冤，那个傻子貌似忠厚，骨子里却是大大的狡猾，偷喝了咱的棺材酒不说，又怕咱们找他算账，设计将咱们引到祖庙里灭口，不是我说你们，这简直是明摆着的事，平时你们哥儿俩一个赛一个，都比犹太人还精明，愣看不出来？还让我替傻子背这么大的黑锅？"

大烟碟儿身上冷得瑟瑟发抖，哆嗦着抱怨道："现在说什么也晚了，困在这个黑灯瞎火的地洞里，冻不死也能把人饿死。"

厚脸皮道："我可不是怕死的人，怕的是死不了活受罪，受完罪还得死，那才叫倒霉，更倒霉的是死后都没人给咱收尸，尸首扔在这让蛇鼠啃噬。"

大烟碟儿惊道："啊？你说有蛇有耗子？"

厚脸皮道："有没有蛇我说不准，水鼠可是真有，刚才还从我脚边跑过去一只。"

置身在阴冷的洞穴之中，面前黑得伸手不见五指，身上脱个溜光，湿漉漉冷飕飕，周围又有水鼠，在什么都看不见的情况下，冷不防让它们啃一口也是要命。大烟碟儿绝望之余越想越怕，怕是因为不想死，所以他改变主意，不准备坐以待毙了。

我说："既然飞仙村祖庙下的古井，一直通到山里，定然有路可走，虽不知是死路活路，却总好过留在这里等死，我看行得一步是一步，咬咬牙抗过去，说不定还有生机。"

大烟碟儿道："言之有理，但凡成大事儿的伟人，全是这路子，明知有险阻，苦战能过关。"

厚脸皮说："那咱就别在这歇响了，反正我是把生死置之度外了，挣不着大钱活着也没劲。"

我们三个人说定了，想找路往深处走，只穿了裤头和胶底鞋，湿衣裤打成盘结，斜背在身上，奈何没有光亮，在漆黑的洞穴中寸步难行。

厚脸皮找大烟碟儿要打火机，好在前边照个亮儿，免得看不见路掉进水里。

大烟碟儿说："别介，你们俩虽然是我兄弟，可我该批评你们还是得批评你们，你说你们俩整天划火柴抽烟的土主儿，哪知道我这打火机啊，这叫丢朋，镀金的，里头带响簧，一打丢儿的一声响，是带得进大饭店能应付大场面的玩意儿，如今我浑身上下就这么一个值钱的物件了，交谁手里也不放心，还是自己拿着稳妥。"

厚脸皮不信："至于吗，一个破打火机，我丢两下能丢得坏它？"

大烟碟儿不敢在前边带路，又舍不得把打火机交给厚脸皮，只得想个折中的办法，让我拿着。

我提前告诉他丢了我可管不着，说完摸索着洞壁要往前走，发觉手指触到的地方疙里疙瘩，不像岩壁，用铜制响簧打火机的光亮照了照，似乎是隆起的树根，什么树根能扎到地下如此之深，想象不出这得是多大的树，再说之前也没看见飞仙村有那么大的树。

第七章　赤须土龙

01

相传女娲伏羲时有赤须树，这虬龙般起伏的树根，色泽赤红如血。这即使不是传说中的赤须树，它也足够古老，在山岭下盘根错节，大部分已经枯死，有少半仍在生长，它将山脉中的地气水土都吸尽了，以至于飞仙村水土流失严重，无法再耕田种庄稼，山上鸟兽绝迹。明朝末年山崩地裂，没准正是树根在里面拱塌了山壁所致。

大烟碟儿道："周老头好像说过，阴阳端公周遇吉将飞仙村造在此地，是为了镇住通天岭中的土龙，当是我就没琢磨过来，什么是土龙，以为是龙脉之类，现在一看，土龙也许是指这些树根啊。"

厚脸皮说："那老头跟他祖宗周遇吉一样喜欢装神弄鬼，树根不说树根，却说什么土龙。"

我说："风水形势中的龙，从来不是腾云驾雾的飞龙，单指山中龙脉，龙脉中定有龙气，正是由于通天岭有龙气，才让一部分树根生长不死，以我的理解，说白了那就是地气，是地下的活动能量，并不完全属于迷信观念，比如这拱裂山岭的粗大树根，用土龙形容也不算唬人。"

厚脸皮不关心什么土龙，他说："如果通天岭中有汉代诸侯王墓，咱摸进去掏出几件陪葬的宝物出来，也不枉折腾这么一场。"

我用打火机照在厚脸皮面前说："你也不瞧瞧你现在什么样。"

厚脸皮说："瞧什么瞧，爷们儿光膀子不算黄色。"

我说："你是捏着空拳说梦话，当汉墓是纸糊的？何况通天岭中未必有汉代诸侯王墓，我看飞仙村的布局，还有周老头提到的传说，从里到外透着诡异凶险，眼下是活命要紧，取宝发财的念头得先往后放放了。"

大烟碟儿连连点头："万一这次是甘蔗没有两头甜，要么要钱，要么要命，那还是得要命啊，留得青山在，不怕没柴烧。"

我们三个人光着膀子，一边说话壮胆，一边在洞穴中摸索而行，手里只有一个打火机，走两步照一下，黑暗中连大致方向都无法辨别，也不知道打火机中的气体还能维持多久，顺这地势走出几十步，洞穴中有口大棺材，半陷在一条枯死的树根里。

厚脸皮上前去推棺盖，他咬牙瞪眼使了半天劲，棺板纹丝不动，好像那死人在里头拽着。

大烟碟儿摸出是石棺，外边覆盖着一层枯苔，伸手抹了几下，显出大片的浮雕图案。

我拢着打火机以防让风吹灭，凑到近处打量，见棺盖上的图案层次分明，内容是一位顶盔贯甲的军官，骑在马上弯弓搭箭，射死了一头猛虎，旁边有一只猿猴作揖下拜。以前听说阴阳端公周遇吉，行至山中遇到一只长臂老猿，那老猿似通人性，拜在马前，将周遇吉引到一处深谷中，深山之中不知从哪跑来一头恶虎，时常咬死老猿的猴子猴孙，周遇吉用弓箭射死猛虎，那老猿为了报答救命之恩，指点周遇吉观看古人遗刻在绝壁上的天书，由此通晓阴阳异术，浮雕在棺盖上的图案，正是阴阳端公周遇吉射虎得天书的经过，显然是飞仙村主人周遇吉的棺材。

这时打火机的火苗仅剩黄豆大小，眼看不能再用，我瞥见石棺旁边有两个凸台，轮廓像是灯盏，刮去积在上面的泥土，下边有鱼膏灯油，我让那两个人过来，先在附近扯来些干枯的古树藤茎，再缠到木枝上涂抹鱼膏，那鱼膏不怕潮湿，用打火机点上就是火把，绑了两根火把点起来，眼前亮堂多了，我却比刚才摸黑看不见的时候更为不安，暗想："为什么以飞仙村的层层壁垒尚且不够，阴阳端公周遇吉死后还要用棺材挡住这个洞穴？"

02

厚脸皮恨极了飞仙村八卦堡里的人，在地上搬起一块大石头，用力去砸半陷在树根里的棺材。

大烟碟儿刚从我手中要回打火机，扭头见厚脸皮的举动骇异至极，忙道："你可别把事情做绝了，不打算收村里的东西了？何况阴阳端公周遇吉生前能够策神使鬼，他的后人至今香火不绝，怕是惊动不得，我等要想活着出去，还得求他护佑。"

厚脸皮不服，说道："甭管周遇吉有多大本事，他不是也吹灯拔蜡了？再说凭什么只许村堡里的人在咱们身后下黑脚，却不许咱们对这棺材下黑手，我看咱就该跟他们黑对黑，看谁黑。"说着继续砸那棺材，可周遇吉的棺材石板坚厚，他使劲砸了几下也没砸开，棺下树根里却冒出浑浊的黄水。

棺材下的泥水不停涌出，一转眼就把连接井底的通道淹没了，大烟碟儿惊道："哪来的这么多水？"

我也同样吃惊，借着火把一照，发现周遇吉的棺材形状怪异，忙对大烟碟儿和厚脸皮说："这棺材不能动，它钉死了通天岭的龙脉。"

那俩人一听都是一怔："棺材钉死了山里的龙脉，是什么意思？"

我说："上宽下窄的棺材叫斩龙钉，通天岭里有赤须树的根，这树根即是龙脉，它向外生长，以至于在明朝末年引发山崩地裂，窨子军造的飞仙村，正好压住了这条龙脉，周遇吉的棺材则钉死龙脉，并且堵住了暗泉，使赤须树的根部逐渐枯死，所以通天岭至今没有再度崩裂。"

厚脸皮说："通天岭这座大山崩裂与否，跟统领窟子军的周遇吉有什么相干？"

我说："当年山崩地裂，村民们曾看到飞僵出没，至今也没人说得清那是怎么回事，周遇吉钉死了通天岭龙脉，想必也与此有关。"

大烟碟儿说："你的意思是……山里还有飞僵？"

我说："这我可不知道，总之别动周遇吉的棺材为好。"

大烟碟儿说："对，保命要紧，要不行，咱就别往山里走了……"他有心打退堂鼓，可来路已经让暗泉淹没，眼见积水越升越高，继续留在这个地势狭窄的洞穴中，也绝非可行之策，急得他在原地红着眼转磨，无意中看到洞穴尽头塞满了条石，可能早年间树根还没枯死，堵塞山洞的条石有些地方脱落松动，足能容人爬进去，看这方位，多半是可以进入通天岭山腹。

自明朝末年山裂闭合以来，通天岭附近没人见过飞僵，所以前边也未必有活路，我们却顾不了这许多，手持火把绕过周遇吉的棺材，爬进填塞着条石的洞口，火把一直未灭，说明深处有风，至此我们都不再相信通天岭中有汉墓了，可也想不出那里面会是什么样子，又有什么东西。

大烟碟儿道："我是想起什么说什么，咱们掉进飞仙村古井的遭遇，真有几分井中天的意思。"

厚脸皮道："这话我听过，下半句是什么来着，井底的蛤蟆？"

我说："井中天是老年间的传说了，却不是坐井观天，相传以前有位樵夫掉落古井，命大没摔死，爬又爬不上去，意外摸到那井底有条岩缝，走进去七绕八拐，不知行出多少里，竟走进了一个青峰环抱鸟语花香的所在，在其中遇到仙人，得了仙药，这个民间传说叫井中天。"

厚脸皮恍然道："噢，原来是这么回事，咱哥儿仨掉进村堡祖庙下的古井，也在洞穴里摸黑走出多半里了，要不顺几件值钱的东西出去，都对不起掉井里这一回。"

三个人说着话，已爬进了通天岭山腹，地势豁然开阔，我站起身看看四周，枯死的赤须树根蜿蜒似蛇，洞中尘土久积，到处挂满了苍苔，仰望高处有暗淡的光线，像是天光漏下。大烟碟儿以为通天岭山壁上有裂隙，他犯了烟瘾，急着出去找烟抽，攀藤附葛往上爬。我怕他一失足掉下去，招呼厚脸皮紧紧跟在他后边，我心里觉得有什么不妥，可也说不清哪里古怪。大烟碟儿见我迟疑，催促道："胜利兄弟，咱们命不该绝，通天岭的山壁有裂缝，肯定能爬出去。"我说："不对，此刻是深更半夜，怎么会有天光漏进山腹？"

<h1 style="text-align:center">03</h1>

大烟碟儿一听也呆了，时间是不对，跟傻子到飞仙村祖庙的时候，天才刚黑，从我们掉落井下，再一路走到通天岭，算来还是半夜，离天亮尚早。

我看洞穴高处像是阴森的白色光雾，可周围实在太黑，又有许多粗如抱柱的古树根须遮挡，站在原地分辨不出那是什么。

厚脸皮说："夜里有月光啊，反正山窟窿里不会平白无故那么亮，眼看快到顶了，再原路回去不成？"

我和大烟碟儿一想也对，既然走到这一步了，不妨大着胆子过去瞧瞧。

通天岭山腹中是枯死的赤须树根，树洞外侧是山壁，几百条粗得惊人的树根，在洞窟中绕壁垂下，我们踩着树皮上深厚的苍苔，迂回攀向高处，身上让树枝刮得全是血道子，厚脸皮无意中蹭掉了一块枯苔，露出洞壁上的岩画，依稀是排列成队的人形纹，人物线条简陋，奇怪的是那些人头上多出一只眼，头顶皆有纵目，附近还有些陶土残片，陶片上同样有三眼人的形象。

大烟碟儿称奇不已："通天岭洞穴中的岩画和陶土片子，可比明末飞仙村的年头古老多了。"

厚脸皮说："明朝末年到如今……那还不算古老？"

大烟碟儿说："两三百年，也不过弹指一挥间，我看通天岭中这些三眼人岩画，不下两千年。"

厚脸皮说："那个年头有三只眼的人？"

我摇头道："什么年头也没有，从来都是一鼻子俩眼的俗人，除非是马王爷和二郎神。"

大烟碟儿突然一拍自己的脑袋，说道："哎哟，你们猜我想起什么来了？"

我说："你那脑袋也没长在我身上，我怎知你又想到了什么。"

大烟碟儿说："我看陶土片上全是三只眼的人，又是在通天岭这个地方，突然想起了晋国灭仇尤的事，仇尤你们知道不知道？也叫仇首，那是中原边上的戎狄之国，我以前见过仇尤的陶器和玉片，上边全是三眼人，仇尤人都在额前刺一纵目，通天岭山洞中的岩画，也许是他们留下的东西。"

厚脸皮挠头道："仇尤人……真没听过，现如今还有吗？"

大烟碟儿说："早让晋国灭了，两千年前晋国欲灭仇尤，苦于深山险阻，大军进不去，便铸造了一尊青铜巨钟，谎称送给仇尤国君，仇尤国君闻讯大喜，命人修路迎接青铜巨钟，等到路修通的那一天，晋国军队立刻进山灭掉了仇尤。"

我寻思："大烟碟儿在古董行里混迹多年，吃这碗饭没些见识不行，即便晋灭仇尤之事说得不准，想必这也是个近似仇尤，并早已消亡的古国，通天岭或许曾是仇尤人的大坟，要不怎么有这么多陶土片和岩画，可没看见有骸骨，都在洞底下不成？"想到这，我下意识地低头看了一眼，火把只能照到几步开外，通天岭山腹中的洞穴太大，哪里看得到底。

大烟碟儿说："没看见死尸也没什么奇怪，就算山洞里有棺木尸骨，到如今早都化为泥土了。"

我想他这话说得也有些道理，心中打着鼓再往前走，发现洞窟里的陶土残片为数不少，可以看出各呈人兽之形，器形古朴凝重，能够辨别出的人形纹，大多为三目，这么多陪葬用的陶瓦，以及洞中的岩画，无不说明通天岭是座古坟，明朝末年出现的飞僵是坟中古尸所变？尸变又是否与通天岭中枯死的赤须树有关系？

厚脸皮问大烟碟儿："山里的飞僵到底是个什么玩意儿？能飞的死人？"

大烟碟儿说："在以前的迷信传说里，坟中僵尸年久为妖，能够吞吸云气，来去如风，那就是变成飞僵了，也只有那些愚昧的乡下人才会当真，你哥哥我在江湖上闯荡这么多年，可没见过有什么山妖土鬼……"

他的话刚说到一半，忽然一阵带着尸臭的阴风凭空吹来，火把险些灭掉，好像有个东西从漆黑的洞中飞下来，大烟碟儿吓得一屁股跌坐在地，惊呼道："通天岭中的飞僵！"

04

我和厚脸皮察觉到情形不对，同时挥起火把，对着那阵阴风的来处打去，火把光影晃动之中，照出半空一张枯蜡般的死人脸，那面容有如枯蜡的僵尸，脸皮是赤红色，眼窝塌陷，口中啾啾有声，比夜猫子叫得还要难听，脖子很长，在半空鼓翼盘旋，带起阵阵阴风。

我们之前虽然听周老头说飞仙村的由来，却还以为当年山民们看见的是什么幽禽怪鸟，凭我们的所见所识，世上根本就不可能存在飞僵。以往盗墓贼们提到僵尸，大多出在黄河以北水深土厚的所在，那也不是行尸，只是由于土厚，埋在坟中的死人多年不腐，毛发指甲甚至还在继续生长，开棺挖坟时见到实是可惊可骇，这是确有其事。行尸则谓之走影，那是说的人多见的人少，到底有没有也不好说，故老相传，上百年的行尸叫魃，千年为彪，魃生白毛或黑毛，彪生金毛，只有佛祖才能降压金毛彪，飞僵更是自古罕有。正如大烟碟儿所言，那都是早年间的迷信传说，岂能当真，好比古人看见月蚀，便说是天狗吃月亮，实际是当时之人见识不够罢了，山民们看到栖息在深山里的大鸟，没准就当成飞僵了，可没想到会在通天岭山洞中遇上飞僵。我们仨几乎看得呆了，顾不得再去想为什么僵尸能飞，挥动火把乱打了几下，挣扎着往洞顶有光的地方奔逃，指望那里有条活路，能够逃出通天岭。

别看大烟碟儿平时夸夸其谈总有话说，遇上事儿他胆子比谁都小，此时只顾逃命，恨不能多长两条腿，也忘了洞中地形崎岖，又有很多苍苔枯藤，一脚绊倒，撞得他满嘴是血，门牙也掉了两颗。

山洞中的飞僵惧怕火光，一时不敢欺近，我伸出一条胳膊架起大烟碟儿，另一只手挥动火把，那火把快烧尽了，抡起来被一股怪力攫住，带得我一个跟跄滚下树根，我放开火把，抓住树根边缘。大烟碟儿吓懵了，哪还顾得到我，让我没想到的是厚脸皮还真仗义，跑回两步将我揪上了树根，我拽着腿肚子发软的大烟碟儿，跟着厚脸皮奋力爬到洞穴最高处。通天岭中这个山洞，里层是枯死的树根，外侧有厚达百米的山壁，在洞底能看到上边有亮光，爬上来才发现不是天光漏下，洞顶都是一团团白色灯笼般的物事，发着暗淡的荧光，我们三个人瞠目结舌，都想问："那是什么？"

此时厚脸皮手中的火把也快烧完了，阴风骤起，飞僵又来扑人，借着洞顶荧光，可以隐约看到逼近的飞僵至少有三五个，活像树洞中生出的蜻蜓。大烟碟儿胆都吓破了，抱着头趴在地上全身发抖，不住口地念佛祖保佑。我不甘心束手待毙，奈何光着身子，手无寸铁，仓促之际脱下两只胶底鞋，抬手对着扑下来的飞僵扔过去。厚脸皮向来好勇斗狠，此刻情急拼命，举起火把迎头戳去，托地一声，狠狠戳在当先的僵尸脸上。那飞僵一声尖叫，返身逃到一旁。厚脸皮却是用力过猛，火把顺势戳进一个白色灯笼形的东西上，那层东西像是茧丝，干燥脆韧，遇火即燃，洞顶的茧和枯树根迅速烧成了一片。

霎时间烟腾火炙，有几个僵尸躲避不及，让熊熊大火烧到，如同飞蛾触火，顿时变成乌黑的火球，翻滚挣扎中坠落洞底，眼瞅着四周陷入了一片火海，我们三个人在烈焰升腾的洞穴顶部没处躲没处藏，受到烈焰逼迫，只觉头发都要跟着起火，不得不上蹿下跳，一个个口干唇裂，全身冒出黑油，我们三人心生绝望："困在通天岭山洞中，上天无路，入地无门，转眼就变成吊炉烤鸭了！"

05

命在顷刻之际，洞顶忽然出现一道亮光，有个身材胖大的汉子，顺着一根长绳下到洞中，正是先前将我们推进祖庙古井的傻子，他二话不说，将大烟碟儿夹在胳肢窝下攀绳而上，身手矫捷，不让山中猿猱。

我和厚脸皮在走投无路之际见来了救星，也顾不得再跟傻子算旧账，立即跟在傻子后面攀绳爬出山洞。通天岭中枯死的赤须树着起大火，使周围的岩层纷纷崩塌，火势蔓延到了深处，我们爬到山顶之时天将破晓，山风冷飕飕的，周老头也在山上，是他带着傻子把我们救了出来，我们三人见了周老头和傻子，不禁恼火，但没有寸缕遮身，样子狼狈已极，有什么话也只好等到返回村堡再说。

傻子背了周老头，带路走下通天岭，引着我们再次进了飞仙村八卦堡，周老头挑来水让我们清洗泥污伤口，又找了几件旧衣服给我们换上，来到周老头屋中，他才跟我们说明来龙去脉。原来这通天岭里有赤须树，龙气极盛，埋下尸身可以千年不朽，是块风水宝地，春秋战国时曾是仇尤人的古坟，赤须树根里有赤须虫，被仇尤人称为土龙，奉若神明。据说此虫在僵尸身上吐丝做茧，那些死人被这层茧裹住，许多年后便会复苏活转，后来晋国灭掉仇尤，这个秘密就很少有人知道了。直至明朝末年，通天岭山崩地裂，有当年的僵尸从山口飞出，恰好阴阳端公周遇吉路过此地，看出那飞僵不是死人复生，而是土龙借死人做茧生出幼虫，放出来遗祸无穷。周遇吉有心除掉通天岭中的土龙，奈何洞中有水进不去，也没法用火攻，只得带窨子军造八卦村堡，挡住了裂开的山口，又命后人把他死后装在棺材里钉住龙脉，等到山中暗泉枯竭，赤须树彻底死掉，再进去放火烧尽土龙的虫茧，永绝后患。

昨天周老头贪杯喝得烂醉，等醒过来发现到飞仙村投宿的三个人都不见了，背包却还扔在屋里。他怕外来的人不识路径，困在飞仙村里出事，赶紧找来傻子问是怎么回事，傻子比划着告诉周老头，那仨人揭开祖庙的风水井，飞仙村八卦堡留有祖训，村中的风水井不能随意触动，傻子急了，一脚一个，把三人端到了井里。周老头大惊失色，怕是要出人命，他让傻子下到井底察看，也没见到尸首，又看井水上涨，推断那三个人进了通天岭，忙到岭上打开封闭两百多年的洞口，紧要关头把人救了出来，多亏这些年通天岭地气散尽，树根里的土龙都已枯死，否则后果不堪设想。

厚脸皮一听这话不干了："我们招谁惹谁了，谁也没招谁也没惹，平白无故让傻子端进井里，要不是命大，我们这三条汉子早归位了，这么大的事，几句话就想对付过去？"

周老头说："我们一直守着村堡里的祖庙，就是要等通天岭里的赤须树枯死，可这么多年也没人敢进去看个究竟，三位壮士误打误撞进了山洞，一把火烧尽了土龙和尸茧，这也是冥冥中有先祖圣灵护佑，咱飞仙村的人都该感谢你们才是。"

大烟碟儿说："有这份心意就好，实话不瞒您说，我们哥儿仨是收古董的贩子，出来一趟不容易，这次不但半路上翻了车，如今连裤衩都搭进去了，既然帮了村里这么大的忙，您总不能忍心让我们空手回去，我寻思您这村里有没有什么传辈儿的东西，您好歹匀出来几件，我先瞧瞧，只要是好东西，我一定按行市给钱，绝不亏您。"

周老头说："我们飞仙村虽也有两三百年了，但僻处深山，哪有什么东西能入得了三位的法眼，以前倒是有些祖辈传下的古物，可度荒年那阵子，都搬去换粮食了。"

我们听周老头说村堡里的古物都在度荒时换了粮食，看他为人忠厚，所言当是实情，不免有些失望。大烟碟儿不死心，问道："村堡中的盘龙沉香椅还在不在？"周老头说那把蟠龙沉香椅也没了，这样好不好，你们三个人在村堡里看看，除了祖庙里的东西，别的看上什么都可以拿去一件，也不用给钱，算是我答谢你们了。

我自打进了周老头这间屋子，就看到墙角有个长方形瓷兽，那兽头圆尾圆，四爪蜷曲，放在角落里脏兮兮的毫不起眼，但我似乎在哪见过这东西，指着墙角问周老头："那是个什么东西？"周老头愣了一愣，答道："是个枕头。"

06

我一想不错，是枕头，契丹女尸古墓中也有个兽形伏虎枕，兽形与这瓷枕相近，难怪看起来眼熟。

周老头让傻子把瓷枕取到桌上，用湿布抹去尘土污垢，枕头四周呈现出细密的彩绘图案。

厚脸皮对此一窍不通，他问我："枕头无非是用来睡觉，做成兽形有什么用？"

我说："早年间人们迷信，以为噩梦夜惊皆与鬼怪有关，兽枕能吓退邪祟，让人睡得安稳。"

大烟碟儿连声称奇："这枕头有点儿意思，每一侧都画着三个奇梦，你们瞧，这是庄子梦蝴蝶，这是李白梦游天姥山，这是唐明皇梦游广寒宫，这是赵简子梦游钧天，这是秦始皇梦中斗海神，还有临川四梦、牡丹亭、邯郸梦、南柯梦、紫钗记……"

周老头说："此枕叫阴阳枕，枕头上画有十梦图，是古往今来最有名的十个奇梦，其中暗合佛道玄理禅机，比如庄子的蝴蝶梦，那是比喻真幻难辨，邯郸梦中卢生到客店投宿，等着店小二为他煮黄粱米饭，卢生等着等着睡着了，在梦中经历了荣华富贵生离死别，一觉醒来发现黄粱米饭也还没熟，从而看破生死，悟道成仙。”

大烟碟儿在黑市上倒腾古董多年，他买卖做得不大，见过的东西却是不少，宋代以来，瓷枕在民间很常见，土窑名窑的都有，不过这样的阴阳枕还是初见，以往连听都没听过，他推断年代是明朝后期的东西，因为十梦图中的临川四梦，是到明代才出现。兽形瓷枕虽是明朝末年的土窑烧造，但是质地并不逊于名窑，上边还有精美无比的十梦图，怎么想也是奇货可居，他抱在手中就舍不得放下了，问周老头这瓷枕的由来，是祖辈传下来的，还是在山里挖出来的？

周老头说：“十梦图枕头是飞仙村祖辈所留，当年阴阳端公周遇吉擅于勘解奇梦，因此留下这么一个阴阳枕，别看它残旧，又不是名窑器物，可世上还真找不出第二个了，你们要是不嫌弃，尽管拿了这瓷枕去。”

大烟碟儿犹豫不决：“飞仙村里没有比这枕头更好的东西了？”

阴阳枕上的十梦图典故，厚脸皮半个都没听过，我也只知道一少半，在旁边干瞪眼插不上话，但我听周老头说了一阵，看瓷枕两端分别是兽头兽尾，顶部和两侧各有三个梦，共是九梦，还有一个梦可能画在阴阳枕底部，除了庄子梦、天姥山、广寒宫、钧天梦、海神梦、以及临川四梦之外，那第十个梦周老头提都没提，又隐在枕头底下，显得颇不寻常。我让大烟碟儿将枕头翻转过来，但见枕头底部是一座城池，房舍俨然，却不见一人，再仔细看，鱼游城关，舟行塔尖，竟是座沉在湖底的大城，那湖底还有一座宫殿，但不在城里，殿前石人石马对峙而立，神道前有赑屃驮碑，似乎是处皇陵。

厚脸皮问大烟碟儿：“老大，你说这是个什么梦？”

大烟碟儿瞪着眼看了半天，一脸诧异：“这个……没见过……哪里会有水下皇陵？”

我也没听说什么地方有整座城沉到湖底，那得淹死多少人，湖下有皇陵更是闻所未闻。

周老头说：“此湖当真是有，根据我们飞仙村祖辈传下的说法，这是阴阳端公生前梦到的湖陷之灾。”

07

我说："周老您能不能给讲讲，这是怎么个由来，真有整座城沉到湖底的事？"

大烟碟儿和厚脸皮也说："对，我们愿闻其详。"

周老头道："说来话长，你们从通天岭逃出来，饭也没吃，想必饿得狠了，我先弄点吃的，咱们边吃边说。"说完他去做了几碗烩面，傻子也跟我们一同吃饭，几个人围坐着，听他说起经过。

周老头说明朝末年，周遇吉还当着朝廷命官，没隐居到飞仙村的时候，带兵在泗州城驻防。淮水流域的泗州城，位于洪泽湖一带，当年的湖没有如今这么大，地势是九岗十八洼，山多水多，泗州城为古来兵家必争之地，明代屡次遭受倭寇侵袭，所以泗州城墙造得极为坚固，阴阳端公周遇吉率部驻防泗州之时，曾得一惊梦，梦到黄淮两龙相斗，致使水漫泗州，城池房屋沦为巨浸，军民人等葬身鱼腹，上奏朝廷恳请迁动泗州军民，以避天劫。

朝中奸臣当道，闭塞圣听，上边根本无人理会，泗州城的军民人等也不相信，周遇吉被迫辞官。他到飞仙村隐居前，踏遍黄淮流域，得知陷湖之劫，皆因熊耳山有座古墓，触动了龙脉，致使黄河夺淮，泗州城近年必有大灾，将他的陷湖之梦的凶兆记在瓷枕上，后来果验其言。明朝末年是没出事，到了清朝，黄河南支泛滥成灾，夺淮河入海，持续下了十几天暴雨，洪水滚滚而来，地面陷落成湖，可怜泗州全城军民，尽数葬身鱼腹，城关房屋沦为蛟窟鼋穴。

洪泽湖顾名思义，是大水泛滥变成的湖泽，多处湖面受黄淮泛滥影响而连成一片，湖底不止有泗州城，还淹过明朝皇帝的祖陵。周遇吉有心率领窟子军盗挖熊耳山古墓，奈何天时不对，未能得手，那时候又要造村堡压住通天岭的土龙，盗墓的事只好先搁下了，阴阳端公周遇吉去世之后，流寇四起，天下动荡，他的后人只能守着村堡，无力再去盗挖熊耳山古墓。

我们越听越奇，原来周遇吉统率的窟子军，也做盗墓这等勾当，想此人称为阴阳端公，那是何等本事，麾下又有窟子军，挖座汉墓还不容易，为何没有得手？熊耳山古墓也在豫西通天岭？

周老头说："熊耳山古墓我所知实在不多，仅知那地方也在豫西，却不是伏牛山通天岭，而是在熊耳山草鞋岭，听村堡中老辈儿人所言，熊耳山草鞋岭下有巨冢，埋着金俑玉棺，也不知那墓主人究竟是谁，各种各样的传说很多，哪个也不可信。相传此墓自西汉已有，无异于一座地下宫殿，可能是某位诸侯王的陵寝，许多年前，山洪暴发，在崇山峻岭间形成了一片湖泽，地宫就此淹没于湖下，随着湖水涨落变化，每到百年不遇的大旱之时，那古冢会在湖面上会露出一截，民间称其为仙墩，所以这个湖就叫仙墩湖。当年阴阳端公周遇吉的窟子军，想盗挖熊耳山古墓，但仙墩湖水面开阔，湖水又深，窟子军只擅长挖掘地道，对湖下的古墓却没什么办法，也只得作罢，熊耳山古墓的地势图至今还藏在阴阳枕中，可过了几百年，如今的地貌已经与明朝末年大不相同，黄河水患也已平息，再取出来也没了用处。"

我听到这心中一凛，暗想："辽墓壁画中的噩梦里也有玉棺金俑，难道应在这熊耳山地宫？"

大烟碟儿听完周老头所说的熊耳山古墓，立时起了贪念，他对周老头道："我们在屋里一眼打上这个阴阳枕，也是跟这东西有缘，我们就要这个枕头了，咱是一回生二回熟，您等我这趟回去挣了钱，再回来好好报答您，村堡里要是有什么好东西，您可得给我们留住了。"

我们在村堡中住了两天，真是收不着什么东西了，只得告辞离开。临走的时候，周老头让傻子把我们带到公路上，我背包里还有些钱能当做路费。这趟出来算是倒了八辈子霉，大烟碟儿身上只剩他的宝贝打火机，到头来收了这么个明代枕头，对于它能值多少钱，谁心里也是没底。厚脸皮的车报废了没地方混饭，他和我吃住都在大烟碟儿家，枕头却一直没能出手，也是没遇上识货的主儿，大烟碟儿不住叫苦："实话实说吧，我实在架不住你们哥儿俩这么白吃白喝，咱有辙想去，没辙死去，事出无奈，逼到这个份上了，不盗取熊耳山古墓中的玉棺金俑可活不下去了。"

这天，大烟碟儿把我和厚脸皮带到一家生意冷清的涮肉馆，点了个锅子，摆上几盘肉片菜蔬。

我们好几天没开荤，在大烟碟儿家整天的麻酱拌面条，见了火锅口水直往下流。

厚脸皮说："什么意思这是？中央可是三令五申，一再强调不许以工作为借口大吃大喝，我在部队混那么多年，一身正气，两袖清风，最恨……就是……腐化堕落……"他边说边夹着刚烫熟的肉片往嘴里送，吃上东西就顾不上再说别的了。

我看大烟碟儿一直划火柴抽烟，问他："碟儿哥，你把打火机卖了请我们吃锅子？"

大烟碟儿说："唉，我一想啊，要穷就干脆就穷到底吧，烟都抽不起了，还留着打火机做什么，索性卖了让兄弟们吃顿好的，以前真没想过贫困俩字什么意思，现在想明白了，先贫而后困，人让贫穷给困住无从施展，没有比这更可怕的事了，你要是没钱，连狗都瞧不起你。"

我知道大烟碟的打火机得来不易，是他的命根子，前不久在通天岭遇险逃命时，连裤衩都跑掉了，他那个打火机也没舍得扔，此时听他说把打火机卖掉了请我们吃火锅，心里挺不好受，劝他说："人生在世，难保没个起落，咱们不会总这么倒霉，等我哪天混好了，我一定给你寻个更好的打火机。"

大烟碟儿道："得嘞，兄弟你能有这份心，那就比什么都好，只怕你哥哥我等不到那天了，其实吧，自从听周老头说过熊耳山古墓，我就觉得那是条财路，咱小打小闹地折腾下去，终究发不了大财，想尽快捞到钱，还是得盗挖古墓，我多方打听，得到不少关于那古墓地宫中有玉棺金俑的传闻，也已确认如今还有仙墩湖这个地方，1965年黄河有了三门峡水库，仙墩湖的水源枯竭，水位比早年间低得多了，正可下手。"

厚脸皮想都没想就说好，他恨不能当天就去盗墓取宝，以他的脾气秉性，生姜到手都要捏出汁儿来，李天王从他门口也要留下甲仗，档次上去容易下来难，从通天岭回来，已经不甘心开车跑运输挣那几个小钱，既知豫西熊耳山有古墓，不想去就不是他厚脸皮了。

我说："可没有这么容易，出门的路费都凑不齐，怎么去盗墓？我看还是先给那枕头寻个买主儿才是正事，听说最近南城鬼市上有不少老外来逛，这帮八国联军的重子重孙，现今又回来挖咱社会主义墙脚了，那些洋鬼子最喜欢古董，也舍得出钱，我顶恨这帮鬼子，不如让我明天抱着阴阳枕过去转一圈，蒙上一个是一个。"

厚脸皮道："要说蒙人，那也是我的强项，蒙老外这种为国争光扬眉吐气的事你算我一个，明天我跟你一块去。"

大烟碟儿说："那才能蒙出几个钱来，咱哥儿仨要脑子有脑子，要本事有本事，除了经常倒霉走背字儿，也不比别人少什么，得对自己有点要求不是？"

我自嘲道："如若比赛倒霉，咱仨或许能在杠房胡同拿个名次，本事却是不值一提。"

大烟碟儿说："怎么没本事，谁不知道兄弟你是瞎老义瞎爷的传人，盗墓取宝的勾当谁还比你在行？我都打听明白了，关于熊耳山那座古墓的传说，谁知道的也不如瞎爷多，瞎爷能没告诉过你？咱是一条命的兄弟啊，事到如今你还要瞒着我们不成？"

我那天多喝了几瓶啤酒，话赶话说到这，也不得不给大烟碟儿说个明白。其实瞎老义在盗墓行中普普通通，算不上什么厉害角色，可在他的上一辈人中，却真有几位惊天动地的人物，另外先前在村堡中听周老头说到熊耳山古墓，地宫中有玉棺金俑，这与我在辽墓壁画中见到的情形十分相似，过后我又想到当年听瞎老义提起黄河上下有这么一个古墓，多半也是指熊耳山地宫，至于瞎老义如何得知，这话说起来可远了，也着实惊心动魄，你们坐住了，听我说一说。

第八章　洛阳古冢

01

瞎老义认识天津卫城门口摆摊儿算卦的一位道人，那老道姓崔，人们以崔老道呼之，解放前挑个幌子号称"铁嘴霸王活子牙"。当地人大多知道"崔老道算卦——十卦九不准"，他那套全是江湖上蒙人的手段，通常只能骗外地人，很多时候算卦赚不着钱，他就靠说评书糊口，尤以《精忠岳飞传》说得最好，可也没到茶馆里说书艺人的水平，纯是顺口胡编，讲到哪算哪。

有些上岁数的人提起崔老道，却说此人深不可测，有真本事，崔老道自身的离奇经历，比评书里的包袱还勾人腮帮子，就是从年初一说到年三十儿，也说不尽那许多。

民国初年，崔老道在南门口算卦说书，赶上年景不好，赚的钱根本不够养家糊口，吃了上顿愁下顿，他要用真本事，也能赚着钱，可不敢用，福浅命薄担不住，不用还好，一用准倒霉。

这天来了个赚钱的活儿，怎么回事呢，原来有姓杜的兄弟三个念书人，家境中等，老大老二和老三全是瘸子，并且都是右腿瘸，老大走路时右腿画圈，老二跛的厉害，要拿右脚尖点地才能走，老三右腿拖地，整天拖着腿走，二十多岁了还没娶上媳妇，在旧社会二十来岁不结婚可算晚了，要说条件还不错，但是因为腿脚不好给耽误了，哥儿仨心气儿特别高，立下誓愿，长得不好的姑娘不行，姑娘长得好，不是大家闺秀，家里没钱没势的也不行。

凭这三位这样的条件，非要娶三个家财万贯的西施回来，高不成低不就，一直拖着。三兄弟最近瞧上一家，城里高财主家正好有三个闺女，刚到该出阁的年纪，模样长得也俊秀，知书达理，关键是高财主是大户人家，家里有的是钱，怎么寻思怎么觉得合适，哥儿仨听说高家也正物色女婿，赶紧来求崔老道去帮忙上门游说，按说提亲这种事儿得找媒婆才对，可兄弟三人腿瘸得厉害，哪个媒婆见了都摇头，劝他们趁早别痴心妄想了，仨瘸子一合计："咱得上南门口找崔老道，道长出马没有办不成的事。"

崔老道号称铁嘴霸王，算卦算得准，其实说好事向来不准，说坏事一说一个准，称作"黑嘴霸王"还差不多，还有个绰号是"活子牙"，子牙是谁？助武王伐纣，斩将封神开周八百年的太公姜尚姜子牙，您想他有姜子牙这么大的本事，去高财主家说媒提亲算得了什么，一看这仨瘸子给了不少钱，催老道见钱眼开，打包票说："三位尽管放心，贫道就等着喝三位的喜酒了。"

崔老道平日里专靠蒙人吃饭，惯会说话，做这行当面嫩口薄，压不住人也不行，他穿着道袍留着胡须，言谈举止有模有样，江湖上那些迷信的勾当全都懂，谈起婚姻来也是一套一套的，他摇头晃脑地掐指推算，嘴里念念有词："鸡猴不到头，白马犯青牛，天龙冲地兔，虎蛇如刀锉，羊鼠一旦休……"

反正崔老道这些话，大多是说给贩夫走卒听的，说深了那些人也不明白，高财主为人十分迷信，当时让崔老道拿话唬住了，以为这兄弟三人真是青年才俊，生辰八字跟自家三个闺女配得也好，今后必定富贵无限。

稳妥起见，高财主还是提出来自己要先见见这三个人，毕竟是口说无凭。崔老道早有安排，双方约好见面在一块喝茶，他跟那哥儿仨一大早提前到了，等高财主来到一同起身行礼，然后坐下叙话，各自说说家里的情况，整个过程一步没走，高财主见这兄弟三个谈吐有度，长得也是一表人才，稳稳当当的一点都不轻浮，心里挺高兴，还备份厚礼谢了崔老道。

旧社会谈婚论嫁说麻烦真麻烦，说简单也简单，经过崔老道花言巧语从中穿针引线，很快定好了亲事，择良辰吉日成婚，新娘子过门之前根本见不着新郎官，等过了门，生米也就煮成熟饭了，再后悔可来不及，但是恰好拜堂之后没两天是高财主的寿诞，新姑爷要去拜见岳父岳母，这可怎么办，崔老道眼珠子一转，又给哥仨出了个损招。

贺寿那天，三兄弟骑马到了高家，高财主带着众亲朋到门前迎接三个贵婿，哥仨见老丈人亲自迎出来了，赶紧甩瘸腿下马，可谁也不敢迈步，一迈步就露馅了，按崔老道的吩咐，大哥先冲高财主一拱手："岳父老泰山在上，先受小婿一拜，今天是您老的寿诞吉日，小婿不才，斗胆给您在地上画几轮圆月祝寿，这叫满窗月。"说着话抢右腿画圈，一路从大门进了厅堂，在地上留下一圈一圈的印痕。

二哥说："岳父老泰山，小婿这厢有礼了，我大哥画满窗月祝寿画得不错，小婿也给您露两手贺寿，我自小练过轻功，这叫燕抄水。"说完右脚点着地，快步蹿进了前厅，地上又多了好几个点。

轮到三哥了，三哥说："岳父大人，今天您过寿，您瞧我这俩哥哥都乐糊涂了，雕虫小技也敢在您面前逞能，待小婿把他们俩画的都涂了，我这叫一扫光……"说话间，拖着瘸腿把地上的痕迹全抹了。

哥仨瞒天过海，又混过去一次，直到新媳妇回门儿，把事情跟爹娘一说，可瞒不住了，气得高财主给大骂崔老道八辈祖宗。那个年头，嫁出去的姑娘是泼出去的水，没有往回收的，可人家这口气咽不下去，好好的三个闺女便宜仨瘸子了，非找人打断崔老道一条腿不可。崔老道没想到这高财主这么小心眼儿，但人家财大气粗他也惹不起，听得风声不对，连夜逃出城去，一时半会儿不敢回家了，眼看身上盘缠快用尽，不免生出了盗挖古墓的念头，正好他在外地有几个结拜的兄弟，寻思渡过黄河，找那几个磕过头的兄弟，合起伙来盗掘古墓取宝，发上一笔横财。

02

崔老道头一个先想到了他的结拜兄弟"打神鞭杨方"，只因此人身法敏捷如灵猫，能探山中十八孔，所以还得了个"赛狸猫"的绰号，倒斗的手艺正经是关中老师傅所授，那些上天入地的勾当，百般都会，江湖上老辈儿人提起他，没有不知道的。

有段无从证实的传说，相传杨方出生前，其父夜得一梦，梦中恍惚走进一座飞檐斗拱有金龙抱柱的大殿。殿中端坐一位身穿蟒袍玉带的老者，墙角还蜷着只猫，那只猫哪都好，只可惜没有眼，是只无眼的瞎猫。老者指着猫对杨父说："这就是你的孩子。"杨父摇头道："这样的孩子不如不要。"老头闻言，从大殿抱柱的盘龙上，抠下两枚龙眼金睛，按进了那只猫的眼窝里，杨父一惊而醒，次日其妻产下一子，两眼炯然有光。

其实杨方是他师傅捡来的孤儿，自己都不知道爹娘在哪，这种传说本身又无凭无据，不能太过当真，不过既然有这种说法流传，也说明杨方这双眼确实了得，天越黑越亮，目力不凡。他师傅人称金算盘，常在黄河两岸出没，后来下落不明了，估计是土了点儿了，这是行话，意思是死了。之前留给杨方一条四楞七节打尸鞭，却不是江湖人用于防身的软鞭，而是精钢打造的七节硬鞭，如同马上战将所使的兵器，沉重无刃，以力伤人，据传当年伍子胥掘楚王墓鞭尸三百，故此僵尸都怕鞭打，倒斗用的四楞鎏金鞭唤作"打尸鞭"，鞭有节，铜带楞，这条打尸鞭两者兼备，像铜又像鞭，颜色像黄铜，极沉极重，长两尺五寸六分，共分七节，四楞凹面，阴刻伏魔镇尸咒，鞭柄裹以龙鳞，除了镇尸辟邪，还可以量地寻穴，平常提死尸犯忌讳，对外就叫"打神鞭"。

打神鞭杨方尽得传授，凭着通晓诸路风物，背上铜鞭到各地盗墓取宝，遇上为富不仁的大户财主，也会翻墙进去窃取财物，专做劫富济贫的勾当，出道以来从没失过手。说话是民国初年，天灾人祸接连不断，这天底下一乱，就是遍地出土匪的年头，豫西管土匪叫趟将，当时有个趟将出身的军阀头子屠黑虎，手握重兵，割据一方，那些年军阀通过盗墓发财扩充部队的事情非常普遍，屠黑虎也经常做这种勾当，发死人财倒不算什么，活人的命他要得更多。前不久在河南开封附近跟另一路军阀打仗，战局相持不下，他为求速胜，掘开黄河引发大水，淹死的无辜百姓数以万计。

当时打神鞭杨方到外地踩盘子，听闻河南开封是六朝古都，北宋遗风尤存，想顺路过去看看，远远就听得水声隆隆，走了多半天才到黄河渡口，只见黄水翻滚如沸，浩浩东流，顿生壮阔苍茫之感。然而渡河之后一路行去，却在沿途看到无数逃难的灾民，路上随处可见卖儿卖女之事，全是黄河泛滥后留下的凄凉景象，哀鸿遍野，大灾之后必有大丧，死的人太多，那些没主家收敛暴尸于野的遇难者，全被野狗乌鸦啃成了白骨，找人一问才知道，是军阀屠黑虎掘开河口所致。

打神鞭杨方多曾听说过屠黑虎的恶名，知道这个军阀头子是心狠手辣杀人如麻的土匪，趁着乱世发迹，为祸不小，按面相上说此人两眼多白，乃是奸雄之相，久后必乱天下。

这天晌午，杨方信步进了开封城，老言古语说得好——"黄河水无风三尺浪，开封城无风三尺沙"，洪水过后又刮起了大风，声如鬼哭，城里城外沙尘漫天，杨方心生感慨："都说口外的风大，这黄河边上刮起大风，也是兜着人走，简直要把人刮到王母娘娘那去了。"

03

他一边想一边走，走到了开封城的城门附近，当地人对风沙习以为常，街上照常是车水马龙人来人往，这时涌出许多全副武装的军卒，如狼似虎般将百姓们赶到两旁，闪出当中一条街道，杨方耳听马蹄声响，挤在人群中抬眼观瞧，原来是军阀的马队开进城门。

这支马队装备精良，人如龙马如虎，往来如风，当中拥着一个铁塔般的粗壮大汉，约有四十岁上下，黑煞神般的一张国字脸，黑中透亮亮中透明，神情凶悍，脸色阴沉，浓须短髯，满面的杀气，身着戎装，腰悬指挥刀，斜挎手枪，脚蹬马靴，骑在高头骏马上一路飞驰到了城门。

杨方在人群中看得真切，不用问也知道，马上这个黑脸将军，必定是军阀头子屠黑虎，冲此人骑在马上这份稳如山岳的架势，身上功夫也不一般。

杨方同样身怀绝技，但本事大的人往往自视也高，多少有点狂傲，他瞅见屠黑虎从面前经过，正是送上门来的良机，忍不住伸手去摸背上的打神鞭，寻思："这厮好生了得，若是正面对上，我也未必讨得到便宜，但我此时以有备攻无备，纵身跃出人群奋力一击，足有把握一鞭打在屠黑虎的天灵盖儿上，量此人外家功夫再如何了得，也当场打他个脑浆迸裂，保管送他去见了阎罗，今日就替天行道，除掉这个军阀头子，然后再趁乱逃出城去，谁又能拿得住我？"

杨方一时血勇，想趁着开封城内风沙大作，拽出铜鞭干掉屠黑虎，可还没等他拽出那条打神鞭，就觉得手让人给按住了，也不知道是谁，他转头一看，身后是个身穿旧袍腰挂葫芦的老道，不是别人，正是他结拜的义兄崔老道。杨方颇感意外："道长，怎么是你？"

崔老道凑在杨方耳边："兄弟，你一进城为兄就看见你了，大街上不是讲话的所在，有什么话咱们换个地方再说。"

这么一错神的功夫，屠黑虎已在军队簇拥下，骑在马上去得远了，杨方只好先跟崔老道离开城门，在街角找了个僻静的小饭馆，二人坐定，谈起刚才的情形。

崔老道同样是江湖中人，前清时就在南门口摆摊儿，看面相测字为生，也会说书，自称铁嘴霸王，其实没什么真本事，但是满肚子坏主意，结交甚广，属于智多星吴用那类人物。到此正是要寻屠黑虎的晦气，也想趁机捞点钱，刚好在人群中看到杨方要动手，赶紧上前拦住，拉到小饭馆里说道："兄弟，屠黑虎是一省的督军，你看他身边有多少卫士前呼后拥，人家枪快马快，你孤掌难鸣，又怎近得了他？且听为兄一言，这屠黑虎是恶贯满盈，惹得天怒人怨，今天不用你动手，早晚会有老天爷收他。"

杨方说道："兄长言之有理，奈何这军阀头子作恶多端，我要不在他脑袋上打一鞭，他还真以为天下无人了。"

崔老道说："兄弟，你是杨他是虎，犯克啊，正面交手难有胜算，况且老道我看屠黑虎堂堂一躯，十全之相，若非命硬之辈，怎做得了军阀首领将中魁元？此人气色又是极高，正走着一步奇运，咱们一时半会儿动不了他，眼下为兄倒有一条计策，我二人何不到洛阳邙山走一趟，掘了这屠黑虎的祖坟，断掉他发迹的风水。"

杨方闻听此言，挑起大拇指称赞道："哥哥你这脑袋瓜子真没白长，这番话正合小弟心意。"

崔老道嘿嘿一笑，说道："兄弟，你哥哥我一肚子锦绣，满腹安邦定国平天下的韬略，比西周的姜子牙也不逞多让，在南门口摆摊儿算卦，只是不遇时而已，对付屠黑虎一介匹夫还不是绰绰有余。"

杨方说："小弟明白了，道长必是谋划已久，否则怎么会知道屠黑虎的祖坟在邙山。"

果然，崔老道听闻军阀头子屠黑虎多行不义，但其麾下的虎狼之师，有枪有炮，凭他一个摆摊算卦的老道，也奈何不了手握重兵的军阀头子，便在暗地里细细寻访，得知屠黑虎祖坟在洛阳邙山。屠黑虎祖上是清朝的一位将军，那年头的人们迷信甚深，认为此处墓穴风水好，山势如同盘龙卧虎，必保后人出将入相，崔老道合计把这座将军墓挖开，也算替天行道了，还能趁机发点儿邪财，哪怕风水之说不可尽信，那屠黑虎得知祖坟被刨，一定勃然大怒，寝食难安，其势必减。

崔老道对杨方说："盗挖屠黑虎祖坟这个活儿说大不大，说小可也不小，咱们还得再找几个帮手。"

杨方说我知道近处有两个人，都是咱的拜把子兄弟，一个是草头太岁孟奔，另一个是神盗快手冯殿臣。

那位草头太岁孟奔，学过横练儿的硬气功，能拿脑袋撞碎磨盘，如今在军阀部队充个排长混饭吃。

快手冯是洛阳城里有名的土贼，江湖话说挖洞叫"开桃园"，快手冯这种活儿干得最漂亮，掏土抠砖不留痕迹，手艺十分出色，而且快得出奇，他为人精明干练，更通晓机关布置，也懂得使用火药。

崔老道听罢杨方所言，眯起双眼，捋着胡须说道："再找来这俩人相助，这趟活儿是十拿九稳了，此事宜早不宜迟，吃完饭咱就奔洛阳城。"

简短节说，二人一路前往洛阳，离了黄泛区，人烟逐渐稠密，道路也好走了，古时洛阳南系洛水，位于洛水之阳，故名洛阳，九朝古都，十省通衢，好大一个去处，但正值战乱，城里也不免百业萧条。

先到当地找着那两个人，铁嘴霸王崔老道、打神鞭杨方、快手神盗冯殿臣、草头太岁孟奔，这四个人都是当年一个头磕在地上的拜把子兄弟，此番又凑到一处，晚上在洛阳城内盛元饭庄，要了个靠里的雅间。打神鞭杨方摸出几块大洋，要请几个兄弟饮酒吃饭，让伙计掂量着办，什么好吃上什么。

民国初年物价很低，几块钱足能要上一桌上等酒席，不多时跑堂的送上菜来，盛元饭庄的洛阳水席远近闻名，先是四冷荤四冷素，杜康醉鸡、酱香牛肉、虎皮鸡蛋、五香熏蹄、姜香翠莲、碧绿菠菜、雪花海蜇、翡翠青豆；紧接着四大件八中件，牡丹燕菜、料子全鸡、西辣鱼块、炒八宝饭、红烧两样、洛阳肉片、酸辣鱿鱼、鲜炖大肠、五彩鸡丝、生汆丸子、蜜汁红薯、山楂甜露，压桌儿的四个菜，是条子扣肉、香菇菜胆、洛阳水丸子、鸡蛋鲜汤，盘盏皆汤汤水水，上菜撤菜如行云流水连续不断，这二十四道菜，有冷有热，有荤有素，有甜有咸，有酸有辣。

如今水席的菜单，就拿洛阳老字号"真不同"的来讲，跟当年的可不一样，话说这还是前清到民国时的旧黄历，也没什么龙虾鲍鱼，鸡鸭鱼肉而已，但在那个年头，吃这些东西就算吃到头了。

兄弟几个先不提正事儿，只叙交情，酒过三轮，菜过五味，崔老道放下筷子，端起酒来摇头晃脑地感叹道："欲知天下兴废事，请君只看洛阳城，唉……这洛阳城乃是十三代王朝的都城，八代王朝的陪都，有九十五个帝王在此君临天下，也是古来兵家必争之地，老道我屈指一数，东汉末年董卓之乱毁过一次，西晋八王之乱毁过一次，唐朝安史之乱，洛阳又成了一片废墟……"

草头太岁孟奔说道："哥哥你别念叨了，我一看你来找我们，又摆这桌儿，我就知道有活儿了，你直接说吧，咱们这没外人，磕过头的兄弟们在一起，还吊什么古今，论什么故事，咱也不绕圈子，到底是什么活儿？开桃园还是翻高岭？"

崔老道笑道："得勒，还是我这傻兄弟最懂哥哥的心思，这座洛阳城，北有邙山，南有龙门，可谓是虎踞龙盘，形势非凡，邙山有古墓，龙门有石窟，咱到这地方来能干什么？"

快手冯喜动颜色："道长哥哥，是开桃园倒斗的活儿啊？"

崔老道故弄玄虚，手指杨方说："让杨老六给你们说说是怎么回事儿。"

杨方起身看看单间外头没人，这才回来，关严了门窗，把整个事情怎么来怎么去，都给草头太岁和快手冯说了一遍："军阀头子屠黑虎作恶多端，掘开黄河淹死无数百姓，但这家伙势力太大，身边兵多将广，想直接摘他脑袋也不容易，我和道长哥哥就琢磨着要掏了屠黑虎的祖坟，坟里如有宝货，咱哥儿几个雨露均沾，各分一份，另一份拿去分给灾民，要是没有宝货，咱给屠黑虎添点儿恶心，也算是替天行道，捎带脚给绿林扬名了。"

草头太岁和快手冯齐声称好："洛阳也是屠黑虎的地盘，这厮杀人如踩蝼蚁，百姓恨之入骨，既然是替天行道的举动，我辈分所当为，那么办他娘的，咱就刨了屠黑虎的祖坟，坟里有没有宝货都不打紧，反正我们早在这地方混腻了，今后咱兄弟儿个就绑在一块干吧，过几年大碗喝酒，大块吃肉，论称分金银的快意日子，死也不枉了。"

崔老道说："等的就是兄弟们这句话，哥儿几个放心，老道我探得真儿真儿的，屠黑虎的祖坟里准有好东西。"

04

草头太岁和快手冯闻言，喜得抓耳挠腮："哥哥快给我们说说，那座坟里到底有什么值钱的东西？"

崔老道说屠家祖上，是跟随僧格林沁剿灭捻军的武官，此人有个绰号，唤作"四宝将军"，宝盔宝甲宝剑宝马，据说当年是在家中暴毙，先在家中停尸半年，才到洛阳城北的邙山找了块上好的坟地下葬，这四宝大将的宝马有没有陪葬不得而知，反正死马也不值钱，不过听闻死尸是全幅披挂入棺，那一顶宝盔，一身宝甲，一口宝剑，加之朝廷赏赐的珍宝，全都在那口棺材里头。

四个人合计到半夜，择日不如撞日，那是说动手就动手，当天回去各自准备，转天天一亮，出城直奔邙山。

邙山地处洛阳城正北，洛阳城南是龙门山阙，伊水从中穿过，洛阳古都南望龙门、北倚邙山，前有望、后有靠，说什么叫风水好，这地方就是样板儿中的样板儿。自古以来埋在邙山帝王将相数也数不清，山上到处都是墓冢，不过盗墓贼来得也多，以前的古墓都被盗过无数遍了，早已没东西可挖，撞大运撞上一座盗洞少的古墓，也许还能捡着点儿什么。

众人要挖的那座四宝将军坟，位于邙山西侧，也属秦岭余脉，尽是黄土坡子，丘陇起伏，深处就是军阀头子屠黑虎的祖坟。屠黑虎得势之后，重修了这片坟地，前头盖了祖庙，他勾结外国列强，盗挖古墓拿国宝换取枪炮烟土，用来武装部队扩充地盘，自己也怕祖坟让人倒了斗，虽然这座将军坟不算什么大墓，知道的人都不多，可为了防备土匪毛贼，他还是在附近驻扎了部队，每天白天有当兵的来巡逻，祖庙后面的老坟，坟土周围砌上厚重石砖，墓砖缝隙灌铁水加固，用钢钎凿都凿不开，如果有人想在深夜炸开墓砖，也会惊动山脚守军。

这些事儿崔老道早都打探清楚了，哥儿四个绕开守军，躲在一条山沟里等着太阳下山，天黑透了才好动手，当天赶上个云阴月暗的夜晚，旧时迷信的说法，忌讳让死尸被月光照到，月黑风高，正是盗墓者出没的好时机，四个人吃了带来的干粮，换上夜行衣，黑纱蒙面，寻路来到屠家祖庙，此处格局和一般的土地庙相差无几，当中是三间民房大小的正殿，两旁是配殿。

快手冯见那两人得手了，点起一盏马灯，推开祖庙的大门，四人进了正殿，借着灯光抬眼观瞧，迎面悬挂着几张发黄的画像，当中是顶盔贯甲跨马弯弓的武将，前边供桌上有几个牌位，摆放着点心瓜果猪头烧鸡之类的供品。军阀屠黑虎正是得势的时候，祖庙刚盖不久，时常有人打扫，供品也刚换过。

草头太岁孟奔抓起供桌上的烧鸡啃了几口，拿手在衣服上抹了抹油，指着那幅画像上的武将骂道："办你娘的，画得倒也威风，等会儿爷爷要看你在棺材里的模样。"

崔老道等人站在一旁冷笑，均想："军阀首领屠黑虎也曾带兵盗墓发过横财，他要看见此情此景，不知会是什么脸色。"

杨方身法玲珑，在殿中看罢多时，一纵身上了供桌，动如灵猫，声息皆无。

崔老道等人暗中叫好，却见杨方摘了祖庙中的四宝大将画像，卷起来背在身后，奇道："兄弟，你拿这画像做什么？"

杨方道："有朝一日，我把画像挂到屠黑虎的帅府中，让那厮领教我的手段。"

草头太岁和快手冯都说："杨六哥艺高人胆大，屠黑虎非让你给活活气死不可。"

崔老道劝道："兄弟们休要意气用事，眼下先掏坟包子要紧，免得夜长梦多，老道我刚才掐指一算，今天晚上犯太岁，煞星当头。"

崔老道算卦，十卦九不准，偶尔准上一回也是蒙的，那是人尽皆知，因此杨方等人并不当真，问道："煞星当头又能怎样？"

崔老道说："为兄刚才算出三更犯煞，不是什么好兆头，咱这活儿不能耽搁，耽搁久了准出事，兄弟们先过来看看……"当即用手指蘸唾沫，在供桌上一边比划一边说："祖庙后头有几座坟，正殿墙后就是四宝将军的坟，当年只是个很不起眼的坟头，要不然早被盗墓贼掏掉了，军阀头子屠黑虎早先是个土匪，根本顾不上祖坟，这几年打北伐军得了势，这才开始重修祖坟。从这座祖庙来看，此人极是迷信，对祖坟看得很重，只怕挖坏了风水，不敢把棺椁挖出来重造墓穴，而是用巨石把坟土裹住，要挖他这坟包子可不容易，不过屠黑虎虽然也带队伍盗墓，却是一个棒槌，他这法子也只能防棒槌，防不住倒斗的行家，咱们可以在祖庙正殿里开桃园，掏个盗洞斜通进去，把坟里的棺材瓢子拽出来，以快手冯的手艺，都不用出祖庙正殿，夜半更深之前准能完活儿。"

此言一出，杨方等人齐声称好，前清时文臣武将的棺材摆法有讲究，文官头朝西脚朝东，武将头朝北脚朝南，从坟包子的高度，推算坟坑的深度，瞅准了方位，四个人一同动手，撬开正殿地面的砖石，快手冯掏土的本事无人可及，不到两袋烟的功夫，已经把盗洞挖进了坟中，另外三人则将土洞子拓宽加固，无多时，快手冯摸到了棺材的如意祥云底，也就是棺中尸身脚心所向的位置。

此时换了草头太岁孟奔钻进去凿棺材底，清朝到民国时期的棺底，皆是如意祥云莲花之类，通常把棺材的祥云如意底凿穿了，即可以爬进棺材摸东西，也可以把尸骨整个拽至盗洞外边，这是倒斗行家才会的手法，外行人挖盗洞挖不了这么准，只能挖开坟土，看到哪部分棺板就凿哪部分，开桃园这门手艺的高低，就分在这上头了。

草头太岁孟奔凿掉了棺底，并没有闻到尸臭，只有不曾流通的晦气，盗洞内外的四个人，心里不免有几分纳闷，这是怎么回事儿？

从铁帽子王僧格林沁率部剿灭捻军，到这时候，怎么也有五六十年了，在盗墓的这些老手看来，几十年的坟根本不算久，说短可也不短，这些年，儿茬儿人都过去了，一口大棺材埋到坟里，不可能没有尸气。

草头太岁孟奔心急，说别管那么多了，咱看看那将军身上究竟带了哪几件宝物，他趴在盗洞中，从棺底凿开的窟窿里伸进手去，要用绳子将尸身拽出来，可伸手一摸不太对劲儿，不觉"咦"了一声。

那三人一听就知道有事儿，忙问盗洞里的草头太岁孟奔："你摸着什么了？"

05

草头太岁孟奔退出来，脸色诧异："奇了，我摸那里头冷冰冰硬梆梆，不知是个什么东西。"

快手冯见草头太岁孟奔没带灯烛，盗洞里黑咕隆咚，黑乎乎的什么也看不见，说不上棺中是什么东西，索性提了马灯钻进去，仔细看个究竟，没一会儿出来了，也是一脸古怪神色，摇头道："这辈子从没见过这样的东西，别说见过了，听都没听过。"

杨方和崔老道越听越奇，问道："棺材里面到底有什么？不是那将军的尸骨吗？"

快手冯说："邪门儿了，这坟里的棺材当中不是尸身，而是套着一口铜棺。"

崔老道故作镇定："内棺外椁，不足为奇。"

快手冯说："哥哥，我自出道以来，也不知掏过多少土，钻过多少洞了，虽然看不清楚，但拿鼻子一闻我就知道，那是千年以上的古物。"

草头太岁孟奔掰手指头算："屠黑虎曾祖这位四宝将军，是同治二年还是同治四年死的，这……这……这个怎么数也不够上千年啊？"

崔老道说："以古棺安放今人之事也是有的，咱也别胡猜了，干脆把铜棺从盗洞里拽出来，看看究竟是怎么回事，眼看快到三更天了，事不宜迟赶紧动手。"

四个人又将盗洞加宽，草头太岁孟奔有举鼎的力气，下去握住铜棺底下的兽环，其余三人用绳子扯，缓缓将铜棺从盗洞中拖出，直累得气喘如牛。

哥儿四个喘着粗气，提着灯到近前，仔细端详这口铜棺，其上古纹遍布，但锈迹斑驳，很难辨认。

杨方见这口铜棺形状诡异，锈蚀厚重，苍苔斑驳，就像是在河底下捞出来的，心里更觉古怪，问崔老道有何高见？

崔老道说："为兄也想不透了，这千年铜棺……怎么会埋在屠黑虎的祖坟里？"

草头太岁孟奔看铜棺上还有链条锁着，以为是怕盗墓贼掏里面的东西，他惦记着棺中宝物，便上去用力撬动。

崔老道忽然神色大变，低声叫道："且慢，这口棺材开不得，咱们上当了……"

杨方脑瓜子转得也快，三转两转，猛然醒悟过来，但为时已晚。

这铜棺材年深岁久，常年受水土侵蚀，铜盖一撬就松动了，从中冒出一股积郁了千年的阴气，马灯的光亮顿时暗淡下来。

四个人吃了一惊，急忙抽身后退，避开那阵阴风，杨方目力过人，黑暗中瞧见棺材里伸出一只生有白毛的怪手，指爪蜷曲，挠在铜棺上发出"嘎吱嘎吱"的响动，深夜听来，足以使人头发直立。

06

草头太岁孟奔同样眼疾手快，一看僵尸从棺材里伸出了爪子，立刻抡板斧剁了过去，却如中铜铁，震得他虎口发麻，骇异之余，失声叫道："邙山僵尸！"

杨方和崔老道、快手冯三个人，在刚才那转瞬之间，也不约而同的想到了这件事，据说人有三魂七魄，魂善而魄恶，闹鬼那是阴魂不散，人死魂散如灯灭，有时候魂散了魄还留着，魄是人身粗粝重浊的阴气，如若魂散魄存，遇到阳气就会变成走尸。宋时有盗墓贼在洛阳邙山挖开一座古坟，遇到一具皮肉如铁的僵尸，也不知是哪朝哪代的死人所化，当场被扑死数人，僵尸唯独怕天亮，天一亮就不能动了，因为是阴魄不散，所以昼伏夜出，此外还惧怕驴叫，不过这种说法并无根据，当时那具僵尸追着最后一个盗墓贼，正好扑到树上，指甲插进树干拔不出来，鸡鸣天亮后，被人发现报了官，官府差人察看，见这僵尸衣服已如纸灰，毛发指甲兀自生长，铜皮铁骨，刀枪不入，点上火也无法烧化，官家只好把它锁在一口铜棺里，放到洛阳城南的龙门山阙，铜棺铁尸沉入伊水河底。吃倒斗这碗饭的人，尸变的事经常遇到，水土原因使尸身出现各种变化，其中怪异之处不可胜数，但能扑人的行尸或走尸，还真没几个人遇上过，这种事情凤毛麟角，少之又少，所以提到"邙山僵尸"，很少有人不知道，只是万没想到，那具沉在龙门之下的古僵，会出现在军阀屠黑虎的祖坟里。

其实杨方等人隐隐猜到了真相，只是变故突然，这念头才刚转过来，他们这伙人想得挺好，却被屠黑虎给算计了。军阀屠黑虎一介土匪，能够盗发多处古代大墓，其身边必有异人指点，人家早把祖坟迁走了，而且料定会有高手来盗屠黑虎的祖坟，便从龙门山阙下捞出这口千年铜棺，埋到原来的坟中，又造祖庙殿堂，每天派兵巡逻，一般的毛贼不敢接近，真有本事盗墓取宝不隔夜的巨贼，天底下屈指可数，谁来谁就得遇上"邙山僵尸"，死上几个贼子，也就没人敢再打屠黑虎祖坟的主意了。

纵然在坟里埋设炸药，有快手冯殿臣这种盗墓贼入伙，也能应付得来，可没人想得到屠黑虎会在祖坟里放一具千年僵尸，单凭这点，杨方这伙人已先输了一大截。崔老道暗骂自己大意，这地方要真是屠黑虎的祖坟，怎么可能大修祖庙，夜里又不驻兵看守，这不是有意招贼吗？

这些念头，在脑中电闪而过，四个人招呼一声，一同压住棺盖，不料邙山僵尸怪力无穷，早裹着一阵阴风从棺中撞了出来。

崔老道和快手冯发觉按不住了，急忙往两旁闪躲。孟奔那么大的力气，也被掀了一个跟头，金钟罩铁布衫那口气儿没运过来，连同棺盖重重摔落在地，张口喷出鲜血，半天挣扎不起。

杨方见势不好，一纵身跳起来，抱住了横架在殿顶的木梁，躲得快侥幸没让棺盖压住，再看棺中那僵尸长发披散，指甲如爪，赤身无衣，遍体的白毛，祖庙殿堂中尸气弥漫，阴风大作，扔在地上两盏马灯摇晃欲灭，那僵尸起身时已然抓住了快手冯殿臣，爪子插进胸膛，掏出血淋淋一颗鲜活跳动着的人心。

第九章　黄河水妖

01

崔老道等人压住棺盖，不料那僵尸怪力无边，猛然从铜棺里扑出来，手臂插进快手冯的胸膛，登时掏出了人心。

盖因僵尸受阴魄所驱，见了活人便追逐不舍，一手掏出那颗鲜活乱跳的人心，另一条手臂张开钢钩般的指爪，对着崔老道伸了过去。崔老道身后倚着殿柱，吓得面如死灰，以为老命不保。草头太岁孟奔摔在地上口吐鲜血，伤得着实不轻，见崔老道势危，忙叫道："六哥快救道长！"

杨方抱着大殿上的横梁，看到快手冯惨死，崔老道命悬一线，这一切都发生得太快，容不得他细想，急忙放开手脚，从横梁上飞身落下，半空里翻个跟头，早把打神鞭拽出了鹿皮囊，双手握住铜鞭，借着下落之势使出全身力气一鞭打出，只听铜鞭破风，声若龙吟。

杨方手执铜鞭，以开山之势狠狠打在那具僵尸的头顶，就觉得如中败革，但是闷响如雷，却见一股黑气从僵尸头上冒出，尸身像一段枯木般扑到在地，一动也不动了。

这条打尸铜鞭名为"打神鞭"，那只是有名无实，并非西周姜子牙斩将封神用的打神鞭，那条打神鞭只能打八部正神，而打尸铜鞭据说是汉代龙虎山张天师传下来的道门法器，阴刻伏魔镇尸咒，能将魂魄打散，此时打到铁尸头上，立时打散了那股阴魄，杨方自己也没想到铜鞭竟然如此厉害，从师傅那传到他手上，还是头一次用铜鞭击打行尸，低头看时，僵尸的脑袋已被打得稀烂，再也不能作祟，这才晓得师傅留下的是件宝物，心中默默祷念："恩师在天有灵，保佑弟子。"

草头太岁孟奔扶起崔老道，三个人眼看着快手冯殿臣惨死于地，不由得抚尸恸哭，崔老道捶胸顿足，追悔不已，垂泪道："兄弟们凑在一起，本想替天行道，挖了军阀头子屠黑虎的祖坟，没成想人家早有准备，让咱栽了那么大的跟头，可怜老四啊，就这么土了点儿了，死得这么惨……"

草头太岁孟奔说："两位哥哥，这亏吃得太大了，咱们一定得报仇啊，此仇不报，我孟奔誓不为人。"

崔老道叹道："君子报仇十年不晚，报仇的事还当从常计议，趁着天还没亮，先把老四的尸身搬走，万一惊动了巡山的军队，想脱身可也不易。"

杨方眉头一皱，脑子里转出一个念头，他请崔老道先把快手冯的尸身背走，他和草头太岁孟奔留在祖庙，将一切回归原装，要让屠黑虎还以为这祖庙没被人动过，免得打草惊蛇。

三个人立即着手行事，把铜棺推进盗洞，地面砖石泥土重新掩埋，画像也挂回原位，又擦去血迹，唯有供桌上的烧鸡让草头太岁孟奔啃了两口，荒山野地，供品被野猫狐狸偷吃的事并不奇怪，丢失一只烧鸡，倒不会引人注意。

忙活完了，天方破晓，三人将快手冯掩埋到一处山谷之中，各自赌咒发誓要替兄弟报仇，然后返回洛阳城，住在一家客栈里，关上门商量策略。

草头太岁孟奔咬牙切齿地说："我看不如找个月黑风高的日子，蒙了面摸进督军府，一刀一个，干掉屠黑虎满门良贱，杀他个鸡犬不留，然后放上一把大火，借着乱劲儿脱身。"

崔老道连连摇头："不可不可，祸及无辜的事咱不能做，再者屠黑虎的督军府虽在洛阳城里不假，他本人最近却在开封附近统兵，想在军中杀他可难于登天。"

杨方也动了杀心，说道："难却不怕，只怕寻不到人，既然知道屠黑虎率大军在开封屯驻，我找身军服混进营去，瞅冷子取下他的首级。"

崔老道说："听闻屠黑虎那厮骁勇无比，绝非易与之辈，我看咱们要沉住气啊，耐心终有益，任意定生灾，那屠黑虎最迷信风水祖坟之说，如能掘了他祖上的老坟，可比捅他几刀还要解恨，怎么能想个法子，掏了他的祖坟才好？"

02

三个人说来说去，合计出一个法子，第二天杨方和孟奔分别找了身道袍，作了道童装束，扮成崔老道的徒弟，都在脸上抹了土灰贴了膏药，一个扛着幌子，一个抱上算卦的匣子，跟着崔老道，到督军府前街摆摊算卦，一面留意进出督军府的人，一面探访消息，这次要探实了屠黑虎祖坟的所在，迁动祖坟毕竟是件大事，不可能瞒得滴水不露。

那年头迷信的人非常之多，崔老道最擅长江湖伎俩，挑起铁嘴霸王的幌子，自称是"方外全真，云游半仙，传名赠卦，分文不取"，这是不要钱的买卖，凑热闹算卦的人自然就多，加上崔老道又会说，蒙得来算卦的人们心服口服，几天的功夫，已是满城轰传，都赞他是神卦。消息传来传去，很快传到督军府中，屠黑虎当时不在家，崔老道这两下子也蒙不了屠黑虎，但屠黑虎的老婆是个迷信的娘们儿，特别相信这套，听说门口来个老道，算卦看相奇准，就请这老道和徒弟进府，到后堂叙谈。

崔老道带着赛狸猫杨方、草头太岁孟奔，三个人趁机混进督军府，到后堂一看屠黑虎的老婆是个三十来岁的胖婆娘，个头很高，脸上全是横肉，眼角眉梢带着股子悍劲儿。

崔老道等人早知道屠黑虎是土匪出身，他的原配夫人又能是什么好货，今日一见，这娘们儿还真是只母老虎。

母老虎请崔老道落座，那俩道童就让他们在旁边站着，屏退下人，张开血盆大口说："道长，听说您算卦算得好啊。"

崔老道双目微闭，口诵道号："无量天尊，贫道些许手段，何足道哉。"

母老虎说："道长要是真会算卦，今天也给我算一卦，您看我……"

不等说完，崔老道就说："夫人，请休开尊口，老道看了夫人面相，只说三件事，倘若说错了半件，也不劳您撺，我师徒三人立刻土豆搬家——滚球去。"

草头太岁孟奔担心崔老道把话说得太大，对杨方连使眼色，杨方也给他使了个眼色，那意思是崔老道是老油条，糊弄这泼妇还不跟玩似的，甭担心。

不表那两人在那挤眉弄眼，单说崔老道口中念念有词："形貌五官各有宜，原来相法最难知，莫叫一见断吉凶，更须留心仔细推……"说着话，抬眼端详母老虎的长相，赞道："夫人这面相好啊，面如满月，唇若红莲，声响神清，山根不断，乃旺夫大贵之相，尤其是两只耳朵，一边一只，不上不下，怎么长的这是，当真是恰到好处，我全真相法有言——耳轮贴肉，金玉满屋；耳高眉际，有寿有郎；耳垂厚长，合受天禄，好福相！奈何……"

母老虎听个起始，只是略略点头，她是督军夫人，富贵自不待言，还用得着崔老道说吗？但听到"奈何"二字，心一下揪起来了，忙问："道长，奈何什么？"

崔老道说："奈何气色衰落，这是时运不趁，命里正犯小人呐。"

母老虎猛地一拍桌子，脸上横肉和茶碗跟着都颤："哎呦我的道长，您真是神仙，我如今正是犯小人啊！"

崔老道面上不动声色，心中暗笑："瞧见没，这就蒙对两件事了。"

算卦相面，第一紧要的是会察言观色，其次是懂得人情世故，这个人要是顺风顺水，绝对想不起来算卦，倒霉才上卦摊儿，而且人们有什么不顺的事，一般都会往犯小人那方面想，谁这辈子还没几个冤家对头，所以算命的说犯小人，一百回里头能蒙对九十九回，加上他一看母老虎这醋坛子似的神情，准知道发迹之后不受屠黑虎待见，天天跟那些姨太太们争风吃醋，这本是人之常情，但是算卦相面的江湖术士懂得灵活运用，一说说到了腰眼儿上，让母老虎佩服得五体投地。

杨方和草头太岁孟奔两个人，站在一旁看着崔老道蒙得母老虎一愣一愣的，忍不住发笑，又不敢笑出来，只好硬绷着，脸上表情十分古怪。

母老虎正在夸崔老道看得准，一瞧两个道童又在那挤鼻子弄眼，心里有些不高兴了，拉下脸来问崔老道怎么回事？

崔老道赶忙遮掩说："这就是第三件事了，夫人，别看我这俩倒霉徒弟都是不会说话的哑巴，但颇有道骨，生具慧眼慈心，看出您印堂发黑，时运不济，眼看要有场大祸事，他们心中不忍，却有口难言，故此面露悲哀怜悯之情。"

母老虎半信半疑地问："您确定您这俩徒弟没面瘫吗，悲哀怜悯起来怎么是这个模样，我怎么看他们俩像憋着坏呢？得了，道长您给说说吧，会有什么祸事，祸从何来？"

崔老道闭上眼掐指推算，突然倒吸一口冷气，说道："哎呦，不得了，是您夫家的祖坟……"

这句话是有意试探，说到一半成心吊着不往下说，先看对方反应，拿江湖话说这是"要她的簧"。

母老虎一听崔老道提及祖坟，果然脸色大变："我的老仙长啊，动祖坟的事绝无外人知道，这您都给算出来了！我那时候就说祖坟不能随便动，可我们当家的非要迁葬到雷公岭，他硬说那地方的形势叫什么贪狼下岭蛇，我怎么劝也拦不住，这下子真出事了，好端端惹来天大的灾，让我们可怎么活啊？"

崔老道就等这句话，心说："什么仙长，你个傻老娘们儿，屠黑虎娶了你算倒了大霉。"他故作淡定，对母老虎说道："夫人休要担惊少要害怕，其实没有多大事儿，把祖坟迁到别的地方，也不是说不行，不过惊动祖先遗骨为不敬，必须好好做个道场，但天机不可泄露，所以说破了不行，道场做得不周全也不行，老道回山一定替夫人做场法事，消灾减祸，延寿舔福，保平安驱小人，夫人今后子孙满堂富贵无限，统统包在老道身上。老道相面算卦，全为舍手传名，结个道缘而已，我们师徒要尽快回山做法，不多讨扰，这就告辞了。"说罢辞别母老虎，带着两个兄弟离开督军府。

母老虎见崔老道一个大子儿不要，正是高深莫测的神仙踪迹，心中更是信服，此事对谁都没提。

再说三个人来到城外，看看四下无人，这才放下装扮，相顾大笑。杨方和草头太岁孟奔都夸崔老道好手段，三言两语套出了屠黑虎的祖坟所在，母老虎那傻娘们儿竹筒倒豆子一般噼里啪啦全说了，这次应该不会再出差错。

崔老道说："真没想到屠黑虎把祖坟迁到了雷公岭，提起那个地方，老道我略知一二，好个猛恶去处，飞云度鸟的一座岭子。"

屠黑虎向来阴险狠毒，心机极深，偏撞上崔老道这伙人，这才叫"铜盆遇上铁扫帚，恶人自有恶人磨"，他督军府中的母老虎找崔老道看相算卦，被轻易套出了祖坟所在，自己却还蒙在鼓里毫不知情。

不过崔老道在前清时被人打断过腿，后来虽然长好了，但是翻不得陡峭挺拔的崇山峻岭，不能亲自去雷公岭。

杨方问明白了山形地势，给崔老道找个地方暂且住下，他同草头太岁孟奔两人先到山上走一趟，盗取屠黑虎祖坟中的宝盔宝甲。

雷公岭地处山西河南交界，太行王屋二山之间，两人扮成裱糊匠，动身上路，要是听过公案短打类的评书，绿林人物一出来，甭管在哪，无不是"头戴六棱抽口软壮巾，鬓边插守正戒淫花，身披英雄大氅，背着单刀斜挎镖囊"，但那都是戏台上的装束，根本没有绿林人敢穿成这样出门。旧时交通不便，一般只有做买卖的和跑江湖的才出远门，穿得太扎眼或者太普通，都不免惹人怀疑，穿得太扎眼容易引起注意，穿得太普通，到了乡下山村，也让人觉得奇怪，那种地方人都少，互相认识，来个外人一不做买卖二不串亲戚，难免让人认为来路不对，不是响马也是盗贼，有可能对当地构成威胁，人家处处防着你，到哪都有眼，你就没办法走动了。

因此赛狸猫杨方和草头太岁孟奔，扮成两个裱糊匠，杨方少年时也曾学过这门手艺，所以出来行事仍是做此装扮，加之手艺高明能说会道，到哪都不会让人起疑，再偏僻的地方都能去。

书说简短，闲话少提，单说这两个人饥餐渴饮，晓行夜宿，非止一日，到得雷公岭下，但见群峰起伏，树木森列，苍翠如云，眺望远处山势，形如屏风，当中裂开一道狭长的山口，正如崔老道所言，是个穿云度鸟奇险无比的去处，看那山口恰似雷劈天成的深涧，大概是出于这个缘故才叫雷公岭，裂罅自上而下，这形势正是下岭蛇，屠黑虎的祖坟应该选在蛇头处。岭前依山傍水，有个很大的村子，二人从村民口中听说，这村子叫草庐村，王屋山自古是道家羽化成仙之处，多有道观神宫，汉代曾有一位仙人，在山中结庐而居，这个村子以此得名。

杨方暗暗点头，心说："此地群山环抱，屏障幔护，又有碧水蜿蜒，云雾缭绕，形势得天独厚，隐隐约约透出一股子仙气儿，当真不凡，屠黑虎能把祖坟挪到此处，一定是得大行家指点，却不知究竟埋在什么地方，距离找到将军坟盗出四宝，尚有天渊之隔。"

两人扮成找活儿的裱糊匠，进了草庐村，一面帮村里人糊顶棚，一面打听屠黑虎祖坟的消息，问了大半天也没个头绪。当时村里有个头等的大户人家啊，家里的老太爷死了，要办白事，村长帮忙操持，正忙得不亦乐乎，刚好看村子里来了两位小师傅，一试那手艺还真好，山里头从没见过这么好的东西，就请他们扎全套的纸活儿。

杨方和草头太岁孟奔担心让人怀疑，没办法把活儿推掉，只好打起十二分的精神，跟着忙前忙后，天黑透了才顾得上吃喝，村长特意过来敬酒，说真亏两位小师傅，扎得好纸活儿，这白事办得太体面了，还说你们走南闯北，是见过世面的，山里何曾有过这么好的手艺。

打神鞭杨方说道："员外爷您还真识货，我们这纸活儿，正经是打前清福寿庄传下来的手艺，专是伺候京城宅门里的大户，不知发送过多少达官显贵，这不让这家老太爷赶上了吗，是老太爷有这福分，也合该咱爷们儿有缘不是。"

村长连声称好，还说他家里有几间屋子顶棚也要糊，请二人在村里多住几天，把这些活儿都干了，然后一并结算。

杨方一听正中下怀，便问村长什么时候发丧，把棺材抬到坟地下葬的时辰颇有讲究，他寻思正好是个机会去看看村子附近的坟地。

村长说请阴阳先生算准了，明天下午发丧，坟地也选好了，村里死了人，世世代代都埋到村后的山坡上。

杨方也会要簧，于是拿话套话，借着话头说："阴宅大事，可得找个风水好的地方……"

村长喝完酒话多，顺嘴说："我们草庐村是道家的一处宝地，没有风水不好的地方，这村子打汉朝就有了，一直风调雨顺，所以没人特意挑坟地，前两年有个外地人，偏看上了雷公岭山裂下的一个穴，大老远抬着一口棺材进山下葬，想必葬的是其先人，竟还偷偷摸摸，棺材外裹着草席，等到深更半夜才埋，却不知被进山打猎的村民看见了，又瞒得过谁？"

村长酒后失言多说了几句，他说者无心，杨方和草头太岁孟奔两个却是听者有意，准是军阀屠黑虎命人暗中迁坟，行事虽然隐秘，却仍被村民看到了，也是屠黑虎作恶多端，老天爷要让他有此报应。

打神鞭杨方心想已经答应村长把屋里顶棚糊好，突然说要走，不免惹人疑心。两人就在草庐村里住了几天，把岭上的路径打探一清二楚。

三天之后，动身离开村子，先在山里兜了个圈子，再捡无人野径，直奔雷公岭，到得岭前，石壁悬崖为嶂，山口裂开一半，云雾出于其中，裂谷深处松柏苍翠，山泉清澈，只见"千层怪石惹闲云，一道飞泉垂素练"，时有褐马鸡、金钱豹之类的飞禽走兽出没，俩人从裂开的山口爬壁而行，飞鸟就在身边掠过，二人攀藤附葛直下谷底。

草庐村往北，群山重叠阻隔，一道接一道尽是绕不过去的大山梁，自古无路可走，又有蛇兽踪迹，村子里几乎没人往那边去，杨方和孟奔倒不怕什么野兽土匪，出来也没带枪支，那时候出城进城都要搜身，身上带枪支反而容易惹事，杨方身上背着铜鞭，孟奔看村里有砍柴的斧头，顺了一把插在腰间，准备砸棺材用，各揣几块干粮，这就进了山，根本没把屠黑虎的祖坟放在眼内。

来到雷公岭山口之下，见深谷中乱石嶙峋，抬头仰望，两侧峭壁对峙，从中吐出白雾一线，宛如玉带对穿，寻着下岭蛇的形势找到谷底，杨方伸手一摸岩根下的泥土，放在鼻端闻了一闻，又看那土痕草色，显然是近年翻动过的熟土，招呼草头太岁孟奔动手挖掘，土层深厚，底下是五色泥，两人挖了半日，露出一口乌漆大棺，棺盖上有些铜钱，还放了两个玉碗，碗中积着灯油，当初埋土的时候就灭了。以往迁坟移棺，从老坟里起出棺木，要在棺材上点长明灯，在重新入土之前，灯火不能灭掉，也是一个老例儿。杨方和草头太岁孟奔也有老例儿，贼不走空，走空则不利，有什么是什么，都划拉到麻袋里装上。

04

孟奔问杨方："六哥，你说这是屠黑虎祖上那口棺材吗？"

杨方说："棺木是清朝的样式没错，至于里头棺材瓤子是不是，我可就不知道了。"

说话的功夫，山里天都黑了，杨方点上马灯，再次围着棺材打量一番，看出棺木上的土沁，与此处土质不同，应该是两三年前从来老坟中刨出，迁移到此，他瞅准了，对草头太岁孟奔点了点头，说道："错不了，准是屠家祖上那位清朝武将的棺材，那屠黑虎为了祖坟的事，可真没少下功夫，这次咱就要他的好看。"

孟奔闻言大喜，撸胳膊挽袖子，拽出斧头，照着棺材就砸，这将军坟埋在山中不封不竖，既没坟头也没石碑，就是怕让人倒了斗，可杨方那双眼太好用了，既知是什么形势什么穴，那就不可能找不着。剿灭捻军的年头，时值清朝末年，国力衰落，一个武官的棺材不会讲究到哪去，外面也没有套椁，只是棺材木板很厚，钉得也严实，却架不住孟奔狠砸，三下五除二砸开棺盖，随着一股白气，露出了里面的死尸。

杨方孟奔退开两步，以黑巾罩面，待到淤积在棺内的阴气散去，放下马灯，点了根蜡烛捧在手里，凑到棺材跟前观看，那棺中僵卧一人，身材魁伟，裹在锦被当中，颔下留着黑须，面容如生，武将披挂，头顶天王盔，身穿太岁甲，怀中抱着一口七星宝剑，皆是上百年的古物，棺材里没有多余的东西，这也是武人本色。

孟奔道："六哥你瞧瞧，这是宝盔、宝甲、宝剑，少了匹宝马，反正要那死马无用，只取他的三宝也罢。"

杨方说："我看这死尸身上还有一宝，此人死了五六十年，又经迁坟移棺，面目依然如生，要是我没看走眼，嘴里一定含有宝珠。"

孟奔说："六哥你又几时看走眼过，我这就抠出来看看是颗什么样的珠子……"说着话用麻绳套住死尸脖颈，拽起头来，左手拇指顶住尸身后脑，右手按两颊，那死人的嘴巴登时张开，嘴里果然含着一颗大珠。孟奔抠出来一看是颗夜光珠。

杨方见此珠光照十步，当属罕见之物，裹好了放进麻袋里，此时孟奔摘盔取甲，将尸身上值钱的东西尽数剥下，盔是八门金顶天王盔，甲是锁子连环太岁甲，那口七星宝剑是鲨鱼皮的剑鞘，乌黑沉重的剑身上，刻有七星北斗的图案，再看棺中那具尸身，被取了宝物之后，突然皮塌肉陷，脸上现出腐坏之状。

二人裹上一麻袋东西，放了把火，将棺材连同死尸一并烧掉，然后将封土挖开散在四处，彻底毁去了坟穴，天亮之后离开这片山岭，整个过程神不知鬼不觉，一路回到洛阳城外的一处客栈，把经过跟崔老道说了，晚上在客栈里关紧门窗，点上灯烛，把麻袋放到桌上，一件一件地细看。

崔老道笑道："准知道我这俩兄弟出手，没有办不成的事。"

杨方说："头功还是道长的，要不是道长三言两语诓倒了母老虎，又怎知屠黑虎的祖坟在雷公岭，我们到那地方挖坟盗宝，只如探囊取物一般，不费吹灰之力。"

崔老道点头道："屠黑虎那厮怕是做梦也想不到，他家的祖坟已经让人倒了斗了。"

孟奔说："这才解恨呢，办他娘的屠黑虎，那厮要是知道了准得气冒了泡儿，道长哥哥你看这些宝货能值多少钱？"

崔老道说前清还是有些值钱的东西，可也得分什么，这天王盔太岁甲不是年头太古的东西，空得其名，值不得什么，珠子还行，像是打官里传出来的东西，可能是因战功得到的赏赐，也可能是围剿捻军的时候劫掠而来，虽是小小物件儿，等闲没有第二件及得上它，其次是这口宝剑，还有那两个放灯油的玉碗，别看这玉碗不起眼，也是汉代的物件儿，必是屠黑虎带部队盗挖汉代古墓时所获贼赃，七星宝剑则是北宋年间的东西，也属难得的古物，眼下的行市不太好，不过这一麻袋东西出了手，尽能得一大笔钱。

崔老道说到这顿了一顿，又说："这笔钱咱们兄弟三人各取一份，老道我这辈子就是个饿不死的穷命，不能发大财，发了大财准倒霉，那是发多大财倒多大霉，因此我那一份全用来赈济黄河灾民，剩下两份，你们哥儿俩一人一份，此乃不义之财，取之无妨。"

杨方说："道长哥哥，小弟窃闻，从古以来，富贵如空花，荣华似泡影，能够万古传名的，只有忠臣义士英雄豪杰，随他负担小人，也是闻之起敬，我若贪图些许财物，天底下有的是富户巨宅，何必去盗屠黑虎的祖坟？咱当初做这个活儿的时候，提前说好了要为善除恶替天行道，所以我那份也和兄长一样，全部用来救济灾民。"

孟奔道："二位别仗义过了，这年头出门要店钱，吃饭要饭钱，咱好歹留个仨瓜俩枣儿的傍身啊。"

杨方说："也对，要不留点儿？"

崔老道是当大哥的，不好意思上来就说分钱，他知道孟奔准得这么说，连忙点头道："那就留一点儿吧，可不能留多了啊。"

三人又商量到哪出手这些东西，说到半夜才睡，第二天收拾好了东西启程上路，崔老道腿脚不便，走不得长路，杨方就买了辆驴车让他坐着，三个人一路上走走停停，外头兵荒马乱，沿途看不见几个行人。中午时分，到路边一个小面馆歇息，要了几碗面，正在那吃着，看前头来了一伙人，用骡车拉着一口崭新的大棺材，看样子是送亡故不久之人回乡安葬。

杨方等人久走江湖，偷眼一瞧车辘辘印痕，知道这棺材里装的东西不轻，绝不是一具死尸，再看这伙人一共有四个，三男一女，为首是位五十来岁的老者，年岁也不算太老，但两鬓已经斑白，穿着土里土气，却是气宇轩昂，神色和善，老者身边有个大姑娘，也打扮成村姑的样子，但怎么看都是城里的大小姐，长眉入鬓，一双杏眼，神如秋水，美得让人不敢直视，其余那两个，一个是个跟班模样的锅盖头，另一个是端肩膀的乡下汉子，两眼贼兮兮的，不像善类。

杨方等人心里边暗暗称奇，以他们的眼力，竟看不出这伙人是干什么的，此时也不想多事，所以并不理会，只顾埋头吃面。

崔老道吃着半截，低声对杨方和孟奔说："今天黎明时分，老道我望见天幕间一线如血，征兆极是反常，只怕是要变天了，若有狂风骤雨，那黄河水位必然暴涨，咱们要趁早赶路，千万别遇上黄河发大水的巨灾。"

孟奔说："道长哥哥呀，您头一天起这么早啊，哪天不是这样？"

崔老道说："傻兄弟，你哥哥我看不错，就这一两天，准出事。"

杨方说："黄河刚发过大水，又要连着起灾，那还让不让老百姓活了？"

崔老道叹道："大道即远，天怒不断，看着吧，大事儿还在后头呢。"

常言道"闭口深藏舌，身安处处牢"，只因崔老道吃面条时多说了这么一句，一场杀身之祸可就找上门了。

05

路边这个小面馆不大，只有这两伙人吃饭，那位送棺材的老者，坐在崔老道身后，他和那位大小姐看见崔老道身边两个裱糊匠，虽然穿着破旧，却难掩英爽之气，不由得往这边多打量了几眼，听崔老道说到要变天了，黄河还有大灾，那老者忍不住转过身来请教："这位道长，我看这两天天气不错，何以见得天气要变？"

崔老道夸口说："无量天尊，老道并非未卜先知，只不过占风望气，观天象而知征兆。"

老者问道："道长如此本事，不知在哪座名山洞府中修行？"

孟奔嘴快，不等崔老道答话就说："什么名山洞府，我家道长又无房舍又无钱，只在城南窑内眠，平日常到城门口摆摊儿算卦。"

老者闻言笑了一笑，说道："原来是江湖手段……"随即扭回身去，不准备再同崔老道多说了。

这事儿要在搁在平时，崔老道也不会计较，此刻却意气用事，心想："看这老者颇不寻常，那些居于庙堂之中有身份有地位的人，向来轻视江湖伎俩，今日我若不显些本事，连我这俩兄弟也得笑话我。"

崔老道动了这个念头，哈哈一笑，说道："萍水相逢，能遇上就是缘分，老道我今天是张天师卖眼药——舍手传名，给老兄你测个字如何？倘若说的准了，老兄帮我传个名，说的不准还请不要见笑。"

那位大小姐对此不感兴趣，劝老者别再理会这江湖老道，免得上当受骗，老者却是好奇心重，说道："好啊，有意思。"当即用筷子蘸着面汤，在桌子上写了个路字，说道："道长刚才说得不错，咱们正是在半路上萍水相逢，同为路人，那么就请教一个路字。"

崔老道看了两眼桌上的字，嘿嘿冷笑，说道："言为心声，字为心画，看老兄这字写得当真有几分挺拔风骨，必是个敢作敢为不肯落后的人物，咱就是这个路字了，不知老兄想问何事？"

老者说："道长就看看我是吃哪碗饭的吧。"

崔老道说："路字口开头，看来老兄跟贫道一样，同是吃开口饭的。"

此言一出，那老者和他身边的几个人，均是面露诧异之色。

杨方和孟奔心中暗笑，又让崔老道蒙上了，那送棺材的老者怎么看都不像种地的，字写得又好，当然是吃开口饭的，而且吃开口饭的人太多了，江湖上算命算卦唱戏说书的都是吃开口饭，这种养尊处优的人不可能做苦累差事，做生意当官全要用嘴说，不也是吃开口饭吗？不过崔老道随机生变的本事，那真是谁也比不过。

老者说道："不瞒道长，我的确是个生意人，如今要带这口棺材去办一件大事，尚不知此行结果如何，恳请道长指点？"

崔老道想也不想，说道："这个路字，开头是个口，结尾还是个口，口字里头没东西，来时口中空，去时口中空，老道我说句不好听的您别见怪，此字不是吉兆。"

老者听罢若有所失，一时无言以对，在跟他送棺材的几个人里，那端肩膀的汉子忽然拍案而起，叫道："老东主，你休听这贼老道胡言乱语，他这江湖本事唬得住你，可瞒不过我边海龙，这三个分明都是掏坟挖墓的贼人，我进来就闻见他们身上有一股子坟土的阴气，只怕身上还背着贼赃，敢不敢把身后包袱打开来看看……"

这位边海龙话未说完，伸手从怀中掏出一把驳壳枪，他是想拔出枪来吓唬人，虚张声势并非真打算开枪，谁知刚把枪从怀里掏出来，那边杨方的打神鞭就到了，出手太快，众人只觉眼前晃了一下，劲风扑面，又听"啪嚓"一声响，再看边海龙手里的那把镜面匣子枪，都被铜鞭打在地上砸坏了，震得边海龙手上虎口破裂，身前的桌子也断为两截，呆愣愣站在当场不知所措。没人看清楚那一瞬间发生了什么，等边海龙回过神来，明白是遇上硬手栽了跟头，没脸再呆了，转身跑出小饭馆，头也不回，远远地逃走了。

杨方打掉了对方的驳壳枪，气不长出，面不改色，脸上不动声色，心里倒有几分得意，冲那老者一抱拳，道声得罪了，这才收起铜鞭。

孟奔指着那老者，对面馆老板说："打坏东西让他赔啊，是他们这伙人先动的手。"

面馆老板是个老实人，哪敢应声，这时那位大小姐取出钱，说是打坏桌椅板凳，连同这些人的饭钱，一并给了面馆老板，又问老板够不够，面馆老板哆哆嗦嗦接过钱，连说："够了够了，把我这馆子盘下也够了，几位客官随意……随意……"话没说完，人已躲进里屋，再怎么招呼也不肯出来了。

那位边海龙口中的老东主，站起身说道："道长旁边这位兄弟年纪轻轻，身手却是不错，只怕也不是裱糊匠吧，你们真是盗墓的绿林人不成？"

崔老道等人见对方这伙人文不文武不武，推着口大棺材，还有个带枪的边海龙跟着，说是走镖的又不像，走镖的最忌讳翻脸动手，既然被人家看破了身上包袱里有明器，没法再隐瞒了，但崔老道很会说话，他说："实不相瞒，老道弟兄三个有名有号，江湖人称铁嘴霸王活子牙崔道成，赛狸猫打神鞭杨方，草头太岁孟奔，我辈素怀忠义，要学古代侠烈之士，立志除暴去恶，扶危济困。如今天下正乱，上无王道，下无王法，老百姓都没活路了，我们兄弟不得不替天行道，前往雷公岭草庐村，挖开了军阀首领屠黑虎的祖坟，此去是要将这些东西换成粮食，用来救济黄河两岸的灾民，咱虽低微贫贱，誓不拿不义之财，也不取无名之物，绝不是盗墓的贼寇。"

那老者听完，再次仔细打量了一番崔老道等人，正色说道："闻名久矣，也是老天开眼，让我有幸遇见道长这等高人，有件大事要说给三位知晓。"

原来军阀头子屠黑虎，暗中盗挖古墓，把国宝卖与洋人，惹得天怒人怨，但世道荒乱，屠黑虎手握重兵，没人管得了他。最近屠黑虎带兵在开封活动，是想挖掘一座消失于北宋年间的古寺，这座古刹殿宇宏大，位于黄河边上，称为护国大佛寺，但黄河水患，自古已有，几千年来，黄河泥沙淤积，使河床逐渐增高，所以说开封是天上河，河比城高，加上黄河几次改道，大水多次淹没这座古都，北宋仁宗年间开封是都城汴梁，在黄河边上造了这座大护国寺，以求万民平安，寺中供奉两尊千手千眼佛像，一大一小，小的那尊千手佛是尊嵌满珍宝的金佛，大宋王朝的无价之宝，没想到后来黄河泛滥，发了场空前的大洪水，大水推动泥沙，彻底吞没了大护国寺，到如今沧海桑田，朝代更迭，谁也不知道泥沙覆盖下的大护国寺到底在哪了。

军阀屠黑虎听闻寺中那尊千手千眼佛像，乃是价值连城的重宝，便带兵在黄河边上寻找大护国寺的废墟，妄图挖出佛像，交给洋人换取一批军火，这位姓赵的老东主，是个资财巨富的大商人，年轻时喜欢游历冒险，异常痴迷于考古和文物，常找机会到海外回购流失的国宝，得知屠黑虎盗挖重宝之事，连写几封血书给当局，那些官僚们都收了屠黑虎的钱，个个要当好好先生，没人肯做闲冤家，都推说没有真凭实据管不了。赵东主急得没办法，计划抢先找到大护国寺，挖出千手千眼佛像藏起来，免得重宝落入军阀手中，落在军阀手里还好说，如果流失海外，身为炎黄子孙，今后哪还有面目去见列祖列宗，当逢乱世，以盗止盗，也是万般无奈之举，另外根据史书文献记载，这座被埋在沙土底下的大护国寺中，还有个不得了的秘密。

这口大棺材里，装着"猎枪、电灯、头盔、铲子"等物品，带猎枪是为了防身，怕遇见土匪，装备全放在棺材里，冒充送死去的亲人还乡，则是便于在军阀占据的地盘上行走，免得引人注目，又用重金请了个叫边海龙的盗墓贼做帮手，不成想此人鼻子不错胆子不大，色厉而胆薄，一动手就让杨方给吓跑了，剩下的人除了赵东主，还有他的侄女澹台明月，另一个留着锅盖头的下人，是赵东主的家仆赵二保，虽然没什么大本事，但跟在他身边多年，也是十分忠诚可靠。

赵东主说没了专门吃盗墓这碗饭的行家里手相助，很难有万全之把握，又要赶在屠黑虎之前得手，时间非常紧迫，来不及再找别人了，请崔老道等人务必相助一臂之力，事成之后，他愿意拿出重金酬谢。

崔老道刚才都把大话说出去了，什么素怀忠义，什么侠烈之士，这等为国为民的大事怎能不做？他跟杨方和孟奔两人商议了一下，反正只要是跟屠黑虎过不去的事，哥儿几个都愿意干，何况还给钱呢，再说找一尊千手千眼佛像，也不是什么了不起的大活儿，有杨方一个人前去已绰绰有余，崔老道腿脚不利索，先由孟奔送他过黄河，过些天到黄河以北的高台镇会合。

赵东主得知杨方愿意相助，深感欣慰，心想："凭此人的身手，尽可以一当十。"

两伙人当下在小饭馆里作别，杨方嘱咐孟奔："兄弟，你好生照看道长，我去几天便回。"

崔老道说："六弟啊，我看天时不对，可能真要闹大灾了，你们途中务必留神，此外那个屠黑虎太厉害了，他要真想在黄河边上寻这尊千眼千手佛宝像，难免不会跟你撞上，你自己也多加小心吧，记住哥哥这句话，宁在世上挨，不在土里埋，千万别意气用事跟他较劲，古人有言'霸王自刎在乌江，有智周瑜命不长，多少阵前雄猛将，皆因争气一身亡'，一旦遇上危难，三十六计走为上计，以你的本事，想要脱身不难。"

06

杨方说："道长哥哥放心，我全都记下了。"心中却想："屠黑虎纵然了得，单打独斗我也不怵他。"

崔老道之前在小饭馆里占了一个"路"字，算出赵东主此行不会顺利，他那卦术十卦九不准，全是江湖上糊弄人的手段，但在世上混的年头多了，看事看人真是准得出奇，暗觉来日大难，前路不祥，委实放心不下，再三嘱咐杨方多加小心，然后跟着孟奔过黄河往北去了。

不表他们怎么渡河，单说杨方一行四人，沿着黄河一路往东，那年月兵荒马乱，出门不敢露白，都打扮成乡下人，赶着那辆拉着大棺材的骡车，也没有马匹，因为有马容易被杀人越货的乱兵土匪盯上。

　　赵东主对杨方颇为倚重，他说："先前听道长管你叫杨方？这是兄弟的真名实姓吗？"杨方说："我一个没头鬼，爹娘都不知道在哪，哪里有什么真名实姓，当年我师傅是在杨县方家山把我捡回来的，这不就姓杨名方了。"赵东主道："原来如此，终归是英雄不问出处，杨兄弟你的身世倒与我侄女有几分相似。"杨方道："老东主这话从何说起？"澹台明月听赵东主提到了自己，忙道："叔父，你别同他说。"赵东主说："无妨，杨兄弟不是外人。"他又对杨方说："我这侄女也是个没爹没娘苦命的孩子。"杨方奇道："大小姐也生来无父无母？"赵东主说："是啊，这件事的来龙去脉，连她自己也不甚清楚，我今天正好给你们说说，说这话是二十年前，还有大清国那会儿。"

　　清朝末年，赵东主还没这么富有，为了赚钱求学，跟英国人渡海下南洋投机冒险，不料在大海上遇到了狂风巨浪，座船险些覆没，桅杆让风打断了，只能漫无目的地在海上漂流，直到水粮断绝快要饿死的时候，忽然来了一伙海盗，皆着明时衣冠，他们把船拖到一座孤岛上，那岛上森林茂密，山中有个很大的洞窟，里面盖着许多房屋，宛如一座城池，赵东主随着船上的俘虏，被海盗押进洞窟深处，就看里面供着一尊泥像，也是古衣古冠顶盔贯甲，像是这些海盗的祖先之像，洞里金银珠宝堆积如山，盗首是个慷慨英雄的人物，对赵东主还算不错，给吃给喝，问了他一些家里的情形，又与他结为兄弟。有一天夜里，盗首请赵东主来到一处石屋，请他饮酒叙谈，说起了这个海盗洞窟的来历，那是满清八旗铁甲入关之时，有一路明朝败军，在一位总兵的带领下，逃到了大海荒岛上做了海盗，那位总兵会看风水地理，看出这孤岛形势奇绝，可以占据此岛抗衡清军，但岛上的女人不能停留超过一年，否则风水就破了，一旦失了风水形势，这个岛也就完了，于是立下规矩，海盗们抢来的女人，要在一年之内全部处死，生下孩子若是女婴，也一律杀了，绝不留半个活口，以免岛屿的位置泄露出去，引来朝廷大军征剿。此后两百余年，盘踞在岛上的海盗无不依祖训行事，传到如今这位海盗首领，去年在海船上抢来一个女人，这个女人容貌极美，又怀了盗首的孩子，两人动了真情，盗首不忍心将她杀死，一年后生下一个女儿，如果让人发现了，母女两个都得被杀，恰在此时，赵东主所乘的船只被群盗掳至岛上，首领见此人见识举止不凡，必不会久居人下，便跟他结拜兄弟，赠送了很多财宝，又把座船修好，让他带着自己的妻女，逃离这个孤岛，结果在逃亡的时候，不巧被海岛上的群盗发觉，这伙人跟忠于首领的海盗们发生了惨烈的火并，几乎全死光了，洞窟里的城池也被大火烧为了白地，侥幸没死的都让这场大火烧死了，那女子投海殉夫，只剩下赵东主怀抱两三个月大的女婴，乘船逃回了陆地。他从那以后发了家，把这个女孩视为亲生骨肉，只知道那盗首复姓澹台，逃出来的那天夜里，大海上月明如昼，就取个名字叫澹台明月，他身家性命和财产，可以说全得盗首义兄所赐，没这个孩子他也不可能活着离开那座海岛，澹台明月自小天生喜欢骑马狩猎，大概是巨盗之后，天性使然，赵东主拿她也没办法，宠得没边儿了，要星星不给月亮，只好遍请名师传授弓马剑术，但这次是和杀人不眨眼的大军阀屠黑虎做对，实是要冒天大的风险，他告诉打神鞭杨方，万一他此行有个三长两短，请杨方一定照看好澹台明月，因为他有预感这趟凶多吉少，但不能眼睁睁看着军阀拿国宝去和洋人换枪炮，不得不以身涉险。

澹台明月说："叔父别说这些不吉利的话，我用不着别人照顾，您也不会有事。"

杨方以为只是到黄河边上挖一尊千手千眼观音的造像，在他看来根本不算什么难事，能有什么凶险？因此也劝赵东主宽心，屠黑虎不过是一介军阀头子而已，我打神鞭杨方连他的祖坟都掏了，他又能奈我何？

赵东主说："杨兄弟超群出众，却不可因为英雄不羁，就甘于埋没草莽，似你这番神技，怎能只用来盗挖军阀祖坟，却不思量做番大事业出来？"

赵东主在路上推心置腹谈了许多，杨方心下不以为然："让这老东主连吃几个月窝头咸菜，保准他再也顾不上忧国忧民了。"

这天下午，到了黄河边上的一处古渡，此地是片河套，只见黄水翻涌奔流，轰隆作响，南边黄土黄沙，地势空旷，有几间稀稀落落的土坯房，上面插着一杆破旗，写着"古渡客栈"四个字，让西风吹得猎猎作响，远处有几只野狗在啃死人的骨头，平野漠漠，望过去仅是几个极小的黑点。

07

赵东主对照地图看了许久，对其余三人说据他多年收集考证的线索，北宋年间的大护国寺正在此地，殿堂佛塔都被黄河泛滥带动的泥沙埋住了，军阀屠黑虎却以为这座古寺在开封城附近，所以军阀部队只在城墙周围挖掘，离此甚远，此处有个十分偏僻古渡客栈，先在客栈中落脚住下，再仔细寻找，定有所获，尽量低调行事，别让外人发觉。

杨方说："东主有所不知，传闻黄河古渡边的客栈是处黑店，专卖人肉包子，你们推着口大棺材冒充送亡故之人还乡，瞒瞒军阀和草贼也就罢了，却瞒不过那些开店老江湖，进去准被人家用药麻翻，五花好肉切做包子馅儿，脑袋手脚和骨头下水扔进黄河。"

那三个人听了此言，立时感到一阵反胃，更觉得不寒而栗，世道这么乱，卖人肉包子的事只怕未必是传闻。

二保庆幸地说："多亏六哥提醒，要不然咱们住在这里，非吃了人肉馅儿的包子不可。"

杨方说："兄弟，咱吃几个人肉包子也不算什么，像二保你这样一身五花肉，却是上好的包子馅儿，那店主肯定趁你不备，诳你喝下蒙汗药，麻翻了扒个溜光，绑到剥人凳上……"

二保惊道："六哥，听说开黑店的也是绿林好汉，他们横不能不分好歹，见人就宰吧？"

澹台明月说："二保你别信他危言耸听，他又不曾住过这个客栈，凭什么说人家是卖人肉包子的黑店。"

赵东主说："不得不防，杨兄弟说的没错，咱们用骡车拉着一口棺材，走在路上还好说，在客栈里连住几天，必定会招人耳目，杨兄弟依你之见，咱们该如何应对？"

杨方说："按道儿上的规矩，只好多给店家些钱，把事情说明白了，让人家别理会咱们的闲事。"

四个人商量定了，赶着骡车走过去，到了古渡客栈才发现里外空无一人，屋里积满了灰尘，看样子前不久黄河泛滥，这客栈里的人早逃走了，只有这几间低矮漏风的土屋在此，如此一来也省去了不少麻烦，赵二保不再担心被做成人肉包子，兴高采烈将骡子拴到门口，忙前忙后收拾屋子，这时天色将晚，风沙渐烈，风声犹如鬼哭狼嚎，刮得天际间一片暗黄。

众人有了这古渡客栈的房屋为依托，心里安稳了不少，若是走在前不着村后不着店的去处，遇上这阵狂风，可没有办法过夜。

几个人将那口沉重的大棺材搬进客栈，胡乱吃了些干粮充饥，二保到灶下烧水，赵东主对杨方和澹台明月说："咱们必须赶在军阀屠黑虎找到此地之前得手，时间不等人，今天夜里好好休息一下，明天天一亮就开始寻找埋在沙土之下的大护国寺。"

杨方打开棺材，看里面有四支双管猎枪和炸药，如今这地方荒无人烟，夜里除了有野狗饿狼出没，还可能遇到土匪，需要带枪防身，另外照明的电灯，挖土的铲子，就连猎装和干粮等物也一应俱全，看来准备得十分充分。

赵东主取出随身的本子，其中有一页描绘着护国大佛寺的布局，找到其中任何一座殿堂或佛堂，再以此图作为参照，就可以确定正殿的位置了，卧佛巨像和千手千眼菩萨，都在古寺的正殿里。他说看古渡客栈几间破屋后面，有一处土丘，比别的地方都要高出一块，要是所料不错，应该是护国寺的佛塔，那么客栈土屋底下即是正殿。

杨方说："此事岂不易如反掌，只要地方找准了，明天打个洞下去，到大殿里挖出那尊千眼千手佛，多说一两日，那便大功告成了。"

赵东主说："没那么简单，我有件事，要到了这里才能跟你们说，关于北宋年间造于黄河边上的大护国寺，还有个很可怕的传说，你相信不相信……那尊千手千眼佛像底下镇着黄河里的妖怪。"

08

杨方听出这里边有名堂，问道："老东主，大护国的佛像下面镇着什么……山妖水怪？此话怎讲？"

赵东主说："那是很多年以前的传说了，我担心移动了佛像，会有想也想不到的祸事发生。"

澹台明月说："叔父不必多虑，那些野史志怪中的传说记载，又岂能当真。"

赵东主说但愿是我想得太多了，总之看见那尊千眼千手佛的宝像，也就知道是怎么一回事了。

杨方又问："挖到佛像之后，要装在这口棺材里搬运走？"

赵东主说道："不错，那尊佛像大小和常人接近，装在棺材里运过黄河，寻个军阀找不到的地方埋起来，天底下不可能总这么乱，军阀头子屠黑虎自持其勇，好杀不已，将来必犯天道之忌，难免不测之忧，迟早有他的一个下场，等到乱世平定之后，咱们再把千手千眼佛像取出来还之于民。"

杨方感觉此事颇有蹊跷，还想追问赵东主千眼千手佛像下镇着什么妖怪，可赵东主上了岁数，连日赶路十分疲惫，到赵二保收拾干净的屋子里睡觉去了，他也不好再去追问。

黄河古渡边的荒废客栈，里面有七八间屋子是客房，都有现成的木板床，扫去灰尘便可就寝，赵东主住了最西头的一间，此刻时辰还早，其余三人就坐在前堂，点了盏煤油灯，整理棺材中的装备，以便明日一早动手，客栈破屋里四下透风，吹得油灯明一阵暗一阵，又听外边不时传来嗷嗷怪叫，也分不清那是狼嗥还是风声，气氛格外诡异。

澹台明月想起杨方说这是卖人肉包子的黑店，白天她倒不怕，此刻天黑下来，也不禁有些毛骨悚然，她责怪杨方说："杨六，我看这客栈从里到外，根本没有剥人凳之类的东西，你之前果然是在胡编。"

杨方心想："我往常在江湖上走动，谁敢不尊我一声杨六哥，偏你这大小姐不把我放在眼内，一口一个杨六，我要不吓得你做上一夜噩梦，我也妄称英雄好汉……"

杨方动了这个念头，对澹台明月和二保说，想不到这黄河边上的古渡客栈竟已荒废，人肉包子之事以前果真是有，这是我师傅亲身所历，那一年我师傅到这一带做生意，一个人路过黄河边的古渡客栈，看周围当真是"荒村寥落人烟稀，野鸟无名只乱啼"，那时店里有个寡妇当老板娘，带了两个蠢汉做伙计，卖给我师傅热腾腾一盘包子，我师傅一看那包子肉馅儿全是油，又香又滑……

澹台明月听得暗暗皱眉，二保则捂着嘴想吐："六哥，你师傅吃了人肉包子？"

杨方说那倒没有，我师傅那眼力，一看包子肉馅儿，觉得像是人的股肉，股肉在哪知道吗？就是大腿屁股附近的肉，要不哪来这么大油呢，故此起了疑心，忍着饿没吃，夜里在客栈的房间中睡觉。半夜三更前后，他老人家正睡在木板子铺上，就听有人在床底下，拿手挠他这个床板，"嘎吱嘎吱"地响啊，一听这声音，吓得人浑身寒毛孔都张了嘴。

杨方能言善道，说得绘声绘色，屋外又是鬼哭般的风声，听得二保怕上心来，却又忍不住想往下听，连问后来怎样？莫非是黑店的人藏在床下，要把你师傅宰了当做包子肉馅儿？

杨方说不是，要是店里的歹人躲在床下，他抓挠这铺板做什么？我师傅心里也是纳着闷儿啊，敲打两下不响了，过会儿又挠铺板，师傅他老人家点上蜡烛往床底下一照，我的个娘啊，是个没有人头的死人，可能是当天刚被害死，藏在铺下还没来得及收尸，腿上的肉都被割尽当了包子馅儿，不知道是尸变了还是怎么着，这个无头的死人在用手指挠床板！

澹台明月知道这多半只是杨方随口说来吓唬人的，但在荒废的古渡客栈里听这些鬼怪之事，也没法子不怕，心中惴惴难安。

杨方嘿嘿一笑，说咱都早点歇着吧，明天可有得忙活，说罢进屋关上房门，将打神鞭横放在头下，诸事不想，心头一片空明，不久就睡着了，忽然起了一阵阴风，恶寒透骨，身上顿时起了层鸡皮疙瘩，他睁开眼一看，屋门让风给吹开了，从外走进来一个全身是血的人。

09

杨方吃了一惊，一下子惊醒过来，发觉身上全是冷汗，再看已是夜半更深，屋门仍然关着，屋中哪有什么浑身是血的人，他心说："我随口编了些人肉包子的事，只想吓吓那个不知天高地厚的大小姐，怎么倒把自己吓着了，深更半夜做这等怪梦，好没来由。"

杨方的师傅金算盘下落不明，没把摸金符传给他，所以他行事不按摸金校尉的规矩，又在江湖上学了绝艺在身，胆色不同一般，但梦到什么他自己也做不了主，看看房前屋子后没什么反常之处，倒头又睡，刚闭上眼，阴风忽起，屋门又开了，从屋外走进一个全身血肉模糊的人，一步一步走到近前，杨方大叫一声，从梦中惊醒，看屋里什么也没有，冷汗湿透了衣衫，心头狂跳不止，怎么会连做两个相同的梦？

他心想："这可邪了，这古渡客栈里闹鬼不成？不过这时要出去把其余几人惊动起来，大小姐和二保非取笑我不可，我往后还有何面目同人说长道短？"

杨方从铺板上下来，又在屋里前前后后看了一遍，真没有什么古怪之处，寻忖道："疑心生暗鬼，我且不理会，看它怎样。"于是躺下又睡，闭上眼顿觉阴风飒然，看那屋门第三次让阴风给吹开，那满身是血的人从屋外走进来，杨方头发根子全竖起来了，他也真是胆大包天，忍着没动，随着那人越走越近，他发觉那浑身是血的人好像要对自己说些什么，隐隐约约只分辨出两个字："快逃！"

杨方心里一惊，再看屋里寂然如初，他一身的冷汗，江湖人没有不信征兆的，心说："此梦真切无比，只怕不是什么好兆头，何况连做三个一模一样的梦，这屋里必然是有鬼啊，那个鬼是谁？为什么要告诉我快逃？莫不是要出什么大事？"

心里边正七上八下的功夫，已是破晓时分，澹台明月等人此时都起来换好了衣服。

澹台明月看杨方脸色苍白神情恍惚，好像一夜没有睡好，笑着问道："杨兄，你脸色怎么如此难看？莫不是昨天夜里讲鬼吓我们，却把自己吓着了？"

杨方本来想告诉那三人梦兆不祥，只怕会有要命的事情发生，赶紧离开此地为好，但一听澹台明月这么说，那是死也不肯丢这个脸，说道："想到灾民们苦难深重，愁得彻夜难眠。"

赵东主说道："难得，杨兄弟身在江湖，却有庙堂之志，睡觉也不忘黎民百姓的苦处，时值乱世，虽是贩夫走卒，也该为国家倾尽一己之力，咱这次寻找千手千眼佛的宝像，不让它落在军阀屠黑虎手中，正是为了保护国宝。"

杨方顺口应声："老东主所言极是，我等做成此事，便是塔尖儿上的功德。"

赵东主说："好，那么一会儿我等先去客栈后头挖开沙土，看看下面有没有佛塔。"

这么一打岔，就没提夜里闹鬼的事，杨方见赵东主等人已换了猎装，从头到脚全是英国货，心说这叫狗长犄角……洋式啊，可人家穿这套行头干活确实方便，再看外边大风呼啸，刮起漫天的尘土，一行四人冒着风沙，来到客栈外面动手挖掘，沙土之下是干枯坚硬的淤泥层，再往下挖了几尺，看底下显出古砖，果然是半截佛塔，赵东主兴奋得眼中放光，北宋年间的千手千眼大佛寺，正殿就在黄河古渡客栈之下，他花了数年心血找寻线索，一朝功成，几乎不敢相信这是真的。

杨方不知那尊佛像何以让赵东主如此痴迷，也想尽快看个究竟，他带着二保，又到屋里后墙下去挖，挖到晌午时分，挖开一个很深的大坑，沙土下面露出整齐的瓦片，看来佛殿虽让泥沙埋住了，但淤泥干枯之后形成了一层封闭的土壳，时隔七八百年之久，殿堂依然在地下保存得十分完好，揭开瓦片看里面，阴森莫测，佛殿中梁柱腐朽，说不准什么时候会发生垮塌，四个人便到屋外准备绳索电灯，又绑了几根火把，要等待佛殿内积郁了几百年的晦气散掉才敢下去。

此时风势加剧，狂风呜呜作响，古渡客栈年久失修，屋顶是个木板棚子，下头压着干草，忽然让一阵狂风掀翻了，四人只好躲到土墙下面，一边避风一边吃些东西，可满嘴都是沙土，吃了食物也难以下咽。

杨方找机会问赵东主："千眼千手佛下面到底镇着什么东西？这黄河里真有妖怪不成？"

赵东主说："不单是传说，这黄河年年发大水，很早以前……"

杨方突然抬手做个嘘声，说道："等等，我听到有东西往咱们这来了，可不像是风声！"

黄河古渡客栈处在河套里，唯有西南方是旷野一片，目力所及，尽是黄土枯草，此刻狂风肆虐，沙尘飞扬，他探出头向外张望，只看得一眼，登时倒吸一口冷气，夜里梦见鬼的事成真了。

赵东主等人发现事情有变，也起身往外看，就看黄土坡出现了一排小黑点，随着距离快速拉近，看出是军阀的部队，前边全是马队，蹄声越来越响，轰隆隆势如潮水，卷起了漫天的黄尘。

第十章　神秘大佛

01

赵东主等人大吃一惊，急忙缩身回来，心说："屠黑虎认为那座大护国寺在开封城周围，也一直在城外挖掘，怎会突然得到消息，派遣人马往黄河古渡来了？"

此地是个河套，军阀部队从南面上来，等于是把古渡客栈围死了，那年头军阀和土匪没什么两样，视人命如同草芥，落到他们手里谁也别想活。

四个人赶紧把猎枪取来，在土墙后头对准了来势汹汹的马队，打算先抵挡一阵，如果能撑到天黑，或许有机会脱身，不过仅凭四个人，面对大队骑兵的冲击，也无异于螳臂当车，只是不甘束手待毙，仍要做困兽之斗罢了。

军阀马队奔到枪弹射程之外，突然止住来势，杨方眼尖，远远看出为首的正是督军屠黑虎，奈何离得太远了，猎枪的射程够不着。这时忽有一骑跃众而前，那人骑在马上，空着两手没带枪，身边挂着个包袱，鼓鼓囊囊不知装着什么，看其来意是有话要说，就把他放到近前，等看清过来的这个人面目，四个人心里同时一沉。

骑马过来说话的不是别人，竟是之前在面馆里跑掉的盗墓贼边海龙，边海龙是被屠黑虎逼着过来，他也怕杨方等人下手杀他，走到土墙后一抱拳，把身后的包袱解下来，陪着笑脸对众人说道："两国交兵不斩来使，咱道儿上的人也得讲规矩啊，兄弟我只是替督军大人过来传个话。"

赵东主看出边海龙是屠黑虎的手下，怪自己眼瞎看错了人，忍着怒气说道："你滚开，我跟那军阀头子没什么话好说。"

边海龙说老东主你惹不起督军大人，先听我把话说完吧，原来屠黑虎兴师动众，到处挖掘千手千眼佛，苦于没有进展，他得知赵东主知悉北宋年间大护国寺的确切位置，便派手下的盗墓贼边海龙前去打探，赵东主不知是计，还晓以大义，请边海龙帮忙，好在他多留了个心眼，没有将大护国寺的位置吐露出来，途中在面馆里遇到刚挖完屠黑虎祖坟的崔老道等人，杨方出手吓走了边海龙，但这家伙没走远，仍在暗中尾随赵东主，他发现崔老道那三个人里分出一人跟赵东主走了，看来全是一伙人，就通知军阀部队，在崔老道过黄河的时候上前抓拿，结果孟奔当场被乱枪打死，崔老道掉进黄河里下落不明了。

事实上崔老道落进黄河里大难不死，一直活到全国解放之后，那是后话，暂且不提。草头太岁孟奔当时是真死了，身上背的包袱被人送到屠黑虎手中，屠黑虎揭开一看，当场吐了一口血，那包袱里是他祖坟里的几件宝物，他没看过棺材里面有什么，但认识坟里那两只玉碗，知道祖坟让这伙倒斗的贼人给挖了，不由得狂怒攻心，暴跳如雷，可是那座千眼千手佛的所在，只有赵东主清楚，只好按兵不动。先看赵东主在古渡客栈停下，冒着风沙到处挖掘，想必此处就是大护国寺的遗址，才带兵围了上来，又命边海龙过来劝赵东主投降，只要把说出盗挖督军祖坟的同伙都有谁，督军大人或许可以网开一面，留下这几个人的性命。

赵东主气得脸色铁青，指着边海龙的鼻子说："你滚回去告诉那个军阀头子，让他趁早死了心。"

杨方听边海龙说崔老道掉进黄河孟奔死于非命，也不敢全信，他见对方身手背的包袱上全是血迹，抢过来打开一看，孟奔的人头就在里面，脑袋被砍下来，那两只眼还没闭上，死状极惨。杨方手捧人头，想起夜里那个梦，不知是心念感应，还是孟奔死后显魂前来示警，一时间五内崩裂，两眼几乎瞪出血来。

边海龙看杨方脸色不对，只怕此人突施杀手，自己可是万万招架不住，连忙说道："几位，先贤古圣怎么说的，好死不如赖活着不是，你们听我良言相劝……"

话刚说了一半，杨方的打神鞭已经到了，边海龙的脑袋被砸进了腔子里，尸身当场扑倒在地，让杨方拎起来扔到土墙之外。

赵东主恨恨地说道："如此死法，倒是便宜了这个臭贼。"

杨方忍着口气，将孟奔的人头重新裹上，背到自己身后，心中暗暗发狠："好歹找个机会摘了屠黑虎的脑袋，替崔老道和孟奔报仇雪恨。"

军阀部队在远处看到了边海龙的尸体，开始往这边放枪，同时大举压上，四个人躲在土墙后舍命还击，但对方枪弹密集，长短枪一齐开火，子弹如同成群飞来的蝗虫，打在土墙上噗噗冒烟，杨方根本抬不起头，心说："罢了，看来今天要在这地方土点儿了，道长和孟奔兄弟阴灵不远，等我一等，咱们在黄泉路上做个伴。"

此刻风沙更烈，中午时分，天色竟转为暗黄，地面是黄土黄河，当中是狂风卷起的沙尘和阴云，天上地下黄乎乎浑成了一片，连在外面的军阀部队也都感到心惊，这像是黄河上游发大水的天象，但屠黑虎治军极严，部下尽是悍将劲卒，虽然心中慌乱，但是兵随将令草随风，听得督军大人一声令下，仍是发声呐喊，鼓勇上前。

赵东主叫道："杨兄弟，咱们挡不住这么多军队，先往地下的佛殿里退！"

杨方心知再不走顷刻间便会横尸就地，事到如今，只好走一步看一步，他也不及多言，冒着弹雨向地洞里扔下绳索，四人将电灯挂在身上，一个接一个下到洞中，那佛殿里的晦气尚未完全散去，气味呛人，梁上覆盖着厚厚的泥沙，到处悬着灰网，瓦片一层层的木梁下方深得吓人，没想到这座佛殿如此之大，众人垂着长绳攀爬下去，电灯照在漆黑的大殿内，就见这殿堂正中是一尊千臂千眼大佛的巨像，这尊巨佛大如山岳，目必有所运，手必有所持，像高七八丈开外，周身共计一百零八目四十二臂，神情威严慈悲，佛面让光束一照，金光晃动，显然贴满了金箔，两侧还供着许多罗汉像、地藏菩萨像，前面则有弥勒佛以及韦陀菩萨，全是北宋年间的造像。

02

四人都被地底这尊巨佛所震慑，等到双脚落地，发觉地上积满了黄沙，赵东主平生第一次踏进这座埋没几百年之久的千手千眼大佛殿，以往他对此痴迷极深，做梦也想到这里看上一眼，这些佛像中任何一尊都是独一无二的稀世珍宝，在漆黑沉寂的大殿中看来，更添加了无与伦比的神秘色彩，不禁看得呆了，耳听高处枪声迫近，方才回过神来，急忙辨明方位，带着三人躲到巨佛侧面。

大殿中佛像林立，眼中所及，无不是大大小小的诸天神佛，墙壁上也全是描绘佛教传说的壁画，而在那尊大如山岳的巨佛宝座之下，嵌着百余个常人高矮的佛龛，里面也是千手千眼佛，形态各不相同。

杨方发现赵东主忙着找寻其中一个佛龛里的宝像，他明白这佛殿里一定有十分惊人的东西，否则眼下死到临头，赵东主怎么还顾得上在大殿里找什么东西，军阀屠黑虎也犯不上亲自过来，肯定不是一两尊佛像那么简单，莫非与千眼千手佛镇住的妖怪有关？

这念头尚未转过来，就听赵东主说道："是这尊宝像了！"他让二保快来帮忙，两人伸手抱住那尊佛像用力扳动。

杨方与澹台明月在旁开枪掩护，射杀从地面下到佛殿里的军士，澹台明月的枪法尤为出色，几乎是弹无虚发，一枪打出去准撂倒一个敌人，可军阀部队蜂拥下来，眼瞅着挡不住了。屠黑虎虽然有令在先，不许开枪打坏佛像，军卒们只好挎上盒子枪，拎着马刀攀绳下来，但是很快打红了眼，你死我活的时候也顾不上那么多了，枪声响成一片，子弹在殿中嗖嗖乱飞，就差直接往里面扔手榴弹了。

正在这千钧一发的紧要关头，赵东主和二保扳得佛龛里的石像转了半圈，猛听轰隆一声响，那尊千眼千手巨佛的莲花宝座下打开了一个大洞。

杨方心想这佛像底下不是镇着黄河里的妖怪吗？却见赵东主招呼自己往洞里去，此时也来不及去问，他在大殿中且战且退，闪身钻进了巨佛宝座下的洞穴，那洞穴里有千钧石球为机扩，按动之后，石球从上面滚落下来将洞口堵死，立时将屠黑虎的队伍挡在了外面，可这是断龙绝户石，里头的人也别想再出去了。

杨方在一番恶战之后死里逃生，先定了定神，用电灯照向四周，发现这洞穴中是条石壁坚固的暗道，暗道平坦宽阔，容得下五六个人并肩而行，不知前面通着何方，但置身于暗道之中，只觉冷风侵肌，里头显然非常深广，又看石壁上刻满了密密麻麻的经文法咒，他识得那是"金刚伏魔咒"，倘若没有鬼怪妖魔，断不会随意凿刻在壁上，他心里更加莫名其妙，想问赵东主这到底是什么地方？

刚要说话，却听赵东主"哎呦"一声，杨方转头一看，先前在漆黑的大殿内与敌军混战，赵东主身上中了一发流弹，枪弹打进了腹部，高度紧张的情况下，他自己也没发觉，退到暗道里就支撑不住了，淌得遍地是血，三人赶紧扶他坐下察看伤势，赵东主忽然抓住杨方的手，张着嘴有话想说，话到嘴边，却已开口眼定，气绝身亡。

赵东主死得突然，杨方心中一阵黯然，生死本是无常之事，但刚刚结识不久，想不到这么快就已人鬼殊途。二保抱着赵东主的尸身，整个人都傻了，边哭边叫主人。澹台明月自幼与赵东主相依为命，情同亲生父女，立时哭晕了过去。杨方忙掐她人中，澹台明月醒过来抚尸又哭。这时猛听一声震耳欲聋的巨响，震得石壁都跟着摇颤。

03

三人听出是军阀部队在用炸药爆破，看来是想炸开千眼千手巨佛下面的暗道，杨方暗骂："屠黑虎真是属王八的，咬上人就不撒嘴啊。"这此爆炸虽然没能炸通暗道，但只要再来这么一次，即使三个人不被当场炸为碎片，也会让随后蜂拥而来的军阀部队乱枪打死。

杨方心知不可在此多留，还得往暗道深处逃，人死总归不能复生，哭天抹泪于事无补，为了不让赵东主的尸身落在军阀手中受辱，便取出火油倾倒在死尸上，连同孟奔的人头一并烧化。澹台明月虽然伤心欲绝，却也识得大体，知道哪头轻哪头重，她抹去泪水，回首望了一眼燃起大火的尸身，拽上哭得上气不接下气的二保，跟着杨方快步往暗道里面走。

赵二保打他爹那辈儿起，便给赵家为奴，以往都是老东家说做什么他做什么，自己从来没个主张，此刻忽遭大难，心里慌乱无比，只好问澹台明月："大小姐，老东家没了，从今往后咱们该怎么办？"澹台明月道："当然是设法逃出去，找机会杀掉屠黑虎报仇。"杨方道："此言极是，三寸气在千般用，一旦无常万事休，别管往后有什么事儿，先混过今天去再说，你们知不知道这条暗道通往何处？"

赵东主所知之事，澹台明月也都清楚，她告诉杨方，从古以来，黄河水患难治，每当大水一到，淹死百姓牛羊不计其数，北宋年间在黄河边上起了一座大护国寺中，用来镇河安民，表面上是这么回事儿，其实镇河尚在其次，它主要是用来镇妖。以前有个很可怕的传说，据说黄河边上的开封城是城摞城，如今从上到下至少有六七座城池，全是由于黄河泛滥，泥沙不断淤积，使黄河水位升高，大水冲进城内，洪水泥沙将城池吞没，几千年来朝代更迭，形成了一座城压着一座城的罕见奇观，故老相传，开封城是"三山不显，五门不照"，三山不显是说开封附近有三个带山的地名，看过去却是一片平地，根本没有山丘，其实那三座山也是逐渐被黄河泥沙埋没了，由此可以想见，地面堆积的泥沙有多深，越在深处，地下城的年代越是古老，最早可以追述到春秋战国时期的大梁城，再往前不一定没有，而是没有史籍可以查找，多数是断壁残垣泥沙埋没的废墟，但其中有一两次大劫难，则是满城之人尽数被活埋在地下。你想整座城池都被埋住，纵然地下泥沙中有些间隙，又怎么可能还有人存活下来？可有时地裂地震，大白天竟有千百年被活埋的古人从下面爬出来，这些古人满身散发着恶臭，青面獠牙，追逐军民为食，一见到日光则僵枯不复动，这么说都像行尸，可有血有肉会喘气儿，没人知道它们是什么妖怪，因此这座位于黄河边上的大护国寺，才会供奉一尊镇尸的千眼千手巨佛，巨佛所挡住的洞口，正是当年有行尸出现的所在，原本是泥沙层中的暗河，枯竭后变成了一条隧道，应当通往开封城下的大沙洞，据山经河图所志，那里也是黄河的一个河眼。

杨方听此事很是蹊跷，既然那时候的人们知道黄河下边有妖怪，为何不彻底堵上洞口，却造一尊底下藏有暗道的巨佛？

04

澹台明月说北宋道君皇帝听了臣下谗言，以为从黄河里出来的不是僵尸，而是肉身成圣的仙人，历万劫不磨之体，得了大道长生不死，道门里一般都讲究死后尸解，羽化飞升，肉身成圣却更为难能可贵，这些所谓的行尸，必是古城陷入地底之后，城里的人们大难不死，吃了黄河河眼里的栖肉。所谓栖肉，是指以前的传说中，黄河中有条老龙，死后其尸骨上有肉芝长出，食之能得长生，所以那些被埋在地下的人得以存活至今，只是被那些横死的厉鬼所缠，道君皇帝是圣明天子，理应度化那些孤魂野鬼，然后焚香沐浴祷告上天，择吉日拣选一两位能人异士，为皇上到河眼中寻仙求真，得个不老不死的仙法。还有些人不相信肉身成圣，但是认定这个地方有古代的奇珍异宝，是座宝城，因为整座城池被原样埋住，城里的东西必然没有人动过，瘦死的骆驼尚有千斤肉，何况一座古时大城，想发财者有之，想求个不老不死肉身成圣者也有之，一时众说纷纭，却无人胆敢下去探个究竟。最后取折中之策，先在黄河边造了尊千眼千手巨佛，暂时堵住洞口，但是留下了一条暗道，每年请高僧度化那些恶鬼，可不等皇帝请来异人去寻不死仙法，金兵已南下灭了北宋，后来黄河改道，洪水带着大量泥沙，把大护国寺埋到了地下，随着朝代的兴废更替，此事也渐渐被世人所遗忘。

澹台明月还告诉杨方，赵东主听说军阀屠黑虎野心很大，一是想挖出古都开封下面的宝城，二是有意找黄河河眼里使古人不老不死的神物，赵东主虽然了解此事，却不太相信这类过于迷信的鬼怪之说，只是想将佛殿里最有价值的饰宝金佛抢先盗走，免得落在军阀手中。走投无路之际，下到千眼千手佛大殿中发现，那尊巨佛底下真有一条暗道，这至少说明，巨佛下的暗道通往黄河河眼，至于其中有没有怪物，现在谁都无法断言。

杨方明白了事情的经过，心说："这处境可谓是逃出虎口又入龙潭，被泥沙埋在地下的古人何以不死？黄河河眼中又有什么鬼怪？"刚想到这，身后又传来爆炸之声，远远亮起许多火把，原来屠黑虎的手下已炸开巨石，大队人马随即冲了进来。

军阀头子屠黑虎虽是行伍中人，平生却最为迷信，暗中把祖坟迁到雷公岭风水宝地，以为可以瞒天过海了，没想到居然也让贼人倒了斗，气得他口吐鲜血。好在找到了通往地下宝城的暗道，他听人说那其中有神物，何况盗挖他祖坟的那几个贼人也逃了进来，不把这几个贼子碎尸万段，难消他心头之恨，之前让边海龙过来劝降，也是想留活口查明盗挖祖坟之事，而对那些巨佛镇妖的传说，甚至里面有条暗道这些情况，他也了如指掌，如今一时动了邪火，亲自带着部队追赶，跟下来这四百多军士，全是能征惯战厮杀娴熟之辈，只要有银元有烟土，命也可以不要，都带着长短两把家伙，背后插着马刀，点起几百根火把，排成长队鱼贯而入。屠黑虎拎着手枪，走在队伍当中督阵，一边走一边挥枪传令："众将士听了，跟本督军上前取宝的，人人升官个个有赏，谁敢退后半步，老子就让他吃颗黑枣，先前逃进洞的土贼总共有四个，已经死了一个老的，还剩下三个崽子，拿住一个活的赏二十根金条，死的十根！"众军士轰然答应，仗着人多势众，也不把那三个人放在眼里，都想捉活的领赏，当先的几十个军卒收起枪支抽出长刀，举着火把往暗道深处推进。

杨方等人眼看军阀部队来势汹汹，在后头追得太紧，急忙将电灯关闭，好在杨方生就一双夜眼，在暗处也能辨物，他让澹台明月和二保跟在身后，都将猎枪背在身后，一个牵着一个的手摸着黑往前走，暗道地势宽阔平直，距离军阀部队虽远，却是回头就能看到火把的亮光。

二保耳听身后追兵的脚步声渐渐逼近，惊得头顶上飞了三魂，脚底下跑了七魄，颤声道："大小姐，迟早会让屠黑虎追上啊，这可如何是好？"

澹台明月手心里也不由得冒出冷汗，但她素有主见，对二保说道："事已至此，咱们唯有随机应变。"

杨方见澹台明月有此胆识，不禁有些佩服，想到前路吉凶莫测，实是平生未遇之奇险，换做是他自己，在此时此地，也仅能说出"随机应变"这四个字而已，耳听身后发号施令的声音，像是军阀头子屠黑虎也进了暗道，胸口血气上涌，有意掉头拼个死活，但想起崔老道嘱咐的话，只好忍住杀心，摸着石壁快步前行。

在暗道中行出一段距离，走进了干枯的河道，地形如同狭窄崎岖的泥沙洞穴，这里原本是黄河的一条地下支流，走势迂回曲折，时宽时窄，脚下尽是松软的沙土，踩上去一步一陷，抬腿都很吃力。三个人将追来的军阀部队甩开一段，暂时看不见身后那些火把了，便打开电灯照亮，顺着蜿蜒的洞穴又往里走，这时一道土黄色的古代城墙横在面前，城头上一片漆黑，侧耳听去，城内并无半点声息。

杨方等人顺着高墙来到城门洞底下，就见城中街巷布局依然分明，狭长而幽深，如同蜿蜒曲折的战壕，不过房屋都被干涸枯竭的沙土覆盖，只能看出个高低轮廓，已经无法辨认是哪朝哪代的城池。

开封是天上河、地下城，黄河泥沙淤积致使河道越来越高，甚至高出了开封城，因此是天上河，开封底下城摞城，是以称为地下城，而黄河泛滥是自古已有的大灾，黄水带来的泥沙层层堆积，令地面逐渐增高，但内部也留下一些孔隙，如此沙积水淹，年复一年，地下形成了一个大沙斗般的巨洞。这座古城当年是掉进了沙洞，比开封地下另外几座城墟完整得多，可遇到黄河发大水，大沙洞也会被积水淹没，如今只有城中坚固的砖石房屋得以留存，其余建筑只剩下连绵起伏的黄色沙土堆。

澹台明月说："看来此地屡遭水淹，最初陷进大沙洞的古城当中，纵有军民人等侥幸不死，恐怕也活不了多久，所以这城里既没有珍宝也没有活人，只是一座没有活气儿的死城。"

05

二保气喘吁吁地说："不行了，实在是跑不动了，能不能先到古城里躲一躲……"

杨方说："既然跑不出去，我看逃进古城里当土皇上也行。"

二保也是个不知愁的，说道："六哥，你当土皇上，大小姐做土娘娘，那我也当个土将军。"

杨方说："兄弟，你那两下子当不了将军，顶多做个太监。"

澹台明月说："你们两个别做清秋白日的大梦了，军阀部队追上来了。"

说话这功夫，屠黑虎带着大队军卒，高举灯球火把亮着油松，从暗道里追至城下。三人不敢停留，一路逃进城门。那些军卒们远远看见这三个人，直如见了六十根黄澄澄的金条，谁也舍不得开枪，那真是人人争先个个奋勇，呐喊声中狂追而来。

杨方等人逃进古城，眼见地面的沙土上留下三串脚印，屠黑虎的部队紧紧追来，三个人疲于奔命，也顾不上掩盖足迹，一直逃到另一端的城门，再往前地面陷落，深处都是黄水，水面宽阔，无边无际，已经无路可走了。

澹台明月取下背后的猎枪，要躲在城墙上面阻敌，如能趁乱射杀屠黑虎固然是好，否则就跳进沙洞深处的地下河，宁死也不落在军阀手中。

杨方说："乱军当中难以分辨目标，一枪打不中屠黑虎，绝不会再有第二次机会，不如我躲在城门中给他来个出其不意，你和二保先到城头高处，伺机接应。"

澹台明月不知杨方如何躲在城门洞中不被发觉，可眼看军阀部队转瞬就到，只好先带上二保，找处可以攀登的地方爬向城头。

杨方心知这次是有死无生，但是不拽上屠黑虎垫背，死也不能闭眼，于是关掉了头顶电灯，闪身躲到城门旁的墙根底下，他是在城池外侧，军阀部队从后面穿城追来，兵卒已大多到了城内，双方隔着一道城门。有个当兵的要争头功，脚下跑得飞快，一手高举火把，一手拎着步枪，当先追进了城门洞，这也就是前后脚的功夫，杨方听脚步声到了近前，探臂膀拽出铜鞭，搂头盖顶打下去，那军卒也是个久经厮杀的老兵，仓促应变，还能举起步枪往上格挡，饶是他反应够快，奈何杨方这条铜鞭势大力沉，一鞭打下来，那军卒的步枪被砸成两截，脑袋也给打得粉碎，不及哼上一声，便已脑浆四溅横尸于地了。

杨方抬脚踢开那军卒的死尸，捡起掉在地上的火把往水中扔去，火把落在水里立时熄灭了，古城内外灯火照不到的地方全是漆黑一片，后面追来的那些军卒也瞧不清远处情形，隔着门洞看到有支火把在前面晃过，以为还要往前追，个个都是立功心切，跑得上气不接下气，埋着头只顾追赶。杨方却纵身爬上城门洞的内壁，深吸一口气，使出仙人挂画的绝技，身体像条大壁虎一般悬在壁上。

军阀部队鱼贯穿过城门，举着火把在杨方身下跑过，哪想得到会有人躲在头顶，先过去五十多个当兵的，随后屠黑虎就在大批军卒的前呼后拥之下来到城门洞中，他亲眼看到古城里没有什么不死的仙人和堆积如山的珍宝，不免大失所望，又见前面没了去路，呼喝部下分头搜索，切不可走脱了半个盗墓贼，他身边几名副将也纷纷叫嚷："这些贼人敢在太岁头上动土，盗挖督军大人的祖坟，真是捋着虎须找乐子，也不想想自己有几个脑袋，非活捉他们剥皮点天灯不可！"

杨方悬在壁上看得一清二楚，实是千载难逢的良机，如果从此处跳下去，他有十足的把握一鞭打碎屠黑虎的脑袋，不过屠黑虎身边的部队太多，一个个杀气腾腾，全都是枪上膛刀出鞘，他虽然能打死屠黑虎，自己却无论如何也难以脱身，不是被乱枪射杀，就是死于乱刀之下，但这机会转眼即逝，他也不再多想，身如飞鸟般从城门洞上落下，拽出打神鞭对准了屠黑虎的脑袋抡去。

杨方这一鞭卯足了十二分的力气，将五更爬起半夜练就的家数全使了出来，心想："你屠黑虎的脑袋再硬，可比得了洛阳僵尸的铜皮铁骨吗？"

06

这一下是攻其不备，屠黑虎本事再大，也没料到杨方能悬在城门洞顶壁上，不过古城中全是大水带进来的泥沙黄土，杨方出手之前，无意间蹭掉了一些沙土，刚好落在屠黑的头顶，屠黑虎为人敏锐无比，察觉出城门洞中有异，此时杨方的铜鞭也打下来了，他百忙之中往旁一闪，铜鞭擦身而过打在了空处，屠黑虎的脑袋险些让铜鞭砸中，一股劲风带得脸颊生疼，不免又惊又怒，骂声贼子大胆，举起手枪对准杨方抠动扳机。

杨方满以为这一鞭下去屠黑虎必死无疑，却没想到此人反应奇快，差之毫厘竟让对方躲了过去，落地时看到屠黑虎举起了手枪，他也是出手如风，挥起铜鞭横扫过去，一出手就是连环三鞭，头一下横拨，扫掉屠黑虎的手枪，后两下分打屠黑虎左右两肩。铜鞭快如疾风，屠黑虎没等搂下扳机，手枪早被铜鞭打落在地，他心中愈怒，退了半步，闪身躲过第二鞭，顺势抽出挎在腰间的指挥刀，听这条铜鞭风声沉重，想必分量不轻，刀刃不能硬碰，先以刀身挂开第三鞭，紧跟着反守为攻一刀劈出，竟也带着破风之声。杨方见屠黑虎刀法凌厉迅猛，只得回鞭招架。

两人是仇家相见分外眼红，打在一起难解难分。周围手持刀枪全副武装的军阀

神秘大佛

129

部队，唯恐开枪打到督军大人，有心上前助战，奈何那二人性命相拼，你来我往打得眼都红了，长刀铜鞭皆是呼呼生风，在旁边看着都觉得眼花，又哪里近得了身。

澹台明月和二保躲在城头上，望见城下灯火通明，密密麻麻围住了数百军卒，虽然看不见杨方如何在城门洞里跟屠黑虎厮杀，但听到双方呼喝恶斗之声，都在手心里提他捏了把冷汗。

此时杨方和屠黑虎尚未斗到分际，倘若在平川旷地，他未必是屠黑虎的对手，只得豁出性命，借着城门洞里的地形全力周旋，勉强可以斗个旗鼓相当。屠黑虎虽是土匪出身，却练就一身刚猛硬功，马上步下两路的武艺，平生罕逢敌手，素以神勇著称，近两年身为督军，位高权重，却仍旧心黑手狠嗜杀成性，经常亲手杀人，此刻也是一心要置对方于死地，低吼声中变换招数，右手长刀缠住铜鞭，左手使出可以开碑裂石的铁砂掌。

杨方识得厉害，不敢硬接硬挡，忙掣身出来，但城门洞两头挤满了握刀持枪的军卒，无法冲到外面，惶急之中逃向一面石壁。众军卒见督军大人占了上风，逼得对方走投无路，一齐发喊助威。屠黑虎一看杨方要跑，暗想："以此人身法之矫捷，不让残唐五代时着了吉莫靴在壁上飞身行走的剑侠，但城门洞子里总共有多大地方，外围刀枪如林，某还怕你跑上天去不成？"当下挺起长刀从后追逐，却不知杨方尚有一记绝招"撒手鞭"。此刻就看杨方奔向墙壁，他是听风辨声，头也不回，猛然往后一抬手，叫了声："着！"铜鞭呼地一声，脱手直飞出来。

杨方的撒手鞭百不失一，是乾坤一掷的杀招，不到万不得已，决计不会轻易使用，此刻两个人距离极近，换作旁人非让铜鞭击中面门不可，屠黑虎这身功夫却当真了得，间不容发之际还能举起长刀挡了一下，那柄长刀立时断成两截，铜鞭也被挡得势头稍偏，只擦到了屠黑虎的肩膀，重重撞到墙壁上，发出一声巨响。杨方动如脱兔，不等铜鞭掉落在地，已返身跃过去接在手里，挥鞭往屠黑虎身上乱打。屠黑虎手里只余下半截指挥刀，但见杨方手中铜鞭犹如疾风骤雨般从四面八方打到，刚才又被"撒手鞭"惊出一身冷汗，臂膀剧疼彻骨，不免手忙脚乱，再也没有还手招架的余地。杨方败中取胜，正待痛下杀手结果对方性命，城门内侧的众军卒忽然一阵大乱，全往城门洞里拥了进来。

杨方和屠黑虎让乱军一冲，也身不由己从城门洞里挤了出来，澹台明月看到杨方显身，立即将绳索方下，助他攀上城墙。杨方不敢恋战，抡鞭砸倒身边几个军卒，趁乱拽住绳索直上城头。

澹台明月救起杨方，再端起猎枪想打屠黑虎，那个军阀头子早已躲到城根死角处。城下的军士们发现城上有人，纷纷举枪射击，高处黑灯瞎火，枪弹也难有准头，又听军阀部队中有人大叫，似乎是说黄河上游发了大水，这场大水百年一遇，开封城都被淹了，不知多少人变成了虾兵蟹将的点心，渡口附近的部队全逃进了这个地洞，黄河大水也跟着灌将进来。

屠黑虎在城下重新换了一柄马刀和手枪，开枪打死几个从后面逃进来的军卒，手中长刀又砍翻两个，止住了乱成一团的队伍，他厉声叫道："透你们亲娘，慌什么？这地方是个大沙洞，再多黄河水灌进来也渗没了，大伙等水退了再出去不迟，先跟老子把那三个臭贼乱刀分尸！"

屠黑虎手下的部卒向来悍勇，听得督军大人发下军令，鼓噪声中攀城而上。屠黑虎强忍肩膀疼痛，对着城头之上高声喝问："本督军的刀快，却不斩无名鼠辈，兀那会使铜鞭的点子，你们如今已成瓮中之鳖，死到临头了，可敢留下名姓在此！"

杨方应道："尔等听了，你家爷爷是打神鞭杨方，盗挖军阀头子屠黑虎的祖坟，鞭尸取宝皆是我一人所为，有哪个不怕死的，尽管上来吃我一鞭！"

屠黑虎恨得咬牙切齿，他对这三个人生吞活剥的心都有，亲自带着手下往城头爬来，下死命令要捉活的，那真是"号令出时霜雪冷，威风到处鬼神惊"。

澹台明月藏身在城楼最高的土台上，吩咐二保在旁只管装填弹药，她以两支双管猎枪交替射击，将爬上城墙的军卒一一射杀，每一声枪响，必有一名军卒从城头上翻身摔落，但在屠黑虎的严令之下，这些军阀部队仍旧不顾死活，蜂攒蚁聚般围拢上前。

正这个时候，城下部队炸锅似的又是一阵大乱，只听有许多军卒惊声叫喊，说是看到了黄河中的肉身仙人。

第十一章　沙洞巨鱼

01

这座陷在大沙洞里的古城，城墙有两三丈高，城门洞上边还有座城楼，比城墙又高出一大截，城下军阀部队虽然点起灯球火把，照如白昼，但是照不到那么高的地方，打神鞭杨方等人躲在城楼之上，看底下却是一清二楚。

此时屠黑虎正指挥部下爬上城头，忽听一阵大乱。军阀部队里的兵卒，大多是杀人不眨眼的土匪出身，只要给够了粮饷烟土，打起仗来格外拼命，不过旧时军阀部队的迷信观念极深，听到有人惊呼，说大沙洞子里有僵尸，心里先自慌了几分，其实怕倒不怕，这些当兵的跟着屠黑虎攻城掠地盗墓挖坟，死人活人的钱都敢抢，可是恐慌的情绪最容易蔓延，很多人并不知道究竟发生了什么，不免自乱阵脚，顾不上再围攻城头上那三个人了。

原来城池陷在沙洞深处，多次遭到黄河水淹，黄河水里带有大量泥沙，因此城墙房屋上覆着一层很厚的泥浆，等到大水退去之后，泥沙逐渐固结成了土壳，一眼望去，城中房屋如同连绵起伏的黄土坟丘。屠黑虎的大队人马冲进来往城头上爬，有个军官中弹后从城头跌落，身子落在一处屋顶上，他翻着跟头倒栽下来，登时在黄土壳上撞出个窟窿，身子直接掉进了下面的房屋里，附近的军卒急忙赶过去救人，其实那人活不了，可毕竟是位长官，好歹要充个样子，三四个当兵的举起火把，往土窟窿底下一照，看见屋子里躺着几具死而不化的僵尸，众人面面相觑，却似鱼胶粘口，一字难开。

主要是没想到屋子里会有死尸，这些死人想必是随着城池被活埋在地下的古人，这些僵尸身上的衣服早已经烂没了，面目枯槁，皮色暗青，但毛发指爪皆活，看上去似乎一有惊动便能睁开眼。

从城头掉下来的军官，身上被猎枪击中，摔到屋子里之前已然气绝，鲜血泪泪涌出，这情形虽然可怖，当兵打仗的人却见得惯了，也不怎么在乎，那几个举着火把往里照的军卒，似乎看见古尸动了一动，都以为是自己眼睛看花了，揉了揉眼，定睛再看，分明瞧见有具僵尸伸出长舌，不住去舔军官身上流出的血水。

这才有人惊呼起来，督军屠黑虎大声喝令，问明白是怎么回事，也不免骇异，如此看来，城中不知有多少僵尸。屠黑虎手下一个部将，向来胆大不信邪，有心要在督军大人面前显些本事，于是手拎马刀高举火把，从土窟窿里跳下屋中，用马刀去戳那些僵尸，他发现这些被活埋在地下的古人，居然有一两个身上也会流血，并不是死而不化的僵尸，反倒近似冬眠的青蛙和蛇，虽然还没死，但是离死也不远了，或许是封在土里的年头太多所致，周围的一众军卒吓得脸都白了，活埋在地下不吃不喝的人，过了这么多年还不死，岂不就是黄河里的肉仙吗？

02

说到黄河里的肉仙，黄河两岸的老百姓们是无人不知，据说黄河从陕西到河南这一段，有多处河眼，河眼是通着地下暗流的旋涡，黄河泛滥发水，吞没村庄城池，有人落到河眼中，便有可能不死，也不知是什么原故，竟可以肉身成圣，以前说哪个人得道成仙，必是死后尸解羽化，肉身成圣长生不死的太少了，非是人力所能左右。其实以现在的眼光看，炼道求长生从秦皇汉武那会儿就有了，两千年来哪有人能成仙？人们看不见活人成仙，不得不说尸解之后才羽化飞升，肉眼凡胎的人看不见，肉身成圣之事，只有封神传一类的神怪演义中存在，可都说黄河里有肉仙，唐宋年间也多次有村民见过古人从黄河水眼中出来，究竟是妖怪还是仙人，一直没有定论，民间传说里提到的不少，却从来不为正史所载，军阀部队里的这些人，也不知道遇到肉身仙人是何吉凶，一时间人心惶惶。

屠黑虎暗想："此地真有不老不死的肉仙？"心里是三分奇，更有七分惊，传说当年被黄河淹没的古城，里面有很多奇珍异宝，现在一看不过就是个大土堆，沙洞子里哪有什么宝货，祖坟又让一伙盗墓贼给挖了，眼看竹篮打水一场空，没想到在古城里挖出了肉仙。可这古城军民这半死不活样子实在诡异，他眼珠子一转，喝令手下将洞口埋住，先把城头上三个贼人拿住再做理会，谁再大惊小怪扰乱军心，也扔进洞去跟那些僵尸埋在一处。

军官士卒们知道督军大人说得出做得到，哪个还敢怠慢，暴雷也似答应一声，各举刀枪火把爬上城墙。

那三个人在城楼上往下看个满眼，心中暗暗叫苦，此时黄河大水灌进了沙洞，看来这场洪水来势极大，洞顶也出现多处暗流向下奔流，地上全是黄色的泥浆，覆盖在城池之上的泥沙让大水冲掉，露出几座金碧辉煌飞檐斗拱的宝顶，让那些军卒们手中的火把一照，金光夺目，耀眼生辉。

城上城下的人无不吃了一惊，城中数重大殿皆为宝顶金盖，跟此地的黄金相比，巨佛脸上贴的金箔不算什么了，只是让沙土覆住了看不出来，此时黄河大水涌进来，冲掉金顶上的泥沙，金光进现，分外晃人眼目，陷在沙洞中的真是一座宝城。

浑浊的黄河水迅速聚积，很快没过了众人膝盖，军阀部队迫于无奈，只好先退到高处，有的人爬上城墙，有的人登上屋顶，屠黑虎仍带着几十名手下，攀着城墙爬向城楼。

澹台明月催促二保快装弹药。二保说大小姐，没弹药了，刚才全让你打光了。澹台明月顿足道："糟糕！"屠黑虎手下的军卒见对方不再开枪，必然是弹药用尽，胆子立时大了起来，叫喊声中蜂拥而上。杨方抡起铜鞭上来一个打一个，澹台明月也取出短剑迎敌。屠黑虎恨极了这三个人，见此情形心中暗喜，他将马刀咬在嘴里，举起火把照明，单手攀壁，几个起落蹿上了城头，先跟二保迎面撞见，屠黑虎刚一抬手，马刀还没举起来，二保却已"啊"地一声大叫，翻着白眼直挺挺倒在地上。

　　屠黑虎反被二保唬得一愣，心想怎么还没动手就吓死了？他也知道二保是个跟班的，是死是活无关紧要，两眼只盯着打神鞭杨方和澹台明月，寻思："这次找到了金顶宝城和肉身仙人，先将盗挖祖坟的贼人乱刀分尸，再把这美貌的妮子拿住受用一番，可谓财色福寿兼得，天底下的好事全来投奔我了。"

　　杨方手中铜鞭砸死几名军卒，看到屠黑虎上了城楼，回手就是一鞭，来势迅猛无比，屠黑虎虽然不惧杨方，但知道这铜鞭沉重，他手中只有马刀，无法硬接硬挡，加之立足未稳，城头泥土又被水浸软了，向后退步一躲，踩塌了一块黄土，身子向下一沉，从高处滑了下去，屠黑虎稳住身形，刚想再上城楼，忽然感到水声有异，似乎有个庞然大物浮水而至，转过头看了几眼，奈何没有光照，什么也看不见。

03

　　杨方是能在暗中见物的夜眼，他在高处望去，就看远处的水面上浮出大鱼，勉强能看出个轮廓，这条大鱼露出水面的部分跟座山丘相似，厚皮无鳞，见其首而不见其尾，两眼只是两道肉缝。古城陷落的沙洞，形如沙斗，是多次黄河水淹，年深岁久泥沙淤积而成，洞底通着暗涌，没人知道那下面的水有多深，只见那大鱼口部一开一合，吐出许多白气，这股白茫茫的雾气转瞬间飘进城来，军阀部队发现情况有变，也不再往城头上攀爬了，都站在屋顶和城墙上左看右看，人人都是莫名其妙，大水还没退，怎么又起雾了？

　　澹台明月用脚尖碰了碰一动不动的二保，二保缓缓睁开眼，茫然问道："大小姐，我让人家打死了？"澹台明月说："你个没用的奴才，怎么一见屠黑虎的面就吓得倒在地上装死？"赵二保吱吱唔唔地说："小的这两下子，在屠黑虎跟前走不了一个照面，心想与其让屠黑虎顺手杀了，倒不如装死骗他一骗，也算占了几分便宜，老主人生前不是常说……兵不厌诈啊……"

说话间，澹台明月也看到了满城浓雾，不再理会二保，侧过头来问杨方："出什么事了？"杨方摇摇头，心中生出不祥之感，却料想不到接下来会发生什么怪事。

这时有更多的雾气涌进城中，城墙屋顶上的军卒身边，众人都闻到一股异香扑鼻，立时丧失心神，身不由己地趟着水往前走，没接触到雾的军卒们有意阻拦，那些人却如同掉了魂儿一般，怎么拦也拦不住，一个接一个走到了那条大鱼的嘴里，火把相继熄灭。

杨方眼见大鱼用嘴里吐出的云雾把人引过去，一个个吞进腹中，这么多如狼似虎的军卒，竟无半点抵挡挣扎的余地，到死都不知道自己是怎么死的，他看了这种诡异无比的情形，也不由得汗毛倒竖，心中狂跳不止，所幸洞顶往下落水，雾气升不到城头。

军阀部队点起的火把逐渐灭掉，洞中越来越黑，澹台明月和二保捡起军卒们掉落的火把和步枪，当即点起火来照亮眼前，发觉城中突然静了下来，澹台明月问杨方出什么事了，那些当兵的都去哪了？杨方把他见到的情形一说："洞中有大鱼呵气成云，把军卒们都引到它嘴里吞下去了。"那两个人听罢，自是惊骇无比。

04

打神鞭杨方足迹踏遍黄河两岸，平生耳闻目见，识得各种飞禽走兽，但是鱼类百出不穷，形状诡奇，无所不有，纵然探渊于海志，求怪于山经，也不足以知其万分之一，从没想过黄河下面会有这么大的鱼，眼看黄河水涌进洞来，已将城池淹没了一半，心知此地不可久留，苦于困在洞中，城楼下面浊浪翻滚雾气弥漫，头顶全是石壁，插翅也难飞出。

此刻水势更大，四面八方都在往下渗水，被裹挟泥沙的黄河大水一冲，那大鱼吐出的云雾，转眼散去了大半，城里的军阀部队所剩无几，争着四散逃命。

澹台明月对杨方说："这城墙要塌了，趁着水还不深，咱们穿过没有雾气的地方，躲到大殿金顶上去，那里地势较高，还可以多撑片刻。"

杨方临退之际，想看清那大鱼的动向，要过二保手中的火把，奋力往前抛去，借着这些许光亮，就看大鱼巨口洞开，被它吞下去的那些军卒，一个接一个从里面走了出来，这些人两眼充血，脸色暗青，有的已经爬上城墙，抱住那些幸存下来的军卒张口就咬，被枪弹贯穿了脑袋也是浑然不觉。

三个人更是吃惊，想起北宋年间大护国寺巨佛镇妖之事，原来那些活死人，全是让这大鱼吞过之后变成的尸鬼，那年头形容这种事就说是尸鬼，死尸为厉鬼所附，打掉了脑袋也能走，动念至此，不禁脸上变色，急着要逃。实际上这条大鱼，吞下那些活人并不是吃掉，而是用异香引来这些人吃掉它腹中的鱼卵，吃了之后所有人都成了鱼卵的宿主，被活埋在地下也能不死，无知无识，只想吃人血肉。

此事却不是杨方等人见识所及，只以为那些人变成了尸鬼，看来路的暗道已经让黄水灌满了，眼见走投无路，只好趟着齐腰深的泥水，逃到城中大殿附近，积水很快没过胸口涨到了脖子，火把让水浸灭了，赶忙打开电灯在黑暗中照明，一路舍命攀上大殿宝顶，再看这水势变得更大了，城墙房屋全被淹没，军阀部队死的死逃的逃，全都没了踪影。

这时忽然发现军阀头子屠黑虎也攀上了殿顶的檐脊，原来此人生性多疑，发觉有雾气涌来，先躲在城楼的土窟窿里没出来，直到雾退水涨，他看大势已去，只得奔向地势最高的大殿宝顶，好不容易逃出性命，手枪没了，火把马刀未失，显得十分狼狈，但临危不乱，脸色仍是阴沉镇定，见到这三个人躲在殿顶，手中还端着步枪，立时闪身躲在檐角。

澹台明月咬牙说道："屠黑虎真是命大，刚才在城下居然没被大鱼吞了。"转眼的功夫，大水淹没城池，只剩几处殿顶露出水面。杨方说："大殿很快会被水淹，到时候咱们谁都活不了，可我若不在那军阀头子脑袋上打一鞭，虽死不能闭眼。"澹台明月道："好，我和二保跟你同去，咱们死在一处就是。"杨方道："屠黑虎刀法厉害，你们如何近得了他，在后替我掠阵便是。"说着话纵起身形，手握打神鞭，踏着殿顶金瓦直奔屠黑虎。

屠黑虎图谋多年，要找到这座被黄河泥沙埋没的宝城，眼睁睁看着金顶宝殿，可闻香不到口，千方百计谋求的成就，转眼落了一空，手下全死光了，想来自己也难逃此劫，只怕祖坟被挖，当真是气数已尽，心头又恨又怒，看见杨方过来，指着骂道："姓杨的小贼，你只仗着铜鞭沉重，敢与我徒手相搏吗？"杨方并不答话，抡起铜鞭当头就砸。

屠黑虎怒道："欺人太甚！"他见铜鞭来势太快，不及躲闪，无奈只好用马刀拨开。杨方铜鞭打在金瓦上，但见金光四迸，瓦片碎裂，他这条铜鞭不管打谁，从没有人能挡得了第一下，也不免佩服屠黑虎这军阀头子本领高强。屠黑虎素称神勇，平生罕逢敌手，如今吃亏就吃亏在马刀不敢跟铜鞭硬碰，又不如杨方身法轻捷，在溜滑陡峭的殿顶失了地利。二人豁出性命相拼，堪堪斗了个势均力敌，各自险象环生。

澹台明月和二保在大殿宝顶的另一端，看得目眩心惊，此时随着灌进洞中的黄河大水上涨，有许多尸鬼从水里爬上大殿，分头扑向这四个活人，杨方和屠黑虎迫于形势，无暇继续厮杀，只好腾出手来各自应战。眼看没有被水淹没的大殿宝顶越来小，众人都被逼到了殿脊上，耳听水声咆哮，但见洪波翻滚，洞中积水越升越高。

05

此时有尸鬼蹿上宝顶檐脊，张嘴吐舌抓向吓呆了的二保。杨方眼疾手快，跳过来抡鞭横扫，打在尸鬼脑袋上，将它打得在半空翻个跟头，扑通一声落进水里。

屠黑虎趁杨方救人，从背后举刀偷袭，澹台明月在旁看见，举起步枪射击，水声如雷，吞没了枪声，屠黑虎猝不及防，身上中了一枪，急怒攻心，他临死也要拉个垫背的，对着澹台明月掷出马刀。双方都在殿顶檐壁之上，澹台明月避让不及，让直飞而来的马刀穿透了腹部，直没至柄。在此同时，杨方抡起铜鞭打到屠黑虎头顶，就跟砸个西瓜相似，死尸滚下大殿宝顶，掉进汹涌的洪波中，顷刻间没了踪影。

杨方见澹台明月让马刀穿透了身子，蹿过去抱起她的身子，二保也跑过来大哭，眼看澹台明月脸如白纸气若游丝，性命只在顷刻。忽然间山摇地动，头顶是黄河泥沙淤积成的土壳，大水淹过来把这层泥土冲得逐渐松动，此时轰隆一声塌裂开来，露出了外面的天空，滚滚洪流咆哮着涌向洞底，杨方等人面临这等天地巨变，无不心惊胆战。

这时就见大水将一根大树连根拔起，冲进了这个沙洞，树根撞在殿顶，杨方心知这是一线生机，再不逃生更待何时？他先抓住两退发软的二保扔过去，然后抱起澹台明月纵身跃上大树，刚离开大殿宝顶，那地就被黄河大水淹没了，两人紧紧抱住树根，沙洞里转瞬积满了水，大树浮到地面，就看黄河大水从天而来，天色和黄水连成一片，偶有几个小黑点，全是上游漂下来的浮尸和牛马。

这场大水一到，当真是"须臾四野难分辨，顷刻山河不见痕"，黄河泛滥成灾，比之前军阀部队掘开河口引发的大水灾情更重，使各处沟壑洞穴都让泥沙填满了，河流向南改道，沙洞中的金顶宝城，以及供奉着巨佛的大护国寺，全被泥沙深深埋没，永不复见天日。

杨方发觉怀里的澹台明月身子越来越冷，早已香消玉殒，他伤心欲绝，竟连眼泪都流不出来，他和二保在大树上护着澹台明月的尸身，挨到大水退去，眼见村庄尽毁，淹死的人畜难以计数，逃难的灾民成群结队，到处都是触目惊心的凄惨景象。

风雨虽住，地上好生泥泞，他们却也不顾，取道绕过黄泛区，渡过黄河北上，在一处高岗上起了三座坟，其中一个坟掩埋了澹台明月，另外两个分别作为赵东主和孟奔的衣冠冢，二保要留下给主子守坟尽忠。杨方一想到虽然毙掉了屠黑虎，但死的人太多了：崔老道、孟奔、赵东主、澹台明月，皆已人鬼殊途，不免心念如灰，一人独自北上，路过高台镇，意外见到了崔老道，兄弟两个劫后重逢，各述别来经过，崔老道说起自己掉到黄河里大难不死，被人救了起来，孟奔却不幸遇害，他又担心杨方凶多吉少，苦于无从找寻，想起当日约定在高台镇会面，只好到这里等待消息。

崔老道垂下泪来，喟然道："你我兄弟此番两世为人，想不到还能活着相见，可惜我那傻兄弟孟奔，惨死在军阀的乱枪之下，还让人砍掉了脑袋，从屠黑虎祖坟里掏出来的东西也没了，看来老道我这辈子什么事也不能做，做了就引火烧身，还让兄弟们跟着受连累。"

杨方黯然道："兄长何出此言，生死有命，富贵在天，并不由人计较，如今军阀头子屠黑虎死在了大沙洞中，咱这个仇总算是报了，我等替天行道，给天底下除去一个大祸害。"

崔老道听杨方说他是怎样在黄河古渡被围，怎样逃进陷在沙洞的金顶宝城，怎样与紧追而来的屠黑虎恶战，又是怎样见到暗河里的大鱼。以崔老道的见识，也没法断言那座宝城出自哪朝哪代，多半是某朝天子慕仙好道，因见空中云气变幻如宫阙，便在黄河边造金顶宫，想请神仙下来相见，没等仙人降临，黄河泥沙就将宫殿陷到了地下，或者就是此城。他又说这次黄河泛滥，灾情之重是百年不遇，应当盗挖山陵古墓，取宝赈灾，陵谱上记载在豫西与秦晋交界的熊耳山中有古冢，地宫中黄金为俑，阴沉木椁套玉棺，以明珠为烛，也不知埋的是何等人物，竟会有那么多珍宝陪葬，但那古冢是在一处潜山当中，早已沉在湖底，出现百年不遇的大旱才能见到，明知道在哪也无从下手，再想找别处的古墓，却又离得太远。杨方说："倒斗耽搁太久，筹粮赈灾事不宜迟，依小弟之见，洛阳城督军府中可不是有现成的金条银元，城内虽有重兵布防，咱们可也有的是三兄四弟，何不趁着屠黑虎刚死，军阀队伍群龙无首，聚起一伙兄弟，连夜掐了灯花摸进督军府，劫尽府中的不义之财，换成粮食赈济灾民。"由此引出群盗大闹洛阳城，那一段却不在话下，单说后来赵二保投奔杨方为徒，二保是小名，此人的大号叫赵保义，也就是瞎老义，按辈分要称崔老道一声师叔，往后他眼神变得不好了，倒斗之类的活儿干得不多，仅擅长识宝贩古，我更不能算是瞎老义的徒弟，只是在他身边长大，学得些皮毛，又听他说过不少前人盗墓的故事，这一转眼都过去多少年了，岂止隔世，崔老道、杨方那些前辈早已故去，如今连瞎老义都不在了，我这两下子稀松平常，对那座古墓的所知所闻，也并不比当初在飞仙村听来的内容更多。

我把这些事当面告诉了大烟碟儿和厚脸皮，让他们趁早死心，我说："崔老道对杨方提及的古墓，也许就是枕头地图中的熊耳山地宫，咱们可连那地方埋的是什么人都不清楚……"说到这，我就想起在女尸身边做过的噩梦，壁画噩梦中也有玉椁金俑，可不正是熊耳山古墓地宫？千年噩梦中有个披头散发的死人爬出棺椁的情形，我是想忘也忘不掉，那里一定凶多吉少。

06

那俩人听得入了神，各有一番感慨，但是贪念一起，佛祖菩萨也别想劝他们回头是岸，说来说去，话头又说回到豫西古墓。

大烟碟儿说："把阴阳枕出手卖上一笔钱，哥儿仨各分一份，分到每个人手里也没有多少，既然眼前有这个发财的机会，怎能轻易错过？"他是不见黄河不死心，打定主意要做下这趟大活儿，成败在此一举。他也没跟我和厚脸皮商量，早已将枕头打开，掏出了一张几百年前的古旧地图，此时打开让我们看。

那图中有个两头窄当中宽的湖，西接鸡笼山，东临枪马山，北倚草鞋岭，三面环山的形势，当中是仙墩湖，属于豫西熊耳山山脉，湖面上画了个红圈，那是熊耳山古墓的位置，地宫开凿在潜山之中，那座山原本也是绵延起伏的群峰之一，千百年前因地陷沉到了湖底，处在人迹难至的豫西深山，没有道路可通，翻山越岭才能进去。

我一直受辽墓壁画中的噩梦惊扰，脸色一天比一天不好，心里明白其中准有古怪，玉棺金俑，天下罕见，壁画噩梦中出现的地宫，十有八九是熊耳山古墓，我想我们最近正走背字儿，福无双至从来有，祸不单行自古闻，但是福不是祸，是祸躲不过，不去古墓地宫中看个究竟，想破脑袋也是没用，当即同那两人把事情说定了。

我说："好的开始，是成功的一半，咱们这趟再去豫西，可不比上次，有些事该提前做准备，"

大烟碟儿说："兄弟你这话是抄着根儿说的，简直说到哥哥心里去了，依你看该准备什么？"

不等我开口，厚脸皮就说："那还用问，首先备足的当然是钱，兵马未动，粮草先行，粮草不是用钱买的吗？"

大烟碟儿说："咱哥儿仨砸锅卖铁凑一凑，省着点用，怎么也够了，还准备什么？"

我说："手电筒、干粮、铲镐这些东西都要备齐了，熊耳山古墓沉在湖底多年，即使露出来，那淤泥封土也不会浅，想挖进去，怕不是三两天能干完的活儿，再有就是关于这个古墓，还有仙墩湖，咱们掌握的情况还是太少，甚至不知道是谁埋在那里。"

大烟碟儿说："那座古墓可不是咱自己想出来的，阴阳端公周遇吉留下的地图不至有误，举个例子，比如过了黄河三门峡往西，有个风陵渡，但凡地名里带陵的地方，全都有古冢，只因年代古老，很多人都说不出地名的由来了，风陵渡便是风后埋骨之地。"他顿了一顿，续道："我的意思可能是熊耳山古王的来历早已失传，但古墓还在仙墩湖下，留下的传说也不少，地宫里有金俑陪葬，这是不会错的。"

我们三个人你一言我一语，在那火锅店里从中午商量到夜里，锅子里的炭不知换了几轮，天已大黑，马路上都没了人，后来老板急了："你们也太能侃了，我就没见过这么能聊的，早知道你们有这特长，中英谈判就该让你们去，想刷夜也别在我这刷啊，赶紧结账走人，该去哪去哪。"

我们被店主连骂带撵地赶出来，心中煞是不平，但今时不比往日，不想惹事，只好回去分头准备，先是凑了笔钱当路费，我又去了趟独石口，一来交代墓道石的买卖，拿回一部分钱给厚脸皮把家里安顿好，二来他们那经常崩石头，有很多炸药，可是管控甚严，炸药雷管带不出去，找熟人要了两条短铳，那是老乡们在打山鸡用的自制土枪。我想熊耳山不比通天岭，到那深山绝壑野兽出没的地方，不带土枪防身可不大稳妥，独石口老乡们做的土火药枪打铅弹，威力不是很大，却好过没有，拆解开塞到背包底下，在火车上不至被人翻查出来。

我回家时收到索妮儿寄来的信，随信邮到的还有一大包榛蘑，我正想回头看信，太烟碟儿已拿到了火车票。我们先乘列车前往南阳，再由鸭河口水库取道进山，由于这条线上车次不多，车厢里乘客超员，拥挤不堪，火车驶过黄河大桥之际，我挤在窗口向西眺望，落日余晖未尽，东流的黄河宛如玉带，美景难以言说，天色很快转灰，又由灰转暗，终于黑了下来。我取出索妮儿的信来从头到尾读了一遍，回想起跟她在山中打狐狸的时光，心神一阵恍惚，不知不觉，辽墓壁画中的千年噩梦又出现在我眼前，棺椁里披头散发拖着肠子的人伸手向我抓来，我心中惶恐已极，徒劳地抬臂格挡，手背碰到那死尸的指甲，知觉阴气透骨，列车刚好进站停靠，我在车厢的前后摇晃中一惊而醒，额头冷汗涔涔，心知又做了那个噩梦，低头一看自己的手背，竟已多出几道血痕。

第十二章　湖底沉城

01

列车严重超载，车厢过道里都是人，以至于有人躺在行李架上，空气浑浊，而且有站必停，又换车头又是加水，看外边黑沉沉的，夜色正深，也不知是停在了哪个车站。大烟碟儿和厚脸皮两人都在我身边，各自将背包踩到脚下，一个揣着手把脑袋倚车窗上，嘴角淌下口水，另一个在桌上趴着，鼾声如雷，睡得正死。我惊醒过来，发觉手背多了几道血痕，心中惊骇难言，噩梦一次比一此真切，我想起契丹女尸黄金覆面下扭曲的脸，那定是被千年噩梦活活吓死的，我可别落得那般下场。

不过，辽国的女尸生前怎会梦到熊耳山古墓？那玉棺金俑和腹破肠流的死人，当真在熊耳山古墓的地宫之中？我们去豫西盗墓，岂不是会遇到尸变？这许多疑惑，我没一个能想得明白，但根据壁画中内容来看，古墓地宫里发生尸变，是在黑狗吃月之时，也就是月全食的时候，听说近期不会有那种天象，这倒不用担心。不久，列车缓缓开动，车厢里的旅客十有八九在睡觉打盹，我心神不安，睡是睡不着了，又在座位上坐得太久，腿脚发麻，于是挤到外边，到两节车厢之间透口气。我坐在最便宜的9号硬座车厢，10号车厢是餐车，11号以后是高级的软卧车厢，那边宽松得多，有钱也未必买得到票，我经常坐火车，知道什么地方清静，穿过餐车，到了10号11号两节车厢之间，这地方有风，空气流通，也没什么人，我听着列车哐当哐当的运行声，抽烟打发时间。看到身边有个老乡，三十来岁，个头不高，胡子拉碴一脸麻子，两只尖耳往上长，他坐在行李包上，两眼直勾勾地望着我，我递了支烟给他，那老乡接过来连声道谢，原来他的烟全抽完了，列车上的东西贵，没舍得买，夜里正熬得难受，当即划火柴点上香烟，眯上眼用力吸了两口。我们俩在那喷云吐雾，一支接一支地抽烟，天南海北地闲聊，这个人还挺能说，我得知他外号叫麻驴，豫西老界岭人，老界岭与熊耳山间的直线距离并不算远，我正好向他打听些那边的事儿。

我听麻驴说，熊耳山草鞋岭一带，人烟稀少，山势险峻，植被茂密，飞禽走兽出没其中，水里的鱼多大条都有，大山环抱，深沟绝壑聚云雾，经常是阴雨连绵，十天半个月也难得放晴一次，像大山里的姑娘一样羞于见人。天气好的时候，能看见磨盘那么大的鳖，翻在河边石头上晒壳儿，体重三五斤的老鼠不算稀奇，还有几丈长的蟒蛇，那才真叫吓人，上岁数的山民认为那些都有道行，没人敢动它们。鸡笼山林子密，地势复杂，枪马山最险，是古战场，草鞋岭洞穴多，有个洞叫黄巢洞，那是一处旱洞，解放前就没水了，也叫鱼哭洞，里面很深，相传当年黄巢起义，兵败后无路可逃，在山里遇上一个老头，这老头带着黄巢在洞中躲避。

我和大烟碟儿上次去通天岭，虽也是伏牛山脉，可那绵延的山脉太大了，通天岭在伏牛山北，草鞋岭是熊耳山南边，地貌有不小的分别，像黄巢洞一类喀斯特地貌的洞穴很多，或大或小，或是旱洞或是水洞，在豫西也不少见，仅以黄巢为名的洞穴，少说有那么三五处，传说大多是后人附会，那也没什么可听的，我只向麻驴询问地形地貌，尤其是仙墩湖的详细情况。

麻驴告诉我，草鞋岭仙墩湖西北东三面环山，峰岭阻隔，无路可通，湖水已比解放前浅得多了，南侧是大片芦苇湿地，那地方叫鸡鸣荡，可没有山鸡，夏秋湖水泛涨，那时野鸭倒是很多。麻驴长这么大，没真正进过仙墩湖，据说那地方很邪乎，不知是湖里有鬼怪还是什么，比如，本来好端端的天气，稍有声响，便立刻涌起大雾，进湖的人也多半有去无回，麻驴只在十几岁那年，随他爹去鸡鸣荡打过野鸭子，晌晴的天，突然下起暴雨，他父子俩担心遇到山洪，不敢再打野鸭，匆匆忙忙逃了出来。

我暗暗称奇，问麻驴："仙墩湖的名字很奇怪，那湖中真有个仙墩不成？"

麻驴道："仙墩是有啊，俺爹爹的爹爹的爹爹亲眼见过……"

我一听这就对上了，问道："那又是怎么回事？"

麻驴道："老弟你再给俺支烟，听俺给你说说这个仙墩。"

02

据我猜想，仙墩湖下埋着西汉时的某个诸侯王，不知何故开膛破肚惨死，地宫里有无数珍宝，还有许多活人陪葬，关于这地方有很多传说，可谓扑朔迷离，麻驴是豫西老界岭土生土长的人，我也想听听他是怎么说，当即将剩余的半包红塔山都给了麻驴，让他别卖关子赶紧说。

麻驴说："你老弟真够朋友，有机会你到俺家坐坐，别看俺那穷，俺们那地方的油焖面却不是哪都能吃到，俺媳妇除了生娃，没旁的能耐，只是趴锅燎灶多年，她做油焖面的手艺，在周围十里八乡也小有名气，你不尝尝可不行。你先听俺跟你说，俺爹爹的爹爹的爹爹……，说不上是哪辈人，反正是俺家前几辈人的事，那一年闹饥荒，山里很多村子断了炊，吃树皮嚼草根，不知饿死了多少人，在那个年头，豫西遍地是趟将，别的山民怕遇上土匪，都不敢往深山里头走，俺家老辈儿里有个人不信邪，也是饿得没法子了，便去熊耳山鸡鸣荡摸野鸭蛋，那湖里却有一怪，水里有鱼，可没人敢捉来吃，只在南端鸡鸣荡一带有成群的野鸭出没，以前常会有人到那打野鸭掏野鸭蛋，不过危险也是不小，陷到泥里轻易别想上来。"

我说："真是奇了，湖里的鱼怎么没人敢吃？那鱼长得样子吓人？"

麻驴说："你听俺说下去就知道了，当年俺家老辈儿中的那个人，一个人进山到了鸡鸣荡，在荡子边上等了一天，也没看见野鸭，饿得前心贴着后背，他寻思往里边走走，没准那野鸭都在芦苇丛深处，当下拨着茂密的芦苇往前走，走着走着，哎，瞧见远处有个大坟，这坟大得吓人啊，坟头四周是数不清的房舍，要是没那些房舍，他或许不敢过去，一看有这么多屋子，还有很多人在其中来来回回的走动，就没想太多，他也是饿得狠了，想找户人家讨些东西吃，哪怕有口汤水也好，但是他走到近前，跟谁说话谁也不理会他，他心想这是啥地方，怎么这么奇怪，是不是欺生，看有外来的人便不搭理，他合计着不如拿走屋里的东西，瞧那些人是不是还装着看不见，打定主意，便进了一间屋，在米缸里掏了很多米塞进口袋，可那些人仍是不管他，他揣了米转身往回走，走到鸡鸣荡芦苇丛附近心里还纳着闷，扭头往后看了一眼，这一眼真把他吓坏了，身后除了水就是水，那坟头和房屋全都消失不见了，再一摸口袋里的米，也已变成了恶臭的绿泥，简直像刚从湖底掏出来的一样。"

我有些不信，随口道："想必是撞邪了，还好离开得快，要不然性命不保。"

麻驴道："谁说不是呢，他逃出来之后，听山里上岁数的老人说，许多年前这里没有湖，只有一处山中古墓，周围土冢累累，埋着无数殉葬的人，后来一同沉陷在了湖底，他看见的那些人全是鬼，尘世阻隔，那些米也是带不出来的，有时那古墓的封土堆会有半截露出水面，因此称为仙墩湖，相传湖里的鱼都是吃死人才长得这么大，如果老弟你事先知道了，你还会吃那湖里的鱼吗？"

我摇摇头，说道："不敢吃……"心想："那野鸭不吃水里的鱼虾吗？山民还不是照样吃野鸭？"

麻驴续道："一是在没有道路的深山里，二是那地方实是邪得厉害，因此外边很少有人来，山里的人们也至多是到鸡鸣荡打几只野鸭，捉一捉水獭，再往深处，硬是不敢走了。"

03

我试探地说："荒坟古冢里大多有宝，这么些年一直没人去挖？如今不是都说，要想富，挖古墓，一天一个万元户吗？"

麻驴道："俺都说那地方邪得厉害了，谁不想活了到那去挖老坟，怕穷不是更怕死吗，挖到东西命也没了，再说，不是还有王法吗？"

我说："没错，我也就是这么一说，再怎么痛恨万恶的旧社会，咱也不能乱来不是？"

正和麻驴说着话，我突然发觉身后站着个人，我心说："不好，这些话可别让旁人给听了去。"转头一看，身后站着个眉清目秀的姑娘，看年岁二十出头，可能是在10号车厢的餐车过来，要回11号软卧车厢歇息。正值深夜，列车里没什么人走动，我为了坐得舒服，把麻驴的行李卷横在过道上，跷着二郎腿只顾说话，没注意把路都挡住了。我见那姑娘对我上下打量，似乎听到了我和麻驴说盗墓挖坟的事，她脚步甚轻，在我身后不知站了多久，我此时方才觉察到，赶紧住口不说，挪开腿往后让了一让。那姑娘说了声"多谢"，低着头从我身边走过去。我鼻子里闻到一阵清香，却听麻驴说道："呸，长得好有啥用，绣花枕头中看不中用，讨老婆还是要找俺媳妇那样的女子，别看粗手大脚，趴锅燎灶，生娃耕地，样样行……"那姑娘才走出没两步，听到麻驴的话，又转过头来望了我们一眼，似有责怪之意。麻驴大窘，他发觉说走了嘴，急忙低下头，好像做了什么大错事被抓到一样。我倒不在乎，抬起头对那姑娘说："我们没说你，赶紧走吧，走啊，妹妹你大胆地往前走……"那姑娘脸上一红，转身进了11号车厢。麻驴长出一口气："老弟还是你行！"我说："这种妞儿自以为是，从骨子里瞧不起咱们硬座车厢里的广大劳动人民。"麻驴点头道："是啊，俺也没说她啥啊就瞪眼，准是把俺俩当成盲流了。"

接下来，我又从麻驴口中打听到不少熊耳山的奇闻异事，可有用的不多，第二天到南阳下了火车，麻驴要经鸭河口水库搭车去老界岭，那里距仙墩湖东侧的枪马山不远，也是唯一能去鸡鸣荡的路。可我们此行尽量避人耳目，打算先绕到北面没有人烟的草鞋岭北侧，我们也没跟麻驴说要去仙墩湖，便在鸭河口作别。我们三个人置备齐了干粮，打听明白路径，搭车往山里去，到后来进入深山，不再有路，背着包翻山过涧，借助地图和指南针，用了两天时间才走到草鞋岭，高山的另一侧是仙墩湖，但那山势高耸巍峨，重峦叠嶂，实为不可逾越的天然屏障。

天黑前走到岭下，原以为当晚要在山野中歇宿，正自担忧，却在岭下发现一处古馆，四面连接山林，古树绕屋，石阶和屋顶长满了秋草，落叶堆积，门户上挂有锈蚀的铁锁，看来已经荒废了几十年。

厚脸皮说："眼看天要黑了，有这地方过夜，那是再好没有。"

大烟碟儿说："夜宿荒山古馆，可也有点刺激……"

他话没说完，厚脸皮已砸掉铁锁，拨开齐腰深的乱草推门进去。山馆东厅北厅两处房舍，一个塌了半边，另一个屋顶破了大窟窿，仅有外檐残缺不全的西厅，墙壁尚且坚固，厅中到处是土灰和蛛网，阴晦潮湿，我们打开手电筒一照，赫然见到三具棺材。

厚脸皮骂骂咧咧："谁他妈这么缺德，有棺材不往地下埋，却摆到屋里吓唬人？"

我说："在火车上听麻驴所言，晋豫一带在解放前有种风俗，大户人家西厅里往往要放棺材。"

大烟碟儿说："嗯，山里人迷信，这是取升官发财的意思。"

我说："那倒不是，他们大户人家三妻四妾，妻妾死了不能直接进祖坟，先停尸在西屋，什么时候等到当家的归位了，方才一同下葬，当然也有人提前准备寿材给自己用，屋里摆的就是空棺了。"

大烟碟儿呸了一口，他说："见到空棺材空坟穴都不吉利，听说空棺材是要人命的东西，屋里不多不少三口棺材，咱们又刚好是三个人，可别……可别让它要了命去！"

厚脸皮不以为然："棺材又不会动，几块烂木头板子罢了，还能吃人不成？"

大烟碟儿说："你有所不知，空棺材空坟摆的位置不对，凑成形势，那真是要人命。你哥哥我的曾祖在解放前是个地主，看上城外一块地想买下来，那几亩地的主人家为了抬高价钱，偷着在地里掏了八个空坟，声称他们家祖坟在此，想多讹几个钱，怎知自打掏了这八个空坟，他们家就开始死人，一连死了八个，刚够那空坟之数，你说这事邪不邪？"他又对我说："你也该知道空坟要人这事的，对不对？"我点头道："是听瞎老义说过……"可走近了才看到棺材盖上钉着长钉，显然不是空棺。

04

山里天黑得早，进屋时外边已经没有天光了，我们走得疲惫，也不想再去找别的地方歇宿，既有胆子去挖古墓，总不该怕民宅中的几个棺材，当下便在这深山古馆中过夜，棺材全停在西厅墙下，棺板均已腐朽，棺木显然没用好料，据说这一带的风俗，停枢时不放陪葬品，那是免得招来盗贼毁棺取宝，我们也不想惊动那棺材中的死人，在门口铺了些干草，坐在地上吃干粮。

吃东西的时候，我把从麻驴处打听到的事，给大烟碟儿和厚脸皮讲了一些，那两人听得来了兴致，说起明天怎么过草鞋岭，厚脸皮道："山岭这么高这么险，明天怎么翻得过去？"大烟碟儿说："你就是不动脑子，咱不早合计好了，按周遇吉留下的地图，打黄巢洞穿岭而过。"厚脸皮说："先前你们不是说叫鱼哭洞，怎么又叫黄巢洞了？那是一个洞吗？可别走错了路。"我说："是一个洞，两个名，起先是叫鱼哭洞，后来黄巢兵败，在一个老头的指点下到那个山洞里躲藏，由此改名叫黄巢洞了。"厚脸皮问："我只知道个雀巢，黄巢是谁？"大烟碟儿说："黄巢是唐朝末年农民起义军的首领，号称冲天大将军，统率几十万大军攻破洛阳长安，真正杀人如麻，有句话叫黄巢杀人八百万——在劫难逃，那是很有名的。"厚脸皮道："我听都没听过，此人也不见得怎么有名。"大烟碟说："黄巢起义军声势极大，却毕竟是杀官造反的乌合之众，什么出格的事也做得出来，他不仅带兵四处盗挖皇陵，在没有军粮的时候，还让部下吃人肉，最后战败，死于狼虎谷，下场很是凄惨。"厚脸皮说："原来黄巢也是个盗墓的，跟咱们还是同行。"我说："黄巢盗过墓没错，可不算是会倒斗的，他率众十万盗挖乾陵，硬生生在山里挖出一条大沟，却连墓门都没找到，看来相形度势的本事并不高明。"大烟碟儿说："听闻行军一日，日费千金，暂歇暂停，江河截流，十万大军每天吃饭就要吃掉多少粮食？喝水也能把整条大河喝得断流，你们想想，这么多人盗挖一座皇陵，那陵中陪葬珍宝再多也不够分。"厚脸皮溜须道："跟着老大混真是长见识，但我还有件事想不明白，黄巢洞为什么又叫做鱼哭洞，这个名称够怪，鱼怎么会哭呢？"

这下又把大烟碟儿问住了，吱唔道："这个这个……鱼在水里，谁看得出来它哭没哭？"

我说："草鞋岭以南和以北，对这个洞穴的叫法不同，草鞋岭南将此地叫做黄巢洞，以北才叫鱼哭洞。鱼哭洞这地名的由来，我也听麻驴说了，怎么回事呢，据说古时候草鞋岭那个溶洞里还有水，当时有对母子，家里一贫如洗，一天吃不上一顿饭，这天来了一位老头求宿，老太太心眼好，把家里仅有的一点米粥给那老头吃了，老头很是感激，暗中叮嘱这家的儿子，让他明天到山洞边上等着，某时某刻，会有鱼群从洞里游出，切记带头的大鱼别动，后面那些鱼可以随意捕捉，儿子半信半疑，第二天就去洞口守着，到了时辰，果然有成群结队的金鳞鲤鱼游了出来，儿子一高兴，便把老头的话忘在脑后了，对准带头的大鱼就是一网，捉到家里开膛刮鳞，要下到锅里做鱼汤给老娘尝鲜，切开鱼腹发现里边竟有还没消化掉的米粥，方才明白大鱼是那老头所化，母子二人追悔莫及，深夜远远听到山洞里的鱼群哭泣，此后洞里的水逐渐枯竭，鱼也越来越少，解放前变成了一个旱溶洞，至今草鞋岭以北的山民们便将此洞唤作鱼哭洞，可见人的贪心一起，那是什么都顾不上了。"厚脸皮道："听你这么一说，搭救过黄巢性命的老头，也是那个鱼神变的。"大烟碟儿道："鱼神救谁不好，偏救黄巢，想是黄巢杀人太多，犯了天忌，因此带他到洞中躲避追兵的鱼神，也没得好下场。"

说了一会儿话，我们烧些水烫了脚，将古馆西厅的门从里侧掩上，又用木棍顶住门，随后合衣躺在稻草上。夜宿荒山野岭，不担心有人进来，只怕蝙蝠飞进来吓人一跳，深草正长，寒意逼人，明亮的月光从墙檐裂缝中透下来，也没必要再点蜡烛照明。厚脸皮躺下就睡着了，大烟碟儿却担心棺材里的死人半夜里爬出来，他睡不着，一支接一支的抽着烟。我看棺盖钉得甚严，几十年没开过，其中的死人可能连骨头都烂掉了，没什么好怕，稳妥起见，还是将那支土枪装上火药铅弹，压在背包下面，头枕着背包闭眼想睡，一片乌云遮住明月，古馆中黑得什么也看不到了，只听屋外传来一阵小孩的哭叫声。

05

我心中一凛，睁开眼侧耳再听，山中万籁俱寂，又没有半点动静。

大烟碟儿低声道："兄弟，你听到没有，刚刚有个孩子在外头哭！"

我说："熊耳山草鞋岭如此偏僻，附近又没有村舍人家，哪来的小孩，没准是夜猫子叫。"

大烟碟儿道："那也可能是听错了，不过夜猫子进宅——无事不来，天黑后夜猫子往屋中窥探，那是在数人的眉毛，数清楚了就能把魂儿勾去……"

我心里明白，夜猫子的叫声不是这种动静，刚才那哭叫声离得虽远，但分明是两三岁小孩的声音，只传来那么两声就听不到，深山野岭中怎么会有小孩的哭声？

这么一走神，大烟碟儿告诉我怎么不让夜猫子数眉毛的话就没听到，虽觉诡异，但在山里走了一天，实在累得很了，躺倒了便不想再动，上下眼皮子不由自主地往一块凑合。不知睡了多久，又听那小孩的哭叫声传了过来，距离近了不少，那哭声异常真切，听着都让人揪心。

我和大烟碟儿不约而同地睁开眼，乌云已过，月光从檐顶缝隙间照进来，我看见大烟碟儿一脸的骇异，他低声说："这可不像夜猫子叫……"我点了点头，悄然站起身，凑到纸窗窟窿上朝外张望，只见月明如昼，银霜遍地，荒烟衰草中一个人影也没有。

大烟碟儿说："看见什么了？有小孩吗？"

我转回头说："外边没人……"

大烟碟儿："要不然咱们出去瞧瞧？"

我看了一眼墙下的三口破棺材，说道："不能去，我看这地方透着邪，半夜三更可不能出去，最好连门都别开，等到天一亮就没事了。"

大烟碟儿也不放心屋里的棺材，又问道："你说会不会是……棺材里的小鬼作祟？"

我说："我看这几口棺材的大小和形状，都不像是放小孩的，碟儿哥你就别疑神疑鬼了。"

大烟碟儿说："既然棺材里有死尸，为何扔到山馆中这么多年，至今仍不抬进祖坟入土掩埋？"

我说："原以为是解放前大户人家的家眷，停柩在此等候迁入祖坟，但仔细看却是白茬儿棺材，属于漆皮都没有的廉价棺木，多半是没有主家认领的死人，被临时收敛在这。相传豫西熊耳山水土深厚，刚死不久的人不能直接埋到坟里，否则死尸会在土中变为魃，引起旱灾，因此要将棺材停放几年，然后才可以入土为安，我想是随着山馆荒废，没人理会停放在此等候入土的棺材了。"

此时厚脸皮揉着眼坐起身，迷迷糊糊地问出了什么事？

我反问他："你没听到外头有小孩在哭？"

厚脸皮说："没听到，只听到你们两个人在屋里走过来走过去，搅得我也睡不踏实，深山老林中怎会有小孩，你这不是说胡话吗？不是我说你，我看你有点紧张过头了，你可能自己都没发觉，你每天做噩梦出冷汗，脸色是一天比一天难看，回头我给你找俩驴腰子，你还别嫌生，那玩意儿就得生着吃，切碎了拌大蒜，吃下去准管用。"

我吃了一惊，心中明白是让那个噩梦纠缠所致，萨满神女可能就是这么死的，此事我跟大烟碟儿和厚脸皮说过，可他们俩根本不信。我正想说我的事，屋外又传来小孩的哭叫声，这次距离更近了，听声音就在门前，那孩子好像是受了什么惊吓，哭叫声甚是凄厉。

厚脸皮道："你别说还真有孩子的哭声，谁家的小孩在山里走丢了？"

我说："不对，咱们进了熊耳山一路走到草鞋岭，除却这荒弃多年的山馆，何曾见到人迹？"

厚脸皮说："明是孩子在哭叫，我得出去看看是怎么一回事。"

我对厚脸皮说："你别开门，屋外指不定什么东西在哭，咱给它来个见怪不怪，其怪自败！"

厚脸皮哪里肯听，说着话已拿起顶门的木棍，有一阵寒风吹进屋来，我感觉身上立时起了层鸡皮疙瘩。只见厚脸皮拽开门，探出头往外左看右看，残破的山馆前到处是秋草落叶，却哪里有人，他胆子再大，心里也不免发毛，说声怪了，正要关门，突然听乱草深处传来一声凄厉的尖叫。

06

我们听到那小孩一声声的啼哭，是由断墙下的蒿草中传出，月光虽然明亮，但长草掩映，也看不见里面的情形。

厚脸皮好管闲事，不顾我和大烟碟儿的阻拦，抬腿就要去看个究竟。

我发觉那哭叫声像是小孩受到惊吓，可又尖又怪，普通孩子的哭声有高有低，哭久了气息定然不继，蒿草深处的哭声却不一样，每一声都相同，似乎没有真情实感，只是在佯装作势，透着一股子诡异。

此刻见厚脸皮上前察看，我才想到土枪还压在背包下面，正打算转身拿来，那片蒿草中忽然沙沙作响，一个生有四肢躯体似蛇的东西，在乱草中爬了出来，长近一米，三角脑袋酷似扁铲，吐着殷虹的长舌，嘶鸣声竟与小孩哭叫一模一样，我们三人让它吓了一跳，厚脸皮啊地一声，叫道："蛇舅母！"

山中俗传四脚蛇是"蛇舅母"，只因它与蛇长得相似，这称呼又有些拟人的意味，也没有声带，不能发声，但山里人大多在夜里听到过"蛇嘶"，那是蛇蜕身上发出的响动，并不出奇，但这蛇舅母发出的嘶鸣，竟像极了孩子的哭声，实所罕有。我心想深夜在荒山废屋附近，有蛇舅母装作小孩哭叫，吸引人出门察看，当真是如精似怪，再看那蛇舅母通体苍灰，两眼腥红，与寻常的四脚蛇截然不同，显然是身带剧毒，心中顿时一寒。

厚脸皮手里刚好握着顶门的木棍，眼看蛇舅母爬到近前张口吐信，抡起木棍就打，谁知那蛇舅母快得惊人，他一棍落在空处。

我眼前一晃，就见月下有团灰雾闪过，直奔厚脸皮身侧，我忙拽着他往后躲闪，蛇舅母一口咬在了他手中的木棍上，毒涎流到木棍上，哧哧作响，这一口咬到人的话，只怕会在顷刻间全身乌黑横尸倒地。厚脸皮吃惊之余，急忙放手扔掉木棍。大烟碟儿叫道："快……快进屋！"他顾不得转身，身子往后一倒，翻着跟头逃了进去。我和厚脸皮边推边推门，想着那蛇舅母再厉害，关上门就进不来了。岂料不等厅门合拢，蛇舅母口中呵出一道黄烟，腥臭已极，我和厚脸皮见这情形不对，只得往后退让，退得虽快，没让那道黄烟般的雾气碰到，但鼻子里闻得一股死鱼般的腥气，不由自主地淌下鲜血，那鼻血流得用手堵也堵不住，眼前一阵阵发黑，只慢得这几秒钟，厅门没能关上，耳听凄厉的哭叫声响起，蛇舅母已在嘶鸣声中跟着追进屋来，月光下吐气成雾，看得人毛骨悚然。

事出突然，不等我从背包下拽出土枪，蛇舅母便爬进屋里，我们不住后退，但这间大屋只有前门，退到摆放棺材的墙下就无路可走了。眼看蛇舅母口吐黄烟，越逼越近，大烟碟儿脸色如灰："完了完了，看来今天是……过不去这道坎儿了！"我按着流血不止的鼻子对厚脸皮说："二皮脸你刚才听我一句，咱们也不至于不明不白地死在这里。"厚脸皮道："你又不是当头的，我凭什么听你的话？"他又对大烟碟儿说："老大你瞧见没有，咱都死到临头了，这小子居然还惦记着抢班夺权！"

大烟碟儿叹道："唉，你们哥儿俩有什么个人恩怨，留到下辈子再说不行吗？"

我背后倚住一口棺材，身处绝境，无法再退半步，却不甘心就此等死，脑中突然闪过一个念头，急忙招呼那俩人道："咱们快推棺材！"厚脸皮道："不错，推棺材压死蛇舅母！"三人当即推动身后的棺材。三口棺材放在屋里很多年了，屋顶漏风透雨，棺板早已腐朽，我们死中求活，使出全力掀翻棺材，可蛇舅母行动太快，转过压下来的棺材，眨眼间绕到了墙根，对着厚脸皮张口就咬。我们却因推用力过猛，顺势跟着翻倒的棺材往前扑去。蛇舅母爬行如飞，它一口落空，竟不掉头，围着这口棺材转了一圈，又到了我们对面，双方当中仍隔着那口棺材，它昂首直立，作势要吐黄烟。我们只好再次推动棺材，不过棺材风吹雨淋的年头太多，棺板皆已腐朽，早已受不住力，一揭之下，只听棺盖喀喇一声裂成几块。我飞快揭起一大块棺材盖，想也不想，对着那蛇舅母狠狠掷去。蛇舅母一缩身闪开棺盖，倏然间爬上了棺材，对着我们发出小孩哭叫般的蛇嘶声，此刻近在咫尺，不论它吐出黄烟还是张口咬来，我们皆已无从躲避。

谁知蛇舅母爬上棺材，刚要吐出雾气，突然一声长嘶，掉转过头，一阵风似地出了屋，顷刻间不知去向了，它所吐出的黄烟随即散尽。

我和厚脸皮、大烟碟儿三个人，在原地张大了嘴，好半天合不拢，想不明白那蛇舅母怎么突然逃走。

我心想棺盖破裂，蛇舅母定是见到了棺材中的死人，不知何故竟吓得它飞也似地逃离，棺材里装的人死去多年，又有什么可怕，怎么能吓退几乎成了精的蛇舅母，想到这，我不由自主地往棺材里看了一眼。

07

我记起在独石口看过一出野台子戏，叫做"张天师除蛇妖"。那蛇妖生有四脚，在夜里发出女子的叫声，将夜宿古庙的书生引到山中吃掉，恰好张天师路过此山，见有蛇妖吃人，当即取了量天尺前往除妖，蛇妖长有十丈，让宝尺量一下便缩一尺，终于道行丧尽，被张天师降服，封到一个刻有符咒的铁盒里埋于地下，多年后被耕地的农夫刨了出来，又惹出一场横祸。也许此类民间传说中有关蛇妖的原形，就来自我们在草鞋岭遇到的蛇舅母，说其是蛇妖，也不为过，可它为何会被棺材中的死人吓走，一瞬间，脑中的各种念头纷至沓来。大烟碟儿和厚脸皮也没说话，他们可能和我想的一样，三个人几乎同时往棺材里看，这时天上又有乌云经过，挡住了月光，屋里黑灯瞎火，看不到棺材中的死尸。

四下里一片沉寂，我连自己和身边两个人的心跳声都能听见，眼前却漆黑一团，能看到或许还好，越是看不到想得越多，悬着的心也就放不下，我更担心蛇舅母去而复回，愣了一会儿，摸出火柴点上一根，到前边推上门，原本那根棍子扔在了外边，当下另找一根木棍顶门。据说蛇舅母昼伏夜出，天亮后便不用再怕它出来伤人了。这时那两个人也拿到了手电筒，屋中一有光亮，心里便觉得安稳了许多。大烟碟儿见我和厚脸皮的鼻子还在滴血，也自后怕不已，说道："据说山里的蛇舅母夜晚在屋顶交配，如若有人不知，恰从屋下走过，刚好被它的精液滴落在身上，转眼间那人的毛发皮肉都得化为血水，山民们畏之如虎，我看咱遇上的这条蛇舅母也不得了，闻到它吐出的毒都能让人鼻中淌血，好在它突然逃掉了，否则真是……不堪设想啊！"厚脸皮说："那玩意儿好像是见了棺材里的死人，被吓跑的？"大烟碟儿说："蛇舅母又看不到东西，又怎能见到棺材里的死人，但它确是在咱们揭开棺盖之后，嗅到情况不对，随即受惊而逃，那破棺材里有什么东西居然如此厉害？"厚脸皮说："蛇舅母看不到却能嗅得到？"大烟碟儿说："当然了，你没瞧见它鼻前有两个窟窿吗？"厚脸皮说："可它也长了眼啊，也该看得到才是。"

当初我跟索妮儿在山里找金脉时，曾听她说过蛇舅母与蛇相似，能凭舌头嗅到气味，这倒没什么好推敲的，我一边取出背包下的土枪，一边将此事说与大烟碟儿和厚脸皮得知，又说："现在棺材盖板既然被揭开了，不妨看看里边有什么东西，能将蛇舅母吓退，必然有些古怪。"厚脸皮说："对，没准有宝啊，蛇妖盗宝的传说在民间流传已久，咱是听说过没见过，今天可要开一开眼了……"他说到这，似乎觉得无法自圆其说，只好住口，举起手电筒，当先往棺材里照去。

我也握了顶上膛的土枪，走到近前去看个究竟。大烟碟儿虽然不敢离得太近，但他同样好奇，躲在我身后探头探脑地看，又不忘提醒说："你们俩可别把血滴到棺材里！"

我和厚脸皮各自按住鼻子，仰起头控了片刻，刚才失血不少，脑子里有些发晕，又脱掉沾满血迹的衣服，然后大着胆子，将手电筒的光束照过去，只见朽烂的棺材中有张绿色的怪脸，更比一般人的脸长了将近一半，我感到头皮子好一阵发麻："棺材里的死尸是人吗？"

08

大烟碟儿和厚脸皮两人也是一脸骇异，没想到棺材中的脸会呈深绿色，这张脸不仅长，而且面目模糊诡异，那样子怎么看都不像人，干尸却也有两手两脚，身上黑乎乎的。我们用手电筒对着棺材里照了半天，看出死人脸上是狰狞的树皮面具，由于年头太多，枯皱扭曲的面具已同干尸合而为一，再也揭不开来。

厚脸皮道："棺材里死人的样子虽说不怎么好看，也不过就这样了，怎能将蛇舅母吓退？"

大烟碟儿道："说不定这位老爷是有些道行的！"

我说："人死如灯灭，哪还有什么道行，我看是它脸上的面具吓跑了蛇舅母。"

大烟碟儿说："干尸脸上是面具？看起来更像……枯树皮。"

我说："树皮做的面具，上边嵌有石黄，那是蛇舅母最怕的雄黄。"

大烟碟儿恍然道："原来是石黄，咱们进山盗墓也该随身带一些，再遇上蛇就能不怕了。"

我们能够看得出来，停放在山馆里的死尸，多半不是死后直接放进棺材，因为棺板裂开时，谁都没发觉积郁多年的尸气，很可能是在山中老坟里挖出来的古尸，可说到这脸上有树皮面具的死尸是什么人，又为何放到草鞋岭下荒废多年的大屋中，那便猜想不透了。

不过我忽然想起在那趟拥挤的火车上，听麻驴说解放前某年大旱，草鞋岭黄巢洞的水枯了，以往进不去的地方，那时就能进去了，有山民在洞里发现了僵尸，那洞里有水的时候，从没进去过人，估计是发大水时，让仙墩湖底暗涌带进了洞中，不知沉在水底多少年了，山民们担心是旱魃，不敢埋在土里，先装在棺材里，停上几年再掩埋。当时麻驴一说，我一听，没往心里去，现在想来，草鞋岭棺材里的这三个死尸，也许是解放前山民们在洞里找到的僵尸，在湖底积年累月，所以树皮面具变成了深绿色。

据说这种脸上有树皮面具的僵尸，在湖底为数不少，可能都是给那座地宫陵寝陪葬的人。仙墩湖中的古墓，是处覆斗形山陵，只要见到山头，便可断定地宫深浅，秦陵汉陵的地宫周围都有车马兵俑坑，然而埋下这么多带树皮面具的活人殉葬，天底下绝无仅有。以往盗挖山陵，都要出动成千上万的人力，牛牵马拽一块块拖出塞住甬道的巨石，再凿穿几重墓门，之后才能打开地宫取宝，民国之后炸药用得多了，可这么大的活儿，绝非三五个人能做得来，即便有入地寻龙的眼力，想挖进熊耳山古墓也是难于登天。我意识到我们三个半吊子把事情想得太简单了，正应了"人心不足蛇吞象"那句话，可是开弓没有回头的箭，不到黄河不死心，只要那古墓没在水下，也未必没有得手的机会，至于用玉棺金俑陪葬的墓主是哪位帝王或诸侯，到现在仍没半点头绪，我寻思等明天进入黄巢洞之后，或许会瞧出些端倪，当晚和厚脸皮动手将棺材遮住，三个人提心吊胆地在山馆中挨到天亮。

这一夜，我把《阴阳宝笈》中所载的盗墓之法，结合瞎老义的口头传授，逐次在脑子里过了一遍。天刚破晓，我们从树皮面具上抠下几块石黄，带在身上防蛇，又在山馆后头刨了个土坑，将棺材中的三具干尸入土掩埋，随即动身出发，参照地图中的方位，在草鞋岭下寻到一个山洞，山洞的洞口甚是窄小，看来并不起眼，位置也不好找，往里走可就深了去了。

草鞋岭因地形得名，陡峭险恶，插翅难上，岭子里却都是洞窟，黄巢洞可以穿过草鞋岭抵达仙墩湖。几十年前，黄巢洞里面还有水，形成了"洞洞相通、洞中有洞，洞中有山、山中有河"的奇特地貌，虽然在当地有"上河通天、下河入地"的说法，却因水深进不去人，自古以来与世隔绝，如今却已变为旱洞，说明仙墩湖的水位也不深。我分给厚脸皮一支土枪，以防遇到野兽，三个人收拾齐整，点了火把走进洞去，初时那长廊般的山洞狭窄蜿蜒，举步维艰，眼前所见，尽是形态各异的奇岩怪石，民间传说中鱼神变成的老头救过黄巢，当年它就住在这个洞里，结果让人开膛刮鳞，死得好惨，深处似有呜咽之声，听来如泣如诉，也难怪山民们称此地为"鱼哭洞"。

大烟碟儿举着火把，边走边嘀咕："黄巢洞这么深，里面真住着妖怪神仙也不出奇。"

我说："当地传说中山洞里曾有鱼神，原本是神仙窟宅，不会有鬼怪。"

厚脸皮说："你这话不对，神仙应该在天上，大鱼变的老头住在山洞里，充其量是山妖土鬼。"

我说："谁告诉你洞里住的全是山妖土鬼，道家修炼向来在洞府之中，离了山洞还能算洞府？"

大烟碟儿道："是有这么一说，别的不提，位列仙班之首的鸿钧老祖洞府紫霄宫便在东北谢家崴子。前两年我出去收东西，到过那地方，是辽宁的一座大山，鸿钧老祖将那个山洞当做他的宫殿，这也是有个起因，据说啊，鸿钧老祖是个大曲蟮修炼得道，土里生土里长，离不开地洞，也不想离开地洞，万一遇到劫数，躲在地洞里才能逃生。"

厚脸皮问道："土里生土里长的曲蟮……那又是什么？"

大烟碟儿道："咱把话说白了，鸿钧老祖是条大蚯蚓，躲过天地开辟的劫数，后来得成大道。"

厚脸皮道："要这么看，大蚯蚓变成的鸿钧老祖，不也是个修炼成精的老怪？"

我说："其实是仙是怪，是得道还是成精，全看人们怎么说了，不现原形是神仙，现了原形便是妖魔鬼怪。"

大烟碟儿道："说的也是，神仙鬼怪皆由人心所生，但黄巢洞的暗河枯竭多年，深处却好像有呜咽之声？是鱼在哭？"

黄巢洞又名鱼哭洞，相传洞中鱼神让人吃了，在洞外都能听见它的子孙在哭。大烟碟儿想到昨天半夜之事，兀自心有余悸。我和厚脸皮均以为那是风声，草鞋岭下的山洞太深了，有风声并不奇怪，说话间，那狭窄蜿蜒的廊道转为开阔，我发觉头顶有些轻微的响动，当即停下脚步，举起火把往高处看，火光照不了太高，洞顶仍是一片漆黑，我们睁大了眼，竭力想看清高处有什么东西，但见漆黑的洞穴顶壁上，忽然出现了无数双阴森惨绿的眼，呜咽声如同连山潮涌。

一怔之下，我们三人已看出洞壁上密密麻麻的眼，是成千上万倒悬的蝙蝠，急忙抱着头俯身趴下，此时栖息在洞中的大群蝙蝠，也已受到惊动，尖啸着逃出洞去，火把都被它们扑灭了。黄巢洞中的蝙蝠都是白色，不过手掌大小，但是数量太多，声势惊人，我们闭着眼抱头伏在地上，谁也不敢稍动，过了许久，洞穴中的蝙蝠才尽数飞出，我和厚脸皮拽起大烟碟儿，重新点燃火把，一看周围，是置身于笋柱如林的溶洞大厅，地面尚有半尺深的积水，清澈见底，半透明的鱼在其中游弋。

我想黄巢洞鱼哭的传说，或许和蝙蝠在洞穴里发出的响动有关，好在这些蝙蝠并不伤人。

厚脸皮道："进山这几天，嘴里都快淡出鸟来了，不如捉洞中肥鱼来吃，还能省下些干粮。"

大烟碟儿说："当地山民都不吃这些鱼，因为湖底有僵尸，鱼是吃死人长大的。"

厚脸皮说："全是山里人的迷信传说，有多少僵尸能让鱼吃这么些年？"

我说："仙墩湖里的鱼吃不吃死人也不好说，山洞里的鱼却是常年不见天日，否则不会变得透明，这地方又没别的东西，它们准是吃掉进水里的死蝙蝠和夜明砂生长，你要想吃尽管去吃，我们却没这等口福。"

厚脸皮听我这么一说，觉得很是恶心，立时打消了吃鱼的念头，又找借口道："你们别当真，我也就是说说，勤俭节约是应该的，却没必要冒着生命危险执行。"

黄巢洞的结构，是一条地下河串起的几处地下湖，廊道长达几公里，连接着几个或大或小的洞穴大厅，其中一两处还有积水，有时走到高处，会无意间看到一些天狗吃月的古老岩画，内容残缺不全，形态诡异，甚至还有些恐怖，让人对这幽杳深暗的万年古洞，望而却步。

第十三章　潜山鬼话

01

　　壁画中的天狗吃月、带有树皮面具的干尸、仙墩湖下的古墓、玉棺中被抽肠的死人，对于那座山陵，我仅有这些模糊不清的认识，如果能够进入地宫，我相信会有惊人的发现。一路穿过草鞋岭旱洞，顺利得有些出人预料。山洞到处有，一个洞一个样，然而在倒斗高手看来，不论山里的洞穴如何千奇百怪，总不外乎十八种格局，按风水形势合称"山中十八孔"，各有各的走法，我早听瞎爷说过，也在二老道的《阴阳宝笈》中看到过，要走出黄巢洞并不费力。过午时分，抵达草鞋岭南侧，三面都是肋生双翅也飞不上去的险峰，在这群山环绕之下，370公顷的湖面开阔平静，岸边全是芦苇荡子，远处有薄雾，望过去白茫茫的一片。当年这仙墩湖的水位，要比现在高得多，那时湖水一直通到岭下的鱼哭洞，鱼哭洞也未必真有鱼神，那种传说全无根据，古代人晚上吃饱饭没事干，除了生孩子，就剩下胡思乱想讲故事了，四大名著都是这么编出来的。不过熊耳山真是中原龙脉上的一处宝穴，如今退水之处多已变为湿地，野雁野鸭出没其中。

大烟碟儿做高瞻远瞩状眺望水面："仙墩湖下的古墓准在那边，我都望到地宫中的宝气了！"

我说："先别提那个了，咱们疏忽了一件顶要紧的事，怎么进仙墩湖？"

大烟碟儿和厚脸皮一听全傻眼了，居然没想到仙墩四面是水，不借助载具无法渡过湖面，直接游过去也不大可能，一来要携带镐铲绳索干粮电灯睡囊，背包里的分量不轻，到水里便会沉底，二来听说湖底下有僵尸，那是许多脸上有树皮面具的死人，我们再大的胆子，也不敢直接下去。三个人合计了一番，决定从湖边的枪马山下过去，先绕至鸡鸣荡，听说常有山民在那片芦苇荡中掏野鸭蛋，或许能找到渡水的木筏或槽船。

出门带的干粮有限，路上多耽搁一天，挖盗洞的时间便少一天，订下计划，立刻找路绕行。当年仙墩湖水深之时，可能真是无路可走，水位下降之后，与枪马山接壤的湖泊边缘，形成了百余米宽的芦苇丛。我们经过山下的湿地往南走，落日之前来到鸡鸣荡，那一带芦苇更是茂密，波光荡漾，野雁鸣叫，阵阵秋风吹过，芦絮像飞雪一般漫天飘舞，景色宛如风景油画。可是我在来此之前，听到过许多仙墩湖有古墓僵尸的传说，总觉得平静的湖面下，蕴藏着无穷的诡秘。

鸡鸣荡仅有一条算不上路的路，两旁尽是泥沼，我们运气不错，沿路进去，不久便在荡子里找到三条槽船，其中两条朽烂渗水，其余一条还算完好。所谓槽船，是在合抱粗的圆木上掏出空槽，坐得下两三个人，借助木桨，可以用来渡水。大烟碟儿见暮霭苍茫，说道："不如在荡子里好好歇一晚，明天一早就去挖仙墩湖下的古墓。"

我们也是走不动了，在芦苇丛里找块干燥的地方坐下来，啃几块干面饼子充饥。

厚脸皮抱怨这饼子硬得能把牙崩了，他说："野味里最好吃的是獭，我前两年在西北当兵，开车跑长途，也是吃不上喝不上，如果能在沙土窝子里捉到几只旱獭，那可解馋了，旱獭那家伙胖墩墩肉乎乎的，架火上一烤吱吱冒油啊。"

大烟碟儿好像也吃过獭，赞同地说道："嗯……味道和果子狸有几分相似，不过吃獭讲究时令，惊蛰以后獭的两腋之下发臭，那时是不能吃的。"

我说："你们俩怎么什么玩意儿都吃？獭这东西，手脚长得和人一样，烤熟了岂不像是烤人？再说旱獭很机警，一个洞有好几个出口，不容易逮。"

厚脸皮说："一听你这话就是个外行，旱獭专吃草根，被它啃过的地方寸草不生，你吃它等于除害，而且獭洞一般是两个出口，你只要找准两个出口的位置，用烟倒呛一个洞口，再拎了棍棒守住另外一个洞口，一逮一个准。有狗的话更简单，那都不用你自己动手。下次有机会到西北，我让你们俩吃够了旱獭，今天只好先啃干面饼子了，对了，咱们为何不打两只野鸭子尝尝？"

我和大烟碟儿经他提醒，都觉得这主意不错，真该打打牙祭了，当即扔下硬梆梆的干粮，蹑手蹑脚地在鸡鸣荡里四处找，却是鸭毛雁翎也没寻得半根。忽见前边的一片芦苇轻轻晃动，显然有东西在动，我摸过去悄悄拨开芦苇往里看，顿时吃了一惊，险些叫出声来。

02

我立刻捂住自己的嘴，伏低了身子，大气儿也不敢出一口，又打个手势，让厚脸皮和大烟碟儿也趴下。原来那片芦苇后头，站着十几个人，带头的是个矮胖矮胖的一个肉墩子，四十来岁，五短身材，脑袋比常人大出两号，大嘴岔子，小眯缝眼，不管到什么时候，脸上也是阴阳怪气皮笑肉不笑的神情，单看这身量，如同庙里弥来佛的塑像活了一般。

我和大烟碟儿都认识此人，他本名叫黄三，大伙管他叫黄佛爷，鬼市上的一霸，年轻时不过是个卖油炸鬼儿的小贩，近几年在山里挖坟掘墓发了横财。久闻黄佛爷这个人没什么本事，全靠心黑手狠，跟他混的也都是些亡命徒，求财不求义，他当初经常来求瞎爷指点哪有古墓，瞎爷不待见他，接连吃了几次闭门羹，也就很少再上门了，我几乎从没和他打过交道。

我想不到会在鸡鸣荡里遇上黄佛爷，那俩人跟在我身后，也见到了芦苇丛后的情形，惊诧之余，谁都不敢出声。黄佛爷和他的手下，大多带着土铳猎枪，或长或短，其中几个人身后的背包里塞满了土制炸药，当地山民有打雁打野鸭子的传统，只要肯出钱，想找几条猎枪土铳不难，那些炸药大概也是从附近黑矿上高价购得，他们胆子未免太大了。

我心想："早听说黄佛爷是武装盗墓团伙的头子，果然不假，这是要用炸药去炸熊耳山古墓？"

只听那伙人当中一个水蛇腰汉子说道："已经有了古墓的地图，还用得着向导带路吗？"

另一个刀疤脸汉子说："咱们手里哪有地图？湖上随时会出现大雾，没个当地人引路可不稳妥。"

水蛇腰嘿嘿一笑，说道："你是有所不知，有个叫大烟碟儿的傻鸟，拿着几百年前传下的阴阳枕，四处找能人掏里边的古墓地图，想拿出地图又不想把枕头搞坏，以为好事全成他的了？这件事让咱们的佛爷听说了，要蒙那个傻鸟还不跟玩似的，佛爷吩咐我取地图的时候顺手留下一张影底，大烟碟儿那傻鸟是做梦也想不到。"

刀疤脸听完挑起大拇指，狠拍黄佛爷的马屁："高，实在是高，兄弟是心服口服外带佩服。"

黄佛爷哼了一声，说道："大烟碟儿傻鸟一个，他也不问问自己是什么出身，凭他这种傻鸟怎么挖得开熊耳山古墓？"

我和厚脸皮听那伙人一口一个傻鸟的说着，心里也明白是怎么回事了，只见大烟碟儿脸上白一阵青一真，又是惭愧又是愤恨，恨不得一头扎土里，心中早将黄佛爷的祖宗八代都骂遍了，那也不敢出声，他清楚撞到这伙人手中得不了好。

天色已黑，我们躲在鸡鸣荡芦苇丛中不敢稍动，只听黄佛爷说道："咱们手中是明朝末年前留下的地图了，也不知到如今有多大变化，暂时先留着这俩人带路。"

这时我听到一个十分耳熟的声音求告道："你们放过俺吧，俺家远在老界岭，从来没进过仙墩湖呀，最多只到过这鸡鸣荡，今天是这姑娘让我带她来画水鸟，你们抬抬手放俺回去吧，俺家里有老有小……"

我顺着声音望过去，看到的竟是麻驴，还有在火车上遇到的年轻姑娘，听麻驴这话的意思，那姑娘好像喜欢绘画，她听我和麻驴说到了仙墩湖，因此在下了火车之后，找到麻驴当向导，来鸡鸣荡写生，不成想撞在黄佛爷手里。

黄佛爷皮笑肉不笑地说道："你叫麻驴，你这长相还真对得起这个名字，可你怎么不早说你没进过仙墩湖？"说着话突然拽出折叠铲，一铲背拍在麻驴脸上，麻驴哎呀一声翻倒在地，口鼻里全是鲜血，身子不住扭动，却再也叫不出声了，黄佛爷又抡起铲子，朝着麻驴的脑袋狠狠拍了几下，杀完人面不改色，告诉一众手下："早说过让你们找当地人带路，偏他妈找来这么个没用的傻鸟，赶紧在荡子里挖个坑，把人给我埋了。"他手下那些喽啰都不敢顶撞他，听了吩咐，忙不迭地在芦苇荡湿地上挖坑。水蛇腰问道："佛爷，还有个姐儿，怎么处置？"黄佛爷看出他的心思，说："道儿上的人都迷信，财色不可兼得，可别在女人身上耽误了正事，等到挖开熊耳山古墓，取出陪葬的金俑，想玩什么样的娘们儿不行？"水蛇腰色迷迷地说："这姐儿美得跟朵花似的，埋了可惜了，我真是舍不得下手，但听佛爷的准没错，咱的事都让她看到了，留下便是祸根……"

我仅仅听说过黄佛爷心黑手狠，做事不留余地，哪想得到他说杀人就杀人，下手又快有狠，事先全无半点征兆，要不是我们躲在一旁看到，又有谁会知道这芦苇荡子里发生过什么，有心去救麻驴也已不及。听这伙人接下来还要活埋那个姑娘，我心中发狠血气上涌，用胳膊肘轻轻一撞厚脸皮，对他使个眼色，厚脸皮心领神会，我们俩人各握两把泥土，一声不响地蹿出芦苇丛，二话不说对这那伙人劈面撒出，那伙人毫无防备，多数人让泥沙迷了眼，其余的几个也都懵了，不知道出了什么情况。我捡起掉在地上的折叠铲，一铲拍到黄佛爷的大肉脑袋上，打得他头破血流，抱头捂眼连声惨叫。厚脸皮则对准水蛇腰小腹使劲踹了一脚。水蛇腰口吐鲜血，哀嚎声中倒地不起。我们俩趁乱拽起那姑娘，返身往回跑，同时招呼大烟碟儿快逃。

我边跑边对大烟碟儿说："我替你报了仇，那一铲子没拍死黄佛爷就算便宜他了。"

大烟碟儿刚明白过来发生了什么，喉头却似被哽住了，只挤出两个字："牛逼！"

03

此时已听到身后的黄佛爷等人在叫骂声中追赶而来，四个人不敢稍有停留，在月下的芦苇丛中一路飞奔，也顾不上衣服被刮破了口子，一直跑到放置槽船的地方，鸡鸣荡只有一条路，只好推动槽船下水，我想起土枪落在芦苇荡中了，也没法回去拿，我们拼命用铲子划水，将槽船驶向湖心。

黄佛爷带领手下刚到鸡鸣荡，暂时没有槽船可以下水，也不熟悉路径方向，我们将槽船划出几百米，借着夜雾的掩护，已然脱险，放慢了划水的速度，按着罗盘指出的方位不停往北行驶，几百公顷的湖面开阔有雾，要找一个土墩子，怕也不太容易。

大烟碟儿见那姑娘脸色很白，认为她是吓坏了，说道："没事了妹妹，你见了我们哥儿仨，算是见着亲人了，黄佛爷那个傻鸟再怎么狠，还不是让我兄弟一铲子拍地上了，都不用我出手，我要出了手，往后江湖上就没他黄佛爷这号人物了，别看你哥哥我身子板单薄，秤砣虽小压千斤，功夫在这呢，那什么……该怎么称呼你？"

那姑娘一双大眼，像霜夜的星星一样亮，脸上还带着泪痕，轻声说道："我姓田，叫田慕青。"

大烟碟儿说："你叫我碟儿哥就行，这俩都是我兄弟，皮战斗和白胜利，你是怎么遇上黄佛爷那个傻鸟的？"

田慕青简单说了经过，和我想到的几乎一样。她是美院的实习老师，在火车上无意间听麻驴说了些仙墩湖的事，也想来看看，下车之后跟麻驴打听路，要到湖边拍些照片带回去做素材，麻驴打算挣点外快，答应给田慕青当带路，但得先回家交代些事，结果耽搁到今天才来，否则也不会遇到黄佛爷那伙人。田慕青说到连累麻驴死在鸡鸣荡，又是一阵伤心。

我说："原本怪不得你，要不是我在火车上问麻驴仙墩湖的事情，你也不会听到，那就不会让他带你来了。"

大烟碟儿道："说到底这都是命，黄佛爷那个傻鸟也真是活腻了，说杀人就杀人，当他妈这是什么年头？"他刚被黄佛爷那伙人叫了许多遍傻鸟，心里有气，此时他也是一口一个傻鸟地骂着，只恐亏本。

厚脸皮不认识黄佛爷，问我那伙人是什么来路？拿人命不当人命，是豫西的趟将不成？

我说："黄佛爷是胡同串子出身，祖宗八辈全是卖油炸鬼儿的，他自己也卖过，有一年拿刀捅了人，发配到大西北劳改了八年，在劳改农场认识了一个绰号叫哑巴成子的惯犯，听说那个人是个哑巴，很会使炸药，他们俩人被释放之后，聚起一伙要钱不要命的手下，专做掘坟掘墓的勾当……"

说话间，大雾越来越浓，天上的月光照不下来，水面之上静得出奇，偶有尺许长的青鳞大鱼跃出换气，发出一些声响。

厚脸皮从背包里拿出手电筒照明，四下里都是雾茫茫的，没有罗盘可分不出东西南北。

想必是"草鞋岭、枪马山、鸡笼山"三道屏障，挡住了水气，使湖面上的云雾持久不散。

我对大烟碟儿说："要想让仙墩湖上的大雾散开，除非是下场大雨……"话刚说到一半，便听到后面的雾中有人说话，侧耳一听，竟是黄佛爷手下的武装盗墓团伙，他们不知怎么在鸡鸣荡找到槽船渡水，居然这么快就跟了上来。

我问田慕青："黄佛爷手下总共有多少人？"

田慕青说："加上他，总共十七个人。"

厚脸皮说："土枪都落在芦苇荡子里了，如果空着两手让那伙人追上，可要变成活靶子了！"

我说："好在有雾，十米之外不会被发现，咱们只管划水，谁也别出声，离黄佛爷越远越好。"

大烟碟儿道："正……正该如此，鸡蛋不能碰石头！"

田慕青跟着帮手，四个人再也不发一言，低着头用铲子和木桨拨水，谁划累了便歇一阵，却始终甩不掉黄佛爷那伙人，时间一小时一小时地过去，不知已在雾中行出多远，突然撞到一个坟丘形的土墩，没想到湖面上有这么大的雾，居然也找得到这个土墩子，看来时运一到，瞎猫都能撞上死耗子。"

04

关于仙墩湖下的古冢，相关传说数不胜数。有人说是古墓，有人说是古冢，还有人说那是个山陵，同样是埋死人的地方，分别却不同，帝王为陵，王侯显贵为墓，普通人是坟。只能肯定是熊耳山里第一大的墓穴，封土堆高大无比，据说里面廊道纵横，地宫规模奇大，却不知埋的是何等人物，因此说是陵的也有，说是墓的也有，但这座古墓下面是处潜山，千百年前发生过剧烈沉降，古墓沉到了水下，每当大旱之年，覆斗形的封土堆会在湖面上露出一部分，民间称其为仙墩，湖就叫仙墩湖，面积根据春秋落涨存在变化，大约在300~400公顷之间，实在是不小。半夜时分，四下里尽是雾蒙蒙的，能见度仅有十米左右，能遇到这个土墩子的机会非常渺茫，它却偏偏出现在我们面前。

我暗觉此事蹊跷，但大烟碟儿和厚脸皮已拿着手电筒，爬到土墩子上查看。

田慕青忽然问道："你们不也是来找熊耳山古墓？"

我心想田慕青在火车上，曾听我和麻驴说起这座古墓，却未必知道我们是来盗墓取宝的。不过听她说话有条有理，也是个心明眼亮的人，我们的勾当一定瞒不住她，尽早把话说明白了为好，我就对她说："熊耳山古墓擅动龙脉，致使黄河夺淮，淹死军民无数，我们来此盗墓，也是为天下苍生着想，再说东西是死的，人是活的，我实不忍心看到那些奇珍异宝，埋在古墓中与泥尘同朽，不像黄佛爷，他们那伙人与悍匪无异，我们可是盗亦有道，如同当年的摸金校尉一样，摸金校尉你听说过没有，那是咱穷人的队伍。"

田慕青坐在我对面，彼此呼吸可闻，茫茫大雾中，我根本看不见她的样子，又如远在天边，她一言不发，只是低着头听我说话。

我刚要问她，大烟碟儿和厚脸皮已探路回来，又听黄佛爷那伙人的声音由远而近传了过来。大烟碟儿心中发慌，压低声说道："真他妈邪门儿，起这等大雾还能找过来？"

我告诉大烟碟儿，以前听说过黄佛爷手下有个喽啰是狗鼻子，那鼻子比狗还灵，你在他面前站一会儿，他就能在好几里地之外找出你，真是这样的话，跑到哪也别想甩开那伙人。

大烟碟儿吃惊地说："那可麻烦了，好在这土墩子大了去了，咱们先上去找地方躲一躲。"

我心知情况凶险已极，黄佛爷那伙人不会让我们活着逃走，听大烟碟儿说那土墩子很大，却不免奇怪，但形势紧迫，不容再想。

我们见土墩子上有窟窿，里面积满了泥土，便将槽船推进去，随即登上土坡。

大烟碟用手电筒照向前边，说道："你瞧瞧，土墩子是不是太大了？"

我定睛一看，前方起起伏伏，也有几个大小相似的土墩，远处的雾中应该还有更多，在熊耳山古墓的传说中，当中有一座大坟，周围是累累丘冢，我们见到的这几个土墩，似乎就是那些坟头，但用山镐往下刨下去，尺许深的泥土覆着一层布纹古瓦，又好像都是房屋。

很多年前，也许有一个村子下陷为湖，近些年水位下降之后，才使村中房舍的屋顶露出来，望过去如同一个个坟头，或许那些带有树皮面具的死人，正是湖陷时淹死的村民。

大烟碟儿用力拽着我的胳膊说："兄弟别看了，黄佛爷那傻鸟追上来了，快走快走！"

我正看得入神，忙说："哥哥你别使那么大劲生拉硬拽行不行，我这也是爹娘生养的，拽掉了可配不到原装的了……"当即加快脚步，跟着大烟碟儿等人，在高低起伏的屋顶上继续往前走，地势缓缓上升，行到百步之外，村中的道路已在湖面之上，不过道路房屋都让泥土掩盖，仅有轮廓，看来与荒坟古冢并无两样。走到村子中间，一座大土山出现在面前，大得不见尽头，上边全在云雾里，看不到有多高，感觉像土筑的城垣，可能土层下是石头，外边有封土，又在水下积淤了许多泥沙，显得像个大土堆，熊耳山古墓指的正是这里。

土山南端有一部分凹了进去，手电筒的光束穿过雾气，刚好照到凸洞部顶端，高约五六米，我们用山镐和铲子刮了几下，土层中是两扇厚重的石门，嵌有锈蚀的铜环，阴刻的图案依然可辨。

黄佛爷等人随时都会追到，我们清楚没机会挖开熊耳山古墓了，可惜煮熟的鸭子又飞了，看两眼便想走。

厚脸皮却不甘心，上前使劲推那墓门，没想到一推之下，地宫大门竟缓缓向内移动了寸许，尘土味咪咪落下。

我和大烟碟儿面面相觑，均是说不出的诧异，厚脸皮看着自己的手，也惊得呆住了。

我脑中冒出一个念头："地宫石门下多半有滑槽，要不然来多少人也别想推得动，那么这就是处群葬型古墓，有多个棺椁分先后放进地宫，在彻底封闭前沉到了仙墩湖下。"

我们四个人合力上前再推，墓门轰然洞开，并没有太重的晦气。我用手电筒往里照了一照，地宫大门下是道凹槽，磨损痕迹极重，好像开合过很多次，已逾两千年，仍可推动自如，但只能从外侧推开，在里面无法推动，地宫里阴森漆黑，半点声息也没有。

惊愕之余，我突然发觉黄佛爷等人的脚步声已到了几十步开外。那些悍匪带着枪支和炸药，让他们撞见就是个死，众人迫于无奈，只好先躲进地宫，推拢石门，又将一支山镐的镐头卡在凹槽中，从内侧顶死了地宫石门，即便黄佛爷命其手下使用炸药破坏石门，也不是一时半会儿所能做到。

田慕青说："古墓没有活路，黄佛爷那伙人总能进来，咱们却出不去了。"

我说："我们能挖进来盗墓取宝，当然也能挖出去，况且墓道很深，又有活气，空间应该很大，没准是在山腹里，不至于无路可走。"

大烟碟儿说："地宫里阴气重，我看躲到深处，黄佛爷那个傻鸟的手下就别想找到咱们了。"

厚脸皮说："最好抢在那伙人头里开棺取宝，让他们狗咬尿泡扑个空，那他奶奶的才叫解气。"

我说："这地方太大了，可能有不少棺椁，凭咱们几个人，能带得走多少东西？"

厚脸皮说："什么值钱拿什么，以损人不利己为原则，拿不走的也不能落在那伙人手里。"

我们准备往墓道深处走，穿过黄巢洞的时候，提前做了几根火把，走到这里还有没用完的，大烟碟儿他从背包里取出两根，一来可以用来照明道路，驱避蛇虫，二来便于得知有没有活气儿，倘若火把突然灭掉，那就说明有积聚不散的阴气。自从有电灯以来，许多没经验的盗墓者不再使用火烛，每年都听说有人为此闷死在盗洞中，凡事有一利，便有一弊，有时坟窟窿和棺材中的阴气遇到火，会爆出白焰，别说能把盗墓贼烧死，砖墙也能烧透，只是这种情况非常少见，撞上了只好自认倒霉。

我先接过一根火把点起来，漆黑的墓道中立时一亮，却见那三个人都瞪大了眼望着我。

一怔之下，我已明白他们不是在看我，而是瞪眼往我身后看，我身后有什么东西？

05

我让那三个人这么一看，觉得脊梁根儿嗖嗖地冒凉风，我做好了随时跳开躲避的准备。转身看过去，只见那墓道壁画中有张白乎乎的脸，说头大如斗，这张脸也有那么大，方面大耳，唇上有两撇细长的胡子，神情诡异，人面而虎身，尾巴是九条蛇，以云气为衬，在黑暗中看到好不骇人。

厚脸皮说道："墓主人的脸就长这样，跟我想的可不大一样。"

我说："那是古代传说中昆仑山上吃人的神兽，放在这里镇守墓门，动也不会动，吓唬得了谁呢？"

大烟碟儿道："从汉代至今，已近两千年，壁画却还这么鲜艳，地宫里的宝物想必也是保存完好。"

田慕青道："你们说这是汉代的壁画？"

大烟碟儿道："仙墩湖下是座汉代古墓，汉墓中当然是汉代的壁画。"

田慕青道："我以为这是唐画。"

我心想田慕青是美院的老师，认出唐代壁画并不出奇，她的看法也和我一致。

我对大烟碟儿说："昆仑山上人首虎身的神兽出自汉代传说，这壁画却真是唐代技法的特点。"

大烟碟儿疑惑不解："怎么会是唐代古墓？"

我说："我看墓门上的阴刻图案，是汉代的不会有错。"

大烟碟儿道："那可真是奇了，汉代古墓里有唐代壁画？"

我说："咱们在飞仙村听到的传闻，以为这古墓汉代已有，但其实这是个群葬型陵墓。这个地宫开凿在一座山峰的腹部，从汉代到唐代，不断有棺椁送进来安葬，直到唐朝发生了陷湖地震，整个山峰沉到了水下，与世隔绝至今。"

大烟碟儿奇道："从汉代到唐代一千多年，始终有棺椁送进这座地宫，那都是些什么人？"

我说："我也不知道，总之有很多地方不对劲儿。"

这地宫的布置，可谓颠倒乾坤，顺逆阴阳，沉陷在湖底千年，地宫里面却没有让水淹过的痕迹，玉棺金俑、带着树皮面具的干尸、山峰周围的房屋，到处透出诡秘古怪，在探明墓主身份以前，全都如同湖面的大雾一样，令人看不透，想不通。

厚脸皮说："想不明白就别多想，墓主在棺材里躺着，咱们进去一看自然明白。"

大烟碟儿说："往里走可得多加小心了，大伙都跟紧了，半步别离。"

我们点起两支火把，我和厚脸皮各持一支，另外两人拿着手电筒，一步一步往墓道深处走，见墓道是凿在峰腹洞穴中，头顶齐整，脚下平坦，十几米外又是一道相同的墓门，众人走进去，正要回身合拢石门，大烟碟儿忽道"不行，别关这道门！"

我一问才知道，大烟碟儿把他的背包，忘在了墓道里，当时我们的注意力被壁画中人面虎身的神兽吸引，又说到那是唐代壁画，他将背包放在地上取出火把，然后忘了再拿上，那背包里有干粮烟草和备用的火把。

大烟碟儿说："那是当用的东西，我得拿回来……"说话转身要回去。

我让大烟碟儿在这等着，把我自己的背包交给他，一手拎着铲子，一手握着火把，回去帮他找背包。先前跟那三个人一同走过这段墓道，也不觉得怎样，一个人往回走十余米，才感到有几分发怵，这地方阴冷漆黑，灰色的花岗岩墙壁和地面毫无生气，来至第一道石门近前，在地下找到了背包，只见来路黑茫茫的，隔了十几米，已看不到他们在第二道墓门处的光亮。我心里不免发毛，想赶紧跑回去跟大烟碟儿等人会合，谁知刚一抬腿，身后蓦然一声巨响，碎石崩飞，我被震得撞在墓道墙壁上，两耳齐鸣，脑子里嗡嗡作响，体内气血翻涌，手中的火把也掉在地上灭掉了。

06

我趴在墙边，脑子都被震懵了，大概有几秒钟失去了意识，等我明白过来，就见黄佛爷那伙人，在弥漫的硝烟和尘土中走了进来，也都点着火把，但炸开石门使得烟尘四起，一时没有散尽，墓道又很宽阔，那些盗匪竟没能发现墙下有人，我碰到掉落在手边的铁铲，当即抄在手里，跟着站起身来，一声不吭地混在他们当中，众人一个个灰头土脸，烟雾中视线模糊，倒也不容易被人发觉。

我使劲张了张嘴，感觉耳膜没破，听力渐复，就听那个水蛇腰说道："有咱们这些个忠臣良将辅佐着佛爷，炸开墓门易如反掌，大伙就等着发财吧。"黄佛爷说："大烟碟儿那几个傻鸟，当真是跑进这座古墓了？"水蛇腰说："狗鼻子闻着味儿跟过来的，错不了，那几个孙子不想活了，敢在太岁头上动土，佛爷您……您头上的伤不要紧吧？"黄佛爷哼了一声，说道："这算什么，爷爷练过……"水蛇腰专拍黄佛爷的马屁，趁机奉承道："实话告诉您说，我早瞧出来了，吃五谷杂粮的凡人就不可能有您这功夫！"

我见黄佛爷那颗大肉脑袋在我眼前晃来晃去，立时想到麻驴死在此人手里，心里一股愤恨压抑不住，在他身后问道："佛爷，你这脑袋挨得住几铲子？"

黄佛爷说："挨个三五下还不跟玩似的，嗯……你谁呀你？"

我不等黄佛爷转过头来看，早握住手中铁铲，狠狠往他那个大脑袋上拍下去，这次用力过猛，吭地一声响，铲头都变形了，不过黄佛爷那颗大肉脑袋硬得异于常人，挨了这么重的一铲背，脑袋竟然没碎，那也是伤得不轻，只听他扑在地上一声惨叫："哎呦……谁他妈又来暗算爷爷？"

黄佛爷手下虽然个个是亡命徒，但尽是乌合之众，我也是占了出其不意的便宜，趁那些人还没反应过来，快步跑向第二道墓门，就听黄佛爷在后面歇斯底里地招呼手下追赶。

我三步并作两步跑进第二道墓门，大烟碟儿等人听到声响，也知道黄佛爷等人进了古墓，正捏着把汗，见我逃回来，急忙并力推动，欲待合拢墓门，可墓道中火把晃动，群盗已然追到了门前，我们来不及再将第二道墓门关闭，只好拼命往墓道深处跑。往前还有第三道墓门，我们四个逃进去，墓道至此已是尽头，再穿过券顶石拱门洞，是地宫大殿，但见四壁砌有墓砖，殿顶和地面也是砖石结构，有石梁石柱支撑，墙角挂满了落灰，地宫规模不小，但是粗糙而简陋，更显得死气沉沉。

我们以为此地可能只是前殿，往前应该还有安放墓主棺椁的正殿，快步行至石殿对面，那里却没有通道。

厚脸皮焦躁起来，说道："黄佛爷那伙人马上就追到了，前边又没路可走，咱跟他们拼命算了，拼一个够本，拼俩赚一个。"

大烟碟儿惊道："万万不可，那是匹夫之勇，一定要沉住气。"

我心想："那伙悍匪有枪有炸药，我们四个人手里仅有铲子和山镐，过去跟人家拼命，拼掉的也是自己的命，太不划算……"我束手无策之际，抬头看见殿顶的石梁，忽然灵机一动，觉得如今只好先到上边躲一躲了。

我取出绳子交给田慕青，和其余两人一个摞一个搭起人梯，让田慕青当先攀到石梁上放下绳索，我们三人再拽着绳子攀上去，只是担心田慕青若是吓得发抖，也许会从高处掉下来，没想到她身子轻盈，动作也灵活，更难得遇事镇定，她当即攀上石梁，我和厚脸皮分别拽着她放落的绳索爬上去，又将大烟碟儿拽到殿梁上。四个人刚伏下身子，黄佛爷一伙人便破门追进了大殿，我们熄灭了火把和手电筒，伏在石梁顶端一动也不敢动，唯恐不小心喘口大气吹落一片尘土，便会惊动了黄佛爷和他的手下，只伏在殿顶上无声无息地向下窥探，身在险境，不觉生出栗栗自危之意，然而接下来大殿中发生的变故，让我不敢相信自己的双眼。

第十四章　阴间宝殿

01

我伏在石梁上窥觑大殿中的情况，只见黄佛爷一伙人举着火把破门而入，堵着门东张西望，我在高处往下看是看得一清二楚，但火光照到殿顶已经十分暗淡，在阴暗的殿梁上，身边的人反而看不清了。

我看了看其余三个人，大烟碟儿和厚脸皮也正探着头往下看，田慕青却正望着我，她见我看过来，就用手指了指自己的鼻子，我先是一怔，心说："糟糕，你这时候可别让尘土呛到了打喷嚏！"这念头一转，忽然醒悟过来："她是告诉我黄佛爷手下有个狗鼻子，我们躲在殿顶怕也瞒不过去，情况大是不妙……"又想："已然身处绝境，不躲上殿顶也是没命，也只好见机行事，且看那伙人如何上来。"当即对田慕青做了个禁声的手势，让她不要出声。

此时，头上贴了一大块橡皮膏满脸是血的黄佛爷进了大殿，他气急败坏，问手下大烟碟儿那几个傻鸟逃到哪去了？

水蛇腰说："佛爷，大殿尽头是死路，可也怪了，那几个人逃进来就不见了，有如黄鹤无影踪啊。"

黄佛爷说："操他奶奶的，那几个傻鸟飞了不成？狗鼻子，你闻闻那几个人躲哪去了？"

原来那刀疤脸就是狗鼻子，他说："佛爷，我这鼻子不会闻错，他们四个人就在这大殿中。"

黄佛爷吩咐手下喽啰，把殿门关上，到处搜，先捉住这几个傻鸟剁碎了扔到湖里喂鱼，然后再开棺取宝。

水蛇腰专拍黄佛爷的马屁，忙说："英明，真英明，剁碎了扔湖里喂鱼，这也就是佛爷您想得出来，太解恨了。"

几个悍匪听到吩咐，合力关闭了大殿的石门，又将壁上的多盏长明灯点燃，将这座大殿照得亮同白昼。

我在石梁上听到殿门沉重的关闭声，心中不禁一沉，暗想："此番真是插翅难逃了，如何才能夺下枪来崩了黄佛爷垫背？"

大烟碟儿紧张过度，气息变得粗重，吸进了一些殿顶石梁上的积灰，他忍了几下没忍住，一个喷嚏打出来。

黄佛爷等人立刻听到了动静，大声喝骂，还有人朝上边放了几枪，打得殿顶碎石飞溅，灰土纷纷落下。

我们躲在石梁上，枪弹打到殿顶，却也奈何不得我们，但躲避的位置算是让一众悍匪知道了，

黄佛爷嘿嘿一阵狞笑，说道："大烟碟儿你们这帮傻鸟，在上面找到什么宝了，还不拿下来给爷爷瞧瞧。"

我寻思若不嘴上占些便宜，未免死得太亏，说道："黄佛爷，你个卖油炸鬼儿出身的傻鸟，给你宝你认得出吗？"

油炸鬼儿其实就是炸油条，当年老百姓们憎恨害死岳飞的秦桧，炸油条时说这是炸小鬼儿，虽然没有明说，但那意思谁都知道——放油锅里炸的是秦桧两口子。黄佛爷家里几辈人全做这种小买卖，他有钱之后深以为耻，很忌讳别人提到此事，一听这话，立刻气得脸色发青。

大烟碟儿不敢言语，厚脸皮听到我的话却来劲了，对着黄佛爷说道："你个大肉脑袋贼王八，祖宗八代卖了几辈子的油炸鬼儿，那手艺多半也吃得过，传到你这偏偏不务正业，你说你也不傻也不呆的，怎么就不老老实实摆摊卖油炸鬼儿，非要来扒坟土，这不是成心跟我们抢饭碗么，你有那技术吗？听我良言相劝，赶紧回家卖你的油炸鬼儿去，别等我急了下去抽你大耳刮子。"

黄佛爷心黑手狠，嘴皮子上却不怎么厉害，越听越是火大，脸色由青转白，他旁边的水蛇腰说："你们俩傻鸟懂个屁，别看佛爷祖上是卖油炸鬼儿的，那也是专供各王爷贝勒府和军机处的大人们享用，你们这些吃糠咽菜的平头百姓没那福分，想尝也尝不到，现如今我们佛爷带着伙兄弟改行盗墓了，名声在国际上也是响当当的。"

我说："国际不就是个球吗？"

厚脸皮道："对啊，他妈的有个球名声。"

黄佛爷的脸色越来越难看，阴恻恻地对水蛇腰说道："你跟那几个胡同串子有什么好说的！"

水蛇腰说："不介，我跟着您可不是吃闲饭的，那样做兄弟的我心里有愧，您瞧这个……"他说着话忽然停住，好像是想到了什么坏主意，凑在黄佛爷耳边嘀咕了几句。

黄佛爷狞笑一声，说道："就是这么个主意，让哑巴成子安炸药，炸塌殿梁，我今儿个非要看看他们怎么死。"

02

我一听黄佛爷要让哑巴成子放炸药，心想："不好，我们躲在殿顶，决计无从闪避，岂不是坐等着上西天？"

此时有个三十来岁的粗壮汉子，其貌不扬，大概就是那位哑巴成子了，他张开嘴咿呀咿呀发出响声，原来那嘴里没舌头，也可能是被人割掉了，并非天聋地哑，耳朵听得见，听到黄佛爷的吩咐，嘴里咿呀了几声，招呼几名盗匪，从各自背包中取出成捆的雷管炸药，开始准备往殿柱上安放，手法利落之极。

我以前没见过哑巴成子，只听说过他的一些事，据说他本来在乡下以崩山采石为业，常有盗墓贼找他去炸古坟荒冢，为此犯了事，发到西北劳改农场关了好多年，在那认识了黄佛爷，释放后便跟着这伙人混，除了黄佛爷的话，谁的话他也不听，眼见他把些烈性土炸药土雷管，扎成一大捆要往柱子上绑，我手心出汗，却无法可想。

大烟碟儿说道："佛爷，咱可都是吃一碗饭的，你不看僧面看佛面不念鱼情念水情，高高手，放过我们得了。"

水蛇腰对黄佛爷说："别搭理这个傻鸟，现在知道怕了，早干什么去了，就算他们这帮傻鸟有孙猴儿那么大的本事，也翻不出佛爷您的手掌心啊。"

我和厚脸皮是茶壶里煮饺子倒不出来，那叫一个急，当时就想跳下去跟黄佛爷拼命，下到殿中被乱枪打死，也好过让土制炸药崩到天上去。

田慕青忽道："黄佛爷，你们炸塌大殿容易，但也别想拿到地宫里的东西了。"

我心想："这话可说到点子上了，黄佛爷等人是来盗墓取宝，在大殿中使用炸药，可不是把东西都损毁了，虽说目前没看出殿中有棺椁明器，但地宫规模不小，里头不可能没东西。"想到这，我暗暗佩服田慕青，她很少说话，可见事明白，远胜于我们。

黄佛爷听完果然一愣，忙叫哑巴成子住手，还是取宝要紧，随即分出十个手下，先在大殿中到处搜寻，包括他在内的其余七人，则端着枪守在石梁下。

那水蛇腰说："佛爷真英明，大伙先把地宫里的明器取走，再送这几个傻鸟上西天，他们千方百计找到这座古墓，到头来让咱们坐享其成，嘿嘿，这好比什么，好比大烟碟儿这傻鸟的媳妇怀了别人的孩子，从技术上说他是成功了，可结果是他不能接受的，咱就让这几个傻鸟临死之前看看大殿里有什么东西也好，免得他们死不瞑目。"

大烟碟儿气急败坏地骂道："水蛇腰……你他妈就是黄佛爷身边的一条狗！"

水蛇腰一脸坏笑地说道："佛爷身边的狗也是灵山护法，你们却要去阴间枉死城里做鬼了。"

田慕青争取到些许时间，众人困在殿顶的处境却并未好转，我想起瞎爷说过的那句话："落到人家手里，那好比是公羊绑在板凳上，是要刮毛还是要割蛋，可全都随着人家的便了。"这么说也是给说俗了，可以说成"人为刀俎我为鱼肉"，我心里急得火烧火燎，却又想不出脱身之策。

那水蛇腰逮到机会，又得意地对我们说道："佛爷先前大慈大悲，让你们自己下来，是盼着你们迷途知返悬崖勒马，你们这几个傻鸟却不听，现在后悔也晚了，我劝你们几个烂泥扶不上墙的东西别再不识好歹，趁早下来给佛爷磕八百个响头，没准佛爷一开恩，还能给你们留个囫囵尸首……"

黄佛爷眯着眼，一言不发地听水蛇腰在那溜须拍马，看神色显得十分受用，那些话句句都说到他的心里去了。他那张满是横肉的大脸上，兀自带着没有擦掉的血迹，似笑非笑的模样看上去很是怪异。

我心想："天下欺人之甚，莫过于此，要不是下边好几个黑洞洞的枪口往上瞄着，我不敢探身出去，否则一铲子扔下去，足能削掉这水蛇腰半个脑袋！"又想到："我之前为什么不用山镐去打黄佛爷，那一镐抢下去，凭他的脑壳再硬，也凿他个窟窿出来。"

却在此时，僵持的局势有了变化，只听黄佛爷其中一个手下叫道："找到棺椁了，在这呐！"

原来群盗在大殿中到处搜寻，这地宫里蛛网落灰极多，要拨开来看下面有没有东西，四壁都是灰色的墓砖，阴湿冰冷，找到殿心发现灰网下有个凹洞，放着一具形状诡异的棺椁，抹去落灰，棺椁上的彩漆在火光下艳丽如新，以黑红两色为主，嵌有精美的铜制饰物，看得群盗眼都直了。

03

我们四个人在殿顶望下去，同样能看到椁身彩绘鲜艳夺目，但这棺材里面装的究竟是谁？

放在凹洞里的棺材位于殿心，距离石梁正下方不远，黄佛爷让水蛇腰带几个盗匪持枪守住，他自率其余手下去看挖出来的棺椁。

我很想知道墓主的身份，墓道地宫规模虽大，却甚为粗糙，那棺椁彩绘精美，形状奇怪，但也不是镶金嵌玉那般奢侈。可我也明白身陷绝境，趁群盗开棺取宝，正可下去夺枪，或许还有机会逃出去，稍有迟疑，等这伙人忙活完了引爆炸药，那就一切都完了。

大烟碟儿看出我的念头，悄声说道："先别轻举妄动，双拳难敌四手，好虎架不住狼多啊。"

我寻思："总不能等着坐土飞机，等会儿让田慕青扔下山镐，引开盗匪的注意力，我和厚脸皮趁机跳下去，先扑倒他两个，最好能抢到一捆炸药，为难处是殿门紧闭，逃不出大殿，只有抓住黄佛爷要挟群盗，失手就是一死，不过黄佛爷等人将我们打死，他们将来也有死的一天，结果只怕比我们更惨，这世上人人会死，早死晚死，原本没有多大分别……"脑子里接连转了几个念头，便在殿梁上俯身窥探，寻找可乘之机。

只见群盗七手八脚将凹洞中的灰土拨去，棺椁和底部的木制棺床完全露了出来，棺床近似基座，用于垫高棺椁，棺床的质地彩绘与棺椁浑然一体。它上下宽，中间窄，上边有圈雕镂的栏杆，栏杆柱头上坐着六个铜兽，下悬铜铃，托在上边的棺椁大逾常制，半弧形的棺盖高高隆起，高度齐人胸口，棺首有一小铜门。他们这些盗墓的不要棺椁，那东西再值钱也没法出手，各举灯烛火把围着棺椁看，每个人脸上都露出贪婪的神色。

刀疤脸问道："佛爷，这是什么棺材？"

黄佛爷说道："嗯……应当是乌木棺材。"

刀疤脸又道："棺材形状好怪，还有个小门，那是用来做什么的？"

黄佛爷半道出家，见识并不高明，答不上来便装做没听见，吩咐群盗开棺时手脚轻些，可别损毁了里边的明器。

我在殿顶越看越觉得古怪，记得辽墓壁画中有契丹神女的千年噩梦，是山腹中有被铜链锁住的棺椁，周围有金俑侍立。我原以为那壁画噩梦中的棺椁，就在熊耳山古墓里，可这群盗匪从大殿里挖出的棺椁，虽然也有彩绘，但一没铜链，二没金俑，棺椁的形制奇特，也跟我先前所想的完全不同，大殿下的棺椁为乌木质地，棺首有个小铜门，黄佛爷他们认不出，我却认得，这叫"乌木闷香椁"，棺首的铜门是用来让阴魂出去，仅在唐代至北宋年间有这样的棺椁，而且那棺床是双盆底带雕栏，瞧着就跟皇后娘娘的架辇相似，所以我敢说棺中是具女尸，乌木并不算很贵重，中等偏上的材质，不像墓主的棺椁。正疑惑间，感觉身边有人在发抖，我侧过头看了看，大烟碟儿和厚脸皮都伸着脖子瞪着眼向下张望，田慕青肩膀微微颤抖，似乎是在怕着什么。

我心想："她没见过棺中古尸，在这阴森幽暗的地宫大殿里，要揭开棺椁看一个千年前的死人，换了谁也是一样会怕。"我低声对田慕青说："别怕，棺椁中也不过是具古尸，没什么大不了的。"

此时，殿中群盗已经凿开了椁盖，在黄佛爷的驱使下，几名盗匪一同动手，缓缓将厚重的椁盖抬到一旁，椁盖下还有内棺。

我们在殿梁上看不清内棺的样子，只听群盗一阵哗然，好像内棺上的纹饰图案，令盗匪们感到很是惊奇。

黄佛爷道："让哑巴成子开棺取宝，其余的人谁也不许近前，伸哪只手的剁哪只手，操你们奶奶，有不服的尽可以试试。"他又让刀疤脸带几个人盯住殿顶，别只顾着看棺中宝物，让大烟碟儿那帮傻鸟溜掉。

这伙人出来盗墓，可能有个规矩，开棺取宝只允许一个人过手，也就是黄佛爷最信任的哑巴成子，不管掏出什么东西，都是一件件装进编织袋里，当场用麻绳封口，带出去再分赃，免得有人按捺不住贪心顺手牵羊，哑巴成子当即上前，撬开内棺的棺盖，群盗看到棺中的情形，又发出一阵惊呼。

04

地宫大殿中灯火通明，哑巴成子撬开棺盖，想不到内棺一开，里面让灯火一映，居然金光晃动，灿然生辉，群盗眼都看直了，口中连声惊呼。

我和大烟碟儿等人躲在殿顶，心中暗暗称奇，也使劲揉了揉眼定睛看去，那是什么东西？

只见棺中仰卧着一具女尸，身着大红底镶蓝边的敛袍，颜色鲜艳如新，头一眼看见，简直像百货商店橱窗里摆的丝绸那么明艳，再看时就暗淡了一些，腰束一条玉带，腰带前端是两个鬼头，以金丝盘绕而成，嘴中各有一个玉环，扣在一起围在腰间，脸上是彩纹树皮面具，也嵌有蓝绿色料石当作饰物，但更为精致，女尸身上最显眼的东西，是头上有黄金打造的"鹿首步摇冠"，前端轮廓似牛，上边的形状如同盘曲多枝的树杈，主体是枝干般的两个角，每个角分别向上分出四个枝杈，八个枝杈枝上各悬一片金叶子，看上去像是变形的树枝，又像鹿角，佩戴之人每走一步，头上的黄金枝叶都会随着颤动，故名"鹿首步摇冠"。

没人真正见过"鹿首步摇冠"，包括早年间吃倒斗这碗饭的高手，知道这件东西人却不少。相传当年汉宫里有这么个金冠，祭月时由女官佩戴，当年有这么句话——男不拜月，女不祭灶，祭月虽是女人的事，汉代往前却也是大祭，后来这黄金鹿首步摇冠因战乱而下落不明，想不到会在熊耳山古墓里出现，实在是件无价之宝，开不出价，说它值多少它就值多少，只高不低。我寻思棺椁中的女尸是哪位皇后不成？但那乌木闷香椁有些迷信的说头，横死有怨气的死人才放在这样的棺椁，否则用不到棺首小门，邪气很重，按礼制不该放帝后的尸身，我原以为见了棺中的尸骨，就能猜出墓主的身份，可仍是云里雾里。

大烟碟儿惊叹不已，低声说道："西汉年间的鹿首步摇冠，那是皇宫里的东西，了不得啊！"

厚脸皮说道："这么好的东西，怎么就便宜黄佛爷那伙人了，本该是咱哥儿仨的。"

大烟碟儿说："唉……好似采花蜂酿蜜，甜头到底被人收，这叫命里无时莫强求呀。"

水蛇腰说道："大烟碟儿你个傻鸟，真识货啊，这叫什么鹿首步摇冠，睁大了你的狗眼好好瞧着吧，你们几个胡同串子这辈子能见到这等宝物，一会儿死了也不冤了。"

厚脸皮破口大骂，我却不愿意理会水蛇腰这走狗，高声对黄佛爷说道："佛爷，你只是个卖油炸鬼儿的出身，我看你福薄量浅，斗大的字你识不了一筐，掏两座没主儿的土坟也就罢了，鹿首步摇冠是从西汉传下来的无价之宝，你命里担得住吗？不怕不得好死？"

黄佛爷说："甭想吓唬爷爷，爷爷在道上混了这么多年，要什么王八蛋的没见过？要是迷信那个还能混得到现在？"

我说："你别嘴上硬撑，摆架子绷块儿充好汉谁不会，真有胆子你怎么不自己去那女尸身上取宝？"

黄佛爷不再理会我的危言耸听，说道："哑巴成子，你快把那鹿首步摇冠给我摘下来，记住了，手底下一定要轻，千万别碰坏了！"

哑巴成子为人木讷，天上打雷他也不为所动，只对黄佛爷的话有反应，听得吩咐，当即挽了挽袖子，伸手去摘那女尸头上的鹿首步摇冠。他可能也知道这是黄金打造的宝物，那许多黄金不足为贵，值钱就值在此物绝无仅有，几千年来仅有这么一件，不敢有所怠慢，轻手轻脚地去摘，一摘才发现，那树皮面具与鹿首冠饰扣在一处，想拿头顶的鹿冠，必须先把绘有彩色纹饰的面具摘掉才行。看得出这哑巴成子也是盗墓取宝的老手了，身法步法扎实，一点都不怕，他打量了一下棺中女尸，看明白树皮面具是怎么戴上的，三下两下摘下来，也不知看见了什么，吓得他往后缩了半步。

先前揭开椁盖棺盖，群盗不由自主地惊呼了两次，第一次是看到棺盖上的图案，第二次是见了棺中金光熠熠的鹿首步摇冠，此时摘掉树皮面具，群盗见了女尸的脸，这一瞬间，大殿里竟是鸦雀无声，除了守在殿梁下的几个人，其余盗匪一个个错愕无比，都是张大了嘴，好半天也合不上。

05

虽然大殿中灯火照耀如昼，但我从高处往下看，却看不清女尸的脸，心想："这些盗匪全都是敢杀人的亡命徒，也做过掘坟掘墓的勾当，棺椁中那女尸的脸得是什么样子，才能把他们给吓得当场呆住？"我看看身边的大烟碟儿等人，他们三个也是一脸的迷惑。

这时，地宫大殿里刮起一阵阴风，灯烛忽明忽暗，棺中女尸突然揪住了哑巴成子的手腕，也不知是疼还是怕，亦或两者兼有，他舌头被割，声带尚在，"嗷呜"一声惊叫，急忙用脚一端棺椁，借力向后抽身。

那女尸却不放手，脸上已呈现腐坏之状，跟着她从棺椁中起身而出，口中发出怪叫声，凄厉已极。

我们躲在殿顶听到，也不由得面如土色，心惊肉跳，赶紧按住自己的耳朵，可那怪叫声仍是钻进耳中，让人全身颤栗。大烟碟儿惊得手足无措，不由自主地往后退缩，却忘了身在殿梁之上，险些掉落下去，多亏厚脸皮眼疾手快，一把将他揪住。

此时殿中群盗大乱，纷纷叫道："诈尸了！"混乱当中，有的盗匪抱头逃窜，也有悍勇胆大的盗匪，端起枪来就打，结果没打中女尸，一枪轰在哑巴成子身上。哑巴成子本已半死，后背又挨了一枪，登时了账。

群盗当中真有几个不怕死的，其中一个麻子脸握着双管猎枪，直接对准了女尸的头部。黄佛爷见状，惊道："别打坏了鹿首步摇冠！"急忙用手推开枪管，但那麻子脸已经搂下扳机，两发枪弹都打出去了，只是枪管被推得偏离目标，两枪全轰在了成捆的炸药雷管上。黄佛爷本是让哑巴成子准备将梁柱炸塌，还没来得及往殿柱上绑，就在地上放着，崩山用的土制炸药极其危险，没有任何安全保护，本身就不稳定，不碰它也有可能自己炸了，枪弹打上那还有个好，只听轰隆一声巨响，群盗被炸得支离破碎。

霎时间大殿中血肉横飞，柱倒梁歪，碎砖乱石不住崩塌坠落，我们四个人躲在殿梁上侥幸逃过一劫，但也让爆炸气浪冲撞得几乎窒息，感觉地宫随时要塌，再不走便被活埋在其中了。四个人匆忙顺着绳子从殿顶溜下，呛人的烟尘中，看到大殿地面被炸出一个大窟窿，深处似乎有条洞道，殿门关闭多时，也已被倒下的石柱挡住，四下里天摇地动，乱石崩塌，众人慌不择路，无暇去想大殿下怎么会有个山洞，跨过地上炸碎的盗匪死尸，径直跳下去。厚脸皮百忙之中还不忘捡起掉在地上的一条猎枪，倒拖着跳进洞里，我们耳听土石崩落之声不绝，又担心头上有鹿首步摇冠的尸怪追上来，忙着往前逃，头也顾不上回。

厚脸皮打开手电筒在头里开道，他后面是田慕青，再后边是大烟碟儿，由我垫后，四个人在漆黑的洞窟中向前跑了几步，发现大殿下面也是一个规模相似的墓室，一堆堆的尸骨散落在地，毛发尤存。下层的大殿之后另有一段墓道，两壁凿有灯孔，跑到墓道口，我忽觉头上大片碎石泥土不断掉落，似乎这一段墓道受震动波及，也要发生崩塌，立即扯住大烟碟退后躲闪，田慕青和厚脸皮也发觉情况不对，这俩人赶紧往前逃，几乎是就在同时，残砖碎石带着泥土落下来，正好将我们四个人堵在了洞道两端，再慢上半步便被活埋在土石下边了，对面大声说话这边还能隐约听见。大烟碟儿拿着手电筒照亮，我取出铲子正要掏土，这时一个灰头土脸的人，慌里慌张跌跌撞撞地跑了过来。

那人没有手电筒和火把，跑到我面前才看出是水蛇腰，这家伙也真是命大，没在大殿中被炸死，我见水蛇腰身上挎着双管猎枪，趁他立足未稳，一把揪住枪带，把猎枪从他身上扯了下来，随即轮起铲子，要往他脑袋上打。

水蛇腰惊魂未定，此时才看见我和大烟碟儿，吓得脸色大变，忙道："别……别动手……中国人不打中国人！"

我揪住水蛇腰说："你也算是人？"

大烟碟儿气不打一处来："这个傻鸟一肚子阴损主意，坏得冒泡儿，比黄佛爷可恨多了，该往死里揍。"

没等我动手，水蛇腰两腿一软，咕咚一下跪到了地上，求告道："二位爷爷，你们都是我亲爷爷，饶孙子一命吧。"

大烟碟儿骂道："谁他妈是你爷爷，别来拍我们的马屁，我们可不吃你这套。"

水蛇腰一脸委屈地说："爷爷哎，我也是五尺多高一腔热血的汉子，真不是逮谁管谁叫爷爷，真挑人呐……"

我抡着铲子要打，可半道突然停下，因为我想起群盗揭开树皮面具时，所有人的脸色都显得又是惊奇又是诧异，那到底是怎么回事？我让水蛇腰说实话，当时看到了什么怪事？乌木闷香椁中女尸的脸长什么样？

06

水蛇腰声称自己毫不知情，揭开椁盖时，看到内棺彩绘鲜艳，纹饰精美，这让群盗发出一阵惊叹，而打开内棺看到那金光灿然的鹿首步摇冠，树皮面具绘着彩纹，形似山魈，不禁又是同声惊呼，在取掉女尸脸上的树皮面具之时，他正带着几名盗匪，守在殿梁下方，实不知那些人为什么一见棺中女尸的脸，便全部愣在了当场，每个人脸上都显出惊诧错愕的神情，等到他想看的时候就出事了，他说："多半是棺椁盖合得严紧，千百年后，那死人仍是栩栩如生，可能像那女尸身上的敛袍一样，眼瞅着呈现出朽坏之状。"

我觉得水蛇腰没必要隐瞒此事，这臭贼狗仗人势，在几分钟之前，他还跟着黄佛爷将我们逼得走投无路，以为我们这几条命全捏在了他手心里，谁成想形势急转直下，此刻又落在了我们手中。他立刻换了一副嘴脸，一口一个爷爷，什么好听说什么，我估计连厚脸皮听到也会觉得肉麻。

我在水蛇腰身上搜了一遍，找出十几发弹药和半包香烟一盒火柴，背包里有些国外的压缩口粮，连同双管猎枪都交给大烟碟儿，又翻出几张钱钞，加起来没二十块钱，我斥道："瞧你穿的也是人模狗样的，怎么身上就这么点钱？"

水蛇腰苦着脸说："黄佛爷那个傻鸟太鸡贼了，每次得了钱，大头都是他拿走了，我们只不过跟着混个吃喝，小的我也是穷啊，您二位爷爷仁义英明，是活佛在世，大人不记小人过呀……"

大烟碟儿抽出支烟点上，侧头对我说道："兄弟，你知道哥哥又想起什么来了吗，我想起老圣人说过一句——以德报怨，以何报德？"

我说："好像在哪听过，那是说有小人憋着坏害咱们，咱们却贱得难受，还上赶着拿热脸去接小人的凉屁股，可是等有恩人真正对咱们好，难道咱们要用贴过小人屁股的脸，去跟恩人脸对脸？问题是除了咱这张脸，别的地方更拿不出手了。"

大烟碟儿说："是这么个意思，所以老圣人又说了，以直报怨，以德报德。"

我说："屁股对屁股，脸对脸，是不是？"

大烟碟儿说："没错，话糙理不糙。"

我说："有仇不报非君子，咱们也该跟他屁股对屁股！"说完，我一只手揪住水蛇腰，另一只手举起了铲子。

我不可能跟黄佛爷一样拿人命不当人命，顶多是吓唬吓唬他，水蛇腰却以为我真要对他下手，居然吓尿了裤子。

我只好把手松开，水蛇腰如获大赦，慌忙往后退，他退了几步，突然站住不动了，好像发觉身后有什么东西，哆哆嗦嗦地要转头往后看。

我和大烟碟儿用手电筒照着水蛇腰，忽见金光晃动，竟是那头上有鹿首步摇冠的女尸，不知何时出现在了水蛇腰身后，从后伸出爪子般的手指，从他后心戳了进去，水蛇腰睁着眼，两腿蹬了几下，当场气绝身亡，到死都没明白自己是怎么死的。

行尸发出夜枭般的叫声，奔着我和大烟碟儿就来了，手电筒光束照到行尸的脸上，就见面容塌陷，双眼漆黑，张着黑窟窿似的嘴。

大烟碟儿吓得呆住了，端着枪只顾发抖。我心想："死去千年的人怎么会动？听说会走的死人是行尸，让它扑住了还能有好？"急忙抢过大烟碟儿手中的猎枪，对准扑过来的行尸头部开火，双管齐发，只听"砰砰"两声枪响，枪弹将女尸的头打掉了一多半，"鹿首步摇冠"也被击得粉碎，尸身立时扑在我们面前，一动也不动了。

我刚放下枪，那只有半个脑袋的尸身中突然冒出一道黑气，手电筒照过去，就像鬼影似的。我和大烟碟儿瞪大了眼，那感觉如同见了鬼，身上每个毛孔都张开了，那鬼影一转眼落到了水蛇腰的死尸上，刚刚毙命的水蛇腰口中"咕哝"了几声，然后怪叫着爬起身来，两个眼珠子全变黑了。

07

据说阴灵是死人的魄，本是无知无识，因有怨气不化，驱尸扑人，至死不放，但这是从前迷信的说法，乌木闷香椁前端的小门，也是给阴灵出入用的。我原本不信，或许是见识不到，可那时候情况紧急，决不容我多想，眼看那死人的手要够到大烟碟儿了，我忙端起枪搂动扳机，却搂了个空，我意识到这是双管枪，刚才那两发弹药全打在女尸头上，还没再次装填，可想装弹药也来不及了，正打算倒转枪托砸过去，枪管却已被行尸攥住，只觉对方有股子怪力，一夺之下我就握不住了，我随手抄起铲子，使尽全力挥过去，那铲刃甚为锋利，一铲子下去，当场削断了行尸的脖子，死人的脑袋滚落在地，身子也跟着倒下了，可我们眼看着那道黑气，形似鬼魅，若有若无，又从无头尸体中冒了出来。

我心说："不好，这阴灵上了谁的身，谁就会变做行尸，要对付它只有趁此机会！"当时也是人急生智，认定阴魄挡不住活人的阳气，于是鼓足一口气吹过去，那道鬼影立时散去。大烟碟儿见这法子有用，也赶紧跟着我做，几个回合下来，累得我们俩上气不接下气，用手电筒四处照，已然不见了那个鬼影，刚以为没事了，忽听身后发出声响，惊得我们俩原地蹦起多高。

我们喘着粗气定睛一看，来者却是厚脸皮和田慕青，他们刚挖开洞道中塌落的泥土过来接应，两个人看到水蛇腰横尸在地，人头龇牙咧嘴掉在一旁，还有那具女尸扑在地上，脑袋掉了半个，"黄金鹿首步摇冠"也给打坏了，自是惊骇莫名。

田慕青问明情况，捡起地上的鹿首步摇冠看了看，说道："听老人们讲，人死之后，魂气归于天，形魄归于地，僵尸中的阴灵也许就是形魄。"

大烟碟儿问田慕青："形魄？你也信这个？"

田慕请没说信与不信，只说："这世上人所不知的怪事从来不少，井底之蛙，不过一孔之见，登山之人，方知天外有天。"

大烟碟儿对我和厚脸皮说："你们俩听听，人家说出来的话多有道理，什么叫金玉良言字字珠玑，这就叫金玉良言字字珠玑。"

我以为田慕青说我们是井底之蛙，心里颇没好气，说道："佩服，田老师口吐莲花满嘴象牙，我才识几个字？当然没法跟她比。"

大烟碟儿道："兄弟，不是当哥哥的说你呀，你一贯不虚心，听到真理时不说两句怪话就难受，可不许跟人家这么说话。"

厚脸皮向来不关心这些事，他说："行了行了，你们细人说完细话，是不是该轮到我这个粗人说两句粗话了，我看水蛇腰是活该一死，这么死都便宜他了，可那鹿首步摇冠又有什么罪过，前不见古人后不见来者的传世之宝啊，它好端端的老实巴交，谁也没招谁也没惹谁，竟让这个败家小子给打坏了，不过有总好过没有，怎么说那也是金的，捡回去能值些钱……"说着话从田慕青手里夺过来，连同女尸腰间的宝带，都塞进一条蛇皮口袋，又装到他的背包里。

众人均知此地决计不可久留，埋有乌木闷香椁的大殿，也许只是古墓地宫的前殿，炸开前殿地面，下边露出来的也是冥殿，各殿是按洞窟走势上下分布，而非常见的前中后。既然这座地宫里有活气儿，便应该可以通到山外，但这段墓道并不长，四个人往前走出十几步，尽头有三个拱形土洞，当中的大，两边的小，推开堵门石，面前是一处走势儿近垂直的土窟，探身进去，往上看不到天，往下看不到底。

大烟碟儿咋舌不下，他说："好家伙，这么个大窟窿，难道是阴阳井不成？你们是不知道，相传秦始皇在位时，得知豫西山脉形势有如伏龙，担心中原之地会出皇帝，便命人在大山中凿出一个洞，以绝龙气，不成想洞凿得太深，竟然凿通了阴河，所以后世称这个洞为阴阳井，当年有人把鸭子扔进去，三天之后，那只鸭子竟游到黄河里去了。"

第十五章　玉棺金俑

01

墓道尽头这个大土窟，四壁皆为夯土，直径在十几米开外，齐整垂直，宛如一个竖井，绕壁而下的长阶已被毁去，只留下一些向外凸起的土台。

大烟碟儿说："可能是秦始皇凿穿龙脉的阴阳井，把只鸭子扔下去，过几天它便能游进黄河。"

我说："那纯属无根无据的民间传说，怎么知道是不是同一只鸭子？咱们感觉这土窟又深又大，是由于这地方太黑，除了身前几米之内，远处什么也看不见，好比是盲人摸象，但土窟墙壁间留有阶痕，下边一定有个去处。"

厚脸皮用手摸了摸土墙，说道："真他妈硬，一粒土也抠不下来，这是石板还是夯土？"

我说："好像是古墓里的三合夯土，这种土年头越久越结实，完全不会风化，用铲子刮也刮不下一粒粉末，坚如磐石，不惧水侵。"

大烟碟儿看了一阵，点头说道："不错，是三合土，一碗肉换一碗土的三合土！"

厚脸皮问道："用肉做成土，那还不如直接吃肉，像这么个大土洞，又得用多少碗肉？"

大烟碟儿说："哪个说一碗肉做一碗三合土了，你哥哥我说的是一碗肉换一碗三合土，那是形容此土造得不易。"

厚脸皮不信："土这东西随处都有，想挖多少挖多少，有什么不易？"

大烟碟儿说："你想想，如果随随便便挖一碗土就能换肉吃，古代怎么还会有农民起义？我跟你说，三合墓土做起太难，必须选没有杂质的细净黄土，按秘方比例掺进去细河沙、水田底层的淤泥、年代久远的老墙泥，反复搅拌翻整，你还别嫌麻烦，若不如此，硬是够硬了，遇到冷热潮湿却会开裂，因此决不能偷工减料，你说三合土造得容易不容易？这样还不算完，还要加上打散的鸡蛋清，不见米粒的糯米汤，迷信者甚至还要用童子血，所以三合墓土年头越老越硬实，我说一碗肉换一碗三合土，那都是说便宜了。"

厚脸皮说道："讲究是够讲究的，只是古代人这么搞不嫌累吗？"

大烟碟儿说："当然是苦累，要不然怎么很多人想当皇帝呢，再累也自有下苦力干活儿的百姓去做，帝王将相们只管死了往这一躺。"

我说："这座古墓里埋的人是谁，却还难说，我看地宫至少有上中下三窟，由此夯土洞相通，没准从这里下去才是正殿。"

厚脸皮将火把扔下去，落到土窟底下，只有一个小光点隐约可见，至少是几十米深，我们见下面没水，也有落脚之处，只得下去找条出路，于是把带来的长绳连接，一端绑在顶门石上固定，一端垂下土窟，我背上枪，握着手电筒顺长绳溜下去，许久才到洞底，只见夯土砌地，三面是墙壁，唯有一侧可通，位于在上边两层大殿的正下方，如果不炸开上层大殿的地面，连下边的墓道也不会发现，那就更见不到最下边的正殿了，我当即挥动火把划圈，那三个人看到信号，也先后攀住长绳溜下来。

我指着前头对大烟碟儿说："这才是正殿的椁室，也许金俑玉棺都在里面！"

正要进去，我忽见田慕青肩头颤抖，神色十分惧怕，问她怕什么，她却低头不语。

大烟碟儿对我和厚脸皮说："准是担心这里也会发生尸变，别说是她了，你哥哥我想起那伙盗匪在前殿开棺时的情形，这会儿还心有余悸，好在已经取了女尸身上的宝带和鹿首步摇冠，这两件都不是一般的东西，带回去换成钱，咱哥儿仨下辈子也吃用不尽了，依我之见，多一事不如少一事，墓主人是谁跟咱们有何相干？趁早找条路离开这座古墓才是，免得夜长梦多，到头来竹篮打水一场空。"

厚脸皮说："鹿首步摇冠让枪打坏了，到咱手里只不过是几片金叶子，还能值几个钱？过了这村，可没了这店，要干就干一票大的，何况要找出路，也不能不进正殿椁室，正好顺手发财。"

说话间，墓道尽头又是一座拱形门洞，坚厚无比的石门紧紧闭合，上边有一圈绕一圈的浮雕图案，我们上前推了半天，皆是心中绝望，正殿石门大如小丘，只怕用上几百斤土制炸药也炸不开。

02

我们几个人去推正殿石门，却似蜻蜓撼柱，只能望而兴叹，山腹里有上中下三窟，底层至此已无路可走。

大烟碟儿一屁股坐在墓道中，说道："实在掰不开腿了，咱先在这歇会儿。"

我们从鱼哭洞到地宫大殿门前，只在仙墩湖边歇了一阵，此刻均已筋疲力尽，又累又饿。当时被黄佛爷那伙盗匪追得太急，身在险地，谁都顾不上饥饿疲惫，到这里听大烟碟儿说出来，才感到难以支撑，也跟着坐倒在地。

我取出从水蛇腰背包里搜出的干粮，分给那三个人吃，这种干粮有足够的热量和营养，口味却实在不怎么样，但什么东西都怕比，人比人得死，货比货得扔，跟我们之前啃的干面饼子相比，野战口粮可好吃得太多了，何况其中手纸香烟一应齐备。

厚脸皮不忿地说："没天理了，凭什么黄佛爷那伙人吃得这么好？"

大烟碟儿说：“他们吃的再好，脑袋也搬家了，咱们现在还能吃东西，可见老天爷饿不死瞎家雀儿。

厚脸皮说：“那倒也是屁话，困在熊耳山古墓里出不去，吃得上龙肝凤胆也是白搭。”

大烟碟儿说：“你尽管放一百二十个心，咱哥儿仨命大，横竖死不了，总不至于混不过去这一关。”

我吃了些干粮，肚子里有东西垫底，感觉脑子好使多了，听大烟碟儿和厚脸皮说起地宫正殿的石门，就用手电筒照过去，看看有没有地方可以挖进椁室，石门缝隙已由铁水封死，实是无隙可乘，眼光一落到地上，想到撬起地面墓砖，或可在石门下挖个洞进去。我当即抢起山镐将墓砖凿裂，抠开碎砖一看，下面果然是填塞洞底岩缝的泥土，虽然也夯实了，却能挖得动，我叫大烟碟儿和厚脸皮也跟着帮手，又让田慕青拿手电筒照着，三人轮番用山镐铲子连挖带捣，在大殿石门下掏出一个大洞。

轮到我歇手的时候，我侧过脸看了田慕青一眼，发现她也在望着我，目光一触，她又低下了头，垂着长长的睫毛，好像有很重的心事，我一怔之下，心说：“她为什么总是偷偷地望着我看？是对我有意思？或是有意见？”

我想是有意见的可能比较大，也许是我平时说话着三不着两，让她挑了理，那也没什么，可再仔细想想田慕青看我的神色，倒是我脸上有什么古怪，让她觉得异常。

我生出这个念头，自己心里先是一惊，问田慕青：“我的气色是不是很不好？”

田慕青点点头，问道：“你有多久没睡觉了？”

我说：“难怪你总盯着我看，从小到大都没有人这么关心我，我感动得真想一头扎到你怀里。”

田慕青道：“你都这样了，怎么说话还没个正经？”

以前厚脸皮也说我眼窝深陷，几乎要脱相了，其实我心里跟明镜似的，那是因为我曾在辽墓壁画中看到一座大山，山腹洞窟里有金俑和彩绘巨椁，围着山是很多人，上有天狼吞月，大概是契丹女尸生前做的一个噩梦，与熊耳山古墓的传说几乎一样，我自从看到壁画，就像受到诅咒一样，经常会梦到那棺椁中的厉鬼拖着肠子爬出来，噩梦一次比一次真切，最近这几天我更是不敢合眼，只恐让那厉鬼把我拽了去，然而这一切都与熊耳山古墓有关，可进入石门背后的正殿椁室，也不知会见到什么，但一定会令人大吃一惊。

03

此时厚脸皮已将石门下的盗洞挖透，他点起火把，带上猎枪和蛇皮口袋，当先钻进盗洞。

我寻思找不出埋在熊耳山古墓里的秘密，迟早要被恶鬼缠死，只好将生死置之度外，到地宫正殿一探究竟。

大烟碟儿之前说不敢再开棺取宝了，偏是个记吃不记打的主儿，等到挖开通往椁室的盗洞，早把前事扔在了脑后。

于是我和大烟碟儿连同田慕青，跟着厚脸皮，逐个从盗洞里爬进正殿。石门后是一排木门，门户里面有转轴，可以开关，正殿中黑沉沉的很是宽阔，手电筒加上火把，只能照到十步左右，四壁都有铸成跪坐宫女形象的铜灯，里面有鱼膏灯油，厚脸皮用火把点起几盏铜灯，地宫里亮得多了，就见地上石砖都有"云卷、虎豹、峰峦"之类的图纹做装饰，华丽庄严中透出几分仙气。大殿尽头是一口彩绘巨椁，大逾常制，由三匝铜链锁在一只石兽背上，四周站列的披甲人形俑，被火把一映，脸上泛出暗淡的金光，怒容可畏，如同镇殿将军。

我们打量面前的披甲人形俑，就见这些镇殿俑头顶高冠，身上甲片皆为玉片，竟是身穿玉甲。

我知道墓俑有很多种，比如有名的秦始皇兵马俑，那是埋在陪葬坑里的土俑，此类地宫棺椁旁的人俑，通常是叫镇殿俑或站殿俑，有武士奴婢之类的形象，正殿中有身披玉甲的金俑，却是我第一次亲眼得见，以往连听都没听说过。

大烟碟儿瞠目结舌，称奇不已："古时迷信人有三魂七魄，在九窍之内，人死之后魂魄会从九窍飞去，尸身因此腐烂，所以用玉堵塞九窍，以求尸身永存，这种观念始自春秋战国时期，传到汉代有了金缕玉衣，玉衣以金丝贯穿，阴刻龙纹，也称蛟龙玉柙，这些人俑上穿的不是玉甲而是玉柙，你们看站殿俑头颅是金的，身上罩有玉柙，却不知身子是否也是黄金，若是整个的金俑套玉衣，那可了不得。"

厚脸皮低头看看手中的蛇皮口袋，又抬头瞧瞧站殿俑，那金俑比常人高出多半头，再大的袋子也塞不进去，金俑又不止一个，抱不走搬不动，好比是闻香不到口，这可够让人发愁的。

我让厚脸皮先别动镇殿俑，从没听说有金俑镇殿之事，何况玉柙乃是帝王死后所穿，在汉代只有天子才能穿金缕玉衣，诸侯王以下用银缕或铜缕，直到后汉曹操下令什么都不许用，玉柙陪葬之风才彻底断绝，且不说那棺椁中的墓主人是谁，这些东西又怎么能穿在陪葬的镇殿俑身上？

厚脸皮说："你没见过的多了，这玉柙就套在金俑身上了，你又能把它怎么的？可把话说回来，镇殿俑如果都是金的，咱压根儿也搬不动它……"说着话，他用手拍了拍镇殿俑的头，谁知俑头一碰就掉到了地上，发出"当啷"一声，听上去好不沉重。

众人面面相觑："镇殿俑的头怎么掉了？难道俑头和俑身不是一体？"

随即嗅到一股并不明显的尸臭，举火细看，原来那镇殿俑的头是金头，套在玉柙中的身子却是干尸，大殿中的金俑都是无头尸，脑袋全被砍去了，断头下的身躯已枯为尸蜡，腔子上顶了颗金头，玉柙是为了让尸身不朽不坏。

田慕青看得胆战心惊，我却全是疑惑："地宫里的镇殿俑，有土俑石俑玉俑，可没有砍掉脑袋换成金头的人俑，就算是殉葬之人，那玉柙金头可不该出现在这些无头干尸身上，这些无头干尸是什么人？出于什么原因被砍掉了头？"

厚脸皮说："墓主多半是嫌这些站殿俑的脑袋长得不够档次，砍下去换个金头，够大方的。"

我想不出为什么用无头尸做镇殿俑，但肯定不是厚脸皮说的那样，熊耳山古墓中的怪事太多了，每一件都让人难以索解。

厚脸皮说："真正让人想不通的怪事多了去了，在西北时听人说过，解放前有盗墓贼挖开一座老坟，金银珠玉都没挖到，却挖出一个几百年前被活埋的女人，奇怪的是那女人竟还活着，说起当年的事情很是详实，你说这能想得通吗？吃咱这碗饭你就不能多想。"

大烟碟儿也说："兄弟你就别多想了，咱不知道熊耳山古墓里埋的是谁，想什么也是白费。"

我心想此言极是，抬眼看看大殿尽头的彩绘巨椁，那棺椁中躺着的死人定是大有来头。

04

厚脸皮说："揭开棺盖也未必知道，你真指望这棺椁中的死人开口说话不成？"

田慕青说："你们别动这大殿里的棺椁，我担心会出事。"

我明白她的意思，但是不打开棺椁看个明白，那辽墓壁画中的噩梦必定会一直缠着我，早晚是个死。不过我不想连累旁人，正殿中潮湿侵人，看地势应当是在湖底下，说不定能通到周围的山里，我让大烟碟儿等人先去找路，我自己留下。

大烟碟儿说："兄弟你再也别提这些话了，别看你哥哥平时怂，那是没遇上事儿，遇上事儿绝不能缩。"

厚脸皮对我说："多余的话没有，大不了跟你同归于尽。"

我说："有哥儿俩这句话，我也不多说了，咱们心照不宣。"

厚脸皮说："没错，说别的都没用，大老远到这奔什么来的，不就是为了盗墓取宝吗？正殿棺椁里的东西准比鹿首步摇冠厉害，咱就等着开眼吧。"

田慕青在旁边听了这些话，仍要劝阻，我们却哪里肯听，当即移步走到棺椁近前。

虽说人怕鬼三分，鬼怕人七分，但明知熊耳山古墓里颇多怪异，谁也不敢鲁莽行事。殿门处的灯烛照到这里很是昏暗，我们用手电筒照亮，才看清棺椁的细部，只见这巨椁漆绘红黑两色云纹，几道蛟纹铜链缠着外椁，椁身放置在一尊人首虎身的石兽背上，有几个大铜环扣住蛟链。

古代就有棺椁，大多是木椁，因年代古老，挖掘出来木板已经腐朽为尘土，所以没人见过西周以前的棺椁什么样，石椁能保留下来，但是很少见，可以说千年一遇，古代盗墓贼挖到过西周以前的石椁，相传那时候的古椁，也有用陶土烧制，形如巨瓮，绘有暗鱼纹，到了汉唐时期，棺椁材质用上了阴沉木和昆仑玉，不过同样不多见。

大烟碟儿咋舌道："黑乎乎的还这么大，是金丝楠木的棺椁？"

我说："看来像阴沉金丝楠，很多皇陵里也未必有，这棺椁本身已是无价之宝！"

厚脸皮握着山镐正想凿开椁盖，一听此言，忍不住问道："楠木我也见过，无非是木头板子做的棺椁，只不过大得出奇罢了，怎能说是无价之宝，比鹿首步摇冠还金贵？"

大烟碟儿说："你是有所不知，黄金万两，不及乌木一方，乌木单指阴沉金丝楠，那还了得？其实乌木和楠木都不算罕见，但阴沉金丝楠就不一样了，它也叫阴沙，民谚有云'阴沙从来世间稀，敢和珠玉斗京畿'，那必是亿万年前生长在深山穷谷中的上古楠木，树身高达百米，十几个人合抱也抱不过来，这种古楠木早灭绝了，被泥石流埋在地下缩化而成乌木，凡是这样的阴沉乌木，在外边看着乌黑乌黑的并不起眼，里面却是黄金色的玉丝，其坚似铁，水火难侵，百虫不咬，曾有人把鲜肉放在阴沉金丝楠木中，过了几年，再取出肉来还像刚放进去那么新鲜，乾隆爷的棺椁就是这种阴沉金丝楠，那也没这个大，只可惜搬不回去。"

厚脸皮说："既然搬不动，咱也别惦记它了，打开椁盖看看里边有什么。"

田慕青对我说："原来阴沉乌木要经过千百万年才能成形，一个人才能活多少年，可不该损坏这样的无价之宝。"

厚脸皮说："哎哟喂，小田老师觉悟真高，臊得我都不好意思拿正眼瞧你了。"

我说："凿穿罕见的金丝楠木棺椁，也确实不好，我瞧这棺椁没钉，只是让铜链捆住了，撬开铜环便可以揭开椁盖。"

厚脸皮急于想看棺椁中的宝物，听罢抡动山镐去撬铜环，铜环有儿臂粗细，穿在人面虎身的宝床两侧，他虽有一膀子力气，费了半天劲儿也才撬开一个。

我们只有一支山镐，想帮忙也插不上手，只好在棺椁旁替厚脸皮照亮，这时我注意到大殿顶部有浮雕，用手电筒照上去，隐约可见一个多头多臂的神怪，那神怪长了几十颗头，每个头上都有脸似山魈的面具，每只手掌中各有一眼。

大烟碟儿瞪着眼怔怔地看了半天，又伸指去数那些脸似山魈的人头，突然问我地宫里镇殿俑有多少个？

我看他似乎想到了什么，可我没有留意那些金头玉柙的镇殿俑有多少个，转身数了两遍，不多不少一共是二十四个，殿顶浮雕的神怪也有二十四个头，那又怎样？

大烟碟儿怕让棺椁中的死人听见似的，压低声音说道："我知道地宫里埋的是什么人了！"

05

我和田慕青一同望向大烟碟儿，等着他往下说，躺在金丝楠木棺椁中的死尸是谁？

大烟碟儿说："先前怎么就没想到，熊耳山古墓地宫里埋的是傩王。"

我说："上中下三窟做地宫，阴沉金丝楠木为棺椁，那么多金头玉柙的镇殿俑，想来埋的也是王侯，可我不知有傩王，那是哪朝哪代的诸侯王？碟儿哥你又是从哪看出来是傩王？"

大烟碟儿说："哥哥我本来跟你一样发懵，直到瞧见殿顶的多头神怪，每个头上都有山魈般的面具，还有砍掉脑袋换上金头的镇殿俑，立时想起前两年去江西收东西，见过几个树皮做的老面具，我问人家这是做什么用的，听人家说是傩脸，搜鬼驱邪时演傩，傩脸就是那时候用的面具，我觉得没人认这玩意儿就没要，但从当地人口中听了不少有关傩神傩王的传说，那些身穿玉柙被砍掉头的干尸，是西汉年间的傩将……"

我记得前一天在草鞋岭下过夜，看到有三口棺材里面的僵尸也有树皮面具，可沉在湖底的年头太多，树皮上的彩纹都没有了，后来看到前殿头顶鹿首步摇冠的女尸，脸上有形如山魈的面具，原来这是傩面具，那些镇殿俑是傩将，腔子上的头哪去了？

大烟碟儿说："汉武帝刘彻，大胖子一个，征匈奴通西域，开疆拓土，扬威万代，皇帝做到他这个份上算是做到头了，苦于不能长生不死，谁当了皇帝谁也不想死对不对？"

厚脸皮一边撬那棺椁上的铜环，一边插嘴说："我看不见得，其实不当皇帝也没人想死，不想死还不好办吗，多喝王八汤，长生不老。"

大烟碟儿说："汉武帝喝不喝王八汤，这个……我可不知道，反正汉武帝是不想死，因此特别迷信巫蛊神怪。很久以前黄河边上有个傩国，灭亡之后在民间以教派形式留存下来，好比是道教或佛教，也是一大教派，信众仍称首领为傩王。到了汉代，傩教大行其道，傩是指请神搜鬼驱邪逐疫的诸多仪式，汉武帝的未央宫每年都要请神搜傩，也叫跳山魈，傩将脸上套着吓鬼的山魈面具，手持烛火长戈，步踏天罡北斗，逐门逐室驱邪。可有一次搜傩冲撞了禁宫，汉武帝一怒之下，斩掉了二十四个傩将的头，没想到冤魂不散，未央宫里一到天黑便闹鬼，钟鼎自鸣，汉武帝又悔又怕，无奈之下只好造庙封神，封这二十四个冤魂为金甲大将军，让他们保国安民，千年万载，永享香火，傩将的尸体身首从此分离，分别供奉在各地傩庙的神龛中，那神龛上写有'报国安民褒封有自，挥戈扬剑厉鬼潜消'，至今不少地方拜的傩将也都没有身子，只有头，还有的地方是只有身子没头。"

我说："真是骇人听闻，庙堂里供的傩神是死人头？现如今还有？"

大烟碟儿说："不是真正的人头，据说只是泥造塑像，相传供头的地方称傩为开口傩，搜鬼捉妖之际口中要念咒，供奉无头尸的地方是闭口傩，跳山魈时嘴里一声不出，傩教一度兴盛，不知什么原因，后世突然衰落了，如今在西南的黔赣等地，还保留下一些搜鬼跳傩的古老习俗，不过传了几千年，已经变得跟以前的傩完全不同了。"

我问大烟碟儿："傩教的未央宫斩将封神，只是传说还是确有其事？"

大烟碟儿说："未央宫斩将封神是民间传说，是不是确有此事，那就难说得很了，至于汉代皇宫里每年搜傩驱鬼，那可当真是有，我看既然地宫里有这些镇殿俑，那个传说倒也可信。"

我心想："拜傩神的人在此山周围聚居，而山腹中就是傩王长眠之地，千年以前发生过天塌地陷的灾难，高山沉入湖底，傩教突然衰落，怕与此事脱不开干系，但是得知古墓里埋的是傩王，对于我们的所遇所见，也只是冰山一角，金丝楠木棺椁里的傩王，是出于什么原因让人开膛破肚死得那么惨？辽墓壁画的噩梦中为什么会出现傩王？黑狗吞月又是什么意思？前殿有鹿首步摇冠陪葬的女尸，以及中殿里的累累枯骨，又是什么人？"

大烟碟儿说："兄弟，你问这么多，你哥哥我可答不上来，可你提到开膛破肚，据说有种很古老的傩俗叫抽肠，如今乡下搜傩跳山魈时，分别有人装扮成傩将和黄鬼，傩将搜出黄鬼，按在地上开膛抽肠。"

我越听越奇："傩将把捉来的黄鬼开膛破肚？那么说金丝楠木棺椁里的不是傩王，而是黄鬼？黄鬼……是淹死在黄河里的水鬼？"

06

大烟碟儿说："搜傩这种风俗延续了三千多年，传到如今，已经和古傩有很大分别，很多东西没传下来，或是传的年头太多变了样，比如开口傩捉黄鬼破膛，这个黄鬼并非专指黄河里的鬼，也是民间传说里带来旱灾瘟疫的怪物，尸变后躲在荒坟或民宅地下，身上有黄毛，形象近似猴子，是死人怨气所变。乡下请神搜傩，也是让人扮成傩将，头带樟木或树皮面具，脸黑嘴阔，两目凸出，深夜时分点起火把，敲打响器，画出符咒，念动一脉秘传的口诀，从一个村子到一个村子，挨家挨户跳山魈打野猫，形式古朴粗犷，另有一人扮成黄鬼，被追得东躲西藏，最后让傩将捉到，当着大伙的面，把黄鬼五花大绑捆住，就地开膛抽出肠子，当然那肚肠也不是真的，一般是用麻绳作为代替。山村民众们举行这种仪式，是祈求风调雨顺没有瘟疫，可就像前边说的，搜傩的习俗传了几千年，很多内容已失其真，仅仅留下个形式。"

我听明白了大烟碟儿的言下之意，老年间应当有搜傩掏肠之事，却未必是捉黄鬼，死后能躺在阴沉金丝楠木棺椁中的人，除去傩王还会有谁？问题是傩王是傩教首尊，怎会被开膛破肚？

大烟碟儿前两年去乡下收东西，亲眼见过请神搜傩的风俗传说，侃起来头头是道，可提到上千年前的古傩教，他也不怎么了解，那就说不到点子上了。

我们又用手电筒照向殿顶，反复端详多头傩神的形象，只见傩神掌心的目光投向正殿后壁，顺其目光看去，后壁当中有个方孔，让人用条石塞住了，我知道那是地宫中的金井，椁室中金井贯通，死尸玉柙裹身，谓之"金井玉葬"，是王侯墓的规格。金井说白了是个气孔，埋死人的地方也忌讳一个死字，不会将大殿完全封死。这傩王地宫是上中下三层冥殿，金井横凿在壁上，也是绝无仅有，拿行话说叫"独一路"，却不离陵寝风水布局的基本原理，正待过去查看，厚脸皮已将扣住棺椁的铜环全部凿开。

我和大烟碟儿当即上前，跟他一同推开半米多厚的椁盖，阴沉金丝楠木重得出奇，仅凭三人之力，万难揭起，只能缓缓推开，半倚在石兽宝床之侧。金丝楠木的外椁里边裹着内棺，只见在椁盖下的缝隙间，已经生出尺许厚的云母，一大片一大片，长得死死的，遮住了下面的玉棺。

古人以为云母是云之根，故得此名，棺椁中长出云母，也称得上一大奇事，听说当年有盗墓开棺的人见过，但不多见，为什么棺椁里会长云母，向来没有令人信服的说法，有的说是在棺椁里放石灰和玉璧，防止尸身朽坏，年深岁久生变，像云母，却不是真正的云母，也有的说那是万年阴沉木的龙蜕，生长非常缓慢，反正各有各的说法，解放前这东西也很值钱，那会儿的人迷信此物能吃，如今却没有人认了。

我们耐着性子，又用铲子挖掉那层云母，这才看到下面的玉棺，凑近看时，脸上感到一阵寒意，心知是玉性阴寒，此时殿壁上的灯烛皆明，椁中的玉棺泛出诡异的光泽，居然是羊脂一般的无暇白玉。

大烟碟儿又是一番惊叹："这种白玉只出在极西之地，平常一小块已是价值不菲，若非亲眼所见，哪想得到有人用这么大的整块白玉做成玉棺，可也只有这样的内棺，才配得上阴沉乌木外椁。"

厚脸皮迫不及待地说："搬不走的玉棺，又有什么好瞧，赶紧看里边有没有宝，翻两番全指望它了。"

大烟碟儿说："你个受穷等不了天亮的脾气，这可不是着急的活儿，看明白了再下手。"

我用手电筒一照，能隐约看到躺在半透明玉棺中的尸身轮廓，比常人高出两头，丰躯伟干，头顶平齐，看来也穿着金缕玉衣。说也奇怪，就见玉棺中有个东西在尸身旁边快速爬动，我揉了揉眼再看，却什么也没有，我以为是眼花了，大殿中灯烛明暗不定，又隔着一层玉棺，手电筒光束照出里面的阴影，一不留神看错了也不稀奇。

07

我看站在旁边的田慕青神色紧张，似乎怕玉棺中也有僵尸，握着手电筒不住发抖，闭着眼不敢看，就说："咱们信也好，不信也好，那前殿乌木闷香棺中的女尸，当真是有阴魂上身，但也不是没法对付，打掉了脑袋它就不能动了，阴魂又怕活人的阳气，四个大活人还收拾不了一个死人不成，没什么好担心的。"

大烟碟儿听了不住点头，玉棺边缘有封蜡，他们好先刮去这层蜡质，两人带好了手套，一同撬动棺盖。

棺盖一经揭起，众人发觉玉棺中有股积郁的尸臭，忙把口鼻遮住退了几步，大殿里的灯烛一下子变暗了，过得片刻，才上前推开棺盖。

我早将枪弹顶上了膛，一旦玉棺中有僵尸，我便一枪轰掉它的脑袋，如果是厉鬼，那么阴气必重，也一定怕火药。

我认定为宫里一定有些东西跟壁画噩梦相关，多半就在傩王棺椁之中，大烟碟儿和厚脸皮两个人，惦记着放在玉棺里陪葬的珍宝，我们都伸长脖子往玉棺中看去，身子却如箭在弦，绷得紧紧的，准备只要一有变故，立刻将棺盖合上，忽然感觉身上凉嗖嗖的，原来不知不觉间冷汗已湿透了衣服。

但见棺中仰面朝天，卧着一具身穿蛟龙玉柙的古尸，身躯高大，异于常人，玉衣皆用金缕连接，怀抱树形金杖，头枕一块冬瓜形的玉枕，身侧放置金枣、明珠、珊瑚等物，还有一柄长剑，明珠玉璧在手电筒的光照下放出瑞彩。

我站在那看直了眼，片刻之后回过神来，寻思傩王当然不止一位，熊耳山古墓从汉至唐，应该埋了许多位傩王，为什么只有正殿椁室中的傩王才有这么多奇珍异宝陪葬?

厚脸皮兴奋地从背包里掏出蛇皮口袋,伸手进去拿傩王身边的金枣。

大烟碟儿说:"别缺心眼儿了,玉棺里哪样东西不比金枣值钱,记住了,先珠后玉……"

话没说完,蓦地一声枪响,划破了地宫中千年不变的沉寂,大烟碟儿身子一晃,立刻向前倒下。

我和厚脸皮急忙拽着田慕青伏下身子,却听身后又是两声枪响,枪弹擦着头顶过去,打到了阴沉乌木外椁上,我们顾不得回头,拖起大烟碟儿,绕到外椁另一边,躲在镇殿俑后,只听殿门处有人高声叫道:"大烟碟儿你们几个傻鸟,没想到爷爷命大没死吧?"

听声音正是黄佛爷,他之前让崩塌的乱石挡在大殿中,也是命不当绝,又让他和其余四五名盗匪挖洞逃了出来,一路跟到此处。

我们的注意力都放在傩王棺椁中,完全没发觉黄佛爷等人进了正殿,我看大烟碟儿后背上挨了一枪,幸亏是土制猎枪,离得远了威力不强,没把他当场被打死,但也伤得很重,在地上拖了一条长长的血印。

我看厚脸皮从大烟碟儿伤口中抠出铅弹,又用火把按在他身上,以烧灼止血,田慕青扯下布条帮忙包扎,还不知大烟碟儿这条命能不能保住,我心中又急又怒,对黄佛爷叫道:"一定是阎王爷觉得这么死便宜了你们,让你留着命再挨我一铲子,你真该烧高香去了。"

黄佛爷那伙盗匪看见正殿的玉棺已被揭开,便仗着人多围上前来,眼中都冒出贪狼般的凶光。

我和厚脸皮弹药不多,生死存亡在此一举,想躲在镇殿俑后把他们放近了再打。

却见群盗直奔玉棺,黄佛爷喝骂着让手下来对付我们,可那几个盗匪和他一样,两眼落在玉棺中珍宝上再也移不开了,全想趁乱得点油水。

黄佛爷抖出一条绳索,套在那身穿蛟龙玉柙的古尸颈中,使力将尸身拽起,伸手去拿那根金杖,忽然从死人玉柙缝隙中钻出很多黑色蜘蛛,头如锹铲,身上有黑毛,形状像枣,壳硬如铁,一转眼爬上了黄佛爷的手臂。

我看得目瞪口呆："玉棺中竟有这许多活生生的蜘蛛？"又想："幸亏伸手取宝的不是我……"

黄佛爷吃了一惊，一抖左臂没甩掉，忙用右手去拍，想不到没拍死蜘蛛，反在一瞬间让蜘蛛将手背咬穿了一个大洞，顺着右臂爬上了黄佛爷的身子，黄佛爷正在张口惨叫，几只蜘蛛一眨眼就钻进了它的嘴里，也不知这些蜘蛛怎么咬噬，顷刻在他身上咬出几个窟窿，从里到外爬进爬出，黄佛爷整个人血肉模糊，他喉咙被咬穿了，嘴里发不出声，趴在玉棺上，两手在头脸处乱抓。

08

此时玉棺中爬出的蜘蛛越来越多，黑压压的不下数百，看得人头皮子发麻，其余几个盗匪全吓呆了，一转眼身上都爬满了蜘蛛，有人被啃噬入脑，当即毙命，也有人一时不死，哀嚎声中倒在地上不住翻滚，不到十几秒，包括黄佛爷在内的六名盗墓贼，全部横尸倒地，一个个死尸身上满是窟窿。

我们躲在镇殿俑后，看黄佛爷等人转眼间死于非命，又见那些蜘蛛仅有六足，心中骇怖至极，我想起故老相传，六脚虫是土蜘蛛不会吐丝，却有一肚子浓酸，是近似蜘蛛的巨蚁，别说血肉之躯，铜皮铁甲也能啃穿，莫不是这种怪虫？但在棺椁里封了上千年，它们怎么还能活动？

分神这么一会儿，那些从玉棺古尸中爬出的土蜘蛛，吃过活人血肉，好似发了狂，我和厚脸皮连开几枪，却根本阻拦不住。

三个人脸上变色，慌忙拖着大烟碟儿往后退，可身后已是大殿尽头，只有个被条石堵死的金井，即便没堵死，那狭小的孔洞也钻不进人。

我见无路可退，叫道："二皮脸，快点火把！"

厚脸皮说："火把全用完了，火柴还有两包，划火柴行不行？"

我心知大势已去，刚才亲眼看见黄佛爷等人死状之惨，倒不如给自己来个痛快的，可那土制猎枪的枪管很长，无法朝自己开枪。

厚脸皮急道："没辙了，咱先打死那俩人，然后我一枪打死你，你再一枪打死我。"

我说："你先告诉告诉我，我怎样才能被你打死之后再打死你？"

此时田慕青想推倒了墙下的铜灯台，以火势阻挡大群土蜘蛛，那宫人形状的铜灯十分沉重，而且边缘锋利，她推了两下推不动，还把自己的手划了一道口子，立时流出血来。

田慕青虽然没有推倒铜灯，却提醒了我和厚脸皮，立即将铜灯推倒，怎知蜘蛛太多，潮水般从四面八方而来，又哪里抵挡得住。

原以为要死在这了，怎知成群的土蜘蛛到了身前两三步开外，突然间掉头四散，我和厚脸皮正在推动身旁另一盏宫人铜灯阻敌，忽见那些噬金蜘蛛纷纷逃散，均是暗道一声"侥幸"，心下却不明白发生了什么？此事好没来由，似乎有什么东西吓走了玉棺中的土蜘蛛？

我心想："人生在世，好比八仙过海，各有其能，生旦净末丑所扮演的角色不同，一人有一个人的出身，一人有一人的本事，乃至形貌脾气，是善是恶，每个人都不一样，可以说是千差万别，但是血肉之躯，大抵相同，谁不是俩肩膀顶一个脑袋一肚子肝胆肺腑？玉棺中的土蜘蛛为什么咬死了黄佛爷等盗匪，却将我们几个人放过？"

我四下一看，也不见何处有异，只有田慕青的手割破了，鲜血滴落在地，我心头大震："难道是她的血将土蜘蛛吓跑了？她到底是什么人？"

我心中刚转过这么一个念头，又发觉欲待推倒的铜灯好似生了根一样，顺势一扳，竟原地转了半圈，同时在正殿金井下的浮雕墙壁处，"轰隆"开了一个大洞，原来那里有道隐秘的石门，正是殿顶傩神俯窥之处。

我们三人一时怔住了，耳听阴森的大殿中，忽然传来一阵"叽叽咯咯"的怪响，那身穿玉桦的死人，从棺椁中爬了出来，玉桦已被挣裂，身子仍是朝上，全身滴血，露出白花花的肠子，脑袋和手脚反转过来，昏暗的灯烛下更看不清楚面目，只是方面大耳，脸色极白，随着脖子扭转，垂下披散的长发，脑后竟是另一张脸，但见两目莹绿，巨口过腮，霎时间尸气弥漫。

第十六章 铜镜幽灵

01

我见棺椁中的傩王尸变，与壁画噩梦中的情形儿乎一样，不觉一股惧意，从脚底心直涌到顶梁门，直吓得魂魄飞荡，再也不敢多看，和另两个人背起倒地不起的大烟碟儿，转身跑进暗道，拼命将石门推拢，在崎岖蜿蜒忽高忽低的通道中不停奔逃，手电筒掉了也顾不上捡起，摸着黑跌跌撞撞跑了许久，听身后毫无动静，才停下脚步，三人坐在地上"呼哧呼哧"喘着粗气，心跳得好似要从胸口蹦出来。

我缓过气来，见四下里漆黑无光，摸出备用的手电筒，光束先照到厚脸皮。

厚脸皮道："真他妈刺激，咱们……还没死吗？"

我无奈地摇了摇头，再看大烟碟儿脸似白纸，意识全无，情况十分凶险，不免暗暗担忧，真担心他有个三长两短的，怎么叫三长两短？棺材放人时是三块长板两快短板，三长两短意指快要进棺材了，又寻思："不知玉棺中的死人是鬼是怪，总之对付不了，能逃出去就逃出去，多活一天便宜一天，不能让厚脸皮和田慕青也把命陪上。"

我用手电筒照明，让田慕青拿手帕包好她手上的伤口，那口子割得极深，流了不少血，我心念一动，问道："你是什么人？"

田慕青望我了一眼，说道："你又想说什么怪话？"

我说："不是我想说怪话，有些事不太对劲儿，眼见土蜘蛛咬死了六名盗匪，可它们到来咱们近前，忽然散开，我当时看到你手上的血滴落在地，那些吃人不吐骨头的土蜘蛛随即四散逃开，你是不是有意划破自己的手？它们为什么会怕你的血？"

田慕青说："你想得太多了，我只是不小心被铜灯割破了手。"

厚脸皮说："我看他也是吓傻了，要说出血，大烟碟儿不是也流了一地的血？"

我对田慕青说："可没这么简单，你孤身一个年轻女子，在火车上听我和麻驴胡扯了几句，便来到这片荒山野岭之中，我看你处变不惊，胆子比大烟碟儿都大得多，总显得心事重重，只是很怕地宫中的两具棺椁，似乎知道不少熊耳山古墓的秘密，可这也只是我的感觉，直到我看见你割破手掌流出鲜血，吓退了玉棺中的噬金蜘蛛，更让我觉得你……"

田慕青说："你们在黄佛爷那伙盗匪手中救了我，我感激不尽，至于我是什么人，随你怎么说好了。"说到这，她眼眶微红，几乎要掉下泪来。

厚脸皮对我说："正是玩命的时候，你干嘛把她惹哭了？"他转头又对田慕青说："别搭理这小子，他看电视剧聊斋看太多，吓破胆了，做梦都以为会有女鬼来找他。"

我说："聊斋电视剧里的女鬼们一个个浓妆艳抹，都跟村姑似的，有什么可怕，小说里描写的才吓人。"

厚脸皮道："聊斋这部电视剧已经改编成小说了？"

我没理会厚脸皮这个无知的问题，对田慕青说："你哭也没用，我不可能看走眼，今天的话我要是说错了半句，我……"

话一出口，我忽然想到前一天，我们在草鞋岭山馆中遇到蛇舅母，亏得棺材中的死尸脸上有树皮面具，吓走了蛇舅母，追及原因，还是树皮面具上的石黄，那东西能避蛇虫，我们担心再撞见蛇舅母，便抠下石黄一人揣了一块，地宫中那些土蜘蛛，说不定是被石黄的气息逐走，那么说岂不是错怪了田慕青？

我话已说出一半，立刻改口道："说错了就算我没说，这不是没拿你当外人吗，你我之间，何分彼此，我看此地不可久留，咱们喘儿口气，还得接着往外逃。"

田慕青不明白我为什么突然改口，但也没有责怪之意，我们担心正殿椁室中的尸怪追上来，稍作喘息，又背起大烟碟儿顺着墓道往前走。行至尽头，是道低矮的石门，从中钻出去，眼见白雾茫茫，长草掩映，身后是看不到顶的封土堆，竟是走出了地宫，不知什么时候，湖面消失了，周围的房屋顶部覆盖着泥土，如同一个个坟丘。

我们吃惊之余，也不敢在这鬼气森森的村子中停留，穿过一片片房屋走到村外。

熊耳山古墓的封土堆露出湖面，当地人称之为仙墩，我们进去过才知道，那是一座山峰，山峰下的房屋不计其数，是千年前傩民守陵的村子，后来整个地方沉到了湖下，只有峰顶露出湖面，北侧该是草鞋岭鱼哭洞。

此刻往北一走，忽闻雷声隐隐，天上下起雨来，眼前雾气稍散，却见万木林立，前方充斥着遥不可知的黑暗。

02

正值深秋，雨下得又密又急，山里寒意更甚，让人难以抵挡，我们身上全都湿透了，一步一挪地走到林边，望见一株大枯树下有几间古屋，里面黑灯瞎火，却可避雨，也只好进去挨到天亮再走。走到门前，看出这片巨宅是就地取材，从山里开凿出整齐的条石，内填灰土和石灰，结合粗大木料构建房屋，异常坚固，我们迈步进到头一间大屋中，只见四壁空空，墙上也凿出了凹洞放灯，满地尘土，常年无人居住，从里到外有股受潮的霉味，混合着木头的腐气，格外难闻。

我们将背包放下，找地方让大烟碟儿躺下，又用石头堵住了门，厚脸皮包里还有一捆蜡烛，他在屋角点了一根。

我看大烟碟儿昏昏沉沉，但呼吸平稳，稍觉放心，摸出两支烟，跟厚脸皮在蜡烛上对个火，倚墙坐下狠狠吸了两口，回想先前在地宫中的所见所遇，捏着烟的手还在发抖。

厚脸皮翻看大烟碟儿的地图，问道："你瞧瞧，地图上怎么没有这地方？"

我说："咱们出了地宫一直往北走，北边应该是鱼哭洞，可来时怎么没见有这么多林木？当真是邪门，鬼地方又是雨又是雾，怕要等到天亮才能看明位置，但愿别再出事了。"

厚脸皮说："都出了熊耳山古墓，还有什么好担心的？咱这趟虽然得了鹿首步摇冠和一条玉带，可也真够不顺的，下次再出来得先看黄历，千万别挑不宜动土的日子下手。"

我说："你真是个棒槌，动土那是指迁坟下棺，跟倒斗的有什么相干？盗墓取宝有看黄历下手的吗？吃倒斗这碗饭，主要是胆大不信邪，讲究个百无禁忌，当然也有些盗墓贼迷信，但是不看黄历，他们要听出语。"

厚脸皮说："出语？怎么个讲法？"

我说："好比是江湖上图彩头的话，也有点像过年的习俗，大年初一头一天，出门听到别人对他说的头一句话，在旧时的迷信观念中，这句话里边带出吉凶，能主接下来一年的征兆。我瞎爷活着的时候，就特别信这个，他大年三十晚上吃过饭，一个人烧完香没事干，四更不到就溜达到外边听出语，却也不是自己想往哪走就往哪走，得问祖师爷，祖师爷的牌位又不会说话，那拿个勺子，放在祖师牌位前转，勺柄转到哪个方向就往哪走，转到东边，瞎爷便出门往东走，东面是死胡同，不得不回来，回到家再转一次勺子，请祖师爷重新指点，这次转到了北边，他出门往北，北边正好住着个要饭的，大年三十要饭的都不出去讨饭，肚子里没食，睡得早起得也早，四更天起来撒尿，瞎爷听见水响，他就高兴了，非说水是财，征兆奇佳，这一年里准能收来好东西，不出门的话，五更放炮接财神，听见炮声同样是好兆头，瞎爷对此事迷信甚深，准不准我也不好说，反正我不太信。"

我终究不放心这几间地图上没有的大屋，跟厚脸皮说了几句话，又觉得身上越来越冷，就让他和田慕青留下照看大烟碟儿，我到里屋找些生火的东西。

田慕青冷得发抖，她在这阴森的大屋中坐不住，想跟我同去。

我想一想，应允了，背上猎枪，握着手电筒，分给田慕青一支蜡烛，推门进了第二间大屋，这屋子里面更大，六柱五梁，石柱下为覆盆式柱础，有如殿堂一般，当中几尊泥像早已倒塌，抹着石灰面的墙上全是壁画，色彩暗淡，但是还能看出大致轮廓。

我怔了半晌，说道："土地爷掏耳朵崴泥了，这大屋有可能是供着傩神的庙堂。"

田慕青骇然道："原来咱们还没走出熊耳山古墓周围的村子。"

我说："可真是怪了，这里怎么没有让湖水淹没过的痕迹？"

田慕青说："从壁画中也许能看出这里是不是傩庙……"说着话，她点起蜡烛，拭去壁上的灰尘，举头望向那些壁画。

我也想看个究竟，忽然感到一阵阴冷，肌肤起栗，不是古庙里秋雨潮湿的冷，而是身上没来由地起了层鸡皮疙瘩。

我心说："这屋里有什么？"用手电筒四下一照，只见第三间屋的木门半掩，门缝中露出一张小孩的脸，是个不过十岁左右的小女孩，正躲在里屋往外窥视，两只大眼一眨一眨的十分灵活，她的脸被手电筒的光柱照到，立即悄无声息地缩进了黑暗中。

我心下骇异："深山老林的古屋里为什么有个小女孩？是附近山民家的孩子？"当即快步走过去，伸手推开屋门，这是最里面的第三间大屋，同外边两间屋子一样，地面尘埃久积，壁上也有灰网，但是眼前看不到半个鞋印。

03

田慕青问道："你怎么了，站在那发呆？"

我指着门口说："你没看见……这里……"

田慕青见状，用手电筒往庙堂中照去，说道："里面什么也没有，你看见什么了？"

我心想那小女孩说没就没了，此刻口说无凭，如何能让人信，就说："我看里屋壁上有神龛，这几间大屋真是庙堂。"

田慕青说："神龛？看你刚才神色古怪，我还以为你见到了不干净的东西。"

我暗中留意四周，嘴里却说："没有的事，庙堂之中不会有鬼。"

我转过头，正好看见田慕青拭去灰土露出的一片壁画，画中绘一女子形象，身姿曼妙，虽然色彩消褪，面目模糊，但绝不是傩教壁画中常见的神头鬼脸，我心里一动，说道："此地也不见得是傩庙。"

田慕青说："庙堂中才有泥像和壁画，你认为不是拜傩神的地方吗？"

我说："熊耳山有座古刹法华寺，据说古刹壁画中有位美女绘像，堪称举世无双，咱们莫非到了法华寺……"

可随即一想不对，熊耳山绵延百里，法华寺和草鞋岭仙墩湖离得很远，群山阻隔，怎可能这么快就到，况且这几间大屋是用条石构建，并非古刹寺庙华丽的殿阁布局，还是傩神庙的可能更大，只是很少在傩神壁画中看到不带树皮面具的正常人。

田慕青却对我提到壁画中女菩萨绘像之事感到好奇，问道："法华寺壁画中为什么会有美貌女子？画中之人真有那么美？"

我心想："田慕青毕竟是对绘画感兴趣，何况一个女人当面听别人说另一个女人长得美，那也是没有不嫉妒的。"只好告诉她："宋代皇帝崇信佛教，下旨在熊耳山造法华寺，要在宝殿中绘制壁画，当时东京汴梁有位首屈一指的老画匠，虽然身体多病，仍被强行征来，老画匠的女儿不放心父亲，女扮男装跟到熊耳山，混在工匠中照顾父亲，平时帮别的工匠们洗衣服烧饭什么活都干，无一人不喜爱她，宝殿壁画中要有菩萨形象，可怎么也画不出来，画出来女子形象美是美了，却脱不开世俗之气，朝廷派来的监工眼见误了工期，大发雷霆，命人狠抽画匠们鞭子，老画匠也在其中，挨了鞭刑定然难以活命，这时老画匠的女儿挺身而出，愿意替父亲承受重刑，谁知监工早看出她容貌美丽，是女扮男装，就逼着她脱光衣服挨鞭子，那姑娘心知将遭侮辱，回头望了父亲和众画匠一眼，轻轻一笑，纵身跳进了烧铸铜佛的铁水中，顷刻间化做一团白云升上天空，但她的形貌神态，却永远留在了众画匠的脑海中，不知不觉将她绘成壁画中救苦救难大慈大悲的观音菩萨，所以法华寺壁画中的菩萨形象，远胜其他庙宇，可惜那壁画也因年代久远色彩消褪，不复当年之观。"

田慕青听罢叹了口气，怅然若失，良久无语。

我却没有替古人担忧的心思，何况这一听便是前人捏造的故事，老画匠的女儿扮成男装也不扮得像一些，在脸上抹点灰什么的，真是笨到她姥姥家去了。

我一边说话一边抹去墙上的灰土，借着烛火观看庙堂中的壁画。东侧壁画有的脱落，有的模糊，内容残缺不全，只有几个女子的身形轮廓，身后有些童男童女，或持剑或捧镜，看不出什么名堂，西侧壁画保留得相对完好，壁画有如横幅长卷，可以看到当中一座山峰，高可入云，山腹里的宫殿半隐半现，周围是密密麻麻的房屋，住得下上万人，东西北三方崇山峻岭环抱，北边山岭下有个山洞，洞口和村子之间，是一株大枯树和几间石屋，村西是片坟地，村东是个石台，村子南端有赑屃驮负石碑，东西两边的大山对峙如门，图中另有几条半虚不实的黑线，壁画顶部尽是面目狰狞的傩神傩将。

我对田慕青说："这几间大屋还真和傩神有关，咱们现在是在这里，只要穿过密林，往北走就到岭下的鱼哭洞了，那条路我们进山时走过。"

壁画中还有多处古字，标注着几十处地点，我一个字也不认得，田慕青却能认出一些，她给我逐个指出："正中的封土堆叫玄宫山，玄宫即是地官，山下的村子是千古异底村，北边的山洞是鱼哭洞，村口的石碑叫搜傩碑，那株枯树是傩树，枯树下是傩庙，千古异底村西面是鬼方祭祀坑，与村子有神道相通，东面有很多坟头，不知为何没有地名，对了，多半是搜傩山村民的坟地，可在一千年前，这些地方全部沉到了湖底，如今怎么又冒出来了？"

04

我摇头不解，此事想也无用，至于村口那块石碑，为什么叫搜傩碑，而不是直接以傩碑为名？

田慕青道："石碑用于记事，据你兄长大烟碟儿所说，搜傩是指傩教驱鬼逐疫等自古流传的仪式，碑文或许记载了村中进行过的搜傩仪式。"

我一想不错，壁画中描绘的"搜傩碑"，是一块赑屃驮负的大石碑，民间说俗了叫"王八驮碑"。赑屃是龙种，生性好负重，古时以赑屃驮负之碑，皆有两点相同，一是极为高大，二是内容非常重要，因此石碑一定记录着千古异底村发生过的大事，我要不想和辽墓女尸一样被噩梦活活吓死，那就必须到赑屃驮负的石碑前看个究竟，但大烟碟儿生死未卜，早一刻离开此地，他就多一分生机，在这么紧要的关头，我总不能只顾自己活命，再说我也不敢再踏进那个古墓前的村子了，事已至此，且听天由罢了，还是先逃出去要紧。

此时厚脸皮过来说："屋外边雨不下了，雾却越来越大，咱们得拿个准主意，是在这继续躲下去，还是出去找条路往外走？"

我说："既然大雨住了，那就往北走，穿过树林便是咱们来时的山洞，可以按原路出去，你们俩先收拾好东西，多绑几根火把备用，我再看看里屋的壁画。"

厚脸皮自去门口捡了些粗大的树枝，又将脏衣服撕成布条，让田慕青一根根缠在木支上面，到壁上的灯孔中涂抹油膏。

我留着手电筒应急，持着田慕青用过的蜡烛，一个人走到傩庙后堂，拨开灰网尘土四下查看。

想到门后那个小女孩的脸，不免有些忐忑，不知道是我看错了，还是瞧见鬼了，可甭管是人是鬼，也只是不过个小孩，没什么好怕。

我给自己壮了壮胆，借着烛火去看后堂的壁画，庙堂坐北朝南，壁画皆在东西两侧，东边绘着飞檐斗拱金碧辉煌的宝殿，旁有条大鱼。我一看这壁画，立时想起瞎爷的遭遇，当年打神鞭杨方同军阀头子屠黑虎，陷在黄河下的金顶宫殿中，与这壁画中的情形何其相似？黄河下大沙洞里的金顶宝殿，以打神鞭杨方和崔老道那种大行家，都断不出那是个什么去处，只说大概是隋唐年间被黄河淹没，想不到与千古异底村有关，那村子不也是唐代沉到湖底的？

我瞧了好一阵子，看不出什么端倪，也想不通有何相关，再看对面的壁画，却是几十个脸上带有面具的傩将，按住一个人用刀划开肚子，被开膛的人披散头发，肠子流了一地，人还没断气，兀自竭力挣扎，场面血腥可怖，很像大烟碟儿所说的搜傩捉黄鬼。

我心想："以地宫里的棺椁和陪葬珍宝来看，此人必是傩王无疑，既然是傩王，又怎么会被傩将杀掉，并且厚葬在地宫之中，还阴魂不散变成了尸怪？千古异底村里发生过以下犯上的反乱？此事跟黄河下那条大鱼又有什么相关？辽墓女尸死在唐宋之间，为何辽墓壁画会有千古异底村？当真是辽墓女尸生前在噩梦中见到的？过去了那么多年，我为何会跟辽墓女尸做相同的噩梦？千古异底村是不是有一个可怕的诅咒？"

我站在壁画前心神恍惚，各种念头纷至沓来，突然觉得后背一冷，烛火当即变暗，那种肌肤起栗的感觉又出现了，我一转过头，就看那个小女孩站在墙角，她见我看过来，便拜倒在地不起，呜呜哭泣，口中还说着些什么。

我断断续续听不太清，隐约听到小女孩哭着说："多年……不易……今朝有难……相救……别动……"

我心中惊奇更甚，问道："你说什么？别动什么？"

这时厚脸皮在我肩膀上拍了一把，大声道："你撞什么邪了？怎么自己一个人对着墙说话？跟哪个女鬼勾搭上了？"

我身子一震，险些从地上跳起来，看到是厚脸皮准备好了火把，进来招呼我出发前往山洞，我被他吓得不轻，刚松得一口气，再看墙角却什么也没有了。

05

刚刚那一瞬间，烛光太暗，照到那小女孩的脸上，连样子都没看清，只是模模糊糊的一个身影，转眼就不见了，墙角积灰没留下半点痕迹，除非是有形无质，才能做到这样。

我觉得这小女孩没准是傩庙中的冤魂，不过她说话声音很小，听也听不清楚，为什么突然对我下拜，她说的那些话是什么意思？是想求我帮忙？她是怎么死的？

厚脸皮又在我肩头拍了一下，问道："你怎么还对着墙发呆，真撞邪了？"

我对厚脸皮说："二皮脸你别在我身后一惊一乍的，吓死人不偿命啊！"

厚脸皮好奇地对打量墙角，说道："你到底看见什么了？"

我说："什么也没有，咱们赶紧离开傩庙，从山洞出去。"

厚脸皮说："不可能，你小子俩眼贼溜溜的，肯定没说实话，这地方是不是有宝？"

我低声说："傩庙里有鬼，你愿意信就信，不信你自己跟这看着，我先走一步。"

厚脸皮说："怕鬼还敢出来盗墓？"他只是不信，一手握着火把，一手去抹墙角的落灰，后壁有几块砖石，一碰就轻轻晃动，他更是好奇，抠开砖发现墙壁里面还有个洞口。

我登时一怔，忙把厚脸皮扯住，说道："别进去，里边有鬼！"

厚脸皮哪里肯听，他认准了有宝，甩脱我拽他的手，将火把握在面前钻了进去。

我心中暗骂，却怕他有个闪失，只好硬着头皮跟随。

洞中一处狭窄阴森的石室，我和厚脸皮用火把一照，就见墙下坐着一个小女孩，一动也不动，怀中抱着个黑沉沉的物事，身上是童女装扮，鹦鹉绿的鞋子，如同做戏的戏袍一般，死了不知多少年了，但是面目如生，衣服色泽鲜艳，跟活人并无两样，不知为何保存得这么好。

厚脸皮指着女童尸首，说道："是个死人，哪里有鬼？"

我瞧这女童也就八九岁不到十岁，死在石室中已不下千年，居然还和活人一样，又在我面前显魂，其中必有古怪，她让我别动什么？

厚脸皮说："这个小女孩死的年头也不少了，却一点没变样，许不是要变成僵尸了？扔在这不管又让咱俩于心不忍，不如把它埋了，免得作怪。"

我说："把死人埋了是仁者所为，倒也没错，不过你先别急于动手，先等我看明白了再说。"

厚脸皮说："哪有这么啰嗦，赶快动手，挖坑埋尸，埋完咱还得出去找路，尽早离开这鬼地方。"说着话，他往前一走，看那女童死尸双手捧着一面铜镜，喜道："还有古铜镜？"

我让厚脸皮别动那面铜镜，反正这铜镜也照不得人了，女童死后还手抱铜镜不放，一千年以来没有动过，你想想那铜镜千百年来一直对着死人，再用来照活人可太晦气了，哪还有人敢对着镜子照自己的脸，你知道会在镜中看见什么？

厚脸皮说："你这就叫自己吓唬自己，我对着铜镜照给你瞧瞧……"说着，他去拿女童手捧的古镜，说也怪了，那女童面容本是栩栩如生，刚把铜镜取下来，脸色一瞬间变得灰暗，五官枯萎塌陷，衣服的颜色也跟着消失，转眼在我们面前化成了一堆尘埃。

06

我们二人愕然失措，不知为什么一取下铜镜，女童千年不变的死尸会立时朽为尘土。

我拿过铜镜，见背面是蟠虺形纽，有神禽飞天之纹，丝毫不见锈蚀，拿在手中沉甸甸冷冰冰，精光映射，鉴人毛发，当是汉代古物，这时我才明白过来，说不定是一面宝镜，尤其是铸在古镜背面的神禽，名叫"伯劳鸟"，传说是一个叫伯奇的人所变，伯奇的母亲死后，父亲又娶了个妻子，后母还有个小儿子，为了让小儿子得宠，在伯奇父亲面前屡进谗言，父亲以为伯奇心怀不轨，将他流放到野外，最后投河而死，变成了伯劳鸟，它心明如镜，能识善恶，铸有伯奇神禽纹的铜镜绝不寻常，根据所见情形猜想，女童十之八九是个镜奴，傩庙墙壁上也有她的画像，当年这童女捧着铜镜死在这间石室中，尸身在古镜前得了灵气，以至千年不朽。

我追悔莫及，不该让厚脸皮取下死尸怀中的铜镜，适才女童显魂，或许是自知今天有此一劫，求我别动这面古镜，我却没听清楚，等明白过来也晚了，想来这是天意，我将此事简单对厚脸皮说了。

厚连皮说："咱只当她是早死早托生了，再留着铜镜也没什么用……"说着，又把神禽纹铜镜抢过来，用手抹了抹，再不舍得放手了，看他那意思，是打算塞进蛇皮口袋中带走。

我心念一动，想到那女童说的话很是奇怪，如果是鬼，怎么会担心动了铜镜让尸身化为灰土，死都死了，尸身不朽还有什么意义，总之是永远活不转来，那为什么想让死尸对这古镜一直不动？

转念之间，我想到我看见的女童不是鬼，故老相传——"千年有影，积影成形"，死尸面对古镜千年不动，那古镜中的影子，逐渐有了自己的意识，可能再过个几百年，就可以积影成形了，却为天道不容，所以它说多年修炼不易，又有灵性，自知将有一劫，求我别动铜镜和那女童的死尸，岂不知在劫难逃，如今女童肉身化成尘埃，古镜中的鬼影再也没有机会修炼成形，说不定过些年连影子也要散掉，它必定对我们怀恨在心，此时将这面铜镜带走，等于是自找麻烦。

我转过这个念头，告诉厚脸皮别对古镜起贪心，忙把铜镜再次拿过来，当时就想放在地上，可无意中一低头，发现我自己的脸正对着古镜。

那古镜自有光华，不用灯烛，也能照人面目，头发丝都看得清，就见我身后浮现出那小女孩的脸，眼中全是恨意。

我跟它目光一触，立时感到一阵恶寒，我身上冷汗直冒，转头看自己身后什么也没有，心知是铜镜中的幽灵，正想扔下铜镜和厚脸皮离开石室，脖子上忽然一紧，像被一双手掐住了，气为之窒，我用手一摸，脖子上却空无一物，低头再看铜镜，镜中的我已被幽灵紧紧扼住了脖颈。

我惊骇更甚，扔了铜镜在地，但觉得脖子上有双冷冰冰的鬼手，越掐越紧，这古镜中的幽灵虽然是个鬼影，但宝镜灵气千年所积，非同小可？傩王地宫那么凶险我们都逃出来了，可别死在这间不起眼的石室之中。

我心中焦急，想到几个脱困之策，身子却一动也不能动，仅有两个眼睛还能转，纵然兜天的本事也施展不得。

厚脸皮在旁看到我的样子，一脸的不解，奇道："你又搞什么鬼？"

我心说："那幽灵掐死我之后一定也要掐死你，还不快跑？"奈何做声不得，只能暗暗叫苦，脖子被掐得透不过气，两眼上翻，正在这危急当口，忽觉脖颈中一松，急忙深吸了几口气，心下好生不解，不知那阴灵为何突然松手。

一看那小女孩已跪在墙角，脸色大变，对着我们跪拜不起，转眼化成灰尘，就此消失不见，我感到莫名其妙，捡起铜镜看了几眼，里边再没有童女的身影，然而铜镜也就此变得光华暗淡，我一转身，发现田慕青站在我们身后，脸色白得不像活人。

第十七章　搜傩志异

01

原来田慕青在傩庙门口等着，见我们迟迟也不出来，她担心有事，点起蜡烛走进石室察看，一脸关切的神色。

我骇异无比，低头看看铜镜，又抬头看看田慕青，心想："古铜镜中的幽灵跪在地上消失不见，是因为田慕青突然走进来？"

我觉得田慕青是不太对劲儿，她分得出汉唐壁画倒还罢了，竟连傩庙里的古字都认得，铜镜里的幽灵也怕她，她定与千古异底村有很深的关系，是从村子里逃出去的女鬼？

我当即拿铜镜对着她看了看，却不见有异，也许是古镜中的灵气已失，变得跟寻常的铜镜没有两样。

田慕青早见到我手中的铜镜，脸色苍白，怔怔地望过来，说道："这……这是……"

我看到田慕青脸色忽变，心知所料不错，反问道："你认得这面古镜？"

田慕青点了点头，又摇了摇头，她不再说话，只是盯着铜镜出神。

我看得出田慕青有些事不愿意说，但也不会有害人之心，就把铜镜交给她，三人来到傩庙外屋，厚脸皮背起大烟碟儿，我和田慕青举着火把照路，出了庙堂一路往北走。

云封雾锁的密林中，尽是粗可合抱的古树，脚下枯叶层层，头上乔枝郁郁，刚下过几个小时的雨，森林里又湿又潮，枯枝败叶散发着潮腐的气息，我想那壁画中的地图该不会错，一直往北就是草鞋岭，按着指南针的方向走就行了。

我边走边跟田慕青说话，我直接问她："你跟我说实话，以前是不是来过千古异底村？"

田慕青说："没来过……你为什么要这样问？"

我说："你瞒得了旁人，却瞒不过我，你也不看我是谁，想对付我，你还嫩了点。"

田慕青说："我没想对付你，言尽于此，你愿意就信，不信我也没办法。"

我知道她为人柔顺，却不柔弱，只好说道："你来过就来过，那也没什么。"

田慕青说："我知道你为何疑心，只不过有些事情我没法说，说了你们也不会信。"

我说："说不说在你，信不信在我，而且我愿意相信你，要不早把你扔下不管了。"

田慕青说："我真的没来过千古异底村，却觉得这里有很多东西眼熟，像是……像是上辈子见过。"

我看她所言不虚，心头一震，口中却说："怎么会有投胎转世这等事……"

田慕青说："我也不信，但我看到千古异底村觉得似曾相识，看到地宫中的棺椁又感到很怕，却说不上为什么怕。当时在火车上遇到你们，听你说起熊耳山古墓，我也不知为什么，只是想来看一看，到了这里我明白了，这是命，我怕我走不出千古异底村了。"

我说："我是让恶鬼索命，不得不到千古异底村盗墓取宝，怎知是披麻救火，惹焰烧身，而你也同千古异底村有莫大干系，咱们是一根绳上的蚂蚱，出了事谁都逃不掉，你也不用太过担心，天塌下来我先替你顶着，我这个人平时口没遮拦，主要是掏心窝子话说的太多了，以至于没心没肺，如果之前说了什么得罪你的话，你也别往心里去。"

田慕青道："你们救过我的命，我都不知该如何报答，又怎会怪你。"

我们将这些话说出来，均有如释重负之感，但我并不相信田慕青曾经死在千古异底村，如今投胎转世又回到此地，这其中一定别有隐情，只是我还看不到真相。

此刻我只盼尽快找到岭下山洞，离这鬼地方越远越好，至于千古异底村中到底发生过什么怪事，我已经不想多做追究，那不是我能应付得来，只盼别死在这里。

我和厚脸皮轮流背负大烟碟儿，田慕青用火把照亮，三个人在树林里不停往北走，但见雾气中苍松翠柏，亭亭如盖，眼看走出了密林，前边却没有山洞，荒草丛中是一块赑屃驮负的古碑，密密麻麻刻满了碑文，田慕青上前辨认，说这是搜傩碑。

我们三人相顾惊疑，地图上石碑在村子南边，一直往北走，怎么绕到村子的另一边来了？况且从傩庙往北走进密林，走了没有多久，腿脚再快也不可能到绕这么一大圈。

厚脸皮说："是不是咱取了千古异底村古墓的宝，那些死鬼舍不得，冤魂缠腿让人走不出去，太狠了，这是想以累死的方式吓死咱们？"

我说："冤魂缠腿顶多是让人在原地转圈，咱们遇上的事更邪行，明明往村子北边走，却出现在了村子南边，周围仍是这么黑，怕是走到死也别想走出去。"

02

我们想到了不会这么轻易脱身，却料不到往千古异底村北边走，竟会来到千古异底村南边。

我寻思石碑名为"搜傩碑"，对村子里发生过的大事必有记载，便让田慕青去读碑文。

夜雾荒草间，石碑高耸，田慕青站到赑屃背上，才看得到上方的碑文，搜傩碑记载的内容很多，她一时也不得尽解。

我和厚脸皮将大烟碟儿放在赑屃下躺着，看他气息奄奄，我们二人无不替他担心。

厚脸皮长吁短叹，他对大烟碟儿说："差一步啊，差一步就出去了，说什么也得坚持坚持，回到家再蹬腿儿。"

我说："他现在这样，你跟他说什么他也听不见，听见也让你气死了。"

厚脸皮说："一个人剩不到半口气，要死还没死，意识不清，那是魂儿还没散，魂儿一散，这人就没了，即便他听不见，你也得多跟他说话，把魂儿叫住了，没准就死不了。"

我点头道："是有这么一说，平时看你一脸粗俗无知的样子，居然也知道这些。"

厚脸皮说："我这叫真人不露相，不是顽铁是真金。"

我说："你刚说此地有冤魂缠腿，所以走不出去，我寻思多少有点道理，我还记得听麻驴讲过，说仙墩湖下有个村子，那年饥荒，一个人到这看见有村舍房屋，就进村偷了些米，在村里看着是上好的白米，带出来却是腐臭的淤泥，那不正是说这里有鬼吗？"

厚脸皮担心鹿首步摇冠也变成淤泥，忙伸手进蛇皮口袋里摸了摸，还好没变。

我说："偷米的是离开此地，才发现白米变成淤泥，咱们还没出去，你现在看为时尚早。"

厚脸皮说："拿这几件东西容易吗，好悬没把命搭进去，出去一看要是臭泥，那可太坑人了。"

我说："不得不做最坏的打算，如果误入千古异底村底山市，那是走到死也走不出去了。"

厚脸皮说："山市……卖什么的？"

我说："山市也叫鬼市，可不是咱那边说的鬼市儿，京津两地四更开五更散摆摊卖黑货的地方叫鬼市儿，有个儿化音，也没有鬼，是指东西大多来路不正，买卖双方鬼鬼祟祟，而山市鬼市这个市，是说你走在没有人烟的深山里，看见有城墙、街道、寺庙、宫殿、宝塔、店铺，人流熙熙攘攘，清楚得不能再清楚了，忽然一阵风吹过，清明上河图长卷般的城中景象立刻变得模糊了，转瞬让风吹散，化为乌有，看到的人呆在原地，怅然若失，那就是山市，如果当时有人走进去，也会跟着山市一同消失。"

厚脸皮说："原来这叫山市，我在祁连山见过，看得到却摸不着，跟咱们这次遭遇可不一样。"

我只是信口一说，听厚脸皮在祁连山见到过，好奇心起，问了他经过，二人说了一阵，也不得要领，空自焦躁。

我让厚脸皮注意周围的风吹草动，然后爬上巅屃的脖子，问田慕青石碑上记载着什么内容。

田慕青在石碑前看了半天，也只看懂到一半，她捡重要的碑文，一句句讲给我听，厚脸皮也在巅屃下听着，想不到碑文的内容如此诡异离奇。

田慕青说石碑中记载着很多事，傩国是始于东周时代的古国，崇信鬼神，灭亡于春秋战国后期，遗民们躲在深山里，逐渐发展成了后来的傩教，首领称为傩王，到了汉代，上至帝王诸侯，下至贩夫走卒，到处有祭神驱鬼的风俗。

我听这部分碑文的内容，与大烟碟儿说的分别不大，下面就是他不知道的事了。

田慕青继续说道："搜傩驱鬼逐怪，分别有宫傩、村傩、山傩、水傩、洞傩，傩字有束缚困住之意，顾名思义，是将鬼怪捉住，使其不能作祟，后来傩教借鬼神蛊惑民众造反，在东汉末年遭到朝廷镇压，傩教躲到深山里避祸，从此隐居不出，久而久之，与民间搜傩拜神之风脱离了关系，千古异底村选在此地，其中有个很大的秘密，相传每当天上出现黑狗吃月，便是阴气最重的时刻，村子里会举行大傩祭鬼，将无法度化的恶鬼送进祭祀坑，以此被除灾祸，使其万劫不复，祭祀坑是通往"鬼方"的大门。

03

自古以来，傩教中尊卑分明，依次是傩神、傩王、傩相、傩将、傩民，几乎没有人知道村下一切不明的"鬼方"，究竟是个什么去处，平时也不准谈论提及，只知很久以前有个被称为鬼方的古国。

隋朝大业年间，隋炀帝无道，黎民百姓饱受倒悬之苦，隋炀帝迷信仙法，在黄河边上造了一座金顶宝殿，想请仙人下来相见，仙人没请来，黄河上下却接连发生瘟疫，灾情严重，民间都说有黄鬼，朝廷请傩教出山驱鬼逐疫，当时的傩王听说是黄鬼作祟，也不能袖手旁观，命傩相冯异人到黄河边上，冯异人生来魁伟，比常人高出一半，胳膊长腿长，大手大脚，故名异人，他从金顶宝殿附近挖出一口古棺，是其中的死人变成了黄鬼，全身白毛，尸血能传尸瘟，正想抽肠驱邪，突然天地失色，黄河发了大水，有人见到一条大鱼吞下黄鬼，连同金顶宝殿，一同陷进了被洪水冲开的沙洞，永不复见天日。

我听田慕青说到这里，心想这还真是瞎爷说起过的地方，当年打神鞭杨方和军阀屠黑虎也曾误入那个大沙洞，即使是崔老道那等人物，都说不出怪鱼和金顶宝殿的来头，往事如烟，前人也早已化为了尘土，我知道了又有什么用。

我一分神，接下来的话没有留意，又听田慕青说下段碑文的内容：冯异人大难不死，从泛滥的洪水中逃命出来，一个人回豫西熊耳山，谁知洪水过后，方圆几百里内不见人畜，别说吃的粮食，草根树皮都找不到，忍饥挨饿走了好久，说来也巧，途中看见地上有一大块肉，白乎乎的长圆形，一碰好像还会动，他也不知那是什么，以为是栖肉或太岁之类的东西，他那时饿红了眼，饿到这个份上，别说太岁和栖肉，哪怕是人肉也敢吃，当下就把这块肉给吃了。

冯异人捡了条命，回到村子里根本没提这件事，也没人发现，可傩王换了一位又一位，村里有人出生有人亡故，他却不见老，转眼过了几十年，他还是那样，没老也没死。

天底下没有不透风的墙，此事终于让外人知道了，村民们都传冯异人吃了灵肉，长生不死是将要成仙了，但这个人回来之后变得怪里怪气，每到搜傩驱鬼，他都躲得远远的，从不让人看他的身后，村子里还经常有人失踪。

后来傩教长老发现，冯异人那一年在黄河边吃了灵肉，但这块肉根本不是什么灵肉，而是土蜘蛛的卵。这种土蜘蛛仅有六足，不在五虫之内，没有它们咬不穿的东西，冯异人吃的肉卵，埋在黄河淤泥下不知已有几多年月，它得了地脉中的龙气将成大道，有灵有识，肉身不灭，号土龙子。据说它刚埋在黄河之时，黄河水还是清的，众所周知，黄河水自古浑浊，谁见过黄河水是清的？它就见过，那得是多少年头？土龙子天性嗜睡，不成想让这场大洪水冲到外边，昏昏沉沉还没醒来，冯异人不知其故，误当成太岁肉吃了，结果像受到诅咒一样总也不死，那是因为土龙子元神要借他的形，冯异人脑袋后面长出另一张脸，巨口过腮，吃人血肉，村子里失踪的人都是让它吃了。

我听至此处，想起通天岭中的土龙，却和土龙子不一样，据说那是一种通称，蚯蚓也叫土龙。

田慕青又说下面的碑文，傩王趁土龙子昏睡不醒的机会，命手下拿住冯异人裂腹抽肠，怎知冯异人肚子里生出许多土蜘蛛，当场咬死不少村民，土龙子冤魂不散，附在冯异人尸身上为祟，所过之处人畜无存。千古异底村的人们自知对付不了这个尸魔，只好跪地膜拜，告称坏了真君肉身，虽死莫赎，当以汉代玉柙金俑厚敛于玄宫山，傩教有几件重宝，分别是鹿首步摇冠、兽首玛瑙杯、伏虎阴阳枕、云蛇纹玉带、犀角金睛杖、神禽龟钮铜镜、越王掩日剑，其中鹿首步摇冠、云蛇纹玉带、神禽龟钮镜是女子使用之物，阴气太重，所以用犀角金睛杖、越王掩日剑、伏虎阴阳枕、兽首玛瑙杯陪葬，并且造庙上香，每年以乌牛白马童男童女祭祀不绝，这才把冯异人的尸身装殓进棺椁，埋进安放傩王尸骨的地宫，碑文最后是——"立碑于此，以告后人，勿绝祭祀，勿入地宫，唐永徽三年"。

厚脸皮听得出了神，见田慕青不说了，问道："可是够离奇的，后来怎样？"

田慕青说："碑文到此为止，后面没有了……"

我说："总算知道正殿椁室里埋的人是谁了，唐永徽三年，这么看石碑是唐高宗在位时所立，应该是将土龙子……，我觉得冯异人吃过土龙子后已是行尸走肉，所以说是将土龙子的尸身埋进地宫之后不久，碑文到此完结，但这件事显然没完。"

厚脸皮道："怕就怕没个结局，这不是让人着急吗？"

我想了想，说道："傩王一定在等待时机，要把地宫里的阴魂送进村下祭祀坑，让它有去无还，但是半道出了岔子，再往后我就猜想不到了。"

04

田慕青告诉我和厚脸皮，她也许知道千古异底村后来发生了什么。

此时我已见怪不怪，见她苦苦思索着，像是想起了一些事情，就说："你也别急，想起来多少说多少。"

田慕青点点头，她想了一阵，说道："土龙子中了缓兵之计，挨到大唐天宝元年，又将有黑狗吃月的大破之刻，村子里要举行大傩送鬼的仪式，准备把阴魂不散的土龙子送进鬼方，可是洞傩送鬼的仪式很是凶险，如果稍有差错，整个村子都会遭受灭顶之灾，但是怕什么来什么，祭祀坑下通往鬼方的大门，只在黑狗吃月那天夜里才会出现，以前从没出过事，天宝元年那次却发生了意外，鬼方之门打开之后无法关闭，傩王万般无奈，只好让所有人都带上傩面具诵咒祈神，然后……"

我和厚脸皮一个在飑厕上，一个在飑厕下，瞪着眼等田慕青往下说。

田慕青说："然后……然后的事情……我实在是想不起来……"

厚脸皮说："你不能这样啊，这不是急死人不偿命吗？"

我心想大傩送鬼仪式中发生了什么意外？千古异底村下的大门打开了关不上，村民们在傩王带领下做了什么？这两点极为重要，我妄加揣测，大唐天宝元年黑狗吃月那天夜里，就是千古异底村沉到湖底的时刻，但实际上这个村子根本没有被湖水淹没，因为送鬼的仪式半道出了差错，不仅不能把土龙子的阴魂送进鬼方，祭祀坑下的大门再也关不上了，在迫不得已的情况下，把千古异底村的男女老幼全搭上，好歹用村子堵住了入口，我们和黄佛爷那伙盗墓贼，是不知不觉走进了一个早已消失的村子。

先前夜宿草鞋岭山馆，我们曾见到三具带着树皮面具的干尸，很可能当发生灭村之灾时，这三个人离村子较远，所以沉尸湖底，而千古异底村连同周边的地方，早在大唐天宝元年掉进了鬼方，鬼方是不是指阴间？

我又想起黄佛爷等盗匪见到乌木闷香棺里的女尸，脸上皆有错愕之色，那是为什么？这头顶鹿首步摇冠腰束蛇纹宝带的女尸又是何人？我莫名感到这女尸和田慕青有关，更关系到黑狗吃月那天夜里发生的灭村之祸。

至于辽墓中有千古异底村壁画，定是萨满神女生前在噩梦中见到冤魂恶鬼，可我还是想不明白为什么我也受了这个诅咒。

我将这番念头对田慕青和厚脸皮说了："咱们不知哪条路走得通，唯有探明唐代天宝年间村中发生了什么变故，然后再做理会。"

厚脸皮反倒放心了，至少鹿首步摇冠和铜镜玉带不会变成烂泥，他所担心的是这个村子规模很大，一层层围着玄宫山古墓，成千上万的房屋，挨个进去找一遍可也不易。

我正想说话，只觉村子方向有股尸臭传来，离得这么远，也能感觉得到。

三人相顾失色，知道是地宫椁室里的僵尸出来了。

我说："冯异人的死尸被土龙子阴魂所附，千年前的傩教都对付不了它，咱们不能吃这个眼前亏，必须躲起来。"

厚脸皮问道："往哪躲？退回傩庙？"

我寻思在原地打转不是办法，傩庙壁画中的地图有若干黑线，像是千古异底村地底的暗道，在爻厱附近的草丛四下寻找，不远处果然有个洞口，若非有意去找，倒是很难发现，可惜我没注意地图，想不起爻厱下边可以通往什么去处。

事出紧急，顾不得多想，我点起火把当先钻进暗道，村子地底的暗道入口狭窄，里面却和墓道一样宽阔，还散落着很多尸骨和刀剑，有争斗过的痕迹，村子里好像发生过一场很激烈的厮杀。

村下地道蜿蜒曲折，错综复杂，有很多岔口走进去都是死路，我看暗道中的砖石花纹不同，兜圈子的死路是阴纹，可以走通的地方是阳纹，阴纹图案是凹刻在砖上，阳纹图案则是浮雕凸起，我们摸索出一些规律，只捡砖面花纹凸起的暗道走，行至一处路口，两边的暗道皆有阳纹，都可以走，我一时无所适从，也不知该往哪边走，想先往西边的祭祀坑去，可走出不远，发现这段暗道已被塌下的泥石堵死，过不去人，只好原路回来走右侧的路口，也没走出多远，面前出现一道光秃秃的石板门，门中有转轴，我在前边推开石板门，看到里边是间石室，四壁抹着白灰面，也有彩绘壁画，墙下一具枯骨，旁边放着几口嵌铜木箱，里面常年不通风，一大股子霉味，还有石阶可以上行。

我以为这又是一间墓室，但很快意识到，已经走到千古异底村下面了，可能是村中一处大屋的地窖子，转头看到墙上的壁画，心中不由得砰砰直跳。

厚脸皮跟着我进来，瞧见那壁画也是"啊"地一声，立刻将背上的大烟碟儿放下，伸着脑袋跟我一同看。

屋里的壁画有很多幅，看似互不相干，我们先看到的壁画当中，描绘着汉代帝王将金光灿然的鹿首步摇冠，赐给几个头带山魈面具披甲持戈的傩将，天上是一轮明月，壁画所绘，分明是鹿首步摇冠的来历。民间传说此冠是未央宫拜月所用，形似树权鹿角，每个权上都有金叶子，后来下落不明，不知怎么到了千古异底村，这么一看是由皇帝赐给傩教。

再看下一幅壁画，画中是云蛇纹玉带，搜傩碑上记载的奇珍异宝，诸如犀角金睛杖、神禽龟钮铜镜、越王掩日剑、伏虎阴阳枕，分别占据一幅壁画。

我说："此地多半是村子里藏宝的秘室，每件宝物都是大有来头！"

厚脸皮赶忙去看那几口木箱，发现里面都是空的，奇道："怎么什么都没有？"

我说："千古异底村的宝物咱们都见过了，除了神禽龟钮铜镜在傩庙中，其余全部在地宫，这里当然不会再有。"

厚脸皮说："那你瞧瞧铜镜和玉带的壁画，将来也好坐地起价。"

我看了一阵，从壁画中得知，云蛇纹玉带是乱军盗发前朝古冢所得，玉带施以转关，可屈可伸，宝带合之成圆，有九蛇乘云气绕之，精湛巧妙让人疑心是鬼神所为，似乎也不比鹿首步摇冠逊色。

此时大烟碟儿"嗯"了一声，我们赶紧把他扶到木箱前倚住，只见他有了几分意识，脸似白纸，有气无力的张了张口，这是失血多了口渴，我拧开水壶盖子给他喝了两口，大烟碟儿呻吟道："哎呦……兄弟，哥哥刚才做了个人财两空的梦，梦到掉进一个大洞里，把屁股摔成了两半……"

我劝大烟碟不要胡思乱想，屁股本来就是两半的。

大烟碟儿听到我说话，勉强睁开眼，茫然地说："这是什么地方？到家了？"

厚脸皮说："哪到家了，你俩眼一闭是松快了，我都背着你走了一天了。"

大烟碟儿吃惊地看看周围，一侧头看见墙下那堆枯骨，吓得俩眼一翻，再次晕死过去。

别看大烟碟儿嘴碎，我常说他是老婆嘴，叨叨起来没完，但跟我是过命的交情，我见他此刻虽然昏死，却只是一时受惊，好在还有意识，心里踏实了不少，可是看田慕青又累又怕，就让她先在这歇口气，只要土龙子没追来，这地方就算安全。

厚脸皮想搬开那具枯骨，这人死在这也有上千年了，身穿长袍，树皮面具掉在一旁，身后背着一口青铜古剑，厚脸皮碰到那枯骨，铜剑当啷落在地上，其声冷侵人心。

我拾剑在手，发觉分量沉甸甸的，让田慕青将火把照过来，从鲨鱼皮鞘中抽出铜剑，就看剑身不长，但毫无锈斑，布满了菱形暗纹，均匀瑰丽，铸有鸟篆铭文，刃口锋利，土龙子棺椁中有越王掩日剑，相传是春秋战国越王八剑之一，落到千古异底村，成了镇教之宝，然而我们拾到的这柄古剑，虽说不及掩日，也非寻常的青铜剑于此。

我寻思猎枪弹药所剩无几，铜剑正可带着防身，当下装回鲨鱼皮鞘，让田慕青背在身后。

田慕青捆剑之时，我瞥眼看到伏虎阴阳枕的壁画，土龙子在棺椁中身穿玉柙，头下是伏虎阴阳枕，心里打了个凸，想起辽墓中也有这样的玉枕。

我手忙脚乱地站起身，举着火把仔细端详壁画，发现那伏虎阴阳枕是一对，厚脸皮和田慕青跟我说话，我全没听到，在壁画前怔怔地看了半晌，按照壁画中描绘的内容，伏虎阴阳枕一阴一阳，是西汉时的宝物，两个人在不同的地方，分别枕着一个枕头睡觉，可以魂魄相见，其中一个枕头在千古异底村土龙子的棺椁中，另一个也许是后来被人从千古异底村带到了外边，也许从来没到过千古异底村，总之是落在了辽国，萨满神女头枕兽形阴阳枕而眠，当然会在噩梦里见到土龙子的冤魂。辽墓壁画中的黑色漩涡，根本不是天狼吃月，以前都是我先入为主想错了，如今再想，天狼和黑色漩涡是分开的，如果是天狼吃月，总该接触到才是，而壁画描绘的情形，分明是掉进鬼方的村子。

当时我和张巨娃、索妮儿进了辽墓，我一头撞在契丹女尸所躺的玉枕上，所以也在噩梦中见到了阴魂不散的土龙子，萨满神女莽古是通灵之人，她生前能看出噩梦中的千古异底村，而我只能见到土龙子的冤魂厉鬼，至于伏虎阴阳枕为何能让人做同样的梦，我想也该有个原由，却不是我的见识所及。

厚脸皮在我肩上拍了一下："你又看到鬼了？怎么两眼发直地盯着壁画看个没完？"

我回过神来，才发觉握着火把的手心里全是冷汗，说道："怕是惹下大祸了！"

06

厚脸皮和田慕青听不明白，问我何出此言，惹下了什么大祸？

我说："土龙子的冤魂附在冯异人死尸上，躺在棺椁里千年未动，一定是与伏虎阴阳枕有关，咱们盗墓取宝不要紧，却惊动了棺椁中的土龙子，将它从地宫中引了出来。"

厚脸皮说："你我只是揭开玉棺看了几眼，又没伸手，是黄佛爷那个傻鸟贼胆包天，不由分说，上来就拽僵尸怀中的金杖，换了我在那躺着，我也得跟他急啊。"

我说："谁惊动土龙子已无关紧要，村子堵住鬼方古国上千年了，我怕土龙子出来会让这里的形势发生改变，那样一来，有可能玉石俱焚，因此不可耽搁，越早逃出去越好。"

厚脸皮说："谁不想赶紧出去谁死丈母娘，可说起来容易做起来难，往哪走才能出去？"

我说："咱们忍饥挨饿，担着惊受着怕，如此乱走乱撞，确实撑不了多久，但也不能再跟这汤儿泡饭了……"我抬眼看到上行的石阶，心想不知那是个什么去处，既然下面是藏宝之地，上边也该是个重要所在，我暗想只好行一步是一步了，先上去看看再说，即便前头是万丈深渊，那也得闭着眼往下跳了。

我踏着台阶上行，推开头顶的石板，出去是一座殿堂般的大宅，分为前后几进，廊道深邃幽暗，应当是村子里规模最大的建筑，但木掾陈旧，檐角崩塌，已不复当年朱门碧瓦的华丽气象，在雾中看来，分外阴森可怖，殿堂中有金童玉女水火侍者的彩色壁画，抹去尘土，色彩鲜明，呼之欲出。

我知道这墙壁用了黏性很强的红胶泥土，变干后坚硬如石，经久不裂，又用胶矾水刷在上边，用鸡蛋清配制大白粉涂刷，把墙刷白了再用棉布反复擦抹，直至擦出光泽，以石色描绘彩画，所以色彩艳丽，千年不变，殿堂至今也没有倒塌。我发觉村子里的尸臭越来越重，但一片死寂，听不到半点动静，便将其余三人逐一接上。

厚脸皮看看四周，问我："这是个什么地方？"

田慕青还记得庙堂地图上的标记，此地是傩王殿，位置在村子西侧，坐东朝西，下一步要去祭祀坑，那是举行大傩送鬼之处，到了祭祀坑，也许能够得知黑狗吃月那天夜里出了什么意外，为何没把土龙子的冤魂送进鬼方古国。

厚脸皮想到土龙子尸变的模样，也是发忧，张罗着快走。

我让众人放轻脚步，又担心暴露目标，熄灭了火把，打着手电筒往前傩王殿外走。走到殿门前，忽听一声叹息，一听就是个女子，声音柔软动听，我听到不觉心中一荡，将手电筒照过去，就见殿门外探出一张美女的脸，那女子云鬟高挽，肤如凝脂，面若桃花，眉目含情，身子躲在门口，正侧着头往殿中看，对着我嫣然一笑。

我见那美女一笑，竟觉得浑身发酥，好像魂儿都掉了，田慕青的容貌虽也明艳清丽，又哪有这股骚劲儿，我完全没意识到，村子里除了我们之外，再也没有半个活人。

那女子笑了一笑，缩身到殿门后不见了。

厚脸皮也看傻了眼，对我说："你瞧见没有，肩膀光溜溜的，好像没穿衣服？"

我倒没瞧见肩膀，可要真是光着身子，那也太黄了，这姑娘不冷吗？

厚脸皮放下大烟碟儿，两眼直勾勾地说："我得瞧瞧去，不像话这个。"

田慕青大骇，拦住说道："你们别去，这里怎么会有人！"

我说："肯定是人，那女子让手电筒照到，依稀有个影子，衣衫无缝为仙，灯下无影才是鬼。"

厚脸皮对田慕青说："看来跟咱们一样，也是困在村子里出不去的人，你怕她，她还怕你呢，这不是把人家吓跑了吗？"

说话时，女子又从傩王殿外探头进来，这次我们都可看清楚，分明是个美人，明眸皓齿，眼波流动，张了张樱桃小口，似乎有话要说，随即"咯咯"一笑，又躲到了殿门之后。

我和厚脸皮抢步上前，想到那女子身前看个究竟，我心里也觉得有些不对，却不顾田慕青的拦阻，身不由己地走到殿外。

傩王殿是座大宅，正殿在最里边，由于村子围着玄宫山古墓，所以此宅坐东朝西，出了正对西方的殿门，两边有廊道，我往门后一看，就见那女子就站在雾中，可还是只能看见头部，似笑非笑地盯着我。

我又往前走了两步，用手电筒照过去，立时吃了一惊，那女子美貌无比的头下，竟然没有身子，好像仅有一颗人头悬在半空。

我和厚脸皮吃惊不小，却说不上怕，这女子的人头实在太美，一脸娇滴滴的媚态，看来咬不了人，又有什么好怕的？

厚脸皮伸出手，想在这女子脸上掐一下，那人头立刻往后躲开，我们跟上去几步，要看看这到底是个什么东西。谁知那女子的头忽然接近，此刻才看出并非只有人头，不过脖子很长，在雾中半隐半现，也看不到身子在哪，脸上带着媚惑的笑，我和厚脸皮意乱神迷，不由自主地跟着女子的人头往雾中走。

第十八章　入头灯笼

01

我们正自心神恍惚，突然觉得有人在后边拽我，我心中一惊，接连往后退了几步，转过头一看，是田慕青将我和厚脸皮拽回了傩王殿。

田慕青急道："你们看不出那不是人吗？"

我和厚脸皮这时才恢复意识，想起刚才要跟着那女子的头走进雾中，也不知道会被它引到何处去，皆是毛发竖起。

厚脸皮如临大敌，持枪盯着殿门外，说道："小娘们儿长得还可以啊，可怎么只有一个头？"

我说："人头下边有脖子，脖子下边还有什么我可没看到，这个上千年没有活人的村子，出来这么个会笑的女人头，咱俩失了心，居然还跟着它走？"

田慕青说："你们俩直着眼走过去，我拦也拦不住，多亏拽得你们回来。"

厚脸皮说："我看他色迷迷地跟那女人走，怕他要耍流氓，我可是过去拦他。"

我说："你自己口水流了一地，还有脸说我？"

厚脸皮说："我向来把吃亏当成占便宜，不跟你辩这个，随你怎么抹黑。"

田慕青道："你们俩谁也别说谁了，定是让鬼迷了心窍。"

我说："不是鬼，没准是人头灯笼……"

厚脸皮奇道："那女人的头是灯笼？不是有脖子吗？"

我说："我以前听瞎爷讲过，有人半夜行路，走到荒山野岭中见到美女的头，只要跟过去就别想再回来，因为那艳若桃花的脸后面，还有别的东西，也许是有老怪用长杆挑着一颗人头，像挑灯笼那样，把人诱到坟窟窿里吃掉。"

其实人头灯笼这种传说，我已记不清是什么时候听过这么一耳朵。反正在过去那个年头，大多数人睡得早，尤其是冬天，昼短天冷，天刚一擦黑，各家各户就关门上床，一是天寒地冻，钻被窝里暖和，二是点灯熬油，油就是钱，电灯用电，电也是钱，挣钱不容易，省下一分是一分，三是吃不饱，早睡省气力，睡着肚子里就不晓得饿了，能省下粮食。岁数小的精神足，天黑之后睡不着，专找老头老太太讲古经，古经就是故事，挤到炕上，掐灭了灯讲，什么吓人讲什么，尤其是那种有声有色有名有姓的鬼故事，越吓人越愿意听，听完了还得问："这是真的吗？"

厚脸皮以前也曾听到过类似的事，他连连点头："殿门外的东西肯定是人头灯笼！"

田慕青沉吟道："我看那女子挤眉弄眼，不像是挑在长杆上的死人头。"

我说："别管是什么，那女人头的眼神能把魂儿勾去，咱们千万别看她的那个眼。"

我们三个人本想往村子西边的祭祀坑走，此时却心里发怵，不敢走出傩王殿，然而祭祀坑周围是古木林，走过去难保不会迷路。村子下边塌毁的暗道，以及村西傩王殿前的神道，是仅有的两条路，看壁画中画的，神道两边有很多麒麟和辟邪，就是形状像狮子的瑞兽，头上有角的是麒麟，无角的叫辟邪，必是用石头雕刻成一对对的，在神道两旁相峙而立，有的麒麟双角，有的是独角，其中有什么说法，我是不大了解，以前没有留心，但有了道旁的辟邪石兽，即使长满了乱草泥尘覆盖，也不难找出神道，眼前唯一的一条路，不从这走还能从哪走？

正自踌躇不前，忽听笑声动人，那美人的脸又在殿门外出现，仍是看不见身子。

厚脸皮不敢多看，急忙抬起土制猎枪搂火，"砰砰"连发两枪。

枪口硝烟未散，那女子的人头已在雾中消失，外边再没有一点动静。

总共剩下四发弹药，厚脸皮打空了枪膛，将土制猎枪抛在地上。

我把我的土枪交给他，自己握起铲子防身，问道："你打中它了没有？"

厚脸皮摇头说没看清，但是距离这么近，枪弹覆盖面积又大，神仙也难躲一缕烟。

我说："咱们先过去瞧瞧，可别踏出傩王殿的大门。"

厚脸皮当下端起枪，壮着胆子往前挪了几步。

我让田慕青留在那别动，点起一支火把跟过去，站在殿门处往外看，地上没有血迹，外边大雾弥漫，死气沉沉，什么也看不到。

我突然发觉头顶有响动，抬头一看，只见那女人的头在殿门上方，脸朝下看着我们，这殿门极高，它脖子再长，也伸不到那个地方。

我和厚脸皮骇异之余，跟那女人对望了一眼，只见媚眼如丝，顿觉心神大乱，手足无措。

在此同时，阴风四起，殿门外传来一股强烈的血臭，伴有悲惨的呻吟，好像许多饿鬼找上门来。

我嗅到恶臭的血腥气，心里立时明白过来，手脚并用，竭力往后躲避，那美女人头却似不舍，伸长了脖子，也要从殿门外跟进来。

02

田慕青惊呼道："快关殿门！"

我和厚脸皮激灵灵打个冷颤，急忙将左右两道殿门关闭，从雾中伸出的美人头，被挡在了傩王殿外。

殿门是雕镂木板，至于能不能挡住外边的东西，我们心中也是没底，在紧张不安中过了好几分钟，殿外再无动静，但是还能闻到那股血腥气。

厚脸皮说："外边的血腥气怎么这么重？"

我说："殿门外的女人不只有个脑袋，她后面肯定有别的东西！"

厚脸皮骇然道："像你说的人头灯笼？"

我说："不知道，我是不敢出去看了，那女人的头能勾魂，让她瞧上一眼，不知不觉就跟着她走了。"

厚脸皮说："那是你小子太好色，女人头有什么好看，真是没见过世面的土鳖，不过你还别说，我……"一想到那人头灯笼的样子，他也感觉像掉了魂儿似的，忍不住想出去看看。

我拽住厚脸皮，告诉他尽量想别的事，不能再想那女人的头了，否则管不住自己，走出殿门一步命就没了，可傩王殿中黑乎乎的，外边静得出奇，村子里不仅没有活人，秋虫悲鸣声也听不到，在这站着，脑子里一想便想到那个女人的脸。

厚脸皮挠头道："想什么呢？如果不想那个人头，也想不了什么正事，一闭眼全是烤鸭子。"

我说："没错，我也饿，但凡人饿急眼了，都想吃油腻大的东西，你就想你饿透了，正在吃烤鸭子，荷叶春饼卷上有肥有瘦有皮有油的烤鸭薄片，涂匀了甜面酱，放几根葱丝儿，一咬顺着嘴角往下流油，再来碗小米粥，解馋不解馋？"

厚脸皮一边闭眼想象，一边点头道："你太懂我了，这么吃正称我的心思……"

我说："烤鸭好吃首先鸭子要好，顶到头是南京小白眼鸭，这种鸭子是吃漕运的米长起来，其次是佐料和火候，涂上秘料上炉烤，烤时必须掌握好火候，火欠则生，过火则黑，鸭子烤出来应该呈枣红色，鲜艳油亮，皮脆肉嫩，那样的才算上品，这是挂炉烤鸭，其实焖炉烤鸭才对我的心思，挂炉用明火，烧枣木一类的果木，焖炉用暗火，烧的是蔗秸秆桔秆，焖烤出的鸭子有股特有的香气，京城便宜坊的焖炉烤鸭算得上头一份，可惜以前穷啊，总共没吃过两三次。"

厚脸皮说："只要别死在这村子里，出去发了财吃什么不行，你数数，天山飞的，地下跑的，水里游的，草里蹦的……"

我们俩凭空想了一阵吃烤鸭的情形，虽然肚中饥饿更甚，连吞口水，脑子里却清醒了不少，可见食色性也，食在色前，饱暖才思淫欲，饿得狠了只能想到食，色就在其次了。

殿中漆黑有雾，田慕青离得较远，没看清那女人的脸，但也知道情况凶险，见我和厚脸皮消停下来，她稍感放心，说道："那个只有头的女人，为什么不进这座大殿？"

我说："是有些蹊跷，傩王殿墙壁坚固，雕镂花纹的木质殿门却已残破，难道殿中有辟邪的东西？可也不对，那女人已经把脑袋伸进了殿内，却又要把咱们诱到外边去，按常识，头能进去的地方，身子定然也能进去，何况殿门恁般宽大，除非是头后的身子非常大，没办法进到殿中。"

田慕青说："殿外这么久没响动，是不是已经走了？"

厚脸皮想起刚才的情形，兀自不寒而栗，说道："先别出去，那小娘们儿的脸看不得，像我这么杵窝子的腼腆爷们儿，见了她也没魂儿了，没准是村头坟地中的狐狸精所变。"

我们三个人一时不敢到殿外去看，支起耳朵听外边的动静，殿门外静得声息皆无。

厚脸皮低声道："好像真走了……"

话音未落，就听有个女子轻声抽泣，从殿门外一声声传进来，往人的耳朵里钻，哭声凄凉哀怨，我们听到耳中，胸口压了一块大石似的透不过气，忙把耳朵按住，听到的哭声变小了，却仍是让人难受，过了一会儿，那冤鬼般的哭声渐渐远去消失，殿外恢复了死寂。

我们又等了好一阵子，再没听到任何动静，揪着的心才放下，我对厚脸皮使个眼色，二人凑到殿门缝隙处，往外看了半天，见确实没有异状，就想把殿门打开，要趁这机会，尽快往祭祀坑去，困在这鬼气森森的村子里，终究不是了局。

刚把殿门拽开一道缝，我突然嗅到了外边的血腥气，心中一惊，意识到那个女人的头还在外边，忙把殿门合上，正要放下门栓，猛听"砰"的一声，殿门被从外向里撞开，令人毛骨悚然的笑声中，那女子的人头从雾中伸进了大殿，火光映照下，我们看到女子人头下的脖子是猪肝色，好像被剥掉了皮的肉。

03

我急忙挥动火把当头打去，厚脸皮趁那女人头往后躲闪，迅速将殿门关闭，同时放下栓门木，傩王殿从里到外寂然无声，我只能听见自己急促的心跳。

厚脸皮愕然道："你瞧见没有，那女人的脖子？"

我看是看见了，却不知是个什么鬼怪，那女人从雾中伸出头，根本看不到身子，这个村子已在唐代陷进鬼方，会不会是从洞里出来的怪物。

可看了石碑上的记载，"傩"是困住的意思，村下的大洞好像通往阴间，神仙也别想从洞中出来，那个女子是村子里的人？

我望向田慕青，见她神色惊慌，显得并不知情。我唯恐殿门随时被撞开，也无暇多顾，原本以为殿门只是雕镂过的普通木板，我这时用手一摸，发觉木质坚厚紧密，当年的木材显然用油浸过，不惧水淹火烧，年久不朽。

殿外寂然无声，又怕有别的地方不稳固，我举着火把仔细看了看傩王殿的构造，见此殿阔约七间，进深两间，胶泥夯土的四壁更是结实，使用古老的斜撑、梁坊的建筑方式，六柱落地，檐下斗拱交错，雕花兽纹镂刻殿门，檩柱梁橡均用榫头衔接，相互咬合，稳如磐石，整座傩王殿布局适当，结构严谨，只是殿角檐脊有几处崩塌破损，别的地方虽然古旧，却还算稳固，多亏殿门够坚固，又有门栓顶着，殿外的东西一时半会儿进不来，

殿外仍没动静，我们也不敢再开殿门，有心从村下暗道原路退出，那条路能够通到石碑，然后又该如何？

此刻血腥气变得更重了，那股子血臭味，关着殿门也让人想吐，突然听到有两只手在门板上又推又挠，殿门被推得咯吱咯吱作响，指甲挠木头的声音更是可怖。

我们三人相顾失色，先前只看到那女人的头从雾中出来，敢情也是有手的，是僵尸不成？

据说僵尸各有不同，关中水土深厚，死人埋在坟中，不仅尸身不朽，指甲头发还会持续生长，这是地气养成之故，常见之大旱。关中历来有此风俗，哪里出现旱情，哪里的人们便会请阴阳先生来指坟头，指到哪挖到哪，不管是谁家的坟，挖开

坟用鞭子打棺材里的僵尸，然后放在火上焚烧；再有一种是怨气不灭，所谓的怨气就是人的魄，又在阴年阴月阴时而死，便会尸起扑人；有时狐狸黄鼠狼之类，它们附在死尸身上作祟吓人，逼迫被吓的人家拿出肥鸡美酒供奉，但是人死后脸部皮肉僵硬，即使是行尸走影，绝不会有一丝一毫的表情，口中发出的声响也跟夜猫子叫没两样，那倒不算什么，老年间的盗墓贼用黑驴蹄子烟火葫芦便能对付。可民间还有这么一说，如果死人是女子，生前受了冤屈报不了仇，吩咐家人在她死后，让她穿红衣，口中咬着黑色木梳，脸朝下趴在棺材里，如此埋到坟中，不仅是行尸走肉，还能把阴魂招回来，将仇人一个个掐死，只有这样的僵尸脸上才有笑容，但笑起来比哭还难听，谁撞上它也别想活命。这种事情，说有容易，说没有难，而且说法众多，我以前听瞎爷说过很多僵尸吃人的事，本来忘得差不多了，此刻不禁想了起来。

我正想着这些可怕的念头，耳听在外推挠殿门的手是渐渐增多，我们看不到殿外的情形，但听那声响至少有上百只手，也不知是从哪来的，又似有条百足攒动的大蜈蚣在木门上爬，亏得殿门木质坚固，镂刻部分嵌有铜饰，虽然指爪挠门之声不绝，却不能破门而入。

我心惊肉跳，寻思好汉不吃眼前亏，此时不走更待何时，正要叫上厚脸皮和田慕青，准备带着大烟碟儿退进傩王殿下的暗道。

谁知殿门虽然结实，我们却忽略了拴门的木杠，那条木棍粗也够粗，可就是普通的木头，放在当年或许没问题，但年头太多了，早已糟朽，只听砰地一声，门拴被撞成了两截，断掉的木棍落在地上，殿门应声而开，我只觉血腥气扑面，一片愁云惨雾之中，那女子的人头伸进了傩王殿，对着我手中的火把张口吹出一阵阴风。

04

殿门大开，血腥之气冲人欲呕，我怕让那阵阴风吹灭了火把，赶忙躲到旁边。

厚脸皮手忙脚乱地端起土枪，没等他把枪口对准眼前的人头，那个人头却已转到了一旁，快得出乎意料，再想关殿门已经来不及了。

田慕青之前还较为镇定，可在后面看到这个女人头的样子，她脸色如同死灰，惊得连退数步。

我也吓得手脚发软，这美女的头倒是长得诱人，眼神中有万种风情，两只眼简直能把人的魂儿勾去，可那脖子比猪肝还红，好像刚被剥掉皮似的，更奇怪的是脖子越往后边越粗，带有很重的血臭，却似一条鲜红的舌头，舌尖上长出个人头，我想这要真是一条舌头，殿门外这东西的嘴会有多大？

我思之骇然，不由自主地往后退让，可说时迟，那时快，女子人头在半空落下来，一转眼就到了我们面前，我紧紧握住手中火把捅向那张脸，怎知那女子人头突然张口咬住火把，我被它往外一甩，火把拿捏不住，落在远处灭掉了，傩王殿中黑得伸手不见五指。

我让它那股怪力带动，脚底下立足不稳，仰面摔倒在地，不由得心慌意乱，想起刚才跟田慕青和厚脸皮说过人头灯笼之事，可这人头灯笼没有挑在长杆上，而是从殿外鬼怪的舌头上长出来。

四下里黑黑的，我睁眼瞎似的看不到东西，心中更加慌乱，倒地后急忙掏出手电筒推合开关，一道光束照过去，只见那条生出人脸的大舌头，正如影随形般地卷过来。

我就势翻身躲避，感觉肉乎乎冷冰冰的一团肉，生着倒刺，挨着我身子擦了过去，差点让那股血腥气呛得晕死过去，要不是肚子里没有什么东西，当时就得全呕出来。

此刻旁边的厚脸皮回过神来，他不及开枪，倒转了枪托狠狠砸下，殿门外伸进来的舌头正好往回一翻，将他重重地撞开了七八步，前额正碰在殿柱边角上。这一下子撞得着实不轻，登时血流满面，他抹也不抹，任凭鲜血流下，喝骂声中，跳起身来，可眼前黑咕隆咚，他的土枪不知掉在哪了，顺手拽出山镐，冲上前来乱挥，势如疯虎。

我见此情形，也不知从哪生出一股子力气，从地上蹿将起来，抡着铲子横削竖斩。

那长舌大半截在殿外，伸到傩王殿中间已至极限，挤得殿门"嘎吱嘎吱"作响，殿顶灰土不断落下，殿墙也快让它挤塌了，大烟碟儿一动不动地躺在殿门附近，我和厚脸皮如果趁机躲到里面，想要暂时自保不难，但总不能扔下大烟碟儿不管，二人心里虽然怕到了极点，却无法退后半步，只好硬着头皮死撑，挨得一时是一时，我想叫田慕青快把大烟碟儿往里面拖，可情势紧迫，喘气的余地都没有，哪还开得了口。

耳听舌尖那女子"咯咯咯"的怪笑声，在漆黑的殿堂中倏然往来，行踪如同鬼魅，上上下下前前后后飘忽不定，别说这时候没有枪支，即便有枪在手也打不中它。

厚脸皮满脸是血，一点一滴溅在地上，却也不顾，他浑身筋凸，拼命挥动山镐，使得发了性，呼呼生风，恨不得一镐下去将那条舌头钉在地上，可是傩王殿中黑灯瞎火，他空有两膀子蛮力，又哪里碰得到对方，好几次险些把我抢倒，结果他没看准，一镐凿在殿柱上，用力过猛，镐头插进去半尺多深。他一脚蹬着殿柱，咬牙切齿地往外边拔，可镐头陷在柱中太深了，凭他怎么用劲儿，使出了吃奶的力气，急切间竟然拔不出来。

我看那舌头卷向殿柱前的厚脸皮，急忙抢铲子去砍舌尖上的女人头，不料对方来势突变，我看都没看清楚，忽觉得身子一紧，已让那条舌头从身侧卷住，手足都不能动，那女子的人头绕到我面前，跟我脸对着脸，口中"咯咯咯咯"连声发笑，此刻看来面目可憎至极，腥臭之气更是令人欲呕。

我竭力躲避，奈何手脚都被缠住了，一动也不能动，那舌头越勒越紧，掉在地上的手电筒还开着，正照到那人头在我面前，脸都快贴上了，由于离得太近，怎么看那也不像一张活人的脸，我急得额上青筋跳动，整个身子只有头还能动，喝道："吃我一嘴！"对准那女人的脸张口便咬。

05

我张口去咬那凑近的女人头，忽然一道青光闪过，长在舌尖上的人头，晃了两晃滚落在地，美貌的脸上五官扭曲，瞪着两眼，抽搐了几下便不动了，瞬间面颊塌陷，现出腐坏之状。

那条舌头似乎痛得难忍，猛地往后缩去，我只觉身子一松，摔到地上，全身筋骨欲断。

原来田慕青见了那女人头的样子，吓得躲在殿柱后面，见我们命在顷刻，她救人心切，仓促之中有什么是什么，握紧从石室中找到的青铜古剑，砍向缠住我的舌头，这口剑虽然没到能断蛟龙的地步，却也锋锐异常，竟一剑削掉了那颗人头。

我心说惭愧，又让她救了我一命，听殿门外已没了动静，忍着疼捡起手电筒。这时厚脸皮才从殿柱中捌出山镐，三个人在鬼门关前走了一遭，极度恐惧的颤栗感传遍了全身，半晌做声不得，只见满地腐臭无比的血水，尽是死人的断躯残肢，殿外也是一大堆尸块，附近的白雾都变成了血红色。

我和田慕青给厚脸皮裹好头上伤口，眼见殿门处的血雾始终不散，心里不免骇异，明知村中没有任何一个安全的角落，可还是没人愿意留在遍地腐尸的傩王殿。

厚脸皮捡回土制猎枪，我背上大烟碟儿，田慕青打着手电筒，匆匆忙忙向着村西神道去，但见千古异底村围着玄宫山，民居大多是古老的石窟，依山坡走势分布，里面用细石灰浆刷白，上铺瓦顶，屋中分前后两盘炕，下设火道，后炕为掌炕，屋前垒以照壁，样式千篇一律，大小有别。

村中房屋多不可数，住得下上万人，村民信奉着传下两千年的神秘宗教，四周有用来防御外敌的夯土城墙环绕，说是座古城也不为过。村西房屋大部分没有损毁的痕迹，屋宇起伏的轮廓出现在大雾中，虽然草木枯槁，尸臭的气味和随处可见的骸骨，都说明这地方空无一人，却不知怎么，总有种还住着人的错觉，也许并不是错觉，而是能够感觉到，那些死人的鬼魂还在村中徘徊。

我边走边问田慕青，为什么你看到那女人头会如此吃惊？

田慕青也不再对我们隐瞒，她说："当年村民们要将土龙子打进鬼方，可在大傩送鬼仪式中出了意外，致使整个村子陷入灭顶之灾，全是因为这个女人。"

我暗暗吃惊："似乎很多死人的怨气聚成了一个怪物，舌头上长出个美人头，生得比狐狸精还标致，诱人走到它口中吃掉，难道那女子曾是住在这个村子里的人？"

田慕青点了点头，说道："是这村子里的傩婆。"

我和厚脸皮闻言好生奇怪，那人头看上去是个年轻女子，容貌又美，怎么还是个傩婆？

田慕青说："傩教里有傩公傩婆，相当于神婆神汉，不在年岁，地位也不甚高。"

当年冯异人误吃了土龙子，相貌几十年不变，等村子里的人们发现他早已变成行尸，便设计在傩王殿将其擒获，开膛抽肠，想从他腹中掏出土龙子的肉身。岂知土龙子已同冯异人合为一体，不但没灭掉土龙子，村子里还死了不少人，只好将其厚葬在玄宫山，造庙拜神，每年送童男女合五牛白马，用来祭祀土龙子的枉死冤魂，暗中等待时机，要将土龙子的冤魂和肉身，一并打进祭祀坑。

可那时候村子里分为了两派，一派是拜傩神奉傩王，按自古已有的祖制行事，这一派人占了七八成；后来还有一部分人，却是以这傩婆为首，因见冯异人吃了土龙子的神肉长生不死，可自己拜了一辈子傩神，却仍要忍受常世生离死别之悲苦，得不到半点好处，因而起了二心，想让土龙子复活。

这些人以傩婆为首，他们得知天宝元年七月十三，将有黑狗吃月发生，到时村子下边的大门就会打开，为了阻止傩王把土龙子打入万劫不复之地，当天下午，趁着大傩仪式举行到一半，傩婆带领三百余人一同举事造反，先去傩庙毁掉神像，又分头到村子里去杀傩王，有一个捧着神禽纹古镜的女童，在乱中躲进了庙后石室，虽然当时免于血光之灾，终因力弱，不能再推开石室的门出来，竟被活活困死。

随同傩婆造反的人为数不多，又是临时起事，布置多有疏漏，怎做得下如此大事？最后半数被杀，半数被俘，傩王大怒，按教规叛教之人必当处死，俘虏们全部遭受了肢解酷刑，为首的傩婆也被捉住，连同她全家十余口，不分男女老幼，一同绑在木架上，当着全村人的面剥去衣衫，用锋利的蚌壳从身上剜肉，这一天，千古异底村里血流成河，惨呼哀嚎之声不绝于耳。

06

我听得心生寒意，想那蚌壳虽然锋利，到底不比刀子，用来割尽全身的肉是什么感觉？

不过傩教自古以来拜傩神，反教之人胆敢毁掉傩庙，事败被擒当然不会有好结果，教门里用蚌壳剜去全身血肉处死，等于是王法中千刀万剐的磔刑。

田慕青说那天将傩婆在村中碎剐，割得全身血肉模糊，一时不得就死，她受刑不住，苦苦哀求速死，村民们却要让她多受些苦，直割了两个时辰，仅留下首级，连同那些被肢解处死的人，全部扔进村东坟前土沟，暴尸不埋，留给乌鸦野狗任意啄食。

由于这个变故，到了黑狗吃月之时，村子掉进了鬼方，所有的村民都成了祭品，然而抛在土沟中的残尸堆成了山，怨念不消，变为一座会动的"肉丘"，无手无足，只有一张大口，它伸出舌头，将这些年走进村子的人，诱到口中一个个吃掉，刚才被剑削掉了头，那股怨气从肉丘中散出，化成了血雾。

田慕青一点点想起的事情，已勾勒出这村子灾祸的大致情形，让我感到奇怪的是，她为何那么害怕傩婆？

我有一肚子话想问，话到嘴边，田慕青却快步往前走，我叫她她也恍如不闻，脸上神色古怪，此刻她走到了村子西边的神道，陵寝和祭坛前边铺着石板，两边有辟邪石兽的道路，通常称为神道，我们背着大烟碟儿紧随其后，只见雾中虬枝错落，怪影参差，残缺不全的螭龙瑞兽辟邪犀牛等各种石兽，在乱草间东倒西歪，也有在侧面浮雕恶兽的石碑，碑上的文字已经漫漶不清，尸臭从村中古墓方向传过来。

我和厚脸皮轮流背着大烟碟儿，神困体乏，眼前一阵阵发黑，心里明白快要撑不住了。

厚脸皮指着走在前边的田慕青，低声对我说："你发现没发现，她怎么跟变了个人似的？"

我说："你什么眼神儿，才看出来。"

厚脸皮说："你我这样都快累死了，她怎么打了鸡血似的走这么快，是让人头灯笼吓的？"

我说："不是，可能是她见了傩婆的脸，把之前忘掉的事全记起来了。"

厚脸皮说："她说她前世死在这村子里，我是不大相信，真能有那种事？她是傩婆转世？"

我说："你就不会用脑袋想想，如果傩婆死后转世，怎么还会在阴魂不散的村子里出没？"

厚脸皮说："你乌鸦掉在猪身上，光瞧见别人黑了，你那个脑瓜壳子如果没有白长，倒是说说看，她……她究竟是个什么人？"

我说："六道轮回那些事，实属难言，不是咱们的见识所及，但你要问我她是谁，我现在已经猜出个八九不离十了，我看她以前一定在这个被诅咒的村子里住过。"

厚脸皮道："在村子里住过？用不着你说，这种事傻子也看得出来，我就问你她是人是鬼？"

我说："她是人是鬼？你这句话算是问到点子上了，我认为不会是鬼，我又不是没带眼，让鬼跟咱们走了一路到现在还没发觉，可是我觉得她也不会是人。"

07

厚脸皮说："你这话简直跟没说一样，要不就是胡说八道不走脑子，你正常一会儿不行吗？"

我说："你先听我把话说完了，这村子消失了上千年，人才能活多久？她也不过二十二三岁，怎么可能知道那么久以前发生的事情？"

厚脸皮说："明白了，咱们上了她的当！我这人吃亏就吃亏在太实诚，太容易相信别人了，一腔肺腑，迎的却全是戳心窝子的冷箭，你看她心在哪里意在何方？"

我说："我相信她所言均是实情，只是其中有咱们想不到，或者说不敢想的事。"

厚脸皮道："那么她还是千古异底村的人？也吃了土龙子长生不死，变成了冯异人那样的尸怪？"

我说："决计不是，所以说你那脑袋白长了，你想想她跟咱们进了千古异底村古墓，这一路上都出了什么事？"

厚脸皮说："出了什么事？还不是撞上黄佛爷那伙盗匪，险些死在古墓地宫之中，也不知是倒霉还是走运，没死在地宫里，却困在这个村子里出不去了，这些事跟她有关系吗？我说你能不能别卖关子了，快说究竟看出了什么名堂？"

我说："你是只知其一不知其二，知其二又不知其三，其实你稍稍留心，就该想到了。"

厚脸皮说："难不成是傩婆惨死之后，人头留在村里变做人头灯笼，没头的尸身从千古异底村逃出去，不知在哪找了个脑袋，此刻又回到这个村子？她这是要做什么？"

我说："她不是傩婆，也不是傩王，甚至不是村子里的任何一个人，不过有一句你蒙对了，她是在灭村那一天逃到了外边。我原本想不到她是谁，直到在傩庙里发现了一些端倪，你记不记得那面铜镜中的幽灵，那个女童见了她跪拜不起……"

厚脸皮说："是有这么回事，你是想说铜镜中的小鬼儿，在没死之前是侍候她的？"

我说："你怎么还没搞清楚，铜镜里没有鬼，只是一个女童在屠村之前，躲进庙堂石室中避祸，结果死在里面没出来，死尸一直在古镜前照着，上千年没动过，那青铜古镜是件宝物，镜中本有灵气，但不成形，有了女童死尸的身影，它积影成形，变成了幽灵，那个想掐死咱俩的女童，其实就是这面古铜镜本身，与困死在石室里的那个女童没半点关系，这么说你能明白？"

厚脸皮挠头道："大概是明白了，不是……你想让我明白什么？"

我说："你真是榆木疙瘩脑袋，我话都说到这个份上了，居然还发蒙？我问你，铜镜幽灵为什么见到她便跪拜不起，随后消失不见？"

厚脸皮道："那是……为什么？我还真没想过，为什么怕了她？可我看她说话挺和气，通情达理又不矫情，遇上咱俩这种杠头而不矫情的人，天底下倒也不多，这样的人有什么可怕？"

我说："你还不明白，因为她是铜镜的主子，奴才见了主子，那还有不跪的吗？"

厚脸皮说："闹半天是这么一出，她会不会把咱这铜镜抢回去？这可比摘我肋骨条还疼，我是八百个不愿意，我看她也未必抢得过我，到时候你帮谁？以你以往的所作所为，我怀疑你不但不会袖手旁观，反倒见色忘义胳膊肘往外拐。"

我说："都到了什么时候了，你还惦记那些不相干的事，你想想铜镜的主子是谁？那根本不是人啊！"

厚脸皮说："不是人还是鬼不成？你之前又说她不是鬼，这不等于自己把自己绕进去了？"

我说："村子里住的可不只是人，根据傩王殿宝库的壁画记载，神禽纹铜镜一直供在傩庙之中，那是住人的地方吗？所以我看她是这个村子里的……"我说到这自己都有些紧张，将声音压得更低："她是这个村子里的傩神！"

第十九章　转生活神

01

我和厚脸皮想起在过鱼哭洞时，我们说到过鸿均老祖是条大蚯蚓成精，可见不现原形是神，现了原形便是老怪，全在你怎么看了，千古异底村里的神，也有真身吗？她的真身会是什么？

厚脸皮说："她把咱们引到这地方，一定是没安好心，等到祭祀坑里现出原形，那就要吃人了！"

我说我看田慕青也不是有意相瞒，我想不明白她是怎么逃出村子，又为什么看上去和常人一样，她回到这来是为了将村子送进鬼方？

我想趁着还有一口气在，当面问个清楚，可田慕青走得极快，转眼走到了浓雾深处，石兽相夹的神道不断向前延伸，人却不见了踪影。

厚脸皮说："你还想跟过去？她要真是这村子里的牛鬼蛇神，那又该如何是好？"

我说："在山洞里说过的话没错是没错，可我后来一想，鸿钧老祖是条大蚯蚓变的，那又怎么样？别忘了人也是猴变的，在这件事上，谁都别说谁。"

厚脸皮说："听着倒也是个理儿，你看她有何居心？"

我说："我看她是要把村子送进鬼方，那一来咱们谁也别想活，必须让她悬崖勒马。"

我们打点精神往前追赶，可是神困体乏，还得轮流背着大烟碟儿，两条腿沉重异常，村西这条神道并不长，但荒草齐膝，路面崎岖，想走快些也不容易，又走了一阵子，面前出现了一座压在夯土山上的须弥殿。须弥是佛教传说中的山，过去形容山丘上的宫殿常说是须弥殿，不过傩教中没有这种名称，只是形势近似须弥殿，面宽约是九间，老时年间说到面积，习惯用几间屋子大小来形容，按礼制，殿堂面宽是九间，一间屋子是一丈，九间就是九丈，规模极大。

这座大殿四壁同样是三合夯土涂白灰面，重檐黑瓦，在雾中隐约可见，外围是三层石阶，上层七十二块石板，中层一圈是一百单八块，下层有一百八十块，我在飞仙村听周老头说过这种布局，是合周天之数，走至近前，看到两扇殿门已被推开，深处黑咕隆咚，充满了冥土般的腐晦气息。

我高举火把，当先进了须弥殿，厚脸皮背着大烟碟儿跟随而入，眼见殿中抱柱全挨着墙壁，当中是一个走势直上直下的长方形大土窟，四周掏出许多凹洞形壁龛，脸上罩着树皮面具的死尸在壁龛中横倒竖卧，堆叠如墙，狭长的石阶甬道，在木柱支撑下，绕壁通向祭祀坑底，推开殿门之后，外边有缕缕雾气飘进来，让火光一照，但见白雾缭绕，托着壁画中的各种神怪，恍如置身在九天宝阙。

殿中随处有铜灯，里头全是用过半截的蜡烛，我们随手点起蜡烛，烛光一亮，照到殿顶塌了一个大窟窿，不似崩塌，却像被从天而降的什么东西，砸出一个大洞，想来那东西落在了殿中，我们两人骇异莫名，均想问对方："什么东西能将大殿宝顶砸穿，而且还是从天上变掉下来的？"

这个念头一起，下意识地往祭祀坑深处俯窥，但见一点火光晃动，能隐约看到田慕青的身影，她正往祭祀坑下走，我们顾不得多想，匆忙追了下去，栈道下的支柱腐朽不堪，一踩上去吱呀作响。道路塌掉了好几段，祭祀坑直径在三十米开外，下到十余米深，已看不清高处的灯火，大殿下这个阴森漆黑的古洞，不停吸食着人身温度，有道伸出去的石梁不上不下，刚好悬在洞窟中间，半截石梁尽头是兽首形石台，凌空翘首，惊险无比。一路上随处都有死去的村民，有些树皮面具已经掉落，看脸部都已变成干尸，似乎是让祭祀坑吸尽了生气，悬空石台上还有几根带铁环的木桩，也不知用过多少次了，石台石梁上尽是斑驳乌黑的血迹，显然是祭祀坑里的宰牲台。

我们上了宰牲台石梁，看见田慕青失魂落魄，手中举着火把一动不动，正望着下面出神，我上前一把拽住她，她身子一颤，回过头看我们。

我问田慕青："发生在这个村子里的事，你都想了起来？"

田慕青此刻已回过神来，她既不点头，也没摇头，好像是默认了，脸上古怪的神色稍稍恢复。

我又问她："你想一死了之不成？"

厚脸皮提醒我说："别到跟前去，小心她现了原形吃人！"

田慕青说："原形？你们……是什么意思？"

我说："你若不是傩庙里的神怪，又怎会记得上千年前的事情？"

田慕青说："傩教从古所拜之神，是有血有肉的活神。"

02

此事我和厚脸皮已经想到了，但听田慕青亲口说出，仍不免有毛骨悚然之感。

田慕青将她想起的事情，捡要紧的告知我们。傩人先祖曾在一处大山里，意外捡到四个长方形青铜鬼面，又根据铸刻在铜面具上的图案招神使鬼，创下傩教原形，后来在一次祭祀中毁掉了青铜面具，从此改用树皮面具替代，留传到后世，千古异底村以外的巫傩面具，大多是以樟木所制。

汉代以来，草鞋岭下这个村子保存着最古老的傩神血脉，傩教中以傩王为首，但在傩王之上，还有一位活神，每一代都是年轻女子。村中有同一宗室的四个家族，四家族长皆是傩教长老，每代活神都出在这四个家族之中，隔上十几二十年，村中便要举行大傩祭洞仪式。相传鬼方是一个古国的名称，那四个青铜面具就是鬼方古国的祭器，因为鬼方语言文字礼制与后世不通，所以只能以方纹鬼面称之为鬼方古国，如同夏商时期的"虎方、蛇方"等古国，皆是根据图腾形状为名。相传几千年前，鬼方发生内乱，十死七八，幸存的鬼方人迁逃至漠北，再没回过中原，后为周天子出兵征服，鬼方古国由此灭绝。

据说青铜面具上有鬼方神巫的魂魄，而村子下边的祭祀坑，在傩教传说中可以通往鬼方，因为那时候的人们大多认为鬼方古国已经消失了，其实傩教先祖只是从鬼方面具上得知，此地有这样一个祭祀坑，每当黑狗吃月那一刻，村中都会举行血祭，将无法度化的恶鬼送进去。

千古异底村的活神，地位虽然在傩王之上，却只是送到宰牲台上的祭品，死去一位活神，四个家族中便会出现下一位活神，一旦选出，立刻要送到傩庙居住，不再和普通村民接触，死去的肉身仅是躯壳，血祭之后活神会再次转生，由四个家族的女子中重找一个躯壳，等待下一次血祭到来，如此周而复始。

谁被活神选中成为躯壳，额头就会长出月牙形的血痕，据传当年出现大瘟疫，古傩教用青铜面具请神逐疫，结果四个青铜面具一齐损坏，傩神从此留在这四个人身上，再也走不掉了，那四人便是村中四个家族的先祖。

我看田慕青额前是有道很浅很细的血痕，像是胎记，并不起眼，但是别人都没有，想必乌木闷香椁中的女尸，也是这村子里的活神。黄佛爷那伙盗匪见过田慕青，而当揭开女尸覆面时，站在棺椁前的那些人脸上均有错愕之色，定是看到女尸额前有和田慕青同样的痕迹，当我和大烟碟儿在墓道里看见女尸的时候，尸身呈现腐坏之状，脸如枯蜡，已经看不出额前的血痕了。

田慕青告诉我们，在大唐天宝元年，傩婆蛊惑村民作乱，那些人想拜土龙子为神，为了阻止将土龙子送进鬼方的大傩仪式，冲进傩庙中用人皮闷死了活神。虽然在不久之后作乱之人尽数被杀，但是祭祀坑中通往鬼方的大门已经打开，村子里却没有了活神，傩王只好按以往的方式，先将死去的活神安放在棺椁中，乌木闷香棺的棺首处，有一个供魂灵进出的小铜门，那就是给活神准备的，等到认定下一位活神，才会将死尸送到地宫下层的墓穴中安葬。傩王又让那四个家族逃到山外，留存古神血脉，而其余村民全部带上树皮面具祈神，举行了洞傩仪式，使这个村子陷入了混沌，以此堵住通往鬼方的大门。

　　逃出村子的四个家族分处各地，他们不断将活神送进这个村子，想要完成血祭，让通往鬼方的大门从此消失，怎知惨死的傩婆等人冤魂不散变成肉丘，浑浑噩噩地在村中徘徊，却还不忘保护土龙子的尸身，此后进入村子往神道方向走的人，全都让这个怪物吃了。

　　由于年代古老，又几经辗转，四个家族的人越来越少，对发生在村子里的事也都忘掉了，田慕青以前毫不知情，到此地才逐渐记起。她是第五十三个进入村子的活神，前边那些人都没有完成仪式，说来也是侥幸，在殿门前误打误撞，竟将傩婆的头从肉丘上砍了下来，否则我们都要不明不白地死在傩王殿中了，如今她要完成血祭，让村子和祭祀坑从此消失，说到这里，她脸上出现了一层黑气，神色变得十分古怪。

03

　　田慕青脸上说不出的古怪，一步步往祭坛宰牲台尽头走去，似乎是身上的活神正在醒来，将要履行古老的契约。

　　我心里虽然发怵，却不能眼睁睁看着田慕青死在此地，当即挺身上前，抢过她手中那柄铜剑。

　　正要将铜剑扔下石梁，田慕青突然反身来夺，二人两下里一争，铜剑掉进了祭祀坑，她身子一晃，失魂落魄般，向后倒了下去。

　　我急忙将田慕青拽住，让她倚在柱子上，看她两眼发直，身子不住颤抖，一句话也说不出。

　　厚脸皮问我，田慕青现在是什么状况？

　　我说："她是让鬼上了身，那个鬼要让她死在祭祀坑中。"

　　厚脸皮问道："救得了她吗？"

　　我说："救不了也得救，按我的意思理解，鬼方即是阴间，总之是人死之后的去处，村子堵住了通往阴间的大门，一旦血祭的仪式完成，这个村子便会化为冥土，虽然村民们早死光了，可是咱们还没逃出去。"

厚脸皮听明白了，说道："那可不能让她死了，要不咱哥儿仨都得跟着陪葬！"

我说："不给这村子做陪葬，也不能见死不救，她是有血有肉的人，死了可没法再活。"

厚脸皮道："话是这么说，可你我和大烟碟儿，如今也是泥菩萨过江，自身难保。"

我说："现在绝望为时过早，这个村子并没有真正消失，要不然咱们到不了这里，既然进得来，也该出得去。"

田慕青说："你们……别管我了，我不死在这个土窟之中，灭村那天的诅咒就不会消失……"

厚脸皮焦躁地说："村子里没一条路可以走得通，我们又能往哪逃？"

我看田慕青脸上那种没法形容的古怪神色不见了，恢复了以前的样子，我问她："你觉得好些了？"

田慕青说："不知为什么，在傩王殿那种窒息的感觉又回来了，突然怕得厉害，但心智清醒了许多。"

厚脸皮说："是不太对劲儿，这地方好像跟刚才不一样了，有股什么味儿？"

我用鼻子一嗅，阴森的祭祀坑里是多了一股血气，可周围黑乎乎的什么也看不到，瞅见石梁尽头的宰牲台上有几只巨烛，便用火把一一点上，这才看到祭祀坑中出现了血雾，之前在村子里砍掉的肉丘上的傩婆人头，散不掉化不开的怨气变成了血雾，那时我们只看得心里发毛，没想到会跟到这里。

我心想殿中有血雾出现，怕是凶多吉少，一定有路可以出去，只是我们还没找到，如果此刻死在祭祀坑，那就全无指望了。

刚生出这个念头，脚腕子上忽然一紧，让只手给抓住了，那手又冷又僵，手指跟铁钩似的，我顿觉一阵剧痛，低头一看，死在石梁上的一个村民，伸出手抓住了我的脚腕，那死尸脸上的巫傩面具早已掉落，干枯如树皮的脸上口部大张，发出夜枭般的怪叫，听上去跟我在墓道里遇见的女尸几乎一样。

我惊慌失措，抡起铲子砍下去，那村民死在祭祀坑中已久，尸身近乎枯朽，前臂竟被铲刃挥为两截，断手兀自抓住我不放，我急忙用力甩腿，将干尸的断手踢下石梁，再看小腿上已被死人指甲抓掉了一块皮肉，鲜血淋漓。

断手村民的死尸口中发出怪响，又伸出另一只手抓过来，旁边的厚脸皮出手更快，倒转了枪托用力砸下去，但听"噗"地一声，当场把那死人的脑袋砸开了花，没有血肉迸溅，却见一团血雾从腔子里冒出，落在旁边的另一个村民尸身上，那死尸咕哝了两声，便从地上挺身而起。

厚脸皮不等那死尸起身，端起枪来抠下扳机，一枪轰掉了对方的脑袋。

那村民的死尸晃了一晃，扑在地上就此不动，忽然一缕血雾从尸身中升起，落了旁边的干尸身上。

厚脸皮心中发慌，手忙脚乱地开了第二枪，枪弹打中了那个村民的胸口。

那个村民的死尸被后坐力推倒，却恍如不觉，紧跟着爬起来，伸着两手扑上前来。

厚脸皮一摸口袋里空空如也，方才意识到没有弹药了，只好抛下枪，抽出山镐，对着那个村民当头轮去，满拟一镐下去，定在对方头上凿个窟窿，怎知那挺尸而起的村民两手前伸，正好抓住了镐把，厚脸皮一镐抢不下去，想夺又夺不回来。

我见两方僵持不下，当即抢上两步，握住火把戳在那个村民的脸上。

厚脸皮趁机夺下山镐，当头一镐打去，镐头插进了那个村民的脑袋，它带着山镐退了几步，仰面倒在地上，血雾又从被山镐凿穿的窟窿中冒出，弥漫在半空不散，雾气活蛇般分成一缕一缕，钻进那些村民死尸的口中。

04

血雾钻进村民的尸身中，横尸在地的死人纷纷起身，相继涌上石梁，全是奔着田慕青而去。

我心知这是傩婆的阴灵附在了死人身上，而死在祭祀坑中的村民成百上千，我们被堵在三面悬空的宰牲台上，如何抵挡得住？

不等我再想，行尸已扑到近前，好在石梁地势狭窄，我们拼命挥动火把，才勉强将那些村民挡住，可人力终有穷尽之时，怕也支撑不了多久，往后退只能跳下祭祀坑，那下头黑咕隆咚，好像没底的窟窿一般。

要说这土窟既然称为祭祀坑，而不是祭祀洞，那么下边该有实地才对，在傩教传说中，黑狗吃月那一刻，祭祀坑会成为通往鬼方的大门，灭村那天夜里没能进行血祭，从此这道门关不上了，这其中让人想不明白的地方太多了。宰牲台上有张开大口的人头，仰面向上，鲜血滴落人头口中，由此通到祭祀坑下，却不知土窟尽头是个什么去处。

我见被阴灵附身的村民怕火，而且死尸多已枯朽，行动迟缓，有意夺路逃出祭祀坑，到村子里找处墙壁坚固的房屋，或许能挡住围攻之势。

刚有这个念头，一个让火把挡在石梁上的村民，突然从口中吐出一缕血雾，尸身随即扑倒在地，我只觉腥臭刺鼻，握在手中的火把险些被阴风吹灭，急忙侧身避开，但那血雾围着我们不散，看来想要附到活人身上。我和厚脸皮心中大骇，宰牲台悬在半空，躲闪之际稍有不慎，便会失足掉进祭祀坑里，别管那下边是什么，摔也把人摔死了，眼下该当如何是好？

此时忽听田慕青说道："快捡起傩教的树皮面具戴上！"

我闻言稍一愣神，立时想到状如山魈的树皮面具，绘以红黑两色，面目狰狞诡异，原本就是用于驱鬼除邪，再抬头一看，那一缕缕的血雾，果然全是钻进树皮面具掉落的村民身上，遇到那些脸上有面具的村民死尸，却只能绕过。我们三人急忙捡起掉落在地的傩面，罩到自己脸上，继续挥动火把，将从石梁上蜂拥而来的村民挡住。

我寻思用火把逼退围上来的行尸，四个人可以由原路退出土窟，返回傩王殿，那座大殿是村中最坚固的建筑，下边还有地道，可进可退，至于往后的事，如今是理会不得了，我打定主意，刚要背起大烟碟儿，就听身后发出一声怪叫。

我们三人只顾着用火把挡住从石梁上过来的村民，听得这声怪叫，都被吓得一哆嗦，因为身后是悬空的宰牲台，虽然没有村民的死尸，却还有个大烟碟儿躺在那里，三个人忙于招架，竟没想到要给大烟碟儿带上树皮面具。我转头往后一看，只见大烟碟儿已经站起身来，口中咕哝有声，脸色阴沉，五官僵硬，眼神空洞有如死人。

大烟碟儿让傩婆的阴灵附身，忽然张口瞪目，凄厉的怪叫声中，五指戟张，伸手抓向田慕青。

我站在原地看得呆了，听到田慕青一声惊呼，不敢怠慢，立即抡起铲子往大烟碟儿头上打去，可铲子落到一半硬生生停住，我心知不管是谁，一旦身子让傩婆阴灵占据，便会如行尸走肉般对人展开攻击，不把脑袋打掉就不算完。

可念及跟大烟碟儿的兄弟之情，朋友之义，我是无论如何也下不去手，却又不能看着田慕青送命，事出无奈，只好将大烟碟儿扑在地上，两臂同时往外一分，挡住大烟碟儿掐向我脖颈的双手，感觉对方那两只手像铁箍似的力大无边，身上的血气更是腥不可闻。

厚脸皮见我处境凶险，他要替我解围，手握火把往大烟碟儿脸上戳来。

我虽然明白大烟碟儿已被血雾变成行尸，却也不能眼看着火把戳到他头上，腰上使出全力，揪着大烟碟儿就地一滚。

厚脸皮的火把落空，"托"地一声，重重戳在地上，此时又有村民从石梁上冲来，他和田慕青急忙用火把阻挡，无暇再顾及身后的情况，急得大叫："大烟碟儿已经没了，你要还想活命，非下死手不可！"

我被大烟碟儿掐住脖子，滚倒在宰牲台边缘，感觉对方双手越掐越紧，眼前一阵阵发黑，已然支撑不住，此时命在顷刻，再不还手性命难保，可在刚才的混乱之中，铲子火把全都掉在了地上，只好一手招架，一手去够铲子，可伸手一摸，身边却是空无一物。

05

我的喉咙被大烟碟儿死死扼住，再也挣脱不开，心中好一阵绝望，恍惚看大烟碟儿那张脸，变得和那些死掉的村民一样僵硬扭曲，电光石火的一瞬间，想到黄佛爷一伙盗匪在地宫中遇到尸变的情形，乌木闷香棺中的女尸，也是阴灵不灭，盗匪们一摘掉女尸脸上的树皮面具，立即尸起扑人，看来用树皮制成的搜傩面具，不仅能够克制蛇虫，此外还可以镇鬼伏尸。

这念头在我脑中一闪而过，好比在满天阴云的漆黑夜晚，突然亮起一道闪电，我立即摘下自己的傩面，翻过去按到大烟碟儿脸上。

大烟碟儿怪叫一声，往后便倒，从宰牲台上翻身掉落土窟，我一把没拽住他，看土窟下漆黑无底，人掉下去绝无声息，我心头一沉，明知当下不是难过的时候，仍抑制不住泪水夺眶而出。我咬了咬牙，捡起另外一个树皮面具套在自己头上，顺手拿上火把，背上还没断气的大烟碟儿，招呼那两个人往土窟上边走。

厚脸皮见大烟碟儿已死，也是发起狠来，将石梁上的村民一个个推落下去，村民的死尸虽多，但一多半还带着树皮面具，余下的也是尸身枯朽，即便让血雾中的阴灵附身，行动也格外迟缓，祭祀坑土窟绕壁的道路十分狭窄，那些村民不能一拥而上。

我感到有机会逃出土窟上方的大殿，也自生出一股勇力，三个人刚走过石梁，道路两边同时有被血雾附身的村民袭来。

厚脸皮用火把猛地一戳，正中一个村民脸部，那村民怪叫声中急往后缩，厚脸皮打红了眼，火把去势不减，将那村民的头按在土窟壁上，一下戳了个对穿，死尸中冒出血雾，再也不动了，而火把前端重重顶在土墙上，发出一声闷响，却似撞在铜墙铁壁之上，火把折为两段，我们三个人又惊又奇，祭祀坑分明是个长方形大土窟，四周没有坚硬的三合夯土，怎么会发出这样的声响？

石梁一端是宰牲台，另一端与土窟相连，火把戳到的所在，有一大块土墙向外凸起，上面覆盖着泥土，我从土窟上下来的时候，只顾着找田慕青，没留意这里有什么不对，此刻借着火光看过去，依稀有个庞然大物竖在那里，显然不是砖石，但时间久了，已被落灰泥尘掩埋。还没等我回过神来，脚下的石板一震，发出断裂之声，原来那个物体出奇的重，嵌在土窟壁上的石板近乎崩塌，厚脸皮这一下，改变了受重点，那两头窄中间粗圆滚滚的铁质物体，竟对着我们倒了下来。

覆在它外面的泥土落下，我们终于看出那是颗特大的航空炸弹，是从轰炸机上投下来的那种炸弹，生满了铁锈，细部已不可辨认，看来是老式炸弹。我听人说枪马山一带是古战场，抗日战争和国共内战期间，枪马山附近打得也十分激烈，不时有老乡在山上捡到旧弹壳，这应该是战争年代有颗炸弹从天而降，把殿顶砸穿了一个窟窿，弹头朝下，尾翼在上，不偏不斜落进祭祀坑，不是日军的就是美军的。仙墩湖上常年有大雾笼罩，投弹投偏了并不意外，这颗大炸弹，少说有七八百斤，当年落地没有爆炸，或因技术故障，如果赶上该死，也没准一碰就响。

据说航空炸弹从高空坠下，几十年之后仍有可能发生爆炸，以前在东北听说林场里发现过日本人投下的炸弹，有人想带到家当废铜烂铁卖钱，由于弹体巨大不便搬运，就用锤子去砸，打算砸成几块，再拿骡马从森林里拖出来，怎知一锤子抡下去，当场一声轰响，人和骡马全被炸上了天，还引发了一场山火，烧掉好大一片林子。

我意识到刚才厚脸皮用火把捅在炸弹上，使的力气着实不小，万一这颗炸弹响了，我们三个人此刻早已被炸得血肉横飞支离破碎了，不觉冒出冷汗，忽然生出一个念头，炸弹能从天上掉进祭祀坑，我们则是先发现村中古墓的封土堆，由墓门进去再出来，原本的湖面就消失了，千古异底村似乎掉进了混沌的漩涡，如果出口并不在村子周围，那一定是在高处，要说最高的地方，无疑是村中古墓。

厚脸皮见我呆愣愣站在那不动，几百斤重的炸弹倒下来竟不知闪躲，急忙推了我一把："你不要命了，快躲！"

我转瞬间想到这个念头，刚回过神，石梁前那颗炸弹已经倒了下来，我们三人挤在狭窄的道路上无处躲避，想接也接不住如此沉重的炸弹，只要它压下来，这几个人全得变成肉饼，众人无从选择，匆忙中往石梁上连退几步，耳轮中就听得"咣当"一声巨响，震颤之声反复回荡，那颗大炸弹重重倒下来，以木柱支撑在土窟上的石板道路，经不住如此沉重的撞击，立时发生垮塌，悬空的石梁也因此断裂，立刻落到土窟深处。

06

横在土窟半空的石梁塌下去，不知有多深才到底，掉下去哪里还有命在，我以为大限到了，怎知宰牲台下不过十几米深，石梁塌下去，正好斜撑到土窟底部，三个人只是从倾斜的石梁上滑落，但也跌得晕头转向，五脏六腑好像都不是自己的了，只叫得一声苦，不知高低。

相传土窟是通往鬼方的大门，可下边是稀松的泥土，我心里觉得古怪，正想看看周围的情形，黑暗中忽听头上又是一阵巨响，原来是那颗炸弹从倾斜的石梁滚下，炸弹外壳长了锈，几经撞击没有爆炸，应该不会再响了，可重量还在，如同个大铁碾子从高处滚下来，压也能把人压成肉泥。土窟底下一片漆黑，宰牲台上的灯烛火把全都灭了，我们听到声响不对，来不及起身，急忙爬到一旁，几百斤中的炸弹带动劲风从身边滚过，在洞窟底下砸出个土坑，横在塌落的宰牲台前不动了。

我捡起火把点上，厚脸皮和田慕青躲得及时，没有让炸弹压到，三个人还带着树皮面具，我看不到那两个人脸色如何，但是不住喘着粗气，显得惊魂未定。

我捡回铲子，又从背包里取出两根用过一半的火把，交到厚脸皮手中。趁他和田慕青点燃火把的机会，我转过头四下一望，只见石梁斜倒在土窟角落，壁上有长方形的人脸岩画，两眼和嘴就是三个方洞，古拙神秘，人脸的轮廓近似傩教面具，似乎是鬼方人留下的古老岩画，那个古国被称为鬼方，正是由于这种方头方面的人脸图案，傩教先祖根据鬼方人的青铜面具，找到了这个土窟，此地也可以说是傩教的起源所在，这个四千年前就被人发现的土窟，是地下祭坛？还是鬼方人的墓穴？

此时厚脸皮和田慕青分别点上了火把，眼前变得豁亮多了，三人不安地打量着四周。

我往高处看了看，似乎能从斜塌下来的石梁爬上土窟，我说："多余的东西全扔下，等会儿出了土窟，你们跟着我走，出口多半在村中古墓的封土堆顶部。"

厚脸皮赶忙将装着鹿首步摇冠等宝物的蛇皮口袋扎紧，绑在背后，先前被山镐凿穿脑袋的那个村民，尸身也跟着倒塌的石梁落下，他过去拔出山镐握在手中，随时准备要走，想起大烟碟儿刚才落到土窟底下，为什么没瞧见人在哪里？

我寻思："大烟碟儿从石梁上掉进土窟凶多吉少，还不得摔冒了泡？我却不能扔下他不管。"

厚脸皮说："既然掉进了土窟，那人怎么没了？是不是让炸弹压成了肉饼？"

我没瞧见那颗炸弹压到人，土窟下的地方不小，三个人置身其中一隅，火把只能照到身前七八米开外，又有炸弹挡着，看不到对面的情形，虽说身在险境，诸事不明，但祭祀坑下也并非无底之洞，此刻脚踏实地，又不见有什么古怪之处，我和厚脸皮的胆子大多了，打算去找大烟碟儿，活要见人死要见尸。

田慕青说："大烟碟儿已被傩婆阴灵缠住，你也知道，不把头砍下来，那股怨气不会散掉，没人救得了他，如果能够逃出村子，你们尽快自行逃命才是，别都把命丢在这。"

我明知田慕青说得没错，可还是不能死心，又听她话里的意思，是不想从土窟里出去了，我刚要问她，忽见雾中身影晃动，那些村民正追了下来，土窟底下不比石梁，在石梁上凭借地势狭窄，还可以支撑一阵，一旦在土窟下受到围攻，那是人人死无葬身之地。

我们情知土窟下边地形不利，没法抵挡受血雾驱使的村民，只好先退到那颗炸弹的另一边，手中捏了把冷汗，目不转瞬地盯着前方。

那颗特大炸弹的外壳锈蚀斑驳，横在地上有半人多高，落到土窟中也没爆炸，估计已是废弹。

我对厚脸皮和田慕青说："等到村民逼近，咱仨就往前推这炸弹，滚过去还不压扁它几个？"

厚脸皮说："倒也是个主意，你想好没有，接下来怎么办？"

我说："哪他妈还有接下来……"话说未了，一个村民张口怪叫，已经当先从雾中扑了出来。

厚脸皮叫道："那些活死人过来了，我说你们俩别看着，还不快推炸弹！"

三个人以脚蹬地，双手和肩膀顶住炸弹，一同埋头使力往前推动，谁知土窟下的地面并不平整，那炸弹又极为沉重，连催几次力，不仅没往前挪动半分，反而摇摇晃晃要往我们这边滚动。

那村民转眼到了跟前，伸手要抓田慕青，厚脸皮抢起山镐，当头将那村民打倒在地，一缕血雾冒出，在土窟中聚而不散。

我看田慕青手中只有火把，扯着她往后退开几步，忽听凄厉的怪叫从后边传来，我转头一看，只见先我们一步掉进土窟的大烟碟儿，正脸色阴沉地站在我身后，脸上的树皮面具已经掉了，两眼像两个无神的黑洞。

我之前心存顾忌，好比是麻杆打狼，两头害怕，此刻事出无奈狠下心来，手中铲子劈下，削去了大烟碟儿半边脑袋，眼看他的尸身立即扑倒在地，我不由得双手颤抖，心似刀戳，那一铲子如同削在自己头上，然而这一转身，火光也照到了土窟深处的东西。

第二十章　重开世界

01

传说村下的土窟，是通往鬼方的大门，由于上次血祭的失败，村子掉进了鬼方，田慕青要完成中断的血祭，否则土龙子会从千古异底村逃出去，催婆的阴魂想掐死田慕青，让她无法完成仪式，如果田慕青死在此地，村子的出口也将消失，我和厚脸皮是进退两难，救了田慕青等于放走土龙子，不救田慕青，我们二人也得跟着送命。我选择救下田慕青，至于这么做是对是错，结果难以预料，不过土窟中的宰牲台已经塌了，三个人又被村民堵在祭祀坑里，性命只在顷刻之间，怎么想也是有死无生。

待到一铲子削掉大烟碟儿的半个脑袋，我更是心灰意冷，怎知火把照到身后，隐约看见漆黑的土窟中间，四仰八叉躺着一个"山鬼"，按照民间的说法，山鬼就是毛人，四肢近乎于人，却比人高大得多，全身都是灰白色的毛发，垂下几寸长，头大唇厚，三分像人，七分像兽，状甚奇异，而且肚腹高高隆起，似乎临盆在即，但是已经死了很久。

我在林场时听人说，解放前有一父一子两个猎户进山打鹿，儿子是个十五六岁的少年，他们找了个空木屋过夜，深山老林里有很多木屋，有马匪山贼留下的，也有抗联打日本留下的，还有挖金伐木的人们所留，熟悉山里情况的猎人很容易找到地方歇宿。二人在这住下，半夜忽听屋外的猎狗狂吠，爷儿俩急忙拎着土铳出去，一看吓得魂儿都冒了，是个全身有毛似熊似猿的怪物站在外边，比常人高出半截，猎狗已被它扯住两条后腿往两下里一搋，活生生撕成了两半，下水掉了一地。不等父亲端起土铳来打，早让那怪物一巴掌拍到地上，抓过儿子夹在腋下，翻山越岭地去了，父亲还有口活气儿，转天让人救了。山民们在深山中找了半年，也没找到那怪物的踪迹，人们便说那是山鬼，当地人谈虎色变，不止是兴安岭，别的地方也有类似的传说，比如有人被山鬼掳去，并同山鬼生下后代，多年后从山中逃出来，家里人都以为他早死了，各种各样的说法都有。

我想山鬼或许近似于毛人，以往当真是有，而且听山鬼的事听多了，提起来全是如何如何狰狞，如何如何掳人，吃人连骨头都不吐，想不到在村下的土窟里，竟有这么一具全身灰白长毛的古尸。

祭祀坑上边是座大殿，殿中有个土窟，宰牲台悬在当中，深处是个更大的洞穴，但这古尸并不是人，鬼方人也不会长成这样，估计是那时候的人们，在土窟中意外发现了一具山鬼的死尸，鬼方古国消亡之后，傩教先祖又找到了这个土窟。

不过我想不明白，为什么说土窟是通往鬼方的大门，还要用活神血祭，要说山鬼野人一类的奇异灵长目，可能近代灭绝了，一旦显出踪迹，就能引起轰动，古时却不是十分罕见。清代的房山县志中有明确记载，那个县为什么叫房山？因为"山中多洞，洞如房屋，有毛人居之"，这在县志中写得很明确。往更早了说，商周时曾有山民捉到活的毛人献给天子，那时候留下的青铜器上，已有全身长毛的山鬼形象，可见古人对山鬼有所认知，应该不会因其僵而不朽，就妄加膜拜祭祀，土窟中的古尸，也不过是个山鬼。虽然我们是头一次看到，但不是绝无仅有，除了形貌似人，并无他异，虽然这全身灰白长毛的僵尸，在洞窟中几千年没变样，的确古怪，但要说因此让古人把它当成神灵，那倒也不至于，除非这僵尸……

02

我相信土窟中的东西，比土龙子更为恐怖，否则不会有灭村之祸，可是想不出是什么原由，傩教专门对付僵尸厉鬼，绝不会在村中祭祀一个死而不化的古尸，何况还不是人，但这是因为我们所知所见有限，还不了解其中的秘密。

刚这么一打愣，厚脸皮和田慕青转过头来，看到大烟碟儿掉了半边脑袋，惨死在地，无不黯然，但也只是感到难过，吃惊倒是没有，厚脸皮说："大烟碟儿横死在这，那是他的命，咱回去三节两供上坟时烟酒点心必不短他的……"说到半截，看到那个全身灰白长毛的僵尸，他和田慕青不由得齐声惊呼。

我说："别慌，土窟里只有一个死去多年的山鬼，不会动了。"

厚脸皮说："山鬼……是野人？看着可他妈够瘆人的……"跟着急道："别管这玩意儿了，土窟上的村民可都下来了！"

我往身后一看，已有几十个村民爬下斜倒的石梁，摇晃着身子，正从炸弹两边绕过来。

如果在土窟中四面受敌，顷刻间就会让村民们攻击致死，但也来不及退到角落，三个人将手中的火把组成一道火墙，随时准备抵挡围上来的村民，此刻还抱有一线希望，如若支撑一阵，或许能寻个机会避过此劫。

我放不下祭祀坑里的谜团，忍不住问道："村下土窟是送鬼的大门，怎么只有一具古尸？"

厚脸皮说："你问我？我还纳着闷呐！"

我这话是问田慕青，我感觉到她身子发抖，可看不到她的脸色，她也不知道土窟下的情况，血祭是在宰牲台上完成，自打有这个村子以来，大概从来没有人下到过土窟底部。

我心念一转，那些村民是被傩婆阴魂附体，傩婆的阴魂要置田慕青于死地，阻止她完成血祭，其实祭祀坑中的宰牲台倒塌，也就没法再进行仪式了，不过那阴魂执念难消，仍追到土窟深处，村子里的大傩祭祀到底是祭何方神怪？是这毛色灰白的古尸？那个通往鬼方的大门在哪？我不识得村中石碑上的古字，所有的事情，全是听田慕青一人所言，常言道"画龙画虎难画骨，知人知面不知心"，我上了她的当不成？

大烟碟儿的死让我心神恍惚，正自胡思乱想，忽听那古尸身上发出奇怪的声响，我心知有异，使劲睁大了眼往前看去，可火把的光亮有限，朦朦胧胧的，只能看到僵尸侧面轮廓，越是看不清楚，心里越是没底。

我心想此时身陷绝境，仅是那些村民已经没法应付，不如一把火烧掉土窟中的古尸，须是当机立断，以免生出别般变故，虽然看不出这死尸有什么不对，但是我不敢大意，刚要将火把抛过去，就看有只手在动，看来并不是那个古尸的手，因为没有那么大，也没有那么长的指甲和毛发，比常人的手还要小一些，五个手指跟五条枯树枝相似。

我心中更加骇异："怎么看那也不是人手，土窟深处除了死掉的山鬼，还有别的东西存在？"

其余两人也听到声响，顾不上正在逼近的村民，同样瞪大了眼，望向那具古尸看。

那个树枝般的手，是从灰白毛僵尸两腿之间伸出，我看得目瞪口呆，土窟中的僵尸肚腹隆起，死时有孕在身，至少死了四五千年，死尸枯僵已久，腹中之胎岂能再活？可看这情形，分明是死胎在往外爬。转眼之间，古尸肚子瘪了下去，两腿间爬出一个硕大的怪婴，状若浑浑噩噩，周身遍布枯褶，方面尖耳，两眼还没睁开，四肢前长后短，也与那母山鬼外形相近，只是没那么多灰白色的长毛，皮肉干枯，一看即是胎死腹中，可居然还能活动？

03

厚脸皮虽觉诧异，却不怎么怕了，即使是成了形的鬼胎，一镐抡下去，也能在它头上凿个窟窿出来，他告诉我土窟空旷，容易受到村民围攻，应该赶快退到洞壁下方，依托地势才好周旋，先把能动的村民都引到土窟下，再寻机从倾斜的石梁爬上去。

我发现那些村民来得缓慢，到了炸弹附近就不敢过分逼近，不知是怕了火把，还是对这怪婴有所顾忌，我生出不祥之感，土窟中潜伏着无法预知的危险，是来自这个从母胎中爬出的怪婴？我看这怪婴眼都睁不开，虽然丑陋得让人厌憎，但比起我们在这个村子里遇到的凶险，无论如何都说不上可怕，可正因为太过古怪，有种不祥的气息，我也不敢托大，见厚脸皮要退到土窟远端，那刚好会从怪婴旁边经过，我挡住他说："先别过去，事情不对。"

厚脸皮说："你还怕这个？不过是刚生下来的怪胎，瞧我把它小鸡儿拧下来，让它撒尿痛快。"

我说："怎么是刚生下来？这东西的母胎死了几千年，却在此时突然出来，你不觉得奇怪吗？"

厚脸皮说："最近的怪事难道还少了？咱们全凭这几根火把防身，等到火把用完，那时候你想哭可都找不着调门儿！"

我心想该行险的时候可以行险，该小心的时候必须小心，不能全指望撞大运，命只有一条，死了可再也活不转来，凭着眼中所见肌肤所感，我知道此刻土窟中一定出现了重大变故，只是我们意识不到罢了。

我并不是怕僵尸肚子里的怪婴，而是种种反常的迹象，让我觉得心惊肉跳，万分不安，我们三个人与那些村民隔着炸弹对峙，身后有大烟碟儿的尸体，七八米开外是爬出母胎的怪婴，时间几乎停下来不动了，我感觉到不大对劲儿，却找不出哪里不对。就在此时，那怪婴脸上的两条肉缝分开，两个死鱼般的小眼到处打量，目光落到我们身上，我只觉一股寒意，顺着脊梁骨一直蹿到头顶心。

厚脸皮焦躁起来："你平时胆子也不小，怎么变得前怕狼后怕虎，让这个怪胎吓得缩手缩脚。"

我两眼紧盯着那个怪婴，突然意识到是哪里不对劲儿了，我们站在原地未动，火把至多照到七八米开外，那具古尸刚好在这个距离，初时我即便将火把往前伸，也只照到半边轮廓，看得并不清楚，此时这怪婴从古尸两腿间爬出，身上拖着脐带，趴在那里没动地方，可再用火把照过去，连它脸上的皱褶也瞧得一清二楚。

厚脸皮一头雾水，说道："火把忽明忽暗，一会儿看得清，一会儿看不清，那有什么不对？"

我说："这都是点了半截的火把，涂在上边的油膏耗尽，火光该当越来越暗才对，怎么七八米之外原本看不清面目的怪婴，反倒变得更为真切？"

厚脸皮说："是怪婴朝咱们爬了过来……"这话一出口，他自己也觉得不对，三个人仍站在炸弹近前，怪婴也未离开古尸。

我发觉炸弹和古尸位置没有任何改变，火把也不会越来越亮，之所以能看得清，是我们和那个怪婴的之间距离越来越近。

厚脸皮道："我看你是吓懵了说胡话，谁都没动地方，怎么可能越离越近？"

我想不明白为什么会出现这个匪夷所思的情况，看火把照明的范围没有变化，仍是七八米，此时分明感觉到危险近在眼前，偏偏不知道发生了什么，实在是糟糕透顶，我额头上冒出冷汗，究竟为什么炸弹和古尸都没动，两者之间的距离却在缩短？

田慕青似乎想到了什么，低声说道："是土窟中间的地面正在消失。"

04

我听到田慕青这句话，心里跟着一哆嗦，如果炸弹和古尸都没动，距离却又在不断缩小，也只能是两者之间的距离消失了。

古代有地缩地长这么一说，比如一列三座山，中间的山突然没了，原本分隔在两边的山接在了一处，那就是地缩，地长是指两山之间，又冒出一座山，可能是直上直下的垂直形大地震所造成，声势想必惊人，但是土窟中没有任何动静，炸弹和古尸之间的距离，就这么无声无息的缩短了，转眼之间，那个面目可憎的怪婴，似乎离我们又近了一些。

我一时半会儿想不明白，土窟中的地面消失变窄了会怎样？持续接近那个怪婴又将发生什么事情？

可我清楚不能任凭怪婴逐步接近而不采取行动，也没时间再想了，此刻是进是退，该当有个定夺，我往身后一看，雾中全是村民变成的行尸，估计只要退过那颗炸弹半步，便会立刻让那些村民围住，根本没有从石梁上逃出土窟的机会，然而困在原地僵持不动，则会距离那怪婴越来越近，我告诉自己一定要沉住气，到这个节骨眼儿上，每一步都事关生死，绝不可以轻举妄动。

厚脸皮不相信土窟中的地面会消失，他以为我和田慕青看错了，当即将手中烧了一半的火把，用力朝土窟深处抛了过去。

说也奇怪，他抛出这根火把，原是想看明白土窟深处的地势，以便找寻出路，哪知火把刚接近那个怪婴，蓦地凭空消失了，火把并没有灭掉，也没有掉落在地，通常投个石子进水，还能够溅起几圈波纹，可我们三个人眼睁睁地看着，抛过去的火把竟然说没就没了。

厚脸皮吓得够呛，正所谓眼见为实，由不得他不信，骇然道："火把哪去了？"

我明白过来，比厚脸皮还要骇异，不是炸弹和古尸之间的地面消失了，正在消失的是空间。

怪婴身前似乎有个无形的黑洞，它对着哪里，哪里的空间就会向它塌缩，我们看不到消失的过程，却见到了结果，如果之前走过去，大概也会同刚才的火把一样消失无踪，只不过是一念之差，想到此处，当真不寒而栗。

我不知这怪婴的真面目是什么，也不知为它何能让周围的东西消失，但直觉告诉我绝不能再接近怪婴半步，更不能等着它接近我们。

到这时候不用再商量了，我和厚脸皮都是一般的心思，必须夺路冲出土窟，那是半点不含糊，哪怕出不去，半道死在那些村民手中，总比莫名其妙地消失不见了好，反正是这一条命，愿意怎么着怎么着了，可转过身还没来得及抬腿，忽听背后传来怪响，有如狂风催折枯木，我从没听过这样的响动，心中暗想："那个怪婴怎会发出这样的动静？"

我忍不住扭头看了一眼，只见两丈开外的怪婴，身上长出一株血淋淋的大树，形状像树，却又似有生的活物一般，枝条蠕动伸展，那是生长在虚无中的怪树。

05

我在二老道的《阴阳宝笈》中看到过这样一段的记载，大意是说："前后左右上下为六合混元，无所不在，阴阳生死全在混元之中，但大道中不止一元，而是诸元并行，诸元间有"界"相隔，界是指没有前后左右上下六合的虚无，有种生长在虚无深处的劫天灭地之树，可以吞没混元，等到阴阳二气尽灭，即是重开世界之时"。

以前我只当那是故弄玄虚的话，此刻一想，土窟下的怪物多半是鬼方怪树。大概几千年前，有个山鬼死在土窟之下，当年山鬼野人大多住在洞穴里，因此毛色灰白，山鬼临死前已经怀了胎，而怪树撑裂虚无之处，刚好是在死胎里，山鬼连同腹中的死胎，竟与怪树长成了一体，古尸年久不朽，后来鬼方人不知怎么找到了古尸，又发现在一定条件下，接近古尸的物体都会消失，于是当作神明祭拜。

等到鬼方人迁逃至漠南，傩教先祖又从鬼方人的青铜面具图案，得知有这么一个土窟，又经过千百年，立下傩制，土窟成了傩祭送鬼的所在，所谓通往鬼方的大门，正是与怪树长为一体的一大一小两具古尸。傩教通过仪式唤出怪树，将无法降服的瘟神厉鬼打入万劫不复之地，可让怪树出现十分凶险，一旦出了差错，不止整个村子会陷入绝灭之灾，还有可能吞没混元，我不清楚傩神仪式的由来，估计是有个很古老的血脉，死掉一位转生的活神，便能让怪树沉眠不动。

再往后，傩教中的冯异人，到黄河边上捉黄鬼，误吃了土龙子，肉身让土龙子所占，自此不死不灭，但好像也会受到伤损，需要睡上一段时间才能恢复。村民们骗了土龙子，立誓发愿造庙封神，用金俑玉棺将它葬在地宫里，年年岁岁用童男童女上供，实则设下两条计策，一是在棺椁中放置阴阳枕，那枕头枕在头下久了，魂就散了，土龙子也想找个地方恢复肉身，不知是计，进了地宫，躺在阴阳枕上进到了梦中，不离开那个枕头便无法醒转，若干年之后，土龙子的阴魂散掉，形魄尚存，傩教第二条计策，是拖延时间稳住土龙子，等它阴魂散去，再将装有不灭肉身的棺椁送进土窟。

大唐天宝元年，傩婆叛教，杀了住在庙中的活神，大傩仪式进行到一半被迫中断，致使土窟下通道打开之后不能闭合，全部村民都戴上树皮面具祭神，让这个村子陷进了混沌的漩涡，所以怪树没从古尸中长出来。之前逃出村子的四个家族，将一个又一个活神送进村子，可傩婆等惨死的作乱之人，尸块堆在乱葬坑中，化作了肉丘，它把后来进入村子的活神全给吃了，也许是这个村子死的人太多，怨气太深，好像受到诅咒一样，直至今天，血祭仪式仍然没有完成。

我和大烟碟儿、厚脸皮三个人，也是倒霉鬼催的，非要来此盗墓取宝发横财，不期遇到同样在寻找这个村子的田慕青，更有黄佛爷一伙盗匪，或许是命中注定，合该出事，别说我们提前不知道，提前知道了怕也躲不过去，结果不仅把地宫里的土龙子放了出来，大烟碟儿也殒命身亡，又在土窟中看到了鬼方怪树，此刻四周的空间正在迅速向它塌缩，这个娄子捅得可大了。

这么多的事，走马灯似的在我脑子中转了一圈，也不过是瞬息之间，因为之前我已经反复想过无数遍了，不过有一件事我仍是不解，村子陷入了混沌的漩涡之后，土窟中的怪树千年没动，我们也没去碰古尸，为何怪树突然间长出来，同时开始吞没周围的空间？

06

我们可能无意中做了什么，惊动了土窟中的怪树，也许是活人的气息，也许是石梁和炸弹掉落下来的声响。

另外还有一个念头我不敢去想，是有活神下到土窟中，这才将怪树引出来，如果田慕青让它吃掉，那怪树或许会继续沉眠。

我侧过头看了看田慕青，她在树皮面具中的双眼，充满了惊恐和绝望，我心想我不该有这个念头，当下将铲子交给厚脸皮，拽上田慕青，拔腿往土窟外边走。

田慕青还在犹豫，我看怪树从古尸中长出，转眼几丈高了，距离我们又近了几米，急道："你听我的没错，我有法子对付它，你先跟我走！"

不是我信口胡说，有活神完成血祭，这个村子连同怪树，将会永远消失，我寻思以往进入村子的活神，全让傩婆吃了，怨气变成的雾中，也该有不少活神的血，怪树如果吞没那些村民，它或许会从此消失，即使这法子不管用，大不了我们和这个村子全被怪树吞没，那是最坏的结果，此刻陷入绝境，左右躲不过一死，既然想到了这个法子，何不放胆一试？

我顾不得对田慕青多说，只让她信我这一次，不由分说，拖上她便走。

三个人跨过横倒在地的炸弹，我用火把逼退围上来的村民，厚脸皮一手挥铲一手抡镐，往那些没有退开的村民头上击打，但见血雾中尽是枯槁的人脸，不知有多少被阴魂附体的村民，过了炸弹再也无法往前移动半步，厚脸皮背在身后的蛇皮口袋，在混乱中被扯掉了，他连忙去捡，却有几个枯木般的手伸出来，将他死死揪住，再也挣脱不开。

我和田慕青见厚脸皮情况危急，连忙从旁边援手，厚脸皮也用山镐和铲子打倒几个村民，好不容易挣脱开来，再想找掉在地上的蛇皮口袋，却让围上来的村民踩到了脚下，土窟中本来就黑，又有血雾笼罩，哪里还找得到。

厚脸皮低头寻找蛇皮口袋，稍稍一分神，竟被一个村民张臂抱住，当即滚倒在地，后头的村民蜂拥上前，只见血雾中伸过来数十条干枯的死人手。

我心知大势已去，三个人在这一死了之，也不用去想往后怎样了。

这时一阵阴风卷至，尸气弥漫开来，我和田慕青手里的火把险些灭掉，心中大惊，却见那些村民一个个吐出血雾，怪叫声中从后往前纷纷倒地，倒下的立时朽木般一动不动，眼前血雾太重，看不到发生了什么情况，我们拽起趴在死人堆里的厚脸皮，刚一抬头，血雾正在散开，只见一张面如白纸的人脸。

那人披散了头发，看不清楚面目，那张脸在颈中一转，脑后有另外一张脸，巨口连腮，蟒袍玉柙上全是血迹，四肢撑地，拖着一条肚肠，正是逃出地宫椁室的土龙子，它此刻从高处爬下来，转着脑袋张开大口，将周围的血雾吸入口中，只听无数冤魂发出凄惨的哭声，在土窟中反复回响。

07

土龙子在阴阳枕上躺了千年，元神已散，可能形魄中仍留有一些对这个村子的仇恨，见了脸上有树皮面具的人，恨不得立刻生吞活嚼，随即带起一阵阴风扑面而至。

我心里想着别怕，身子却不住发抖，咬紧牙关，握起火把往土龙子脸上打去。

土龙子不像阴魂附体的村民，根本不在乎火光，恍如不觉，张开过腮的血盆巨口，当面咬来。

我心想这要让它一口咬上，我上半身就没了，急忙推开田慕青，自己也侧身闪躲。

厚脸皮从地上爬起身，抢开山镐，一镐凿在了土龙子的头上，凿出个大窟窿，可土龙来势不减，对着厚脸皮就是一口。

厚脸皮叫声"哎呦"，吓得一屁股坐到地上，刚好避开了这一口，土龙子扑得太狠，它收势不住，"呼"地一下从炸弹上爬了过去，转身想要接着吃人。

我脑中忽一闪念，只凭我们这三个人，不可能跟土龙子对抗，可它如今将村中的血雾全吸走了，岂不是变成了祭品？

此刻土龙子又处在炸弹和怪树之间，我心知这个机会稍纵即逝，也顾不上再想是否可行，我和田慕青使出身上所有的力气，拼命推动横倒在地的炸弹。

厚脸皮看出我的用意，他还坐在地上，来不及转身，就用后背顶住炸弹，两脚蹬着地帮忙推。

几十年前落在村子里的重型炸弹，弹体不下七八百斤，之前我们在另一侧推，由于土窟中间地势低，往上坡方向根本推不动，此时却是往反方向推，三人发声喊一同用力，炸弹轰然滚动。

距离不过两米，土龙子刚转过头，那颗炸弹也到跟前了，它要是站着，或许能迈过来，可它向来是四肢撑地爬动，身子位置低，眼睁着炸弹从土龙子身上滚过去，七八百斤的弹体不亚于一个大铁滚子，当场把它压成血肉模糊的一片，炸弹滚动到怪树近前，声响戛然而止，弹体消失无踪。

我喘着粗气，定睛看去，只见土龙子几乎被炸弹压扁了，遍地都是鲜血和内脏，鲜血流向土窟中的大树，要说也怪，别的东西一接近怪树立刻消失得无影无踪，土龙子的血却从地上流过去，而且它被炸弹压扁的肉身，也像被无形之力往那边拖动。

土龙子吃了傩婆变成的血雾，傩婆中又有活神的血肉，此刻它血流遍地，肉身当即被那株大树吸了过去。

傩婆为了从地宫中救出土龙子，叛教作乱身遭惨死，死后变成肉丘，把进入村子的活神全吃了，怎知土龙子出来地宫，立刻将傩婆等人阴魂所化的血雾吃了，反倒成了土窟中的祭品，可见世事因果难料。

我们虽然一举扭转了形势，却不敢相信事情能如此了结，霎时间四壁摇颤，声如裂帛，但见怪树的周围，出现了一个大窟窿，血肉模糊的土龙子挣扎着想往外爬，却似被一股无法抗拒的怪力扯动，转眼间归于虚无，地上一块碎肉都没留下。

08

土窟中震颤剧烈，四下里的地面，都往怪树周围的窟窿中塌缩，大烟碟儿的尸身也不见了。

我们心知血祭一旦完成，整个村子都会坠落虚无，如今千年的诅咒已经到了尽头，此时不走更待何时？

厚脸皮不死心，还想在村民死尸下找装宝的蛇皮口袋，里边有神禽纹铜镜、玉勾宝带、鹿首步摇冠，皆是无价之宝，岂能置之不理。

我急道："东西就别要了，活命要紧！"

厚脸皮说："命是要紧，财也要紧，不能让大烟碟儿白死了！"

我说："别忘了你家里还有个妹妹，你死了让她怎么活？"

厚脸皮叹了口气，虽是万般不舍，也只好不去理会那条蛇皮口袋。

三个人攀着倾倒的石梁爬出土窟，经过祭祀坑大殿和神道，一路逃进了村子，雾中只听身后房屋沉陷倒塌之声不绝，有如天塌地陷，我们互相拉扯着一步不敢停留，跌倒了爬起来又跑，逃到村子当中那座封土堆前，一看高处全在雾中，我们三个人心知肚明，这不是活路便是末路，横下心来往高处攀爬，终于登到土丘顶部，但觉这土丘也开始往下沉。

不久，大水漫至土丘，有根村屋倒塌落下的梁木，在水面上浮过来，我们如同见了救命稻草，急忙爬上木梁，三人累得几乎要吐血了，趴在木梁上随波逐流，只见四下里雾茫茫，好像回到了仙墩湖上。

三个人想不到自己还能活着出来，回想此番遭遇，皆是唏嘘不已，简直是做了场噩梦，当真可怕到了极点，千古异底村中的无数村民、傩婆、土龙子、祭祀坑里的古尸、金俑玉棺、鹿首步摇冠、大烟碟儿、黄佛爷、水蛇腰一伙盗匪，全部从这世上消失了，这一切似乎从来没有发生过。

我想今后大概不会再梦到辽墓壁画中的阴魂了，可今后也没法再见到大烟碟儿，悲从中来，忍不住想放声大哭一场，此时此刻，也不怕让厚脸皮和田慕青看到了，但我刚要哭，发觉自己脸上还罩着树皮面具，之前只顾着逃命了，哪想得到要把傩面摘下来，其余那两人也忘了摘。

厚脸皮伸手摸了摸自己脸上的树皮面具，说道："这玩意儿在脸上久了，还真舍不得摘下来，好歹是几千年前的东西，带回去没准能值些银子，你们俩那个如果不想要，可也别扔到水里，全给我留着。"

我说："傩面都是打村中死人脸上扒下来的，咱们迫不得已才用，反正我这辈子是不想再看见这种树皮面具了，你要不嫌晦气就给你。"

厚脸皮说："你属狗熊的撂爪儿就忘？没有这树皮面具，咱们能活得到现在？我拿回去哪怕卖不出去，我压到炕底下也能辟邪。"

我说着话要摘下来，那傩面后边有搭扣和绳带，系紧了罩在脸上不容易掉，我摸到自己后脑勺，扣死了想解解不开，便让田慕青帮忙，她自己的面具也还没解开。

我手中正摸到自己脸上的树皮面具，忽见前方水面上出现了一个大漩涡，还不等我们做出反应，木梁便被那漩涡吸了过去，霎时落到了深处，我猛然一惊，身子如坠冰窟，原来我们还没离开村子周围的漩涡，更可怕的是我们三个人脸上都有傩面，此时已经来不及再摘下树皮，面具。

最后的一瞬间，我想起了在草鞋岭下见到的三个干尸，当时认为大唐天宝元年落进湖中的村民，可我现在终于知道那三个带着树皮面具的干尸是谁了。

后记——傩

有人问过我："为什么有这么多人爱看挖坟掘墓的故事？"

听道貌岸然的先生们说："盗墓取宝，满足了绝大多数人一夜暴富的心理。"

可如果只惦记一夜暴富，为什么不去看抢劫美国联邦银行金库的电影？实际上风水和陵寝文化在中国存在了几千年之久，自古以来厚葬成风，盗墓这种社会现象也随之出现，盗发古冢也并不完全是为了求财，比如元灭南宋，挖开南宋皇陵，元人是为了断绝南朝的龙脉，这是出于政治目的；伍子胥掘楚王墓，鞭尸三百，是为了报仇泄愤；五代十国那会儿，某位皇帝十分好色，他听说前朝有位妃子貌美倾国，可惜美人已逝，无缘一见，便千方百计地找借口替美人更替墓椁，趁机看一眼美人的尸身，这是因好色而盗墓；还有人遍挖古墓，是为了寻找失传多年的秘方，总之盗墓的动机和盗墓的手段同样是五花八门层出不穷，因为中国古代的历史文化都在其中，同时又从中衍生出数不胜数的奇闻异事民间传说，要写一个关于盗墓的故事，必定离不开这些内容，每一个古墓的入口，都好像通往古代的时光之门，在其中触摸历史、解读传统文化、发现消失的过往，我想这远比取宝发财更吸引人。

在《鬼不语》一书中提到的"傩",与挪动的挪同音,傩文化是一种十分古老的文化,将左边是人,右边是难,古代人普遍面对的困难,是无法治愈的疾病和死亡,于是有了驱除这些困难的"傩",说简单一点,专管降妖捉怪。

从汉代开始有傩制的明确记载,汉宫中搜傩驱邪的过程,每一步都有严格规定,其实古老的傩祭从原始社会已经存在,西周时期成形,先秦至汉末,傩是纯粹的宗教信仰,神秘而严格,随后两千年的发展演变过程中,同释道儒三教相互吸收融合,流传至今,在西南地区保留得比较完整,有代代相传的"符咒、颂诗、仪式、道具、神庙",以娱神也娱人的傩戏傩舞最为著名,乡里每当傩祭,必是热闹非凡,根据各地风土人情不同,傩祭和傩神的传说也不尽相同,例如"开口傩、闭口傩、文傩、武傩"之间的区别,小说不是为了考证傩文化,在这里只顺便说一两个有意思的民间传说。

先说一下"二十四神将",据说当年唐太宗李世民,也有说是宋朝或汉朝的某位皇帝,总之这位皇帝听说龙虎山张天师的本领高强,有心想一试他的手段,事先命二十四人躲在宫中击打乐器,然后告诉张天师宫中闹鬼,下旨让他作法除鬼,张天师用飞剑斩了这二十四个人的首级,从此阴魂不散,宫里真的闹起鬼来,惊动了皇帝的圣驾,只好封这二十四个鬼为傩将,为首者是傩神"欧阳金甲大将军",与此相关的傩戏俗称二十四戏,傩戏的主题是"除魔除怪保平安,五谷丰登六畜兴",一般最后一场通常是由傩神登场,傩神以剑指前方,凌空虚写一个大大的"收"字,表示收服了全部妖魔鬼怪,天下太平,至此二十四戏结束。

傩神不止一位,比如三千多年前的古傩,拜吃鬼的方相为神,神兽吃鬼也是傩的重要内容,傩舞中存在大量跳山魈的内容,山魈不是现在所说的狒狒,而是一种独脚鬼怪,走路跳着走,因为傩的传统非常古老,后世很多宗教仪式中都有傩的影子,樟木面具是傩的特征。相传三四千年以前,有人挖到一个青铜面具,最初的傩是用铜面具,后来不知出了什么大事,铜面具被毁,往后也不敢再用,以木制面具作为替代品,这段传说太古老,挖到的青铜面具是何人所留,后来又为什么不敢使用了?到如今全部失传,给人留下很大想象的空间。

小说中提到面具来自鬼方古国,殷商时把周边小国称为方,即方国,鬼方是其中一方,至于古傩的面具是不是鬼方人遗物,目前仍然是个谜。

我的全部作品目录

WODEQUANBUZUOPINMULU

《凶宅猛鬼》

《雨夜谈鬼事》

《迷航昆仑墟》（又名阴森一夏）

《鬼吹灯1-精绝古城》

《鬼吹灯2-龙岭迷窟》

《鬼吹灯3-云南虫谷》

《鬼吹灯4-昆仑神宫》

《鬼吹灯5-黄皮子坟》

《鬼吹灯6-南海归墟》

《鬼吹灯7-怒晴湘西》

《鬼吹灯8-巫峡棺山》

《贼猫》

《谜踪之国1-雾隐占婆》（又名地底世界）

《谜踪之国2-楼兰妖耳》

《谜踪之国3-神农天匦》

《谜踪之国4-幽潜重泉》

《牧野诡事》

《死亡循环》

《死亡循环2—门岭怪谈》

《我的邻居是妖怪》

《鬼不语之仙墩鬼泣》2012年

《河神-鬼水怪谈》2012年

智慧成就人生

读酷系列图书

我们分享智慧，智慧成就人生。

该系列旨在做最好看的经典小说

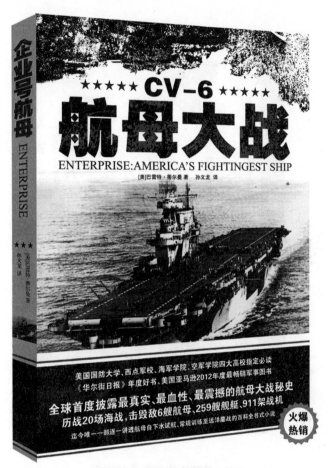

《CV-5 航母大战》

[美] 巴里特·梯尔曼　孙文龙 译

全球首度披露最真实、最血性、最震撼的航母大战秘史，

历战20场海战，击毁敌6艘航母、259艘舰艇、911架战机

解密"珍珠港空袭"唯一幸存的海上堡垒——CV-6号惊心动魄的幕后成长故事，近距离揭开航母的神秘面纱。书中饱含着对这艘太平洋梦想之船的骄傲之情，同时也渗透着对中国首艘航母的敬重之意。

《死亡图书馆》

[美]格伦·库珀 著

继《达芬奇密码》之后又一部耐人寻味的知识悬疑小说。

《达芬奇密码》作者丹·布朗最欣赏的作家的又一力著

曾荣登意大利图书畅销榜冠军和英、法、德、西十大畅销书排行榜榜单，30种文字全球风靡。

一部熔合**历史事件**、**连环杀人**、**宗教阴谋**、**寓言启示**等多元素的

贯穿古代、现代和当代的穿越式小说：以令人生惧的连环杀人案为背景，

涉及了丘吉尔、杜鲁门及二战后丘吉尔的铁幕政策等相关二战后的历史热点话题，

触发我们对人类摇摆于自由意志与悲剧性宿命之间的悖论式生存困境作更深层次的反思。

思享客

思想改变世界

思享客系列图书

本系列以第三只眼看中国人的独特视角，
打造国内最权威、最独特、
最经典的中国历史人物传记图书第一品牌，
为您独特呈现中国历史上的名人们的人生智慧和经验教训，
让您观其所以兴所以衰。

《胡适的理想国》
胡适 著 王玉 编

火爆
热销

《史迪威抗战日记》
[美] 约瑟夫·史迪威 著 骆伯鸿 译

火爆
热销

《武则天传》
奈吉尔·考察恩 著 王纪卿 译

火爆
热销

《袁世凯传》
陈志让 著 王纪卿 译

火爆
热销

《恭亲王奕䜣传》
[美] 托尼邓 著 王纪卿 译

火爆
热销

理念重塑生活

心能量系列图书

心能量系列丛书是在当今社会发展日新月异、

社会竞争激烈、生活压力逐渐加大的背景下，

策划的心理抚慰、心理修炼的图书。

它提供给读者的生活方式是积极、健康的、可持续性的；

给读者生活和工作提供切实可行的解决方法。

《敢爱》
[英] 亨弗雷·亨特 著 张壮壮 译

《爸爸的小情人》
周德东

《毛头小子创业暴发》
[美] 唐纳·芬恩 著
王正林 肖静 王权 译

《在瑜伽中听身体说故事》
佘雪红

《宝瓶同谋》
玛丽琳·弗格森 著
廖世德 译

《不生气的活法》
阿鲁博姆来·苏曼那沙拉

《让心茁壮如金刚》
雨扬居士

《莫忘爱的初衷》
吴若权 著

《懂男人的女人最幸福》
吴若权 著

图书在版编目（CIP）数据

鬼不语之仙墩鬼泣 / 天下霸唱著. —长沙：湖南人民出版社，2012.12
ISBN 978-7-5438-9093-0

I.①鬼… Ⅱ.①天… Ⅲ.①长篇小说 — 中国 — 当代　Ⅳ.①I247.5

中国版本图书馆CIP数据核字（2012）第312471号

鬼不语之仙墩鬼泣

著　　者	天下霸唱	
出 版 人	谢清风	
策 划 人	周　政	
策划编辑	喻　立	
责任编辑	喻　立	
封面设计	彭意明	
版式设计	罗四夕　吴繁荣	
插　　画	他山石工作室	

出版发行　湖南人民出版社　[http://www.hnppp.com]
地　　址　长沙市营盘东路3号
邮　　编　410005
经　　销　湖南省新华书店

印　　刷　长沙超峰印刷有限公司
版　　次　2013年1月第1版
　　　　　2013年1月第1次印刷
开　　本　710×1000　1/16
印　　张　18
字　　数　200千字
书　　号　ISBN 978-7-5438-9093-0
定　　价　29.80元